上

迁宿者

MINDSWAPPER

鹳耳 著

天地出版社 | TIANDI PRESS

图书在版编目（CIP）数据
迁宿者 / 鹳耳著. — 成都：天地出版社, 2022.8
ISBN 978-7-5455-7041-0

Ⅰ. ①迁… Ⅱ. ①鹳… Ⅲ. ①幻想小说－中国－当代
Ⅳ. ①I247.5

中国版本图书馆CIP数据核字（2022）第056808号

QIANSUZHE

迁宿者

出品人	杨　政
作　者	鹳　耳
责任编辑	王筠竹
特邀编辑	杨　萌　崔云彩
装帧设计	杨西霞
封面图片	soomatch
责任印制	白　雪
出版发行	天地出版社 （成都市锦江区三色路238号　邮政编码：610014） （北京市方庄芳群园3区3号　邮政编码：100078）
网　址	http://www.tiandiph.com
电子邮箱	tianditg@163.com
经　销	新华文轩出版传媒股份有限公司
印　刷	北京金特印刷有限责任公司
版　次	2022年 8 月第 1 版
印　次	2022年 8 月第 1 次印刷
开　本	880mm×1270mm　1/32
印　张	18.75
字　数	519千字
定　价	88.00元（全二册）
书　号	ISBN 978-7-5455-7041-0

咨询电话：（028）86361282（总编室）
购书热线：（010）67693207（市场部）

目录

引子 1

第一章 洪水中聆听

1 陈旧的地图 4
2 掌心洞穴 14
3 暗处游蛇 17
4 野兽穿着皮鞋 25
5 倒吊 28
6 幽蓝路灯 33
7 间奏：十五岁的幸福线 40
8 林中石 43
9 廉价谎言 47
10 乐声一百二十分贝 52
11 赶在遗忘之前 59
12 坡道上的梦境 67

第二章 低频率恐慌

1 陌生的夜晚 76
2 蚯蚓乞食之地 80
3 贪吃蛇与海洋球 85
4 兄弟，兄弟 90
5 持盾者 96
6 黄昏一景 108

7　防火精神　120
8　想象……　131
9　烈日午后　146
10　白金岩浆　164
11　空心人　169
12　毒　175
13　夏威夷阳光下　180
14　超人拳　186
15　艳丽人生　196

第三章　坏教育

1　愿望　206
2　光晕的限度　210
3　水花争相逃窜　216
4　大象牙齿像什么　222
5　受质疑的特权　233
6　地球引力　242
7　胸章　254
8　黑夜中人群骚动如常　264
9　宛如海盗　278
10　消失的气味　286
11　火蚁　292
12　另一个约定　298

13 佛祖失踪已久 301
14 回归 312

外编

1 姜黎：带它上路，外面危险 320
2 覃元政：自由 324

引子

在烧毁这些档案之前，让我们最后一次，把它读一读。

有据可查的世界首例“双宿人”，是一名三十二岁的斯亚贝巴牧民，名叫阿卜杜尔·格鲁罕。他的“迁宿”发生在当地时间下午四点。健全、好客、嗓音洪亮优美的阿卜杜尔，正在兽医的指导下，单膝着地，给自家小羊接种疫苗。他小心翼翼从绵羊颈部拔出针尖，抬起头来，闭上眼睛，想让悬挂在眼帘上、蜇得他发痒的汗珠滑下去。再睁眼时，却看见漆黑天幕，星光零落——那是9099公里之外，北纬37°，东经127°的夜空。

现在，他仍然是牧民阿卜杜尔，但也是正在夜跑的陆军中尉，源天。

“迁宿”的发生——两名人类突然交换意识，并且同时拥有双方的记忆，这个过程在一瞬间就会完成。它完全无规律可循，就像人的出生。事实上，所有双宿人，若事后回想，都会觉得迁宿发生的一瞬间是一种永恒，就像自己出生之前所经历的极夜。

这一瞬间之后，曾经的阿卜杜尔，占据了源天的肉体，并且知晓了源天所能知晓的一切。比如，他上次剃须是在今晨六点；三年前，五岁女儿的生日宴，有一些奶油蹭在了电视屏幕上；他脚上的限定版跑鞋，是从网名为“Showman76”的鞋贩子手中购来。又比如，他知道源天这次夜跑的终点：平泽港的海岸线。因为失败婚姻带来的痛苦，以及对家族遗传病史的恐惧，源天决定投海自杀。

但占据这具身体的男性，没有自杀。

研究者问起这件事的时候，他回答：

“这不是很明显吗？是他想自杀，不是我想。”

迁宿总是成对发生的，所以我们能合理推测，在同一瞬间，源天的意识占据了阿卜杜尔·格鲁罕的身体。

以此案例为起点，这个我们称之为家的星球经历了动荡极大的“双宿七十二小时”。经估算，在短短三天之内，可能有0.8%的人口成为双宿人。多年之后的今天，双宿人的产生已经是非常稀有的事件了，但不可能准确估计双宿人在人群中所占的比例。一个流行的说法是6%。你可以选择不相信这个数字。大部分人都不愿去相信。

可惜，我们再也没追查到成为双宿人的阿卜杜尔，以及源天。

阿卜杜尔的同村牧民说：阿卜杜尔失踪了。他最后被看见是在给小羊接种疫苗。

最后目击源天的便利店老板娘说：他一直往前跑，没回头。

或许，他们俩在迁宿之后，还是坚持了自我意志，在横跨半个地球的漫漫长夜中，奔向早已决定的终点。

第一章　洪水中聆听

1　陈旧的地图

岚汸市，是在“双宿现象”这一巨变的震荡波之中，奇迹般成长起来的新兴国际都市。它坐落于一片雨季漫长、土壤肥沃的土地，任凭千万种躁动的色彩在这片画布上流淌、融合、横行无忌，而它绝不会为这喧嚷向任何人道歉。

维护岚汸市治安的机构，名为“安防司”。这座城市没有传统意义上作为公共服务部门的治安机构，安防司的运作费用来自当地关键企业以及民众筹资，在决策方面受各大筹资实体影响。为了避免某个筹资方控制大局，每家企业或个人可以认缴的资金是有限的。这样的机制是为了适应这个难以预测的新时代，以免当机构中少数关键人员突然不幸成为双宿人之时，引发难以挽回的混乱。当然，这个形式有相当多的缺陷，比如整体决策滞后、地方安保力量分配不足，但至少在目前，安防司仍然是岚汸市民必须依赖的庇护伞。

二十九岁的韦一宸，供职于岚汸市安防司东城区分部，是一名负责城内治安的干员。这天下午，他怀着忐忑不安的心情走进分部督司办公室。他的上司覃元政站在办公桌后面，左手食指挠着太阳穴，打量墙上悬挂的一幅世界地图。

“你那个距离正好，”覃元政头也不回地说，“刚挂上去的，帮我看看挂歪了没。”

“挂正了，”韦一宸说，“但这是张旧地图。”

“你眼睛不好使吧？这崭新的，还有油墨味。”

“我是说，内容是旧的。比如迪鲁亚斯王国，因为国王迪鲁亚斯八世成了双宿人，王室内部乱得一塌糊涂，它现在已经不叫这个名字了。这至少是三年前的地图版本。”

“算了。”覃元政放弃追究，转过身坐下来，双臂平展在桌面上，“你也坐吧。”

韦一宸照办后，覃元政说：

“老虎尿什么味道？”

“啊？”

“要不是喝了老虎尿，你哪儿来的胆子干这种事！”覃元政缓慢而沉重地反复拍打手边一沓文件，像在锤扁一个看不见的小人，“你知不知道为了保住你的工作，我欠了多少人情？被你打伤的那家伙是臭流氓，但你也不至于被挑拨了几句，就把人脑袋按着往马桶上撞，马桶圈给撞缺了一个角！我，好端端一个分部督司，亲自捧着一束花到这臭流氓病床前赔罪，结果他视神经受损，啥也看不见，都不知道我带过去的是鲜花还是大粪！”

“您这话夸张了吧，他难道还闻不出来吗……”

“还要嘴皮子？”

韦一宸无奈地抓了抓左侧的头发。

“您要怎么处罚我，直说吧。四组那边拖了半年没进展的橡胶园分尸案，把我调过去帮帮忙？我看老田他们已经放弃了，整天就记挂着牌局。”

“得寸进尺！还给我安排起工作来了。我有别的事情要交给你，这是证明你有能耐在我手下干活的最后机会。”

覃元政把一个机密文件袋抛过去。韦一宸接住了，打开，翻看其中的资料。过了一小会儿，他不由得把背挺直了，精神集中，清晰地念出三个字，像三粒子弹顺次上膛。

“鉴证师。”

“很稀奇吧？我都忘记了上一次和鉴证师打交道是什么时候了。”

鉴证师，全称是“弗氏鉴证师”，是拥有执业证书、使用“弗尔甘系统”来判断个体是否为双宿人的特殊专业人士。这套系统以其主要发明者，印度裔科学家弗尔甘·库马尔命名，是目前全世界唯一有权威性的双宿人辨认法。这权威性也是相对而言的，因为就连在是否要辨别双宿人这件事上，都没有达成任何国际性的共识。全世界只有三个可以颁发执业证书的鉴证师培训机构，没有一个能得到正式、稳定的国家级资金和行政支持。

“我的任务是？”

“鉴证师受雇用，要来做一次双宿人身份鉴证。你要保护并且协助这位鉴证师完成工作。”

“那么，我现在是一个‘协调员’了。”

“怎么，不乐意？不乐意现在就给我去写辞呈。”

在岚汸市安防司之中，专门处理“双宿人”相关事务的特殊干员，被称为“协调员”。原则上，岚汸市对双宿人采取“不提问、不辨认、不统计”的宽容态度，这是岚汸能迅速发展的要诀之一，而这种宽容也体现在了“协调员”这一平平无奇的名称之上。比起其他职位，协调员的晋升空间和待遇都不尽如人意。但韦一宸很清楚，现在他没有别的选择。

岚汸市的三个基本宽容原则，只代表官方态度，并不能阻止一些特例的发生，比如这一次的鉴证师造访。假若有人愿意从私人角度雇用鉴证师来辨认某一人是否是双宿人，并不会遭到官方阻碍。如果当事人愿意投入足够的资金，那么还能像这次一样，申请安防司的协助。

覃元政继续说：“不用我说你也知道，鉴证师在岚汸不受欢迎。当然，这工作也不只是当保镖那么简单。原则上，一位鉴证师一定会搭配一位协调员，你就是这个协调员。红色的那一份文件是弗氏协调员工作准则，里面有一些我专门给你写的批注，待会儿再仔细看，你立刻到火车站去接客人，还有一个半小时就到站了。先把人安顿下来，我会交代后面的安排。”

“交给我吧。”韦一宸站起来，腋下夹着文件，走到办公室门口，半边身子已经探到了外面，又回过头说：“我们实话实说啊，覃老大，你应该没有真的‘亲自’到病房去送花吧？我听说其实是……”

“还不快给我走！浑小子……浑身臭烘烘的，赶紧洗个澡再过去！不要给我丢人！你那张臭嘴也漱一下！”

督司的最后几个字，韦一宸并没有听清。他捏着自己的衣领，拉开一个三角形的小口，朝里闻闻，眉头皱起。他走向公共浴室，途经联合办公厅，看见最中央的桌前摆放着一架折叠金属梯。身着蓝色工装的家电师傅爬在梯子顶端，仰头并伸展上半身，检查天井空调。金属梯旁边围绕着大汗淋漓的同事们，他们也仰着头，用纸品给自己扇着凉风，目光齐刷刷地盯在家电师傅身上，仿佛他是炎炎夏日里，要从动物园冰柜中偷出第一块冰块的笼中猴王。

“你们都没活儿要干吗？”韦一宸说。

大部分人都没有理会他，只有四组的老田转过身来，左手叉在腰上。他是分部年纪最大的人，有两个孙儿，头发已经全白了，眉毛却浓黑得像两支炭笔。

老田说：“什么案子都得缓一缓，我们等这空调修好了，才有基本办公环境。别说我们，难道你还有事要忙？看督司早上的脸色，我还以为你这一次是真的好日子到头了。”

“什么是好日子？你在这儿的工龄比我长多了，你见过吗？”他转向家电师傅，提高音量，“师傅，你看看是不是压缩机十字头烧熔了，好几次了。”

接下来，韦一宸在浴室冲了个澡。他把依然包着绷带的左手搁在浴帘上方，防止水淋。这是他用来揍了挑拨他的流氓、害得自己差点丢工作的那只手。他不是第一次左手受伤。在某些场合下只使用左手，是他的重要经验，因为总得保全要拔枪的右手。

冲完澡，他用浴巾擦去身上的水渍。有一瞬间，可以从浴室的镜面中看见他腹直肌上文着的四排数字。这四排不整齐的数字，因为是反向文制，只有面对镜子才能清晰辨认：

0926

1023

1023

7804

这文身，是一个连他自己也无法解开的秘密。

三分钟后，韦一宸驾车，驶过岚沥市过于拥挤的城市主干道。

督司下令时，过于含糊其词。为什么突然要和鉴证师合作？为什么这个任务落到他头上？对于这些问题，韦一宸心里并非不在意。当然，就行事程序不规范这一点，根本轮不到他质疑自己的上司。

五点左右，韦一宸在东城区火车站出站口等待来客。伴随着杂乱的说笑声，一大群在其他国家留学的少年拥了出来。他们趁着放暑假，回到岚沥市与家人相聚。有好几个穿着篮球队服的学生，按捺不住炫耀少年躯体光彩的冲动，争相跃过维持出口秩序的金属围栏。车站保安吹响了哨声，反而刺激了他们，他们在等候大厅里肆意跑动、玩闹，场面一时混乱起来。

韦一宸左右张望。人群中，一名独自出站，身着连衣裙的女子，一只手扶在白色行李箱的拉杆上，另一只手握着一本皮革手账，将其展开，略低着头仔细查看，对身边的喧闹充耳不闻。仿佛有看不见的屏风，把她和躁动不止的四周隔离开来。恰恰是这样的沉静，让她周身显露出若有似无的光泽。少年们，无论男女，在经过她身边之后，都忍不住回头，想清晰捕捉她的面容。

韦一宸灵活地越过那些少年，来到她面前，说："请问是叶春璟女士吗？"

女子抬起头。她看起来二十三四岁，韦一宸有些吃不准。在他拿到的资料中，有一些内容超过他的职级权限，到手之前就已经被涂黑了。对鉴证师来说，这种情况并不少见。

"我是。"她说。

"我叫韦一宸，你应该已经听说了吧，是安防司派来接你的。"韦一宸展示了证件，伸手要去替她拿行李箱。

"先等一等。"

叶春璟一边推开韦一宸伸向行李箱拉杆的手腕，一边把手账翻开空白一页，推到他面前，然后说："先写。"

"……写什么？"

"你的名字。"

韦一宸把手账接过来。他刚想说"我没笔"，叶春璟就把一支墨水笔推到他面前，简直要扎中他的鼻尖。

"好吧。我的名字……是这一个韦……"他边写边说。

"你写完之后，"她继续说，"在旁边画点什么。"

"画？要我画什么东西？是……类似签名吗？"

"不是，是画，图像，不是字。随便画什么。"

叶春璟的声音很轻，毫无下命令的威严，却又有一种不言自明的不可动摇感，就好像她提出的奇怪要求，已经是既成事实，她不过是在复述现象而已。

韦一宸一言不发，照办了，把手账和笔交还给她。她拿过去，看了看，然后问："这是……马？独角兽？"

“毕波。犀牛毕波。”

犀牛毕波，是岚汸市流行的一套动画片的主人公。它力大无穷，爱打拳击，却性格软弱，不敢伤害别人，在比赛前总是打退堂鼓。韦一宸对于“鉴证师”可能脾性古怪这件事情已有心理准备，所以并不讨厌叶春璟的行为。他猜测，要求他画图，也许是类似罗夏墨迹测试的玩意。但韦一宸实在不太习惯在交流中一直处于被动，所以希望可以用此举动引导她提出疑问，因为犀牛毕波在岚汸市外不算知名。

叶春璟什么都没有问，仔仔细细地把手账和笔收进肩上挎着的另一个小包里，然后说：“那我们走吧。”

“走咯。”韦一宸只能以“她肯定不觉得尴尬”这种推测来安抚自己心中的尴尬。

他们走出火车站。夕阳呈现出自我炫耀式的饱满，地面上有一大股热浪迎面扑来。随之拥过来的，还有一群统一身着蓝紫色罩衫的人。他们大多为中年人，满头大汗，有人高举着用多种语言写成的布告牌，用疲劳、嘶哑的声音对着所有行人高声喊话。他们对个人空间似乎毫无敬畏，唾沫星子溅到了韦一宸脸上。火车站周围的保安不时朝这些人投来关注的目光，但没有任何阻止他们的倾向。

他们喊着：

“我们要分享！我们要倾听！”

“最可怕的是什么？——沉默！最美好的是什么？——分享！”

韦一宸伸手护着叶春璟，快速从这些人中间穿过。两人来到停车场，韦一宸找到他的车，把行李放好之后，进入驾驶座，从后视镜中看见叶春璟在拉后座的车门。

他说：“你能坐我旁边吗？”

“我坐后面就行。”

“这样比较方便说话。而且……前几天有人把酒吐在后座，虽然我自己觉得清理干净了……”

叶春璟低下身子，透过车窗看了看，然后说：“没事，挺干净的。”

“……随你吧。”

韦一宸无奈地替她打开了后车门锁。

五分钟后，这辆倒车的时候会“吱吱嘎嘎”响起来的灰蓝色旧车已行驶在岚汸市的四号大道上。他们的目的地是安防司已经准备好的住所。上车之后，叶春璟一直没有说话。她侧过头，看着外面的景色，每看一小阵子，就在手账上涂画一些什么。韦一宸很想多打探一些情况，但是看她这脾性，如果没有督司这些下命令的人帮忙，估计也很难问出些什么来。他索性闭了嘴，专心开车。

“刚才那些人，是‘共鸣会’的吧？”行驶二十分钟后，叶春璟突然说。

“你知道他们？”

“以前没见过真人。统一的蓝紫色衣服和六支号角交叉构成的圆形图案是他们的标志。宣传双宿的存在，证明了人和人都是统一体，要求成员分享回忆和经历，不留隐私。据说，这是一种为了逃离双宿恐惧症而产生的心理调适机制。本来只是个体选择，但‘互相交托隐私’这种事意外成了强大的集体情感纽带。这是一般的说法。”

“听起来你不太认同。”

“这个理论中有‘意外’两个字，代表提出它的人到这一步就停止思考了，只想快点到达结论。”

“我的结论更简单。以后你如果碰上他们，绕远路。”

“他们杀过人，对吗？”

“什么？”

“他们的成员曾经杀死过一个鉴证师，据说那人死前被折磨了好长时间。”

韦一宸迟疑了，不知该如何回答。恰好，前方有收费关卡，现在是高峰时刻，排起了长长的队。他用刹车的声音，给这个话题画下句点："这可有得等了。"

叶春璟也没有再说，继续涂画起来。

韦一宸的手离开方向盘，垫在脑袋后面。五分钟过去了，只前进了半个车位。他有点昏昏欲睡。

这时，突然有人敲了敲他的左边的车窗，同时说："姓韦的，叫你呢！"他猛然醒过来，并未看见左边有人，应当是有人敲了车窗之后迅速跑开了。下一瞬间，后方又传过来刺耳的玻璃爆裂声。

他转过头，看见有人站在车后，用带尖头的金属棒敲碎了后风窗玻璃。叶春璟俯下身子，碎玻璃粘在她的头发上。她用左手捂着耳朵，手指间流下鲜血。

韦一宸想，不是直接击中。首先要对付袭击者。

附近到处都是车辆，这样的场合不能拔枪。驾驶座侧面藏着韦一宸惯用的武器——金属短棍，他将之抽出，迅速推开车门，一跃而出。他眼前站着一名高大健壮、穿黑色背心的歹徒，手握匕首；砸碎后风窗玻璃的，是另一个歹徒。韦一宸认得他们——和他打伤的流氓归属同一帮派。从眼神就可看出，他们今天是来斯杀的，没有交涉空间，需要速战速决。

眼前的黑背心纵向挥出一刀，因其高大，步幅比韦一宸预料中跨得远。韦一宸避开这一刀，顺势闯入黑背心怀内，双手分别紧握短棍首尾两端，依靠肘部朝水平方向弹出的力量猛击，短棍应声撞中对方心窝。黑背心嘴巴一张，手一软，身子僵住了。韦一宸预料到第一招的效果，早已先一步接上第二招，朝上方垂直捅出短棍，击中敌人下巴，发出令人不适的沉闷响声。

黑背心顿觉面颊下方如同被燃烧的石块打中，剧烈的酸麻一瞬间覆盖了整张面孔，眼角溢出泪珠，产生了索性让腿脚瘫软下去、在地上蜷曲起来减轻痛楚的本能欲望。韦一宸准备挥出决定性的第三击，却不得不停下来。

“不要动！”第二个歹徒高喊。他没有紧随同伴之后袭过来，而是伏在车后盖上，前半身穿过后风窗玻璃的大缺口，用手中的金属棍从后方勒住了叶春璟的脖子。叶春璟低着头，双手抓捏着下巴和锁骨之间的金属棍，但无法将其掰动分毫。韦一宸听见她发出了吐气困难的声音。

“快醒醒！”第二个歹徒对黑背心叫嚷，“好好教训他一下！”

韦一宸不认为勒住叶春璟脖子的人会下杀手，但也没法放下心来，因为对于缺乏战斗经验的人来说，这时候因为紧张而强行挣扎，很可能造成意外伤害。他需要一点点时间思考，而眼前高大的敌人未必会给他足够的时间。那人强壮的躯体和下颌骨都不是摆设，正在快速恢复神志。

在他意料之外的事发生了。

叶春璟腾出一只手握着一把形似Double Tap（双发快射）的微型手枪，手臂朝后弯曲，枪口顶在了身后歹徒的脑门上。歹徒身子惊恐地朝后一弹，同时松开了金属棍。韦一宸利用这时机，在黑背心脸部正中狠狠来了一下，终结了战斗。

“快滚！”韦一宸高喊。第二个歹徒丢弃金属棍，上前扶起同伴，仓皇逃跑。没有一个人溜走，还算有点道义，韦一宸想。

这时，最前方的拥挤状况已经缓解了不少。车流中发生斗殴，对最近的观众来说并不是安全的事，附近的大部分车子都急着往前赶，而他们这一列队伍后面，还有司机不知道发生了什么，疯狂按喇叭。

韦一宸看了看叶春璟，确认她无大碍。

“你没事吧？哪儿流血了？”

“就手指被碎玻璃划到了。”她掏出纸巾，压在手指上。

“快坐前面来。”

这一次，她没有拒绝。

在收费关卡前再次短暂停留时，韦一宸依然保持高度警惕，所幸无事发生。车子再度行驶起来之后，他问：

“那把枪是怎么回事？你常带着？”

“是的。”

“你是怎么带上火车的？”

“我是从承认鉴证师合法地位的城市上车的。在这些地方，安保不可以检查我的鉴证设备。这把枪不大，能很方便地藏在设备外壳里。”

韦一宸开始理解为什么鉴证师不受欢迎了。

“那个勒着你的家伙，要是再凶狠果断一点，很容易就能把你的枪夺走。”

“我听到那个人说了，是要教训你。他们是冲着你来的。所以，是你给我带来的麻烦，而且还得靠我自己解围。我觉得，你不应该还继续试图责备我做得不够好。不对吗？”

韦一宸哑口无言了好一会儿，最终吐了一口气，然后说：“不好意思，对不起，这些家伙的确是冲着我来的，谢谢你帮了我。对不起。”

“第二个对不起是为了什么？”

“多余的吵架。”

韦一宸等着叶春璟再把这句话反弹回来，但她没有再说话。他用余光瞄了一下，发现她搁在膝盖上的双手，十指紧紧相扣，右手大拇指的指甲焦虑地来回抠着左手虎口，已经把皮蹭破了。

两人一直保持沉默直到目的地。

2 掌心洞穴

三十四岁的小学语文老师渊容是一名法越混血儿，继承了父亲坚韧的黑色眼睛和母亲修长的手指。当他走在陈旧教学楼的走廊上，仿佛建筑物本身，也染上了清朗的气息。

每天早上，他头一个来到语文组办公室，打开窗户通风，用软布仔仔细细擦拭自己的桌面。他桌面上叠着的学生作业、试卷，整齐得像铺设玻璃墙面的笔直高楼。每天晨读时，那传出最流畅、洪亮读书声的，一定是他的班级。

午休时，他从来不去食堂，而是先把平整的旧报纸垫在桌面上，再把妻子准备的便当放上去。为了防止内容物溅出，他小心地打开便当盒盖子，伴随着清脆的“咯哒”一声，热气坦坦荡荡溢出，令人嫉妒的香味就充满了整间办公室。有时候，便当不仅仅是他爱妻一个人的作品，其中还有他女儿亲手削好的蔬菜、亲手撒上去的黑芝麻。哪怕这便当像庆祝园林奠基的石碑一样，静默而不可置疑地宣告着渊容老师的归属，也依然拦不住一些女同事对他充满想象和期望。

今天午休，他却任那便当凉下去，对班里最不起眼的一个男生实行教育。这男生成绩不好也不差，平常不怎么欺负人，也不大被人欺负，今天却带了一把小刀到学校，扬言要捅瞎另一个学生。那把木柄小刀，如今搁在渊容老师的桌面上。男生直挺挺地站在他面前，低着头，眉头皱起，咬紧下唇，仿佛要面对他想象中的一场拷打。

坐在椅子上的渊容对男孩说：“你要把他的眼睛刺瞎？为什么要做这么可怕的打算呢？”

“他说……说我是垃圾，说我喜欢看的动画片也是垃圾，说我的书包是我妈妈从垃圾堆里捡回来的。”

“这些话是很难听，老师会教育他的。但是这值得你刺瞎他吗？你知道人被刺瞎以后，会怎么样吗？”

“看不见东西……看不了电视……走路得要人扶着。花钱的时候，要用手去摸钞票。”

"比这还要糟糕得多。要是有人这样刺你，你今天就看不见老师，回家就看不见爸妈了。以后有女孩子喜欢你，要和你结婚，你看不见她是什么模样，如果你们有了孩子，你也看不见孩子是什么模样。我知道你怕黑。要是刺瞎了，每天每天都是黑的。"

渊容的声音一直很平静，但男孩开始动摇，下唇却咬得更狠了。

"还不明白吗？你看好。"

他面对男孩，张开左手手掌，然后握着那把小刀，在掌中央划了一条口子。鲜血立刻流出来。男孩瞪大眼睛。

"老师……"

"看，这么简单就流血了。你想想看，如果朝着别人的眼睛扎进去……"

男孩嘴唇终于松开，快要哭出来。

"你喜欢上渊容老师的课吗？"

"嗯。"

"你不喜欢老师被刀刺伤吧？"

男孩使劲摇头。血仍在流。

"可是老师我更不喜欢有学生被刺伤。这样的事情不该发生在我的教室里。小刀我没收，你不要再犯第二次了。明白了吗？"

"明，明白了……我再也不会……"

"老师相信你。来，用这个把脸擦干净。明白了就回教室去吧。"

打发走泪眼汪汪的男孩之后，渊容用一块医用纱布紧紧按住伤口，然后带着一些医疗用品，到职工盥洗室的洗手池面前给伤口清洗、消毒。

他抬起头，看着修容镜里自己的脸。他面容没有任何表情，仿佛定格成了一张体现拍摄对象面对灾祸也毫不动摇的肖像。突然间，他用右手食指，对准左掌中央的伤口，使劲按压下去……

水池中的血液颜色越来越黯淡。渊容始终盯着自己在镜中的面容，咬紧牙关，太阳穴血管凸显，眼睛使劲瞪大，眼球边缘出现了血丝和淡黄色的覆膜。

腰间传来的手机铃声打断了他的动作。他开着水管清洗左手，右手接起电话。

“货已到港。一半的钱已经打到账户上了，剩下的一半等你事成。”电话那头的声音停顿片刻，继续说，“如果能顺利干掉她的保镖，并且让安防司没法追查，酬劳翻倍。”

渊容什么也没说，按下某个数字键，然后挂了电话。

另一名男老师进来了，和渊容打了个招呼，然后走进厕格，坐在马桶上。这名男老师看见了水池子里逐渐冲淡的红色，但是没多想，心想这位令人羡慕的同事不过是在清洗滴在手上的爱心便当酱汁而已。

3　暗处游蛇

早上九点，韦一宸和叶春璟走进了一家小餐馆。刚点好餐，韦一宸发现右前方的座位坐着一名发色焦黄、有些虚胖、一条腿是义肢的男子。

“老庞！”韦一宸挥手，但动作有些僵硬，“真巧啊。”

被称为老庞的男子一言不发，他铁青着脸，放下手中叉子，借助手边的拐杖站起来。他从韦一宸的餐桌旁边经过，拐杖使劲戳着地板，在这刺耳声音的伴随下，离开餐厅。

“谁啊？”叶春璟问。

“庞大仙人，我在分部的上一个固定搭档。”

“他看你的眼神比那些流氓凶狠多了。”

“事情是这样的……我和老庞两个人虽然称不上亲密无间，但可以说他是我搭伙抓人的生涯之中最合拍的。我还以为我们俩能像普通夫妻一样，争争吵吵，厮守到老呢。结果有一天，我们一起追踪一个特别凶狠的杀人犯，追到一半，老庞受伤了，但那杀人犯体力也快耗尽了，跑不远。这时，我面临两个选择。”

韦一宸叙述的时候，叶春璟竟然已经在自己手账上，“唰唰”画好了一幅小画。有两个箭头，一黑一白。黑色的箭头，指向一个怒发冲冠、手里握着枪的小人；白色箭头，指向一个躺在血泊中、眼睛飞洒出泪珠的小人。她把画展示给他看。

“你手够快的啊。老庞当时伤得挺重，但不致命。我选择了这个黑箭头，去抓那个凶手，这可能耽误了老庞的救治时机……他当时挺害怕的，要我留下来，但是……总之，最后我抓到了凶手，而老庞得到奖章，督司电视直播授勋，还有一大笔抚恤金，可以说是两全其美吧。当然，我们俩的关系……”

“现在没人愿意和你搭档了？”

“从那以后上级把我在一个个组里调来调去，从某种角度来说，可以说是吃尽了甜头，攒足了经验。再说下去都是伤心事，还是聊聊咱们今天的任务吧。”

韦一宸已经给叶春璟安置好了住处，也带她到督司办公室做过简报了。今天，他们要去调查叶春璟需要鉴证的对象，一名履历平平无奇的女记者。

无论如何，这都不像安防司的正常工作内容。韦一宸想拐弯抹角地从上级那儿挖出更多的情报，但还是放下了。首先，一出火车站不久就遭到袭击，这让他现在的处境非常被动。其次，因叶春璟强烈要求，韦一宸在简报中暂时隐瞒了她随身带着手枪的事。说实话，他和叶春璟未必是同一根钢丝上背靠背的战友，所以一开始就帮她保守一个秘密，也有利于他保持在整件事中的主动权。

叶春璟说：“讨论啥？直接约她见面不行吗？”

“岚汸市的官方原则是‘不提问、不辨认、不统计’。要想在这里做鉴证，只有两条路可走。一是对象自愿，最好是主动提出要求。二是对象牵涉重大刑事犯罪或者外事纠纷，而且安防司还要进一步证明，这和可能存在的双宿人身份有必然关联。”

“那怎么才算成功证明两者有关联？”

“我要是知道就好了，这种连一份官方指导文件都没有的规矩……等一下，你先把手机放下来，不要给覃元政打电话，他也没有这个问题的答案，相信我。”

“你别紧张，我只是看一下天气预报。那么直接问问她愿不愿意？”

“为什么一开始就要打草惊蛇？”

“害怕打草惊蛇，是你们安防司的思路。按照普通、周全的做法，要对一个人提出要求，就好好地开口说。”

韦一宸把双手摊在桌面上，抬头望着天花板上久未擦拭的吊扇，想了想。

“也对。她的履历看不出任何可疑或者危险的地方。”

“为了保证鉴证的准确度，我要为对象量身设计一套心理测评问题，这需要他们全面配合，提供生活细节。细节了解得越多，问题设计得越完满，结果就越精确。”

“好吧，那我们就去问问她。正大光明。”

叶春璟抬起手账，把正在涂画的一页展示给他看。

“这是什么？”

“你给我介绍的，犀牛毕波。”

“不像。”

“我昨天晚上才在电视上看到，怎么可能不像。”

“这儿，还有这儿，都多了点东西。”

“它不是拳击手吗，我画的是它被打得一头包的样子。这样更像你。”

韦一宸想笑，但忍住了，因为他发现叶春璟并没有笑，而且也没有嘲弄他的意思。她就像银行柜员给客户指出合同签名处一样，以一种面对单纯事实的态度，来做出这一番实际上突兀而又有点好笑的举动。

这样难以捉摸的她却拥有一把枪，且在那一日的危急状况中，头一个反应就是拔枪。

出于职业本能，韦一宸实在想知道她都经历过什么，但现在他无暇去了解。

“好吧，如果用真实身份约她见面，多半会被拒绝。我来想想办法……”

餐馆对面人行道的稍远处，停留着一辆车。

渊容老师坐在其中。

“放心。我取到了蛋糕就会回去的。记得让她把作业先做完。”

他放下手机，继续目不转睛地观察着韦一宸二人的动向。

九点四十五分，《岚汸晚报》记者，二十六岁的周亢，来到一座酒店附近的咖啡馆，找了一个空位，等待着面会一位预定的采访对象。十点整，对方没有出现，一贯守时的她给对方发了条短信，过去十分钟，依然没有收到回信。她皱眉，双手抱在胸前。

十点十五分，两个陌生人突然坐在她面前——韦一宸和叶春璟。

“不好意思，”周亢说，“这里有人……”

“我叫韦一宸，是安防司的干员。你要采访的王先生今天不会来了，是我们拜托他联系你的。请放心，你没做错什么事。”

韦一宸对周亢解释缘由。因为首要目的是让周亢主动接受鉴证，所以韦一宸非常小心，尽量让自己的语气不会引发任何对抗情绪。但话还没有说完，周亢突然抬手，做了一个“中止”的手势。

“先等一等。”她说，“是我爸派你们来的，对不对？”

韦一宸皱眉，没有立刻回答。

“我猜中了，对吧？就是我爸搞的鬼，派你们来找我麻烦。”一瞬间，周亢的脸色阴沉下去。她上半身朝后倾斜，双手抱在胸前。

韦一宸说：“别急着下结论。你父亲是谁？”

“周霆。”

“周霆？难道是那个……”韦一宸盯着周亢，突然脖子往前探出，右掌圈成握杯状，做了一套哑剧般的动作：从看不见的河流里舀上来一大勺水，然后表情严肃地仰头痛饮。

“……就是他。”周亢深深叹了一口气。

韦一宸明白了。她的父亲叫周霆，是岚泐市最出名的企业家之一。他资产雄厚，且常常有惊人之举，屡次引发争议。他名下的化工厂曾因不合法排污，被指控污染了重要的灌溉水源，遭到农民们抗议。为了反击指控，他花重金大范围播放电视和网络广告，在这三十秒的广告中大口饮下据传遭到污染的河水，以证其无毒。这段过于严肃反而显得荒谬的影像，已经成为本地年轻人热爱传播的网络表情包，常常用来表达“生活对我下毒，我却强颜欢笑”。

“相信我，这是上头交给我的任务，我真的不知道你父亲有没有插手。”韦一宸说，“但我还是希望你能解释一下，为什么你觉得是他要这么干。”

“他就是这样的人。他逼疯了我妈妈，现在还要逼疯我。”周亢闭上眼睛，用两只手指轻轻摩擦前额。几秒钟后，她睁眼，继续说：“你想让我说原因，我可以从我进幼儿园开始，说个三天三夜。我只说最关键的吧。”

周亢清了清嗓子，让先前有些脆弱的声音重新变得清晰、透亮。

半年以前，周霆的一家原料加工厂发生了重大事故。一台冷凝水闪蒸器因不明原因爆炸，导致三人死亡，七人重伤。劫后余生的员工们认为厂方管理和安全设备不规范，应负主要责任，提出赔偿诉讼。周霆方律师则辩护，爆炸主因是一名员工不遵守操作手册，错误地关闭了排水阀，导致无法排出冷凝水卸压。他指控的这名员工已在爆炸中丧生。最后员工们败诉，而重度烧伤甚至残疾的他们，仅凭微薄的抚恤金，几乎无法维持生活。

“为了这点钱，没有什么是他做不出的……”说到激动处，周亢不得不暂停一下，努力回归属于记者的、更客观准确的语调。

有的受害者并没有放弃上诉。周亢正在以此为题材，做一个深度调查报道，希望能为受害者们争取到舆论关注，最好是能发现新的有力证据。

“他哪里是真的想要做鉴证啊？他只想给我找麻烦，因为我在和他对着干。”

“我大致明白了。”韦一宸说，“不过你说错了一点。他肯定不只是想吓唬你。毕竟他把真的鉴证师都请过来了，这比炸掉一两家工厂什么的要麻烦得多。如果此刻能证明你是双宿人，并且把这个身份暴露——我只是假设，没有指认你是双宿人——那么在这些工厂前员工眼中，甚至在整个记者行业中，你的可信程度都会遭到质疑。”

“我再确认一下。你，是安防司的。”周亢对着叶春璟说，“那你就是……”

“我就是你爸爸找来的鉴证师。”

“果然。”周亢对叶春璟说，“我倒是挺好奇。我做了这么多年记者，没见过一个同行敢说自己能看透别人。而你们这些鉴证师，凭什么觉得自己能看透比普通人复杂十倍的双宿人？”

“我们依靠的不是直觉。”叶春璟说话时，并没有看着周亢，而是左手在咖啡杯上轻敲，右手执笔在手账上涂画，这让周亢感到些微不快。片刻之后，她继续说：“对了，我在想啊，你爸爸犯下的罪，你凭什么觉得可以由你来补偿？”

这话中突如其来的强攻击性让韦一宸都吓了一跳。周亢倒抽一口气，哑口无言。她立刻站起来，试图离开。

“请等等！”韦一宸连忙说，“希望你考虑主动配合我们的工作。你可以随意提要求，我们再商量。记者办不到的事情，我们能办到。”

周亢停下了，转过身来。

“不管我说什么，都会经过你们传到我爸耳朵里。”

“绝对没这回事，相信我！来来来，给你看我的账号。”韦一宸拿出手机，打开最流行的社交App‘Dewit’（德维，本书虚构的社交网络），朝着周亢上下滑动页面，继续说，“看到了吧？我的时间线上出现了多少次你爸那张臭表情的动图！有一些甚至是我自己发的！为什么我要牺牲自己的网络人格尊严，去给你爸当狗腿子？”

“别再滑了。”叶春璟插了句，“都是什么乱七八糟的搞笑动图。”

“……你们两个都是怪人。”周亢说。

“对吧，你接话了，那就是还有得谈。来来，再坐一会儿。”

“不坐了，我还要忙别的。如果真心想要我配合，就帮我找到一张图纸。”

“图纸？”

“发生爆炸的冷凝水闪蒸器的设计图。一名受害者说，他见过那张图纸，连设计厂公章都没有，能明显看出设备结构上的缺陷。很可能，我爸为了节省成本，采用了非常劣等、不安全的设备。这可能是案子唯一的突破口。当然，这张图纸也可能完全不存在。但我实在想不出别的交换条件了。”

“我会想办法的。”

“你是安防司的人，却要跟着鉴证师，”周亢看着韦一宸，“那么你是‘协调员’吧？”

“知道这个词意思的人不多。”韦一宸说。

“正好，我一直对安防司和鉴证机构之间有什么勾当很感兴趣，还得多谢你们主动找上门来。”

韦一宸还没来得及想好如何辩解，周亢就站起来，离开了咖啡馆。

“你刚才为什么要激怒她？”韦一宸对叶春璟说。

“双宿人的基本特征是一个人的意识处理两种人生的回忆。他们大多要花很大功夫，才能维持生活和心理的平衡。如果要破除这层‘假象’，首先应该做的，就是打破心理的平衡。具体在她身上，就可能体现为强烈的正义感和赎罪意识。”

“你是说，她可能真的是……”

“要出结论还早得很，这只是一点点尝试。”

听她这么一说，韦一宸总算对鉴证师的工作有了一点真实感。他们似乎是一种逆向的心理治疗师，不是去维护一个人内心的平衡，而是去破坏它，使其脆弱、裸露。说起来，这和审犯人时破坏其心理防线有共通之处。然而其破坏的对象，并不是犯罪嫌疑人，而很可能是一个忍受非常艰难的“迁宿”考验之后，终于能够好好生活的凡人。

他想，也许叶春璟身上真正危险的东西根本不是那把微型手枪。

“我感觉，你不希望她是双宿人。”叶春璟的话打断了韦一宸的思维。

“这话怎么说？”

“如果她是双宿人，在迁宿之前说不定是一个胸毛浓密的大叔……”

“那也和我们无关吧？”

“她比照片上还漂亮喔。我注意到你的眼神了。”

“……少来。”

4 野兽穿着皮鞋

在东城区二号立交桥西侧有一处大面积的洼地，那是全市最出名的贫民窝棚区，被称为嗣水塘。

与嗣水塘仅一墙一沟之隔的土地上，坐落着大型娱乐购物建筑群“白金海岸”。而嗣水塘的景象，正像是游客放肆玩闹之后，不负责任地在海岸上散落了大量软饮罐子、破损的阳伞、无主的拖鞋；所有杂乱斑驳的色彩陈列而成的并非彩虹，而是无数破碎的白日梦。

这天下午，在嗣水塘的西侧入口，停着一辆沾满泥浆的车。这不是公务用车，前后座之间却被坚实的钢条网相隔。安防司东城区分部督司覃元政坐在驾驶座上，着便服，戴着大边沿遮阳帽和墨镜，大汗淋漓。若车窗附近有人走过，他还要抬起一只手把脸遮住。他显然等得很不耐烦了，想抽烟，却又不想把窗户打开。离他的车不远处，孩子们在泥地中玩耍、踢球。

分部年纪最大、体重数字也最大的四组干员老田，同样戴着墨镜，从不远的一处矮窝棚里急急忙忙地奔出来，还扶着一个身材矮小、干瘦如枯树的老人。他用一块黑丝巾遮住那老人的头脸，而那老人十分不配合，不愿往前走，还使劲推搡他。

“废物！浪费老子时间。”覃元政唾骂了一句，确认附近小孩没有朝这边投来注目的眼光，连忙冲出车门，帮着老田，一同把老人扶回来，又硬挨着老人捶打的拳头，把她塞进车后座。老田想钻进副驾驶座，覃元政使劲推了他一把，吼道：“你干吗？你在后面看着她呀！”老田叹了一口气，在撑出大肚子形状的衬衫上抹了一把汗，抹出一个湿漉漉的佛手印。他只能再次进入车后座陪伴老人。

覃元政回到了驾驶座上，然后说：“帮她系好安全带！要开车了！”

车子开动了，轮胎下面飞溅出一扇一扇的黄泥浆。

后座的老人不顾老田阻拦，一把扯下了黑丝巾，使劲拍打覃元政脑后的铁窗，大声喊叫："又来抓我！我手气旺得很，才要到一半，又来抓我回去！放我走！你这个活该天打雷劈，不孝顺的亏欠货，你这个报应，我生出你这种崽，生出一团烂疮！"

"别叫了！"覃元政喊，"影响我开车！"

"开歪了好啊。开歪了一起撞死！这个家早也不像个家了！"老人声音更嘶哑了。

覃元政不再回话。督司此刻的沉默，是老田最害怕的沉默。老田已经很多次，陪着督司从嗣水塘的赌场里，捞出他好赌、狂躁的老母亲。老田自认为，对上司的这点义气，也许是他毫无建树的安防司干员生涯中唯一值得骄傲的东西。但在这一刻，他觉得沉默的督司，说不定会突然猛打方向盘，把车从立交桥上开下去。他还不至于为这义气付出生命。

老田把覃元政和他母亲送回了覃家的老房子。覃元政照顾了母亲一整夜，直到她入眠。他精疲力竭，来到一处客人稀少的烧烤摊吃夜宵。他是这里的常客。

这破落的路边摊，让他想起年轻时与同伴们彻夜喝酒畅聊的情境。烧烤架上摇曳的炭火令微醺的他们心事重重，仿佛那火正在冶炼投向恶人的枪矛。一头头狂妄而又敏感的野兽，曾为了不慎让凶犯脱逃，而在灌醉之后哭诉。多么无畏却又无耻。现在他五十七岁，是安防司分部督司了，昔日友人纷纷堕落或漂离，他觉得自身仅存办公室墙上那张微笑得出奇对称的肖像和一个或许已经癌变的肝脏。

他坐在让臀部很不舒服的小木凳上，吃着半焦的烤翅、羊肉串，大口灌下啤酒。此时下着夜雨，头顶上的防水布有一个漏洞，雨水溅到他脚边。

一个声音传到他耳边："你也不嫌会淋雨？挪一下。"

眼前的人正是企业家周霆。

覃元政没答话，朝旁边挪了挪。

“我正好路过，看见你的车停在你家老房子外面，就猜到你人在这儿。”周霆收起雨伞，坐在覃元政对面，“我那事，进度怎么样？”

“我当然在催，但鉴证师怎么做事，不是我能干涉的。”

“我劝你抓紧时间。你分部第一季度的工作报表有多难看，不需要我提醒吧？如果没有合适的人支持你，今年之内你就会被撤掉。”周霆说到一半，语气变得轻蔑，“还是说你求之不得？这样你就可以每天守在家里，清理你老妈的屎尿。”

“这位客人，”烧烤摊老板一边翻弄着羊肉串，一边说，“您占了个位置，不点吃的也就算了，别在那边屎啊尿啊的，影响别人。”

“谁让你插嘴的？你连我都不认识？”周霆脱下一只皮鞋，举起来，“臭小子，我这只鞋够换你这个摊子还有剩。”

老板“啧”了一声，不再理会。

“我再说一次，”周霆把鞋穿上，同时说，“我花这么大力气把鉴证师弄过来，不是让她来旅游的。我要答案！现在的周亢是双宿人！她不是我女儿！”

“你心里已经有答案了，还有什么必要大费周章？”

“只有鉴证师的结论才能让这件事坐实，才能说服其他人——”周霆突然觉得有一股痰积郁在喉咙里，他松了一下领口，“对了，你给鉴证师安排的保镖怎么样？信得过吗？”

“这个你可以放心。我手下的人大多是老鼠崽子，比咱们年轻的时候差远了。不过，姓韦的那小子不一样。他是闻惯了血腥气的。”

5 倒吊

“告诉你一个坏消息，我们被跟踪了。”

下午五点，在开车经过一个十字路口的时候，韦一宸说。

“是那个女记者吗？”副驾驶座上的叶春璟问。

“当然不是她。其实刚才经过的三个路口，我一直在试着甩掉后面的车，但是不行。这是一个老手。不能再继续往前开了，快到你的住处了，不能暴露。”

“那现在怎么办？”

“两个办法。一个是折回分部，这样他一定会离开。这只是权宜之计，明天他会继续跟踪我们。第二个是试试看，能不能把他引出来，至少得弄明白敌人是谁。”

“引他出来？如果他有一把冲锋枪，你怎么办？”

“……不可能，如果是真做好了开火的准备，不会这么有耐心地一直跟踪我们。何况这还是在大街上。你放心，不会有事的，但是今天要晚些回家了。把你的手账和笔给我一下。”

叶春璟照办了。韦一宸左手打方向盘，右手把手账按压在仪表盘上涂涂画画。三分钟后，他把手账还给了她，说：“把这上面的东西记熟。”

确实不可能出现叶春璟说的冲锋枪，但韦一宸心中并不像表面上那样轻松。不管这一次是不是冲着他来的，胆敢跟踪安防司干员的车，一定不是普通货色。他继续朝前开，十分钟后，经过了叶春璟的住处，转了几个弯，驶上一条小道，通往东城区一处未开发的郊区。道路两旁都是光秃秃的，密布着烂尾楼、小山丘一般的建筑废料堆，极少有车辆经过。

在一小截路段上，韦一宸以为跟踪者已经放弃了，但是一分钟之后，那辆车又出现在后视镜中，像匍匐在地面的黑色幽灵。这场狩猎已不可撤销了，暂且不论谁是猎人，谁是猎物。

“行吧。”韦一宸说，“看来他也想有个了结。”

天色渐渐暗下来。再往前开，烂尾楼也不见了，道路在小丘陵地段起伏，前方两侧是不断窸窣响动着的树林。

经过几个较急的弯道后，韦一宸的车在一座比较隐蔽的小山丘后停下了。他们迅速下了车，跑进车旁的一片白杨林。

“从这边一直往前走，三分钟后就可以穿过去。”韦一宸指着一个方向，对叶春璟说，“出去以后，按照我刚才给你画好的路线图，很快就能找到回城里的夜班车站和你应该坐的车次。不用等我了。快！”

叶春璟点点头，毫不迟疑地朝着他所指的方向跑去。

“好了，”韦一宸活动着筋骨，“总算到我自由活动的时间了。”

跟踪者的车，在韦一宸的车后停下了。

坐在驾驶座的是渊容。

韦一宸的车门大剌剌地朝树林的方向开着，这不是仓皇逃跑的痕迹，而是一种邀请。

渊容看了看天色，夕阳落在了远处的山脉后面。要不了多久，白杨林里就会一片漆黑。

这不是大问题。今天下午，他改变了主意，不再亲自去拿蛋糕了，而是请烘焙坊伙计送到他家里，并且已经得到了妻子的谅解。

他从储物盒里拿出一件黑色的面具，从头顶开始套住整个面部，只余鼻腔及以下的位置。连双眼部分也有黑色的可视滤网。随后，他又打开一个圆形铁盒，挖出两指黑色油彩，涂黑了嘴唇以及两颊所有暴露出来的皮肤。最后，他戴上黑色的拳击护齿。

在彻底隐蔽自己的五官特征之后，他钻出车来，踏着碎叶，走进树林。

他的首要目标，是捕捉鉴证师，交给雇主。虽然雇主承诺了，干掉保镖，可以得到双倍的酬劳，但渊容并不是冲着酬金才选择与保镖正面对决的。他之所以这么做，是因为在跟踪过程中，他已明白绕过保镖是不可能的。对方不是手无寸铁的普通人，有无数种办法可以逼迫渊容放弃跟踪，却没有这么做，特意把他引诱到了这片安安静静的树林——这片战场中。

如果在这里死去，是很孤独的。但这是一个适合掩埋尸体的好地方。

光线过于昏暗，难以追踪足迹。渊容的搜索并不显急躁，他相信对手一定在这树林里。他避开过于空旷的路线，确保接近自己身体的不同方向，至少有两棵树干可以打掩护。向着丘陵攀登的风吹过这树林，虽然掩盖住了他一部分踩踏落叶的声音，但他还是认为，自己的位置一定暴露了。真正的麻烦是，他没有听见对方的脚步声。如果对方是戴着夜视镜、潜伏在某处的狙击手，那么一切早就结束了。

"放心，我要捉活口，不会用枪的。"

仿佛是看透了渊容的想法一般，韦一宸的声音从树林中穿过来。渊容寻着声音大致的方位，立刻转向左侧。

声音再次出现了。

"反正你会活下来的，为什么不投降呢？少挨一顿揍，不好吗？"

在这一瞬间，渊容察觉到，这声音有些不对劲。虽然在有风的树林中，话语声不清晰并不奇怪，但这声音却有一种沉闷感，并且带着不自然的回响。本能驱使下，渊容转过身，在离他约三米的距离发现了韦一宸。

"手机录音而已。"他说。

渊容摆出作战架势，韦一宸左手朝上一捞，渊容听到碎树叶和土地之下一阵凌厉的穿梭声。早已埋下的绳圈猛然收紧，渊容做出了反应，但左脚踝依然被套住了，侧身摔倒在地。

这陷阱的效果，并没有达到韦一宸的预期。他原本预料，绳圈可以套住敌人的双腿，那样必定没有反击的时间，一切都结束了。现在，只限制住了敌人的一只腿。敌人身高超过他，且附近的树干、突起的树桩都能让敌人轻易固定身体，防止被他揪住绳子拉扯过去。一定要趁敌人还未调整姿态时，立刻施加打击。

韦一宸紧握短棍向前冲出。他已计划好，若敌人站起来，就顺势膝撞或投枪式抱摔，然后棍击头部，迅速结束战斗；若站不起来的话，只能任他宰割。

渊容的动作远出乎韦一宸的预料。他霎时翻转身体，背朝对方，上半身呈虎伏式与地面贴紧，未遭束缚的右腿高高扬起，速度之快仿佛能割裂树影。韦一宸本能地觉得这是一次踢击，但黑暗中突然闪现一缕银光，他中途改变了双手招架的念头，朝侧面一闪。

这不是一踢，而是一次利器挥舞。渊容的鞋帮上缘竟探出一寸长的薄刃。如果韦一宸刚才硬要招架，至少两三根手指会落地。渊容的双腿都有此装置，他趁韦一宸回避、观察之时，转动右膝，竟主动把更多的绳子缠到了右脚踝上，然后顺势将其割断，以类似体操选手在平衡木上倒立翻转的动作，顺利起身，重摆架势，直面韦一宸。一瞬间掀起的碎叶从他半腰高度纷纷散落。

狗娘养的，有暗器也就算了，腿那么长真碍事！韦一宸在心里咒骂着。顿时，他的手臂加短棍失去了距离优势，不能再凭着一股狠劲正面迎击。而从刚才这一番攻防看来，特意选择了入夜的树林作为战场，说不定反而成了敌人的优势。

韦一宸放弃直线出击，选择侧面路线，在众多树木的遮掩下靠近渊容，发动进攻。他希望较多的障碍可以限制对方的腿法，但作战依然不顺利。渊容的步法和踢法都收放自如，总是比韦一宸快一步，出击时又准又狠，完全占据了攻势；而想后发制人，拦截其踢腿，也几乎不可能。交手三个回合，韦一宸已陷入被动，左腰上还多了一道轻微的割伤。

突然间，出现了天赐良机。

渊容左腿独立，一记右腿横踢，像瞬间掠过水面的黑鸟。韦一宸急忙闪避，渊容身体却僵住了。他的腿绝不会失去准头踢中树木，但天色之黑终于起了作用，树干上有一小截几乎看不清的突起，钩住了他的裤腿。不是树枝，而是一小截嵌入树干的铁钉。

这一瞬间的变化将决定胜负。

韦一宸感受到热血上涌。有两个选择：一是攻其头部，可一击决胜负，但有可能被敌人双手招架住；二是毁了敌人最凶恶的武器。

韦一宸朝着敌人那短暂绷直的右腿，全力挥出一棍，要击碎其膝盖。就算敌人探出手掌试图阻拦，也会被打断指骨。

但是，一根绷得直直的绳索从下方兜住了韦一宸挥下的短棍。绳索的左右两端被渊容双手分别紧紧攥着。原来，渊容在割断绳子之后，并未将之抛弃，而是绕在了自己的手腕上，伺机而动。

若凭身体的运动本能，韦一宸能够从这一次攻防中抽身出来，重整攻势。但这巨大的意外，还是让他慢了半步。“嘶”的一声，渊容扯破了裤腿，重新双腿站立，然后一个回旋肘击，打中了韦一宸的头部。

韦一宸眼一黑。接下来一切都发生得很快：他感觉到自己倒地，短棍脱手，整个身体被一股强大的力量拽动，然后天旋地转，鼻腔里涌出一股酸涩，血液涌向头顶，耳边有树叶和风的沙沙声。

渊容用绳圈套住韦一宸的双腿，绕过一根粗壮的树枝，把他头朝下吊了起来，离地大约有一米高。他看到前方的渊容，把主要重心放在一条腿上，脚掌略微左右挪动，那薄刃依然寒光逼人。经过刚才的交手，韦一宸有点明白对方想做什么了。他在测量距离，即将踢出最后一腿，一发割喉。他能做到这种事。

但渊容突然不动了。他看见了让他意外的事物。倒悬过来的韦一宸，衬衣朝下散开，露出了腹部的数字文身。

0926

1023

1023

7804

现在几乎已经一片漆黑，渊容没有完全看清这些数字，但这足以让他内心产生疑虑。他从嘴里吐出了黑色拳击护齿，说：

"'锡兵'？"

韦一宸没有听清对方在说什么。或者说，他听清了每个字的发音，但不明白其中的意思。

"说！你是'锡兵'？"

"放什么屁……要好好说话，不如先把我放下来……"

今晚头一次，韦一宸从对方的口中听到了焦虑的埋怨声。

"算了……就凭你……不可能。"

渊容俯下身，按了一下鞋上的某处装置，薄刃收了回去。随后，他站起来，一脚踢晕了韦一宸。

6 幽蓝路灯

一个人等待班车，往往会感到比跟一群人一起等待时间更长。能很快开来的，总是那些无关紧要的车次。

这是灯光昏暗、蚊虫四处飞舞、结满蜘蛛网、脚下杂草丛生的乡间车站。

叶春璟一个人，在此等待回市内的班车。

韦一宸交代过不要等他。叶春璟也没有这个打算，但是班车迟迟不来。

到了夜晚，四周都是一片漆黑，头顶上的路灯几乎不足以照亮车站的车次牌子。

她早就坐不住了，站直了等，手心出汗。

终于，不远处出现了车前灯。乡间班车终于到站了。它像是恐怖电影中登场的道具，破旧、毫无生气，从黑暗中驶来，要驶到黑暗中去，唯一不同的，是它至少没有缠绕着雾气。

她上了车。三节车厢里只有不到三个客人。她找到中间的一个位置坐下。

司机操作离合器。车辆即将发动。车门徐徐关闭。

叶春璟看见，在车门关紧之前，一只手探了进来。

有人在车门外喊："请等一等。"

"急什么啊？不把自己的命当一回事？"司机一边抱怨着，一边打开了车门。

叶春璟眼中的陌生男人——摘除面具，擦掉油墨，恢复通常模样的渊容，对司机赔着不是，踏进了车厢。他在离她不远的位置，静静地坐下了，直视前方，没有看她一眼。

这次，车门终于关紧了，班车摇摇晃晃地朝前开起来。

叶春璟瞥了渊容一眼。她发觉，这个俊朗的男人，平日仪容、着装必定都很整洁，但此时，袖口、裤腿上有一些泥灰，头发也有些脏。

她把手探进包里，握紧了微型手枪。

狭窄的公路在郊区的丘陵之间蜿蜒着。显然缺乏维护的班车，每时每刻都在和碎石子、泥浆做着斗争，而司机的急躁显然对情况没有帮助。有一次，班车下了一个急坡，有一瞬间的腾空感，叶春璟不由得"呀"地叫了一声——当然，这片刻的受惊，更多是因为自从注意到那可疑的男人，她就一直处于心跳加速的状态。

男人一直没有动弹，有时低着头，有时看看窗外。他看上去挺疲劳，如果再考虑到其着装，有可能只是一个因加班而懒得说话的普通人而已。但他没有公文包，毫无垂头丧气感；他的疲劳像是兴奋之后的余韵。叶春璟偷偷瞟他一眼的次数越多，就越觉得男人可能会做出什么举动。

毕竟，韦一宸依然没有打电话报平安。

她需要乘坐八站车，才能回到住处附近。二十多分钟过去了。因心神不宁，她一时竟弄不清已经行驶了四站，还是五站。离城区还远，车停下时洞开的车门，像来自黑暗、令人无法拒绝的盛情邀请。叶春璟默默深呼吸，几乎快说服自己，这一切不过是没有来由的担忧——就在此时，她瞟见了男人鞋帮子上的血迹。

她放弃了能保持现状、平安下车的幻觉。

一个又一个点子，在脑中飞快闪过。

在下一站提前下车？最愚蠢的做法。

谎称遭到跟踪或猥亵，向他人求助？别傻了，韦一宸都没有摁住这个跟踪者。

等待敌人出手，伺机开枪反击？就算发生了奇迹，然后呢？难道接下来要干掉班车里所有人，保证不留活口？

因为这想法过于荒谬，她不由得在心中自我嘲弄了一下：这班车里，唯一会被她的枪法击倒的人，或许只有窝在最后排、蓬头散发、穿着脏兮兮蓝紫色罩衫的那位老阿姨——

她突然想起了什么。

她再次鼓起勇气，让自己的视线越过男子占据的空间，仔细看了一眼那位阿姨。

没有错。

老阿姨身着蓝紫色罩衫，左胸位置绣着六支号角交叉构成的圆形图案。她是共鸣会的人。

叶春璟就像快要溺亡的潜水者发现了一枚探入水中的鱼钩。哪怕被这鱼钩刺穿下唇，也要让岸上的人发现她。

她深呼吸了一次，站起来，向着班车最后一排走去。在经过那男人前方的时候，她有一种眩晕感，微微眯起眼睛，防止眼睛的余光落在男人身上。她靠近老阿姨，后者一脸不愉快，充满戒心地抬起头。虽然安防司认为他们是无害团体，但是当他们孤身一人的时候，常常会遭到好事者，尤其是青少年的嘲弄和挑衅。

叶春璟口齿清晰地对她说："我想分享。"

这句话，是外人表示愿意加入共鸣会的问候语。

阿姨的五官依然像锁在一起一般僵硬。她从单肩包里，拿出手机，打开一个录音App，把手放在了录制键上。叶春璟点了点头。阿姨按下了录制键。叶春璟在她旁边坐下，用编造的名字开始自我介绍。阿姨的面目终于逐渐舒展开来。

在外人要求加入共鸣会的时候，为了让他们表示诚意，筛除不怀好意的嘲弄者，惯例就是立刻进行录音，并且把重要的交谈内容当场上传到共鸣会的官方服务器中。

于是，叶春璟开始尽力用可信的语气，述说自己的"人生故事"。幼年的第一段记忆、父母的争执、失败的恋情、从马背上摔下……没有一件是真的；但她需要这一切听起来像真的。她自始至终也没有偷看那可疑的男人。她的赌注是：这个男人，不是亡命之徒，不希望自己的行动遭到暴露。而且，共鸣会的人常常也会分享各自的行程，如果有人出意外，通常都能很快追查到出事的时间和地点。

阿姨录到一半，并不征求叶春璟的同意，凑到她旁边，几乎脸贴着脸拍了一张合照，然后说："够了，小姑娘。不是怀疑你，但你说的一些东西我们要先核实一下，然后就可以带你到我们的分社区里办入会仪式了。"

"我现在就想去！可以吗？"叶春璟说。

“可以啊。”阿姨有些讶异，夹杂着一些喜色，“今天有些晚了……但是大家会很欢迎的。已经很久没有你这样的年轻人加入了。下一站我们就下车。”

三分钟后，车停了。阿姨有一些瘸，叶春璟扶着她，下了车。那男人没有跟下来。

“您不继续录音吗？”

“不用了，等我们回到社区里，再把你的故事分享给大家一起听，这样更好。”

这里是城区边缘，分散着稀稀落落的平房。有几列高大的砖墙，围出了一个社区群，入口处竖着两盏发出幽蓝光芒的路灯。

“这是我们的八号社区，”阿姨说，“我们的兄弟姐妹每一天都在努力建设新社区。入会以后，无论在哪儿，只要看见这模样的两盏蓝色路灯，你就像回到了自己的家一样……”

叶春璟听见了背后班车驶离的声音。没有脚步声。她松了一口气。

他们离社区越来越近了。现在她面临另外一个问题。虽然看起来，是她在搀扶那位阿姨，但是阿姨也死死攀着她的胳膊，非要把她拽进社区不可。可要是进入了社区，她的谎言必定立刻被揭穿。

幸好，要解决这个问题，不需要耗费太多脑筋。

“那个，对不起……”她拔出手枪，对准阿姨的头部，“我改变主意了，能让我走吗？”

她没有花多大力气，就把自己的胳膊抽了出来。她朝后退了四五步，放下枪，转身跑进了乡间布满杂草的小径。她满怀歉意地回头看了看，共鸣会的阿姨一脸恨意地站在原地。

隔日下午。

东城区第二医院。

韦一宸躺在病床上，头上包着绷带。叶春璟坐在病床边。

“伤得严重吗？”她问道，“好像话都说不利索了。”

“主要是脑震荡，要观察一下。真正受伤严重的是自信心。我本来还想说，和他两败俱伤，但是既然被你看见了那家伙毫发未损的模样……”

“哦，对了，你的录音是这么说的。”她突然笑了，模仿着他的声音说，“我要捉活口！不想挨打就给我躺平了！”

“我是这么说的吗？”韦一宸皱眉，“记不起来了。完了，可能脑子真的被打坏了。”

“幸好你还活着。”

“幸好我还活着。倒是你，一个鉴证师，现在可能全市甚至全地球的共鸣会成员都知道你的长相了。你还记得他们把一个鉴证师的心脏挖出来吃掉的传说吧？”

“没事，以后我都绕着走。”

覃元政走了进来，轻声细气地说：“叶小姐，打扰了。能不能让我和他单独聊一聊？”

“好的，您请吧。”

叶春璟走出了病房。在她后腿离开病房的一瞬间，覃元政的脸色就变得难看起来。他说：

“你要我？”

“……什么？”

“你一醒来，就要我给你找模拟画像师。结果按照你的描述画出来的，是这么个鬼东西。”

覃元政把一张素描纸摆在韦一宸面前。

“这什么玩意？”

“画得很好啊，有什么问题？这就是差点把我干掉的那个人，一点不差。我只是老老实实地说出我亲眼见到的那个样子而已。”

“有个屁用啊？”覃元政把画像揉成一团，丢进了垃圾桶，然后说，“算了，我去找叶小姐帮忙重画一张。”

“她见到的，未必是凶手本人。”

“我当然明白。把你揍一顿的人是谁？心里有点眉目吗？”

“首先，在我们处理的小混混里面，不可能有这么厉害的家伙。更重要的是，他绝对是冲着鉴证师去的。我的结论是，关于这整件事，还有一些我不知道的，或者有人故意瞒着我。”

韦一宸直视着覃元政的眼睛。

沉默片刻之后，覃元政说：“所以，他只是把你打晕了，不打算干掉你。”

“是的。”

韦一宸暂时隐瞒了一部分真相——杀手为什么会留他一命，以及那个关于“锡兵”的奇怪问题。既然覃元政对他不诚实，他现在也无法完全对上司诚实。

“你再躺一躺吧。”覃元政拍了拍韦一宸的手背，“说实话，看到你没什么大问题，我松了一口气。”

“如果我死掉了，你会不会松更大一口气？”

“……臭小子。”

7 间奏：十五岁的幸福线

妈妈下葬后的第二天，清晨六点，十五岁的周亢侧身躺在客厅的地板上，搂着妈妈年轻时的一件连衣裙，一言不发，一个指头也不挪动，饥肠辘辘，大脑中却勾勒不出任何食物的色与味。九点十五分，彻夜未归的周霆回家了，从她身上跨过，回到卧室，一个电话接一个电话，寻常日子的寻常内容，催款、充满数字交换的承诺与推托、与合伙人共同咒骂下属。十点三十分，终于安静了，爸爸再次从她身上跨过，把庞大的身子栽进沙发里，然后说：

“你装那可怜样子给谁看？她是个假货，根本就不是你妈妈。”

周亢知道周霆的意思：他怀疑妻子是双宿人，意识属于另外一个陌生人。既然她已死去，那么再也没有人可以反对他对妻子意识所在的质疑。

可是，周亢想，就算爸爸说的是真的，那个女人依然是妈妈。不管她的意识到底属于谁，既然现在肉体死去，意识消散，只剩下一罐骨灰了，那可不就是完完整整的、世间仅存的妈妈？

那时候的周亢，与十一年后让受访人倍感压力、反复修正坐姿的女记者，尚存在着千万串泪水的距离。父亲生意不稳定，他们时常搬家，甚至有两次为了迁居跨越国境，周亢几乎没有时间结交任何朋友。碎片化的学校生涯里，只有焦躁和痛苦的回忆。男生们嘲笑她压路机，又在走廊佯装打闹，歪歪斜斜地撞过来以绊倒她为乐。与学生会委员们打扫图书馆，有人够不着高处，要借她的背“踩一踩”，理由是“不想弄脏图书馆的椅子”，没人提出异议。她从来不觉得自己做过什么特别惹人讨厌的事，只有一次不堪忍受，推了同学一把，而事后老师的单独谈话，仿佛是在说，她受欺负，已经是错了；而反击，更是错得道德败坏。

在厕所中，卧室里，周亢用最大音量听Sleater Kinney（斯莱特·金妮）和Kim Gordon（金·戈顿），但几乎震破她耳膜所换来的愤怒，尚不足以反抗粉刺对她皮肤无止境的掠夺，更不用说用来抵抗生活。如果没有妈妈，她撑不下去。但支持她的，并不是临终前两三年，那个狂躁、精神衰弱的母亲，而是周亢回忆中，把她放在膝上、同荡一架秋千的母亲。夏日的秋千，从她幸福的起点荡到终点。为这想法，她痛恨自己。如果她也认同，妈妈在最后几年变得神经衰弱、不可接近，仿佛变了一个人，那这和认同爸爸的指控又有多少区别？

周霆对双宿人的恐惧早有由来。双宿现象刚刚爆发时，他是一名士兵。他描述过，这在当时无法理解的现象几乎造成了军队指挥链的瘫痪。地位显赫的领导人遭遇了“迁宿”，这种流言虽令人恐惧却遥不可及；更实际的是，在战场上时，战士们根本无法放心把后背交给同伴。成为生意人后，有一位给他带来事业发展良机的合作伙伴暴露了双宿人的真实身份。当时他们居住在一个对双宿人进行严格管理的地区，治安机构对此人进行了暴力质询。最后此人承认，在“迁宿”之前，他的意识属于半个地球之外一名整日食不果腹的流浪汉。而现在，他拥有了令人艳羡的财富和妻子。

真正让周霆恐惧的，是故事的另一半。那位富有的生意人——曾经主导这具身体的意识——在一瞬间，迁宿成了一名不知流落何方、生活在最底层的人。他奋斗或依据出生优势得到的一切灰飞烟灭。他必然想“回归”，但这是不可能的事。这样的事情就发生在身边，大大地震动了周霆。哪怕已有的数据证明，在最初的三年之后，双宿现象的发生率变得极低，但周霆从未摆脱对于双宿人再次搅乱自己生活的恐惧。只要这阴影存在，他的双手就再也握不紧任何东西：枪支、金钱、枕边人。

但或许，周霆从来就没有一双足够厚实的手掌。在妻子死去并且几乎放弃对女儿的教育之后，他的生意乘上了火箭。他可以轻易扔给周亢一张银行卡，这比给她一个关爱的眼神、和她一起吃顿饭要容易得多，也自然得多。

三年之内，周亢逐渐发生了改变。她开始像年轻时的妈妈一样，轻易夺走人的视线。人们看见她社交网络的自拍头像，毫不迟疑地把手指滑向“like”。她交了一个爱为她拍照的男友。他时刻为她举起相机，在海边，在山谷，在阳台，在卧室，她抱着毛绒娃娃，抱着树木，抱着她自己的膝盖，抱着他。男友需要增添镜头时，总是用她的钱，直到她再也不愿意为此而找父亲撒谎，索要开支。

半年之后的一天夜里，周亢在她出钱租下的公寓中试穿新买的内衣。男友举起相机，按下快门。不知为什么，已经让男友拍下上千张照片的周亢这一次忽然觉得不适，就好像那镜头上长出了刺，让她的毛孔皱缩起来。她尴尬地笑了笑，没再追究。类似的场景，发生了两三次之后，男友一边调整光圈，一边说：“要是别的男人，愿意为你的照片出不少钱呢。”

她说：“你什么意思？”

“没别的——”

他话还没说完，她冲上去，把他的——她的相机，拍落在地。男友吼了一声“你干吗”，要去拾起相机，她又一脚把它踢远了。男友冲过来，狠狠扼住她的脖子。

这天夜里，周亢回到家中。一用钥匙打开门就闻到了房屋中浓重的宿醉呕吐味。客厅的壁挂电视上播放着展现军人训练考核的军事宣传节目。周霆披着睡袍，浑身散发着酸臭味，坐在沙发上，并没有转过头看她一眼。

“爸。”周亢说，“如果你觉得妈妈是假的，是双宿人，那为什么不去找真正的她？”

周霆的右手放在遥控器上，按了按，却并没有成功换台。

“有什么意义呢？”他说，“做什么都没有意义的。”

周亢把家门钥匙放在了爸爸身前的茶几上。

她离开了第一个男友，更重要的是离开了爸爸，直到今天。

8　林中石

叶春璟藏身的地方，是一栋陈旧、位置隐蔽的六层旅馆，有一个特别令人牙酸的名字：“梦恬大酒店”。老板兼前台，今年四十七岁，多年以前是入室抢劫犯，如今却和东城区分部结下了奇特的友谊。安防司在每层楼都租下了一间房，经过改建，安装微型摄像头，专门临时安置需要保护的对象。

晚上九点。

“好了，”韦一宸把上半截身子从三〇三号房的窗户外面缩回来，用一块毛巾擦了擦手，“所有摄像头都已经检查过了，没有故障。”

“对了，厕所马桶和马桶盖的颜色怎么不一样？”

“换过一个马桶盖，型号没对上，这不值得追究吧？”

“你望哪儿呢？眼神哧溜一下不知闪哪儿去了。我觉得这事和你有关。”

韦一宸正是在这洗手间里下重手揍了那个小流氓。他不想延续这个话题。

“说正事。和收费站那次不一样，这一次的歹徒，显然是对你有所企图的，虽然还不能确定你是不是第一目标。我们临时为你增加了人手。现在，在这酒店附近，算上我，有三个观察点，锁定了酒店所有可能的出入口。哪怕蜘蛛侠想从对面楼顶荡过来，也逃不过我们的视线。你无论选择哪一条撤离路线，都能有人以最快速度接应。这是我们目前能提供的最高级别安保了，要想更加保险，除非人手配备一把狙击枪。不过呢，这整件事是不符合规定的……这和刑事案件无关，是为了满足你实际上的雇主周霆的要求。所以我必须问问你，周霆和你们研究所接触的时候有没有什么可疑之处？”

“他雇用我的这笔钱是干净的，我们当然调查过。我们最在意的，就是不要落下把柄。阴谋论可多了，比如说，我们是什么靠着黑钱搞毁灭人伦研究的邪恶组织；还有，弗尔甘·库马尔教授其实是帮助古埃及人建造金字塔的外星人后裔……”

“对！双宿现象其实是他引发的，目的是培育出鉴证师，然后敛财。”

“……你信这个？”

“信过五分钟吧，毕竟督司这个讲法挺带劲的……确实，周霆没有理由派人对付你。那么只剩下一个可能：在这件事的某个阶段，你的信息泄露出去了，然后引来了同样想利用鉴证师的其他人。而他们，是养得起杀手、却不能按正常途径雇用你的人……”

“这些话你说给我上级听吧。我对另外一件事感兴趣。那个杀手，为什么没有干掉你？”

“我是安防司的人。你也说过了，那人不像一个亡命之徒。他不想杀死我，这很合理。”

“这骗不了我。”叶春璟停顿片刻，继续说，“你从昏迷中醒过来的时候，我看见了你的模样。你对涌到你脸上的光线有感激之心。你使劲深呼吸，不管空气中有没有药水的异味。发现自己还活着，你是很高兴的。”

她身体往前倾，盯着韦一宸看了一会儿。她的眼神似乎有些警觉，却又隐藏着不易发觉的好奇以及关怀。这甚至并非人与人之间透露出温情和怜悯的关怀——韦一宸觉得，她的眼瞳之中，隐藏着一种野性。她不是像小狗小猫一样，以惹人生怜的神情在观察他。当一个人行走在陌生的丛林中，掌心发汗，突然在林木之间，看到一双闪烁、静谧、不属于人类的眼睛，伴随这双眼睛的并不是野性的杀意，而是野性的庄重。这位丛林中的旅人，面对此景，将同时感到宽慰和愉悦，却也不敢轻举妄动。

韦一宸不由得上半身稍微朝后退了一些。

作为惹过不少祸端的人，他对于死中求生的险境并不陌生。在这样的险境中脱身，无论归功于自己的才智，还是敌人的失误或自大，都是一种了不起的成就，但为了日后的生存，绝不能沉溺于这种成就感中。在这种心理的影响下，就好像之前的生死险境，反而也没那么大威胁了。但这一次不一样。那名杀手，给他造成了一种前所未有的、决定性的挫败。他能否定那成就感，但无法否定这挫败。

在树林中埋下陷阱，并不是韦一宸突发奇想的战术。那是一片他小时候就很熟悉的树林。在附近的树木遭到砍伐、公路被建起来之前，那儿是真正可以打猎、生活，似乎连绵无尽的绿色世界。结果，他借助树林的一部分力量，设下陷阱，却遭轻易破解。韦一宸不仅觉得对不起自己，甚至觉得对不起那片树林。

叶春璟的眼神以及自己心中这一份歉意让他觉得，也该说几句实话。

“他是想杀了我……但不知道为什么，他看见我肚子上的文身，就只是把我打晕，然后去追踪你了。”

“文身？”

“是的。我的文身，很少有人知道。反正我不会游泳，也不爱去海边，所以……”

她的神情缓和下来，展现出一种更轻快的好奇心。

“什么样的文身？我能看看吗？”

“有必要吗？哪怕你看了，肯定也没办法解释为什么他会放过我。”

“有什么不可以的，很羞耻吗？犀牛毕波？六芒星？前女友的名字？如果不给我看的话，就默认是这三个答案之一了。”

韦一宸突然“噌”地从椅子上跳起来，吓了叶春璟一跳。他捏住衬衣下摆，动作却突然停顿。他想了想，皱着眉头，转过身背对着她，把衣服掀起来露出腹部，用手机拍了一张照片，然后又转过来，衣服已把身体遮好了。

“好，”他重新坐下来，“发你手机了。”

“还害羞起来了。”叶春璟盯着手机，好一会儿没说话。

“看出什么了？”韦一宸问，“有眉目吗？”

“你还是直接告诉我答案吧。”

“我也没有答案。不记得它是什么时候出现的，也不知道它是什么意思。所以，我才不喜欢有人看见它。”

“我以前听说过一个都市传说。有人喝醉了，跑到文身师那儿，提了一大堆古怪的要求。第二天早上……”

“这也不是没有可能。我真的没有记忆。这些数字，你有头绪吗？”

她摇摇头。

有那么一瞬间，韦一宸希望叶春璟能给他提供一些方向，但他失望了。他的确不知道这些数字文身的意义，以及它们何时开始存在。实际上，情况比他所说的要更严重。他越试图去努力回想、探究这些文身，记忆中就存在越多的混乱和不可捉摸。十五岁时，十岁时，文身存在吗？必然是没有的。他有小时候光着上半身在河边钓鱼的照片。他也记得不被这文身困扰的日子。

然而就在前不久，他做了一个梦。他循着一个小孩断断续续的声音走进一片密林。在林中，他遇见了一块黑色的卵型石头。仔细一看，那并不是石头，而是一个跪坐在地上的小男孩。四排数字文身覆盖住了他整个正面躯体，更像野兽挖出的数十道裂痕。

做过这个梦之后，他就把那张河边钓鱼的照片收进了抽屉最下层。

前几日在树林中，杀手看见他的文身，然后对他说了一个词：锡兵。

这是多年来关于文身的唯一线索。但这只是让他更加一头雾水。

想起这个词，就不由得想起自己被倒吊着、几乎丧命的那一幕。

他没发觉此刻自己的脸色有多难看。

“我感觉你还有问题想问我。”叶春璟说。

“嗯……你有没有听说过‘锡兵’？”

“哪两个字？安徒生有个童话，叫《坚定的锡兵》，你是说这个吗？”

“对对，就是这两个字。但不是指童话。这个词还有别的用法吗？我是说，比较特殊的……”

“就我所知，没有。”

“好吧。别介意，当我没问。”

9　廉价谎言

早上八点三十分。

“有我这么劳累的上级吗？什么事都要我自己跑一趟？”

覃元政一边抱怨，一边把一个牛皮袋扔在办公室的书桌上。

韦一宸打开牛皮袋。里面是数张陈旧的图纸，发出腐败的气味。

“看不懂啊。”

“不需要你看懂，知道这是什么就行了。这就是你们要的，周霆化工厂发生爆炸设备的设计图。你不是说周亢非要拿到这东西，不然就不愿意接受鉴证吗？”

“噢，太好了。督司你这次威风了啊。我还真不知道该怎么下手，总不能去闯空门。你怎么弄到的？”

覃元政抿了一口茶水：“周霆亲手交给我的。”

“啊？他为什么……这玩意交出去对他的官司不是很不利吗？”

“他要的就是解决他女儿的事情。我把这个利害关系和他一一交代清楚就行了。有了图纸，周亢自愿接受鉴证，事情就结束了。保护叶小姐的资金也是他出的，所以早一点解决对所有人都好。”覃元政停顿了一下，继续说，“所以我提醒他，哪怕拿一套假图纸出来也可以。”

“这能行？”

“首先，这未必不是同一套、同一种设备的图纸。周霆把它交给我的时候一个字都没有说，这一部分你就不要过多揣测。其次，我替你做了本应该属于你的工作，所以剩下的事情，你就不能老老实实地给我去办了？如果周亢还和你讨价还价，那就是你的问题。”

韦一宸沉默了一会儿。

“好吧，那如果过了她这一关，然后又顺利做了鉴证，可能事情还不算彻底解决……”

“哪一部分没解决？”覃元政的声音变得严厉起来，“完成鉴证，把叶小姐送上火车，结了。”

“那些对她下手的人呢？”

“只要她离开了岚汸，这就不是我们的问题。而且如果要调查幕后黑手，就得调查周霆，这完全是节外生枝。”

“我的建议是：加强对叶春璟的安保措施，要求周霆合作，调查幕后黑手，惩治幕后黑手，送她上火车，与她的研究所联系合作，保证她回程平安。”

“完成鉴证，送她上火车，完。”

“那这样行不行？调查幕后黑手，惩治幕后黑手，送她上火车，保证她回程平安。”

“鉴证，上车，完！”覃元政狠狠拍了一下桌子，“野心挺大的啊你，我就非给你伤口上撒把盐，你不是让那个杀手给揍得还不了手吗？还想脑震荡一次？再遇上他，你怕是没下次了！只要不节外生枝，剩下的事情让老田干都能给办好了！”

韦一宸深吸了一口气，提着牛皮袋站起来。在离开办公室之前，他回头对覃元政说：“你低估老田了。哪怕是他，至少也会说一句：‘有一个连安防司干员都对付不了的杀手跟踪一个年轻女人。我们该怎么办？’”

他没有理会覃元政是何反应，离开了分部。

他再次约见周亢，选择了闹市区购物中心内部的一家咖啡馆。行驶路上，并未发现有人跟踪。回想起来，上次杀手出现是周六。他开始怀疑，杀手可能是有相对正常生活秩序的人。

“阿春。”他直视着道路前方说，“有件事得先和你说……”

“……叫我？”副驾驶座上的叶春璟说。

“车里没其他人吧？下次如果再遇上袭击，我得有个快捷的办法称呼你。如果你不喜欢，那，你在研究所的同事是怎么称呼你的？我参考参考。”

“Dr. Ip。叶博士。”

“有没有更休闲一点的讲法？”

“有，不过我们研究所有二十四个不同国家的人，所以大家一般都用英语。熟人在私下场合一般叫我Chun，也就是……春。”

“那我叫你阿春也没啥问题嘛。”

“阿一！”

“啥?！”前方是红灯，韦一宸差点没刹住车。

“学你啊。突然就被贴上了一个简称，有点难受是不是。又不是父母，在不征求别人意见的情况下，断然给人命名，是一种贪图主动掌控社交权力的表现。我喜欢待在研究所，因为同事之间更平等，我们尊重的是对方的学术实力。哪像到了你们的办公楼里，一左一右的，感觉等不及要排着队把手摸我脑袋上来……”

“嗨，突然这么严肃，我都快忘了你是博士。”

这句话一出口，韦一宸就察觉到了不对劲。在分部里，和同事们混在一起的时候，或者在安防司培训基地的男生宿舍中，这种打压对方的调侃几乎是脱口就来。叶春璟不再开口，也不涂画，望着窗外面，一动不动。自从经历杀手跟踪，以及韦一宸坦白文身一事之后，两人关系好了不少，但这一下，好像一切都打回原形了。

“对不起，我收回这句话。和前头几句一起。”

她依然沉默。

十分钟过去了，离目的地还有一个转角的距离。

“先说句话呗，我们总得聊聊正事。”韦一宸说，“马上就要和周亢见面了。督司给的这份图纸不一定是真的。我有预感，如果一个处理不好，她很可能会恨我。哪怕你现在嫌我很烦，等会儿还是先配合一下，行不行？”

“其实你真要那么叫我，我能接受。”她转过头，盯着他，“是你后面说的话，很过分。如果你觉得这样说话，是你们的习惯而已，不叫恶意，那么正好有一个词：恶习。这个词可不是只有博士才懂的。”

“我知道。”

“光知道不行，还得反思，‘阿一’。”

“这个，我还是得商量一下，听起来像‘阿姨’……”

周亢迟到了二十五分钟。和上次不同，她显得特别有气无力，那双曾经蓄着一股凌厉洒脱之气的眼睛此刻仿佛要被黑眼圈吞噬。

“谢谢你们帮我拿到设计图，”她说，“但我可能已经不需要了。”

“为什么？”韦一宸问。

“唯一见过设计图纸，坚决要推动上诉的陈先生，植皮手术术后感染，昨天半夜去世了。剩下的人，态度都很动摇，不愿再接我电话，我甚至怀疑我爸和他们私了了。所以……”

“那你的特稿呢？还写吗？”叶春璟问。

“主编对这个选题本来就不热衷，他已经容忍我很久了。大概很快就会派我去做别的活吧。”

韦一宸慢慢地把牛皮袋挪到了桌子下面。

“你们放心，”周亢苦笑着说，“承诺我肯定会遵守的。老让我爸等着，你们也不好交代吧。那，该怎么进行呢？”

“呃，你现在这个精神状况，可以先缓一缓，休息一下。视个人情况不同，鉴证可能会大量消耗体力和精力。”叶春璟说。

周亢点了点头，说：“谢谢。不过说实话，今天我还有事要忙。下午我得去和陈先生的家人见个面，然后回编辑部报到。”

她垂下眼睛，想了想，继续说：

“不管怎么说，你们真的帮我找来了设计图，我之前不该怀疑你们和我爸是一伙的。等我忙完，今天晚上我请你们喝一杯，怎么样？”

韦一宸和叶春璟互相看了一眼。叶春璟抢在前面说：“好啊，我们当然愿意了。”

“那就好。时间和地点我晚上六点之前会发给你们的。”

周亢离开了。

韦一宸对叶春璟说：“你刚才……答应得是不是太快了？”

“她都答应做鉴证了，那我们得多照顾一下她的情绪。何况看她那个样子，你忍心拒绝吗？”

"我们晚上去酒吧可能不太安全。如果又被跟踪就麻烦了。"

"那，你送我回住处，再一个人去。"

韦一宸没说话。

"啊——你没有否定。刚才分析起来一脸正经的，怎么突然哑火了。我看你是真的想和她两个人独处喝酒吧。"

"……这个场合，你说这个就不对了啊……"

最后，韦一宸还是决定与叶春璟赴约。危险是真正存在的，为此，他下午抽时间，特意检查了一下自己的短棍和配枪。他把拆卸下来的零部件放在那个已经毫无用处的牛皮袋上。他本就准备好了，在督司的命令下，带着一个谎言去向周亢兜售，换取她的合作。而她甚至并没有看图纸，就表示出对他的信任。

韦一宸并不觉得自己特别做对了什么。周亢的信任，很可能只是她不想再给内心增加压力的妥协。但不管怎么说，她已经说了真实的"谢谢"，而这两个字是无法撤回的。

10　乐声一百二十分贝

也许是出于一种对文字工作者的偏见，韦一宸本以为周亢会选择更轻盈的酒吧：蘑菇形的云白色灯光下，衣着素净的民谣歌手在跑调边缘唱着失恋和乡愁，客人们的身体随着鼓点节奏蠕动而不是摆动，一切都节制得如同细品一枚无糖口香糖。

事实正好相反。周亢选择的酒吧叫"The Coven"（四叶草）。在这里，一切都是那么耀眼、响亮、招摇，无牵无挂。韦一宸曾经来此地追踪一个嫌疑人，结果那人如同深海鱼一样消失在巨大的、人头簇拥的舞池中。整个建筑里能免于音乐轰炸的，大概就只有洗手间角落盆栽里的泥土。

十点左右，韦一宸和叶春璟先到了，好不容易才在二楼找到一个极狭窄的位置，离一台大功率舞台灯具还特别近，灼热逼人。五分钟后，周亢出现了，熟练地和一名服务生打招呼。很快，他们就被奇迹般地换到了一个视野、通风都良好的地方。

周亢打扮过，比白天见面时更有吸引力，但可以看出来，她是经过了一番刻意而复杂的着装仪式，才让自己提振精神的。举手投足之间，总有一些疲乏悄无声息地滴落在她自身的影子上。周亢显然不想谈她的父亲，以及她已经不得不放弃的写作选题。一番寒暄过后，话题集中在韦一宸身上。

“有什么好玩的安防司故事吗？”周亢对他说，“你放心，我现在不是记者。”

“最好玩的故事，可能都不太好下酒。”韦一宸说。

韦一宸和他的同事之间在喝酒时爱讲的故事主要分三种。一种是便于大部分男性快速强化内部性别纽带的故事，常常涉及失望的妻子、办案过程中结识的女性，包括许多不值得自豪、可信度低的细节。另一种是对于某次暴力制服的迷恋和美化。第三种是责骂、嘲笑，并隔空拍打以督司为代表的系统要人的后脑勺。

叶春璟说：“弄得神神秘秘的，你就随便讲点好笑的呗。”

这句话点醒了韦一宸。他开始讲述，刚从培训基地毕业不久做巡查的时候，在同一家银行的同一台ATM面前，数次抓到同一名试图毁坏设备、进行盗窃的人。他每次都会使用自己亲手打造的奇特“工具”，从来没有成功过，未曾对ATM造成比涂鸦更严重的伤害，所以也没有被长期关押。一开始，韦一宸抓捕他；后来，驱赶他；再后来，简直懒得理他。

他说：“如果不是不想被ATM附近的摄像头拍下来，我简直想在他忙活的时候给他递根烟。”

“我懂了！”叶春璟说，“这就是鸡蛋碰石头的故事。”

“恭喜你啊，”周亢说，“成功地重新定义了鸡蛋和石头。”

这句话似乎有火药味，但从两人神情看来，并非如此。一巡酒之后，周亢和叶春璟聊得热络起来。韦一宸突然发现，周亢和叶春璟的职业本质上很有相似之处。如果说人心是一口很深的油井，那么韦一宸要做的，是当它意外起火的时候，赶紧扑救。而她们俩，对这口井追求更本质的理解。除了它的深度和储量，还想弄明白它如何能还原成亿万年前的生物，在亿万年前过的又是什么日子。

韦一宸发现，他很难把视线从周亢那儿移开。这让他在聊天中慢了一拍。

半个小时后，他上洗手间。小解时，旁边有人张扬地叫嚷：

“他妈的，这音乐，震得我都尿不准了。”

熟悉的声音。

韦一宸整好裤子，转头一看：隔壁是一张左边眉头有些塌陷的瘦脸。他认出来是谁了。对方也认出了他。

这个人绰号叫杰弟，就是他下过重手结果害得自己差点丢了工作的流氓。

“韦一宸！哎哟太巧了，是您在我旁边放水呢。”

杰弟突然转过身。虽然韦一宸朝旁边一闪，但尿液还是溅在了他的裤脚上。

“不好意思不好意思，看见你，我真吓得浑身发抖。你看我这儿。”他指了指自己的左边眼眉，“医生好不容易才保住我的视神经。多亏你，我这张十一分的脸变成了九分，以后可能没办法光靠脸吃饭了。”

“也没问题啊，最近不是有个系列恐怖片挺火吗，叫《剥脸师》。你现在去演个受害者，都不用化妆。”

这时，一个身材高大的男子走进了厕所，站在了韦一宸身后。

“来得正好，来认识一下韦一宸，我这脸就是他整的。咱们要不和韦先生好好聊聊？”

“有话到外面说，几个大男人占一个厕所，你也不嫌难看？”

杰弟给了韦一宸背后的高大男子一个眼神。那人打开了厕所门，按着不放，意思是让韦一宸走在前面。他们来到了酒吧后方一个较空旷的停车场。杰弟和高大男子站在韦一宸的对面。

韦一宸没有配枪，但他在背心之外穿着亲手改装的皮背带，一对常用的金属短棍藏在其中。他拔出短棍，说：“动手吧。”

他知道会发生这样的事。他把这些人引出来，以免把叶春璟和周亢卷入。那样后续会有无尽的麻烦。

杰弟说：“这一晚上过去，我们互不相欠。”

他主动这么说，韦一宸有些惊讶。但杰弟马上展现了自己的“底气”。他吹了一声口哨，从停在附近的车辆中，纷纷钻出人来，然后每个人都拿出了武器：匕首、手指虎、棍棒。

“一、二、三……”韦一宸说，“六个。凭你们的水平，六个，还行吧。”

“你眼睛也不好使了？”杰弟讥诮地说，“再数数？”

韦一宸背后的墙壁拐角中，突然冲出第七个人，挥舞着一根棒球棍朝他袭来。韦一宸反身一踢，正中敌人腹部。那人往后飞出一截，后脑又撞在墙角，倒在地上，整个身体因为疼痛而紧缩起来。

“还是六个。”韦一宸说。

杰弟的眼神变了。他一下令，众人朝韦一宸冲了上去。

此刻，周亢和叶春璟正在酒吧的舞池里，融入了随着音乐节奏而幻化的炫目灯光中。是叶春璟先提出想“活动一下”。在周亢看来，叶春璟给人一种不属于这个繁忙世界却又能在其中自得其乐的感觉。她几个僵硬而欢闹的动作，几乎让周亢笑出声来。

周亢抬头看了看二楼他们之前坐的位置。空无一人。

“他怎么还没回来啊？”舞池中音乐声太强烈了，她不得不几乎是凑着叶春璟的脸对她喊叫。

“不用管他。”

“我去找找吧。”

周亢在吧台附近逛了一会儿，没有找到韦一宸，倒是摆脱了两个想搭讪的人。她想呼吸一下新鲜空气，走出后门，进入停车场。她愣住了。前方的地上，七歪八扭地躺着好几个人，有的不动弹也不出声，有的在不断呻吟着。

韦一宸靠在左侧的一辆面包车旁边，抵着头，喘着粗气，身上随处可见泥灰、血迹。

周亢连忙赶到他面前，弯下身子瞧着他低垂的脸，说：“怎么了?!你还好吗？”

“我……没事。”韦一宸抬起眼皮，有些勉强地笑着，“你们俩，希望今晚上还算开心吧。我也玩得挺尽兴的。”

“我来开车，送你去医院。”周亢说。

“没事，”韦一宸摆了摆手，“身上这些血，基本上都不是我的。其实也就被打中了三四次吧。我回家之后处理一下就行，现在不能因为这点轻伤就去医院……”

他话说一半，突然有些头晕，闭着眼睛调整了一下呼吸，才总算没栽下去。睁开眼睛的时候，他发现周亢就在旁边扶着他的手臂。他很久没有感受过温暖的掌心贴着他的皮肤了。

“对了，阿春呢？不能让她一个人留在里面。”

“我们进去。”

“我这样太引人注目了。麻烦你帮我把她带出来吧。”

几分钟后，周亢带着叶春璟回到韦一宸旁边。叶春璟皱着眉头看着韦一宸，嘴里轻轻“哼”了一声，就好像对这种场面司空见惯似的。韦一宸接过她们拿出来的矿泉水，一口气灌掉了大半瓶。先前还在地面上呻吟的流氓已经逃跑了，只剩下两个仍然昏迷的人。

“下次他们带更多人来怎么办？”周亢说。

“没事。那个领头的家伙，”韦一宸指了指不远处躺在地上的杰弟，“这是他第二次被我修理，而且是我一个人干掉了他们所有人。这件事很快会传出去的，他们以后更没脸面在道上混了。”

叶春璟走到尸体一般静止的杰弟旁边，低头看了看，然后说：“长得还挺帅的，干吗想不开要做流氓？”

“你别说，这家伙还真是靠脸吃饭。有一个单身富婆养着他，给他本钱搞地下钱庄，他又养了这些小弟来催欠款。后来富婆涉嫌诈骗、非法拘禁以及毒杀生意伙伴，他为了自保，把富婆出卖了。”

叶春璟转过头，看着韦一宸说：“听起来，根本不值得为这种人发那么大的火，还把他的头往马桶上撞吧？”

撞马桶的事情，韦一宸并没有对她说过。不知道是不是同事间有人多嘴了。

“我的看法不一样。有时候发火是应该的。”他把剩下的矿泉水一口喝干，继续说，“这小子和那富婆都是人渣，他们之间互相伤害，没什么可同情的。但是富婆有一个女儿。她是全优好学生，根本不知道自己的亲人在做什么勾当。杰弟不应该招惹这个无辜的姑娘……但他……非要把她也拉进泥潭。总之，我没办法在知道这事后还保持冷静。他要为此承担后果。在我让这人渣尝到‘后果’之后，就轮到上级对我说‘你要承担后果’了。”

三人都沉默了一会儿。

“对吧，”韦一宸说，“这就是一个没法下酒的故事。”

周亢说：“那个姑娘现在怎么样？如果她有什么困难，也许我能帮上忙。”

“我不能把她的私人信息透露给你。”

“啊，对的。”周亢充满歉意地说，“我不该问。”

“我明白你上司为什么派你做我的保镖了。”叶春璟说，“你爱好打人就不提了，他一定看出来了，你为刚才说的事情心里不痛快。因为你失去了保护一个人的机会，所以他派你保护另外一个人，为的是让你可以安定下来。就有点儿像动物界的替代哺育行为。”

“你可能高估他的思想境界了。”韦一宸苦笑。

周亢开车，把两人送到了韦一宸选定的下车地点。

在下车之前，叶春璟对周亢说：“明天我们就该开始了。你一定要做好心理准备。我们需要加签一份合同，证明你是在委托人是周霆的情况下，自愿接受鉴证的。”

“我能不能……如果，我直接对你说我是双宿人，那么这样能给我爸一个交代吗？”

“不可能。我们有固定的程序要走。何况，这不是审犯人。无论你是不是双宿人，都没有‘自首’这种选择。”

韦一宸说：“听你说得好像比审犯人还要可怕。总不至于，你要人坐那儿，麻绳束着头发悬在房梁上，突然把他屁股底下的椅子抽掉，让他保持姿势，还得把砖一块一块往他大腿上垒……”

周亢皱眉：“原来你们安防司是这么办事的？”

“没有没有，是督司给我们吹他年轻的时候干的事呢，天知道是真是假。”

“周亢，”叶春璟继续说，“千万别抱着什么错误的期待，也不用害怕。在鉴证完成之前别喝酒。对了，合同里有一项需要你来决定处理方式的条款，你先做决定吧，节省时间。”

周亢问：“什么决定？”

“鉴证结束之后，需不需要我向你正式告知结果？周霆是实际委托人，他肯定会被告知的，但你有权拒绝。”

“这种选择权有意义吗？”韦一宸说，“一个人，总归知道自己是不是双宿人，并不需要别人……”

“我懂。”周亢平静地说，“每个人都有拒绝接受现实，继续欺骗自己的权利。我已经决定了。我需要你当着我和我爸的面说出答案。我要看着他的眼睛。”

11　赶在遗忘之前

按照合同，周霆需要目击鉴证过程。五天之后，他们一同来到了周霆坐落在山腰上的豪宅。本来是韦一宸走在最前面，但是周亢突然抢先一步，上前攥紧了大门把手。她沉默着，手腕缓慢转动。门只开了一条缝，韦一宸就能闻到一种古朴、华贵但久久无人问津的气味。

他们走进客厅。深绿色窗帘降下一半，暗淡的光线刻画出周霆的身影。他穿着正式，端坐于实木真皮座椅，目光锐利如鹰，戴着三枚宝石戒指的右手紧紧握拳，揿压在自己的大腿上。有三把椅子，已经准备好了，但三人进来的时候，周霆没有和任何人打招呼，也没有用茶水招待他们。

三人在椅子上坐下。周亢是最后一个。她拉动椅子的时候，父亲一直紧盯着她。她曾经对这样的父亲感到无比恐惧，但现在她只觉得陌生。

周霆说：“开始吧。”

叶春璟说：

“根据合同，在给出答案之前，我要最后再次对您申明一些事情。首先，对于您想知道的问题，我给出的答案，代表并且只代表着弗尔甘研究所。任何国家、地区的行政、法律机构都没有义务承认我们所给出答案的权威性。如果有行政、法律机构号称以我们的答案为依据，采取任何措施，我个人以及研究所都对此不负任何责任。其次，整个鉴证过程中所产生的资料、数据，都会在弗尔甘研究所的资料库中永久保存。我们有权对这些资料、数据进行研究。最后——对您来说，也是最重要的一点——您可以对答案提出异议，要求重审。我们会免费满足您的请求，但必须是从今天开始，我给出答案满三年之后，您才能要求重审。关于这最后一点，请您理解，这不是要为难任何人，而是在没有大量新资料的情况下重审，是在浪费所有人的时间。"

韦一宸也是第一次听说这些苛刻的条件。他更加明白了，为什么有人会对鉴证师恨之入骨。

"哼，"周霆冷笑，"我当然知道你们有多无耻。别再废话了。"

叶春璟回头看看周亢。

周亢点了点头。她站起来，在房间一角的沙发上躺下。

韦一宸把背包放下，从中取出叶春璟所需的设备和器材。从外形看来，它们不过是一台无甚特色的笔记本电脑，一个读取大脑数据的头戴式感应仪器，以及一些线路。准备时间大概花了十五分钟。叶春璟给周亢戴上仪器，调整到一个让她比较舒适的位置，另一头连上电脑。叶春璟打开电脑，开始运行特定的程式。每个鉴证程式，都依据鉴证对象的情况而量身定制。

电脑屏幕的亮光，让叶春璟的面色变得有些苍白。她明显地消瘦了。在这之前的三天，每天下午两点到五点之间，周亢都在安防司的护送下进入叶春璟的房间，接受预诊。有了这些预诊数据，才能编制正式鉴证时使用的程序。韦一宸不清楚预诊细节，但叶春璟透露过，这包括提出上千个问题，每个都存在着严格的回答格式要求。周亢离开后，叶春璟还会通过加密网络和同事交流，直到深夜。这对她们俩的精神和体力都是极大的消耗。预诊结束之后的第一天，在用早餐时，叶春璟一只手撑着额头，另一只手用勺子在燕麦粥里慢慢搅和，仿佛整个人的活力都被抽走、碾平，沉陷到粥碗里头的微型漩涡之中。那时，韦一宸在桌子对面吃肉包子，身体不自觉地朝后倾斜，因为他察觉到，浓烈的肉味可能会让她呕吐。

“阿一。”叶春璟说。

“怎么？”

“你到隔壁随便哪个房间去待一下吧。”

“不需要我帮忙？”

“暂时不需要了。主要是正式鉴证的时候，房间里最好不要有鉴证对象长期记忆之外的人。”

韦一宸看了看周亢。他远远还称不上是周亢的熟人，这是事实。也许连朋友都算不上。但是假如她是双宿人，那么就代表至今为止，她在他面前说的所有话本质上都是一种扮演。他这才明白，很早之前叶春璟就对他说，“我感觉，你不希望她是双宿人”。回头看来，这不是戏谑，而是预言。

“别磨蹭了，”周霆说，“八个卧室，你随便到哪间去躺着，动作快点。”

韦一宸转过身，随便走进隔壁的房间之一，关上门。

一个小时过去，韦一宸听到叶春璟说：“阿一，你可以出来了。”

他走出房间，看见她正在帮周亢取下头戴式仪器。他连忙上去帮忙。周亢一言不发，呼吸沉重。韦一宸取下仪器时，碰触到了周亢的发丝，感觉到她已经大汗淋漓。

“给她点水喝。”叶春璟说。

韦一宸环视房间，最后在离周霆的手边不远处发现了水壶和杯子。周霆伸出一只手，指向水壶，没有要站起来的意思。韦一宸倒了一杯水，送到周亢手边。

“给我答案，”周霆说，“然后都给我滚。”

叶春璟没有马上回答。她看着电脑屏幕。

“听到我说的了？”周霆问。

叶春璟抬起头来。她的声音很平静。

“周先生，我接下来要说的事情，可能略微超过了合同中所规定的义务。我也犹豫过，但和同事们商量之后，我们都认为这才是最好的处理办法。周先生、周女士，我要给你们的答案，不是一个，而是两个。”

房间里的空气变得更加凝重。

“你他妈的什么意思？”周霆说。

“首先，关于周女士。经过严格的鉴证程序，我认定：她不是双宿人。她是自然人，从未发生过迁宿现象。”

周霆的眉头稍微抖动了一下。韦一宸把目光转向周亢。虽然她尽力把背挺得很直，但不知是不是疲劳未恢复，依然显得消沉。

“太遗憾了，爸爸。”她说，“你是松了一口气？还是说你对这答案很失望？说实话，我自己都有一点儿失望。看来，我只能继续当你的女儿了。”

周霆并不直面女儿，他把头转向一边，嘴里仿佛在嚼着什么坚硬的东西，唇角有些扭曲地嚅动着。

叶春璟说：“鉴证过程的详细报告，我会发送到您的邮箱中。另外，我还没有完成我的责任，所以我希望你们都安静一下。我要给出第二个答案。”

周霆猛地抬起头来，仿佛受到严重的冒犯。

“关于双宿人，有一点我相信你们都已经了解了，那就是决定一名双宿人行动的，是他的‘主意识’，也就是在他‘迁宿’到陌生身体之前，统治着原本自然身体的意识。迁宿之后，他虽然拥有了新身体原本的记忆，但并不代表他一定会立刻接受现实，彻底融入新身份的社会、家庭生活中。在很多情况下，双宿人永远无法和新的身体以及身份和平相处，有强烈的回到‘自己的身体’的欲望，并且做出行动。在弗尔甘研究体系中，我们把这种心理称为‘归宿冲动’。这个概念大概清楚了吧？”

叶春璟停顿了一下，确保大家都明确了她所说的概念。

周亢点了点头。

周霆说：“这些东西我早就研究透了，继续。”

韦一宸看看周亢，又看看周霆，也点了点头。

“这很好理解，尤其当‘迁宿’发生在社会阶级有巨大差距的人之间，一个人有可能从亿万富翁变成一文不名的流浪汉。所以，若此人想回到‘迁宿’之前的身体，是非常自然的。周先生，我和您女儿交流的时候，她说过，您的一名生意伙伴就发生了类似的事情。实际上任何一个双宿人都有产生‘归宿冲动’的可能。在这种冲动下，他会冒着很大的风险做出行动，在这个世界上留下痕迹。我们研究所一直努力收集这些痕迹，哪怕这非常困难，而且需要处理大量虚假信息……”

周霆慢慢抬起压在大腿上的拳头，松开五指。三名听众之中，似乎只有他，预感到了叶春璟会说什么。

“虽然并没有进行过鉴证，但根据信息比对，可以确认——周先生，您的妻子；周女士，您的母亲，经历了‘迁宿’，是一名双宿人。”

周霆猛然弹起来，座椅发出“瓮”的一声，后退了好几寸。他大吼：“证据！”

周亢整个人僵住了，仿佛身处于稍微动弹就会遭到枪击的俘虏队列中。

叶春璟说：“我希望能给你们看到实物，但是，条件所限……”

韦一宸脚边，摆放着他帮忙带过来的一个小金属箱。叶春璟打开箱子，取出她的笔记本电脑和小型投影仪，安放在桌面上。韦一宸上前，和她一起尽快把设备配置好。她打开了投影仪，宽敞房间的高大墙壁正好能比较清晰地映射出影像。

呈现在他们眼前的，是一面主色调为鲜红、铜锈的精细手工地毯。它并不完整，似乎被烧毁了一半，而剩下的部位也有许多污渍。

周亢站了起来。

“这叫布哈拉地毯。”叶春璟继续说，“九年前，研究所的一位同事，在乌兹别克斯坦一家几乎无人问津的旅游纪念品店铺中发现了它。它显然被当作废料处理，垫在门口的一只宠物食碗上面。吸引我那位同事的，是它极不寻常的纹样。布哈拉地毯，并不是一种强调叙事的艺术形式，其特征是不断重复的宝石形状纹样。但眼前的这一张，极不寻常，它的纹样是不可能出现在布哈拉地毯上的。”

叶春璟停下了，因为周亢走到了投影图像面前。她抬起头，从上到下，缓慢而入神地注视它每个角落，最后抬起右手，放在地毯上。实物并不存在，她只碰触到了冰冷的墙壁。

这地毯的重复纹样，是用简练线条表现出的一架又一架细小的秋千。而荡着这秋千的，是一位女子以及坐在她膝上的小女孩。而在将地毯框住的矩形条状纹路中，则是无限相连的汉字“亢”。

“妈……妈？”周亢低垂眼睛，用几乎听不见的声音说。

“我的同事收购了这只剩下半张的地毯，追问店主它的来历。店主说这张不可能卖出去的地毯，是一名九十二岁的疯女人织成的。周亢，在鉴证过程中，你反复提到关于你和母亲共同荡秋千的记忆。根据我的判断，这记忆对你母亲也是很重要的。像这样的记忆，常常能成为引发‘归宿冲动’的关键点。所以，我想……”叶春璟停顿了一下，有些犹豫，但还是继续说下去，“这位同事和店主口中的‘疯女人’见过一面，但她被严密地看管着，难以直接交流。我和这位同事反复讨论过，又和他交叉验证你的鉴证记录、个人经历，最后才得出了这个答案。”

“能完全确定吗？”周霆说。

“就像弗尔甘研究所做的所有鉴证一样，我们从来不标榜有百分之百的准确性。但是，我有多确信您女儿不是双宿人，就有多确信您妻子的确经历了‘迁宿’。”

“你说她……那个女人……九十二岁？”

“我知道这一点会令人很难接受，这也是我犹豫要不要说出这个答案的关键原因……虽然这很罕见，但年龄差距超过二十年的成对双宿人，的确是存在的。我们从来不认为，年龄差距和‘迁宿’之间有任何数据联系，但如果一组双宿人的身体物理状况相差太远，那么就一定会产生适应程度降低的问题。这也能解释，您身边那位‘妻子’的神经衰弱，以及她的早逝。”

周亢依然看着那地毯。她的上半身有一种要垮下去的趋势，手掌把嘴紧紧捂住。

“我是对的。她果然……”周霆轻声说出半句话，然后突然一拳砸在了桌子上，发出巨响，同时高声反复喊叫着——

“我是对的！我是对的！我是对的！”

伴随着持续不断的号叫，他疯狂地踹桌子腿，把背后书架上的一排书全部推倒在地，拾起烟灰缸砸碎窗户，使劲抠弄领结，仿佛要把手指插进脖子里。他冲到周亢身后，捏住她的肩，使她转过来，然后对着已经泪流满面的女儿，继续嘶吼：

“我是对的！我是对的！我是对的！你听见了吗？骨灰罐里的那些骨灰，不是你妈妈！”

韦一宸冲上来，把他挡开。周霆一个踉跄，差点摔倒在地。他眼中出现了片刻的狂怒，然后又一瞬间熄灭了，连一丝烟尘都没有余下。他突然间垮了，跪在地上，十指紧紧掐着膝盖，恸哭起来。他边哭边说，嗓音已哑了：

“为什么你这么恨我？亢亢，为什么你这么恨我？为什么你要让我恨你？我不能爱那个不是你妈妈的女人，我可以照顾她，但是我……我其实很怕她。你为什么不多相信我一点呢？多相信一下自己的爸爸……真的不行吗？为什么你，一定要做那么多逼我讨厌你的事？你觉得我还不够孤独，不够好笑吗？”

“爸爸。”

周亢也在她父亲面前跪了下来，哀伤地看着他。她用手背反复抹除自己的眼泪，让鼻子和嘴唇能更方便呼吸。韦一宸想给她递纸巾，但又觉得没法干涉这个局面。

“已经太晚了，爸。”周亢说，“……我知道你很难过。你也会委屈。但是，我们不能再忘记更多的事情了。你说，你不能爱那个不是我妈妈的女人……但是，当她还是她的时候，你已经不爱她了。我都记得的。那么多可怕的事情都发生在我和妈妈荡秋千的记忆之前……你喝醉了打她，一边喝一边打……还有那些你带回家的女人，一个又一个，你甚至连我也不回避。每一次你说起年轻时打仗的故事，就要在后院里玩枪，我和妈妈在屋里听着枪声，吓得一起躲在床脚。有一次，你把我和妈妈一起养的兔子当成靶子打。不要当这些事从未发生过，行吗？我不相信你，故意惹你生气，离家出走……为了这些事，我可以和你说对不起。但是，爸，我们不要再继续忘记事情了。因为……我不希望你……但我对你的感情，也只剩下这一点点了。这辈子，剩下的日子里，我只能面对这个现实。”

“你以后……不能偶尔回回家，陪陪我吗？”

“我不知道，爸爸。我爱你。但是，和解的时机早就溜走了。”

韦一宸不得不转过身子。他眼中的叶春璟背脊绷得直直的，紧咬下唇，在昏暗的光线中，仿若一小截长久无人点燃的白色蜡烛。

12 坡道上的梦境

父女俩沉默相对的时间，比韦一宸预料中要结束得更早。周亢站起来，自己扯了半臂长的纸巾擦了擦脸，转过身来，说："我们走吧。"叶春璟连忙点了点头，三人一起收拾设备。韦一宸关掉投影仪，墙壁上鲜红地毯的幻影消失了。在密织羊毛的天地中荡到秋千最远处的母女如同从未存在过。周霆站起来，默默地走进隔壁房间。

三人收拾好东西，朝大门走去。韦一宸拍了拍叶春璟的肩膀，说："你们俩先出去吧，稍微等我几分钟。我和周先生还有些话要说。"

叶春璟和周亢在大门外等待韦一宸。这大宅坐落在半山腰，视野开阔，远离喧嚣。周亢抬起头，像要估测自己体温一样，手背轻轻压在额头上，挡住吹过来的夹杂着细微沙土的冷风。

"春，谢谢你。"

叶春璟没来得及回话，周亢走到她身前，拥抱了她。

"不用谢啊。说到底，是周霆先生雇用我……"

"我也说不清楚，我现在的感觉很奇特，好像经历了一种……并没有人去世、难以形容的葬礼。葬礼，是为了给活着的人一个答案。但你今天给我的答案，回答的是一个我从来没有主动去面对的问题。"周亢松开了手，"没事，你不用在意我说的。可能只是职业病犯了。不过，你身体也太僵硬了吧，像后脖子肉被掐住的猫一样。"

"没办法，"叶春璟有些不好意思，"天天被关着。"

韦一宸从大门出来了。方才，关于有人跟踪、袭击叶春璟的事情，他和周霆有一些交流。周霆表示并未涉及这样的阴谋，韦一宸相信他。但周霆也承认，就凭他的网络防卫措施，不排除有人会成功盗取关于叶春璟的信息。当然，现在不是对她们说这些事的时候。

“咱们走？”

“你俩上车吧，”周亢说，“我想散散步。”

韦一宸问：“你没事吧？”

“我很好，放心吧。春，那块布哈拉地毯有没有可能转让给我？”

“我和研究所商量一下吧。这件东西其实保存影像资料就够了。如果能行，我拜托他们直接寄给你。”

“谢谢。”

周亢转身离开了。她的背影变得很小之后，韦一宸和叶春璟钻进车里。他打满方向盘，把车子拐回大路。叶春璟突然朝着他，一边挥舞着自己的手机，一边说：“你是不是很想让周亢在Dewit上加你好友，但一直没机会开口？告诉你，我有她ID哦。”

“协调员和记者互相关注？算了吧。”

“啊！我的天！也太过分了吧！周亢上个星期发的这张自拍，好美好美！……你别拱过来，好好开车。”

韦一宸不得不强迫自己保持沉默。至少闭嘴五分钟，他想，否则要被嘲弄个没完没了。

下山的时候，韦一宸说：“我有一个问题。假设一个双宿人产生了你所说的那什么……‘归宿冲动’，想回到自己原本的生活中。那么，他为什么不直接说，或者写字来求救呢？既然他们有原本身体留下的记忆和知识，那肯定也包括语言知识。所以，开口询问、求救，应该是最直接的办法吧？”

“语言能力不仅仅是知识，各种语言的发音方式天差地别，会影响发声器官的发育形状，培养出不一样的肌肉记忆、灵活性。所以，徒有一种语言的知识，不等于就能流畅发音，这很正常吧。书写的转换，会顺利一些，周亢妈妈在地毯上不断绣下‘亢’字，其实就是在书写。但是不管怎么说，要用说话、书写这种非常明确的方式，表达自己的归宿冲动，并且得到帮助而不是被看作疯子，这需要周围的人有极大的耐心和配合度。就算有这么好的运气，又如何能保证，如今占有你过去身体的人会愿意重新调换生活环境？”

“好吧，我明白了。我只是觉得，在这样的情况下，做出一些自救的尝试，是挺合理的吧。”

“自救，这个词用得不对。那么多人，都过着自己根本不满意的生活。”

车子沿着山道下行。韦一宸还想问些什么，叶春璟却连续打了两个呵欠。

“晃得我都困了……我眯一下，快到了再叫我，好吗？”

“行，你睡吧。”

她把手探到后座，拿了一个小靠垫，枕在右脸和车窗之间。车子还没来得及拐过下一个弯道，她就睡着了。因为她在周霆家中顶着巨大压力口齿清晰地做出如此复杂的叙述，韦一宸几乎都忘记了她今天一大早出门时因为劳累而摇摇晃晃的模样。他减慢了速度，尽量让车行驶得平稳一些。

当车在一条山脚下的隧道中行进的时候，韦一宸似乎听见她在喃喃自语。他转过头，看见她皱着眉头，肩膀轻微抖动，嘴唇有几乎察觉不到的开合，应当是在说梦话。车子驶出隧道的一瞬间，夕阳的光线恰好击中车窗上一处光滑的折射点，化作高亮度的白光，刺在她紧闭的眼皮上。她猛然醒过来，额头上满是汗珠。

“醒了？”韦一宸说，“没有不舒服吧？”

她深吸了一口气，擦了把汗：“没事。我好像做噩梦了。不过一醒过来就忘光了。”

“常有的事。”

“这事果然……很麻烦。”

“什么事？”

“鉴证。”

“你做得很好啊。”

“做得不好。”她把靠垫取下来，稍微坐直了，看着前方，“其实，这是我第一次受雇用，做独立的鉴证工作。”

“真的？”

“嗯。过去我都是助手。前辈们觉得，这是一个让我开始独立工作的好机会，因为这一次的委托很安全。”

“安全？他们没弄清楚状况吧？”韦一宸笑了笑，调节气氛，“周霆发那么大的火，又砸又踢的，这还安全？他要是突然从抽屉里拿出一把枪，我也不奇怪。我都做好夺枪的准备了。”

“没错，”叶春璟突然提高了声音，“就连一个做生意的大叔，都会被鉴证刺激成这样了，如果他是一个更有权力、更可怕、更不怀好意的人呢？曾经有一名会把小孩绑在士兵胸前当盾牌的游击队军阀，雇用我们的一名鉴证师，你想想看这种情况。而且，不是我故意挑选极端的例子。为了维持研究所运作的经费，我们必须收取高费用进行鉴证。而负担得起的委托人越富有、权力越大，就越危险。为了抵消风险，我们只能维持高费用，这反过来又影响了我们的公信力。”

“我们这行也有类似的问题啊。一般人根本不知道，为了保证枪支在该用得上的时候不卡壳，得花多少维护费用。”

“研究所的决策不用我操心。可是独立做鉴证，真的让人很不好受。我喜欢周亢，觉得可以和她做朋友。可是那三天里，我对她做的事情，就好像把她脑袋中的小人揪出来，一次又一次用水刑……到最后，她还上来拥抱我，说谢谢我……”

韦一宸听见她在低泣。也许这些眼泪，在周霆私宅中的时候就应当流出来了，她好不容易才忍到现在。韦一宸想给她找点纸巾，但是车里唯一的一包抽纸搁在后座上，他开着车，够不着。

“后面有纸，你要不要用一下？”

这句话实在是太尴尬了！——它们一离开嘴唇，韦一宸就很后悔。简直像埋怨别人在车里留下了呕吐物。

她点点头，把抽纸取过来，搁在大腿上，擦起眼泪来。

“那么，”韦一宸清了清嗓子，“你是打算回研究所吗？”

“嗯。这儿已经用不上我了。”

“不打算公费旅游一下吗？”

“岚汸有啥好玩的呀？没有吧？”

“回去之后会不会很忙？”

韦一宸想再多说些什么，但是一时组织不了什么有意义的话语。

“还不知道，但回去肯定要首先复盘一下这次得到的数据。你呢？”

“我？照常呗。”

“打架斗殴？”

“……干活！虽然督司说过，一年内都不会让我回到以前的岗位了，但他应该是吓唬我而已。”

“原来是这样喔。你也会去蹲在地上采集脚印吗？我还以为要给人上手铐的时候才轮得到你，平常随便玩着就可以了。”

“过分了啊，什么叫‘随便玩着’……先不和你瞎扯了，有正事。”

天色暗下去不少。黄昏时天空中最后的粉色与橙色沙砾，已完全沉陷在快速浸染云团的墨汁之中。他们的车辆接近藏身处了。这一路上，韦一宸未发现有人跟踪。他减慢车速，提高警觉性，拿出对讲机，和分别留守三个观察位的同事通话，确认情况。

有一名同事没有回答。对讲机一直在响。

韦一宸又问了问别的同事。他们表示，就在五分钟前，还和这人通过话。

“没事，应该是买烟去了。”其中一名同事说。

韦一宸知道，对于这一次的保镖任务，这些同事或多或少都有些怨言。当保护的对象其实根本不在酒店之中的时候，他们稍微松懈一些，完全是在预料范围内的。

但他还是觉得有些不对劲。他把手放在了变速杆上。

“怎么了？”叶春璟问。

“没什么，”韦一宸边倒车边说，“我们再绕一圈……”

就在此时，他们俩都听到了一种朦胧不清、难以判断其距离和位置的呼啸声，但这感受仅仅存在一瞬间，如同雷电已劈落，但其亮度还没有在人的眼球内达到最高点的那一刹那。随之，是一声确凿无疑、在耳膜间回荡不止的轰然震响，在他们头顶上炸开。有某种沉重的东西，狠狠地砸在车顶，使其严重下陷，车窗框架弯曲，玻璃碎裂。

“伏下去！”韦一宸大声说，同时拔出枪来。他不能等叶春璟自己行动，而是按住她的后背，稍微使了点力气。她上半身蜷起，脑袋埋下去，抱住膝盖。韦一宸看一看驾驶座这边的后视镜，并未发现异常，又朝她那边探过去，观察另一边后视镜。这一次，他看见一只手臂从车顶边缘垂落下来，手腕上的运动手表都震碎了，鲜血不断往下滴。

韦一宸认得这只运动手表。它属于刚才没有回答对讲机的同事。他被从高处扔下来，砸中车顶。之前没有听见任何惨叫声，可见他在落下之前，已经死了。

“你保持住别动！”

他回到驾驶座那一侧，用枪托砸开车窗，准备观察上方。

就在此时，内部后视镜上，出现了一团黑影。这一路上，后座明明没有任何人，而黑影正是从后座探出头来的。

韦一宸还没来得及回身，那黑影就扑上来，一只手勒住他的脖子，另一只手把一根针管扎进去，注入药剂。

是那张戴上黑色面罩、又把剩余部分完全涂黑的脸。

韦一宸意识到发生了什么。

对方把一整个人扔下来，不是为了直接进行攻击，而是为了引走他的注意力，同时利用那冲击力震碎车玻璃。这样，他就能把手探进车内，打开车门钻进后座，趁韦一宸在防备别处的时候进行偷袭。当有一具尸体砸在车顶时，没有人能想到，真正的威胁竟然来自车里。

针管拔出来了。韦一宸陷入了黑暗。

车笛鸣响不停，却也唤不醒他。

只有微小的玻璃碎屑，在夜间的凉风之中飞散。

第二章　低频率恐慌

1 陌生的夜晚

韦一宸睁开了眼睛，但什么都看不见。

彻底的黑暗。

是眼球转动时上下眼直肌体会到的疲乏和紧张，才让他得以确认他睁开了眼睛。

耳朵也听不见声音，只有些微耳鸣。数秒钟后，耳鸣消失。除了他的呼吸声，只剩下适配于黑暗的彻底静默。

他知道自己平躺在某个地方。他动弹了一下双腿，很快踢到了坚硬、厚实的边界。他的手无法朝两边舒展开，肘部只打开三十度左右，也碰触到了那明确的直线边界。他把手往上抬，肘部打直成九十度之后，手掌再上升不到十厘米，就被光滑的平面阻拦了。他用手指关节敲敲这平面，似乎没有任何声音传到外部，那敲击声只能和他一样，闷在这彻底黑暗的狭窄空间中。

韦一宸心中有了答案。

这答案像烧红的烙铁一样炙在他加速跳动的心脏上。

他被活埋了。

同一时间，东城区某住宅小区。

这居民区的一切，都是如此整洁、恰到好处。月光洒在那没有半点多余枝杈，与旁侧的停车线完全平行的绿篱之上，那银光照亮的好像不是柔软的植物，而是一排排切割完毕、将要成为金字塔底座的绿色大理石。这里没有偶然落地的烟头，没有不和门卫善意打招呼的户主，没有传出过于响亮的乐声的窗户。

六号楼十二层，一间充溢着温暖橙色灯光的儿童卧室中，渊容穿着睡衣，半躺在铺着海军色床单的床铺上，举着绘本，给身边枕着他臂弯的女儿娜娜娅读故事。

“……大野狼从烟囱滑下去，正好掉进火炉里，整条尾巴都烧光了。它‘嗷呜嗷呜’地叫起来，夹着尾巴，逃走了。从这以后，它再也不敢找三只小猪的麻烦了。”

像每个小孩一样，娜娜娅已经不知把这个故事听了多少遍，但每次听爸爸重读的时候，她总是睁大眼睛，微张嘴唇，有些紧张地扭玩自己的手指，如同初次听闻三只小猪的命运。爸爸学狼叫时，她也总是会跟着“嗷呜嗷呜”两声，也不知道她到底是站在狼这边还是小猪那一边。

“好了，睡觉吧。”渊容准备把手从娜娜娅背后轻轻地抽出来。

“爸爸，你再讲一个吧。”她从枕头侧面，拿出另一册绘本，递给父亲。

“讲一半就可以。”

“不行，你该睡了。”

“讲一半的一半嘛。”

渊容一边说，一边轻敲床铺靠垫，打着节拍：“一半的一半的一半。”

娜娜娅中计了，跟着父亲打节拍：“一半的一半的一半的一半。”

“这是你自己说的啊，我就讲这么多。”

渊容翻开绘本，开始念：

“很久以前，有二十五个锡做的士兵，他们都是兄弟，因为都是由一根旧的锡汤匙铸出来的。他们肩……”

他突然停了下来。

“爸爸，你怎么不念了？”

“这是一个可怕的故事。爸爸不想娜娜娅害怕，睡不着。”

“不要嘛！我想听！不害怕！后面有公主！爸爸念公主！”

“爸爸要生气咯。你真的真的应该睡了。不然明天上课时又打瞌睡，被幼儿园老师批评。”渊容把绘本放下。

又哄了五分钟，娜娜娅才答应睡觉。她闭上眼睛，躺了下去。渊容用大拇指摩挲着她的脸。娜娜娅鼻头微微耸动了一下，说：“爸爸的手闻起来怪怪的。”

“怎么怪怪的？”

“班上有坏同学把一只青蛙弄来玩，把它抓住了又扔出去，抓住了又扔出去，最后扔死在墙上了。爸爸的手，就像教室那面墙的味道。”

渊容把手抽回来，亲了亲女儿的额头，替她关上灯，走出房间，回到自己的卧室里。

“她睡了？”他的妻子说。她叫伊莎贝尔，黑头发蓝眼睛，是一名三十二岁的法裔女性。她坐在床边，涂抹睡前面霜。

“好不容易。”渊容打了个呵欠，在床上躺下来，钻进毯子里。

“你这段时间下班都很晚，好几天没有和我们一起吃晚饭了，娜娜娅特别不高兴。有那么多试卷要改吗？”

“我说过了，最近学校要调整教学计划，事情很多，许多教案需要重新写。”

“亲爱的，你最大的优点，就是没什么恼人的不良嗜好。你不抽烟喝酒，不会在家里看电视看到半夜。”伊莎贝尔对着他侧躺下来。

“所以，如果有时候不知道你确切在做什么，我反而会更担心。除了教书，你有多少年没别的兴趣爱好了？要是我，才不会觉得照顾那么多调皮小孩算是一种爱好。”

“不用担心。我最大的爱好，就是看着娜娜娅长大，看着你永不变老。”

虽然从高中时就是恋爱关系了，渊容时常还是能说出一些让伊莎贝尔脸红的话。

“今年你想去欧洲度假吗？”

“怎么突然说起这个？”

“我记得你说过，想去地中海附近散散心。如果你想去的话，现在就可以开始做计划了。”

“我当然想去……只是恐怕我们今年没有那么多预算。”

“预算不是问题。”

伊莎贝尔笑了：“瞎说什么呢？你该不会是像你学校那个亏得倾家荡产的数学老师一样，去赌什么斗鸡比赛了吧？”

“没有……学校给优秀的老师发了一批还不错的特定旅游团代金券。你想去的话，就给你用上。”

“你说得好像要把我一个人赶回欧洲似的。如果要去散心，难道你、娜娜娅不和我一起去吗？”

“我为什么要赶你回欧洲？我只是说，既然你觉得我这段时间忙，我们相处时间少，那么你也可以考虑，自己去散散心，或者随便去哪儿玩，我肯定支持你的。”

“可是和你在一起的时间比较珍贵。”

“当然。我也是这么想的。”

“你要多证明给我看才行。”

伊莎贝尔凑近丈夫，左手轻抚他的脸，闭上眼睛，亲吻他。丈夫的手，放在她的背脊上。她本以为丈夫是要和她拥抱得紧一点，但渊容很快就终止了这个吻，说“晚安”，然后转过身子，关掉他那一侧的壁灯，很快就入睡了。

她仰面躺着，在黑暗中轻叹了一声。他并没有听见。

2 蚯蚓乞食之地

韦一宸需要思考的时间。

他不知道自己在遭到袭击之后，昏迷了多久。所以，无法确认这窄小的空间中，还有多少空气可供呼吸。如果想求生，在最理想的情况下，需立刻行动。但他依然需要这一点思考时间。他要冷静下来。为了冷静下来，就要找出一些关键的理由来说服自己：为什么我有希望活下去？

他想：敌人闹了一个好大的场面——从天而降的尸体、砸坏的汽车。何况，他并不是在一个无人知晓的地方被袭击的，而是在安防司的重点巡查范围内。他已经用对讲机确认过，驻守在另外两个观察点的同事并无意外。所以，增援应该能快速赶到现场。他们一定已经在侦查中了。也许就在不远处，督司不得不把帽子摘下来，习惯性地把它放在车子后盖上，一边抹汗，一边发号施令。

所以，敌人不会有足够的时间收拾残局。虽然敌人肯定不止一个，但他们需要把他和阿春分别处理。他们必须快速、低调、高效率地逃窜。也就是说，敌人将昏迷的他顺利地运出郊外，埋在某个荒山野岭之中的可能性，几乎没有。他肯定在城中，幸运的话，还在东城区。那么，被同事们救出的概率，就大大提高了。更何况，他们不可能把他放在精心准备的金属棺材中，装腔作势地下葬。只有在土地过于辽阔，且利用率低的地区滋生的黑帮，才爱玩这种把戏。而在岚洴，人人都太忙碌了。

这一轮思考用了不到一分钟。使用这一点时间，可以接受。然而对韦一宸来说，要在心中压抑对那名杀手的怒火更加困难。他至今没有见过他摘下黑面罩之后的脸，但他还记得模拟画像师根据叶春璟的描述所画的假想肖像。他想象图纸上的那张脸，贴上了皮肉，活转过来，然后被他揍得鼻青脸肿。而这张脸，突然与韦一宸曾经见过的一些溺毙、缺氧致死者的面容重合了。就像刹不住的车一样，本该坚决防备的图像占据了大脑：他自己缺氧而死，眼球爆出，皮肤绀紫。预想过无数次的死期，可能就是现在。它将是绝望、痛苦、丑陋的死。

心跳再次加速。这就是没有压抑愤怒的恶果。

不知为什么，他脑海中突然出现了犀牛毕波。这部动画中频繁使用的一个笑点，就是毕波身为拳击手天生胆小，所以上台打拳击时，常常在对手的拳头跟前抱着脑袋蹲下来避难。但对手总是会因为各种稀奇古怪的原因，主动撞到毕波的犀牛角上，不战而败。所以，如果是毕波，哭哭啼啼着一抬头，就能把这漆黑顶破，逃出生天。

“呵。”

这突如其来的荒谬联想，帮上了忙。犀牛角没能戳破黑暗，倒是戳破了韦一宸膨胀的愤怒。死者面孔的景象，并未完全从意识中消失，但至少没那么可怕、急迫了，就好像一张扑克牌，被重新放进了牌堆中。你知道它就在那儿，却可以不在乎它。

韦一宸尽量把感受都转移到体表上。这就如同每次挥动短棍、扣动扳机之前，对反射神经和身体经验的信任，会超过对大脑的信任。因为在这种情况下，面临的不是一种难以捕捉的险境，而是一系列物理性的问题，以及也许近在眼前的解决办法。他抬起手，触摸黑暗的最顶端，集中感受指尖的触感，又尽量用身体的每个部位感受束缚他的事物的形状。

很显然，这东西的材质不是金属，其外形也不是真正的棺材。它更像收纳某物的薄木胶合板容器，也可能是韦一宸在办案经历中多次接触过的环保棺材，其材料是高强度蜂窝纸。这两者，都是敌人们有可能因地制宜去获取的东西。敌人不见得是已经准备好了此物，才发动袭击。从这个角度看，韦一宸更加坚信他仍然在城里。

关键是，无论是胶合板还是蜂窝纸，都是有可能被破坏的，其厚度也极少超过15毫米。当然，在高度过低、手臂无法挥动的情况下，赤手空拳无法将其破坏；韦一宸很清楚，他需要使用某种坚硬的工具才行。

配枪和短棍都不见了。敌人当然没那么蠢，还把武器留给他。

鞋子是用不上的。纽扣硬度太差。皮带扣是塑料的。

但身上还有一件东西——

穿过两侧腋下的背带式枪套。

敌人在活埋他的时候取下了枪，却保留了背带式枪套，这是非常合理的，因为这使得拖曳他变得更加容易。

韦一宸这一款枪套的左右两侧都各有一条系带，顺着侧腹朝下延展。其末端连接着U形金属扣环，用来扣在腰带上。它们的硬度、弹性都很优秀，能确保背带咬紧腰带不松脱，又能给背带提供一定活动范围，以免身体行动变得僵硬。

他需要的，就是这两个U形扣环。

黑暗中同时出现了两声清脆的“吧嗒”——韦一宸小心翼翼地取下了两个金属扣环。因为手臂难以延展，只能用左手取下右边的，右手取下左边的。随后，他把它们都套在中指末端，U形的开口面朝上，再捏紧拳头，这样就好像双拳前端各自长出了两枚金属倒刺。

好！金刚狼也不过如此。

他倒是想这么说，但只能憋在心里。不能浪费空气。

他开始用双拳交替击打上方的同一个点。因为缺乏活动空间，无法使用“正拳”，所以为了尽量增加挥臂距离，从而提高破坏力，他采用类似印度深蹲时甩动手臂的姿势，击打的是面部正对着的上方。他尽力控制呼吸节奏，像举重一样，让每一次氧气的输送，都专注于提高运动机能。

前几次，他打得很慢。一只拳头击打完毕后，另一只手需要触摸、感受留下凹痕的点，保证能准确地破坏同一处。来回七八次之后，节奏就变快了。他只需要一个小小的孔，进而成为一道小小的裂缝，让黑暗和混沌中的种种可能性循隙而过，最终集结成一束生机。

土地之下温度并不高，所以一开始，这密闭空间很闷，倒是不算炎热。然而，在击打持续三十秒之后，他开始流汗。体温的升高加剧了运动之外的氧气消耗，但停下来是不可能的。他就这样呼吸着，击打着——直到某一次，他突然觉得不太容易吸得上气来。

现实逼近了。它从一开始就在逼近。黑暗的上升就是韦一宸的沉陷。他想，也许他现在所做的，只不过是被深埋于土地之下的人绝望地反复敲打棺材板而已。这“咚、咚、咚”的声音所引发的震颤，只有泥土中的蚯蚓能感受到。如果他死在这里，终有一天，会有蚯蚓把他的骨灰和黑色泥土拌在一起。当然，这也是所有人的结局，但韦一宸深深觉得，他还没活够。

他加快了速度和力度。一次吸氧，双手各要击打两次。因为氧气不足，肌肉的酸痛也比预料中来得更早、更剧烈。心率持续上升。还有幻听。他听到一声巨大的撕裂声，以为终于打开了一个明显的缺口，激动地用手去触摸，却依然只摸到发烫的凹陷。汗水流进了眼睛，没有时间擦拭。时间和空间感都变得混乱，“争分夺秒”是一种他多么需要的奢侈。剩余的还能自由行动的时间，也许只能用“秒”来计算，但这些“秒”，像打破了盐罐一样，四处飞散。某一时刻，他察觉到，自己的腿正在胡乱朝上方踢。他需要利用额外的意志力，制止这个纯粹增加消耗、完全没有意义的动作。

他抽中的是下签。凭目前的触感，他知道自己在试图击破的是胶合板，而不是蜂窝纸。如果是后者，在突破第一层后，其蜂窝结构内可能储藏着少量空气。但是，这一部分的希望已丧失。

本来眼前一片漆黑，此刻却看到了一些奶白色。这不是光芒，而是缺氧的表现。喉咙内有烧灼感。好像有一张渔网，紧紧勒住了肺部，每一次呼吸，就有千千万万的细小网线要把它割裂。手上是不是有足够的力气，已经说不清楚了。只有那击打声还在持续。要让这声音继续响下去，是韦一宸现在唯一的念头。有计划、有理智的自救，不知道从什么时候开始已经变成了垂死挣扎。

突然间，韦一宸尝到了泥灰的味道。事实上，是泥土连续三四次落在舌头上之后，他才反应过来。他用几乎已麻木的手掌，触摸泥土落下的地点。有了一个足够大的缺口，泥土正在簌簌下落。一定是最后一次关键的打击凿出了这个洞，它应当发出过能让他重燃希望的迸裂声，但他的耳朵已经听不见了。

棺材破开了一个关键的口。有活路了！但还有一件事。仅存的思维能力警告他：还有一件事，若不处理，将功亏一篑。因为破损点在头部上方，所以泥土可能会很快灌满他的口鼻。如果头部率先被埋，那就完了。

他脱下已经酸臭的上衣，用它把整个头部包裹起来，但不能包覆得太紧，因为需要给剩余的空气留下空间。这十分困难，因为手指已经快没感觉了。这么做之后，他一只手捶打裂口的边缘，使其扩大，另一只手倾斜着，尽量把落下来的沙土引导到头部之外的地方。

到了最后，一切理智的行为都中止了。挖掘、踢打、蠕动，以及不知有没有真正……发出的吼声。

安防司增援发现韦一宸，是在他失去意识十五分钟之后的事情了。

他被埋在一座废弃橱窗模特工厂杂草丛生的泥地里。不远处，随处可见一具具残缺的因为被胡乱堆叠反而显得更孤独的人形。装着韦一宸的“棺材”，正是这些人形的容器。

当手电筒的灯光照过来的时候，同事们发现韦一宸被衣服裹紧的头部、一边肩膀和一只手已经从泥土中探出来，一动不动。

他们立刻小心地把他挖出来，进行急救。除了缺氧、脱水，他腹部右侧还有一道纵向的割伤。这是挣扎着上升的过程中，被尖锐的木板破裂边缘弄伤的，但他当时应该毫无感觉。另外，双手的中指都骨折了，整对前半掌都充满瘀伤。

紧急处理之后，他们把他移到担架上，送上了救护车。

覃元政在救护车里陪伴着下属。

一名同事被杀死之后从高楼抛下，另一名遭活埋，这是东城区分部巨大的耻辱。但覃元政明白，更大的、不可说出的耻辱在于，这一切都始于他希望能依靠周霆的支持巩固自己岌岌可危的位置。

还有一件难以面对的事。

当韦一宸醒过来，一定会问“阿春在哪里”。

但覃元政将无法回答。

3 贪吃蛇与海洋球

铁皮把唯一的窗户封死了，只有其边缘会透进亮光。从清晨到傍晚，那细微的阳光像金黄色的贪吃蛇一样，从铁皮的左侧缝隙朝上，缓慢地越过九十度转角，平稳地爬过上方缝隙，再从右侧缝隙坠落，最终消失。

被关进这小房间的第一个白天，叶春璟就是通过这光线的轨迹判断出太阳起落的方向的。这第一天，她没有吃东西，也没有喝水；无数次敲门，贴着窗户缝隙呼救，无人回应。屋内家具，只有一盏白炽灯、一张小凳子，以及一张直接摆在地上、充满霉味和污迹的床垫。

她坐在床垫最干净的一角。比起恐惧，她更强烈感受到的是孤独。并非无人陪伴而产生的孤独，那是一种能回味、能带着感情去描述的事物，并且甚至能为强化生活的满足感，提供必要的张力。她此刻体验到的孤独，则更像凭着气流，悬置在大海上方的一个塑料袋——它只是一种空洞的现象，没有人想为这现象寻求一个意义。

第一天半夜，不知几点，她猛然爬起来，听见有人在门外叫嚷。她打开灯，看见房门上开了一扇长不过十厘米、高不过五厘米的小窗。窗的后面有一双陌生的眼睛，她不敢靠近。门外人说："吃饭了。"说完之后，递进来一个便利店出售的紫菜肉松饭团和一小瓶水。叶春璟一接过去，小窗又从外侧锁上了。

她使劲敲门，说："我要上厕所！开开门！"然后，她把耳朵贴在门上，听见外面的人说："她要上厕所，让她去吗？啊？……"但随后，一切声音又都没有了。

第二天下午，一名大汉打开了门。叶春璟从床垫上弹起来，警觉地后退。大汉像根本不知道里面有人似的，皱着眉扫视了一下房间，最后把视线落在她身上，说："你不是要上厕所吗？"

叶春璟站起来，慢慢朝门口走去。大汉站在门边，一直看着她，面容呈现出的不是凶恶，而是厌烦。她有些害怕，低着头掠过他身边。一走出门，她就僵住了。眼前是一间客厅，中间摆着一张全自动麻将桌，有三个人坐在桌旁，回过头来看着她。

"你看什么看，没让你上桌，那边走。"

她顺着大汉的指示，经过一条黑漆漆的走廊，走进窄小的厕所。厕所里，洗手池、脏兮兮的马桶和池底角落积满灰尘的浴缸几乎紧挨在一起，她甚至不觉得那大汉能顺利地使用这厕所。

上完厕所之后，她又被关进房间。她问过"你们是谁"，对方当作没听见。她发现先前剩下的饭团包装袋、饮用水瓶子已经被收走了，有新的食物和水摆在床垫旁边。紧锁的房门外，响起了"哗哗啦啦"的搓麻将声。

除了上厕所，她在这小房间里闭锁了六天，渐渐搞明白了自己处于什么状况。这可能是一栋孤立的楼房，因为听不见任何人、物的声音从窗外传来。偶尔会有车辆驶来、停下，但这之后，就有人进入外面的客厅，可见这房子是来客们唯一的目的地。

整个白天，都会有四个守卫看管她。他们通常会搓一整天麻将。夜里，他们以两人为一组轮值。他们有时会骂骂咧咧地打PlayStation，有时会带女人来，有时凭叶春璟未必准确的判断，在吸毒。有一天，看守打开门，问她要不要洗澡。虽然浑身痒得厉害，但她还是拒绝了。她问："你们为什么把我抓这儿来？"看守不言语，再次把门关上。

第七天下午，事情有所变化。有一个人大大咧咧地闯了进来。头几天，叶春璟肯定会立刻站起来，甚至躲到墙角，但现在，她抱着膝盖坐在床垫上，简直懒得把头抬起来。

"喂，看一下，你这个怎么弄？"

叶春璟抬头，看见一个精瘦的年轻男子坐在那椅子上，正在摆弄她的笔记本电脑。男子染着一头银色短发，两边耳朵各打了五个耳钉，鼻梁上也有一整排穿刺物，左眼角下方文有长着翅膀的步枪子弹图案。

她注意到，屋子外面变得静悄悄的。

男子把电脑屏幕转过来，对她说："密码。"

"……你要做什么？"

突然间，男子掏出手枪，朝着她斜下方开了一枪。她惊叫一声，子弹轰穿地板，床垫上多了一个焦黑的洞，离她的腿只有不到十厘米。

"快点。"

她艰难地挪到他前面，输入锁屏密码。男子点点头，又把屏幕转回去了，一边摆弄着键盘，一边对她说："你是鉴证师？"

"是。"

"这台电脑可以连接你们研究所的专用网络吧？"

"你要做什么？"

"想看看你是不是真货，顺便查一下资料。"

"现在……做不到。想连接专用网络，光有这台电脑还不够，需要研究所配合着人工双向验证。"

"这有什么困难的？就和他们说你要看一下资料库。"

“没用的。上一次鉴证工作已经完成，而且提交结论报告了。为了保密，它浏览研究所资料库的权限已经被服务器端锁定。如果要在我回到研究所报到前再次解锁，那我需要给出很详细的真实理由。”

“噢。那么这台电脑基本等于废铁了？我现在一枪把它打穿了，也没什么关系？”

“请别这样。”

男子把电脑合起来，放在地上，从椅子上站起来，然后坐在叶春璟旁边。她不想离他这么近，但他身上有强烈的火药气味，这让她难以动弹。

“先自我介绍一下。我叫骏三。我花了大价钱把你弄到我这儿来，是因为想让你帮个忙，不是要害你。刚才开枪，是因为我性子急，只要能快些解决问题，怎么都好。所以，只要你配合，很快就会放你走。”

“你没有说想解决什么问题。而且我没有骗你，如果是数据库……”

“停，我没有说你骗了我，如果你再这样自作聪明，我会很生气。我想让你帮我治疗一个人。”

“治疗？我只是鉴证师。”

“我懂，我懂你们这一套。我上一次杀掉的鉴证师也这么说。我有证据能证明你们这话根本不可信。也不知你们是为了抬高自己身价，还是心地真的特别坏？我的人生规则很简单，诚实做人、做朋友、做生意。然而如果你不诚实，我们就没办法配合。我给你讲个故事吧。”

他又坐得离她近了一些。

“前几天，我认识了一个姑娘。我很喜欢她，真的，可能会坠入爱河的那种喜欢。幸运的是，她对我也有同样的感觉。当时的气氛非常美好、温馨。所以，理所当然地，她想吻我。我说：‘不不，别碰我。’她很惊讶，毕竟我这句话听起来毫无道理，对吧？我耐心地对她解释：‘如果要和我相处，我有一件事必须先告诉你。’然后我就非常诚实地亮给她看，为什么她不应该急着亲近我。结果呢，她吓得假瞳都蹦出来了，哈哈。”

叶春璟皱眉，不知该说什么。

“最后一句话，你没听懂是吧？不怪你，我这个故事，不是所有人都能听明白的。其实，是这么回事。”

骏三左手捏着自己下巴，右手在颧骨附近顶撞了一下，左手再左右摇晃，发出“喀吧”一声——

他把自己的整个下巴卸了下来，捏在手里。失去了托举物，他的嘴巴变成了空虚的孔洞，如同黑色隧道，鲜红舌头直挺挺地落下来，形如三角旗帜。叶春璟吓得尖叫起来，退到墙角，胸脯剧烈起伏，大脑一阵眩晕。

骏三把脱落的下巴往上一抬，两手在两侧一顶，又安装回去了。他上下齿互咬，发出“嗒嗒嗒”的声音，像在测试肉体是否嵌合得足够紧密。

“年少轻狂的时候，被人用石工锤弄成了这样。但至少，没有打中我的脑袋。”他笑着说，“这玩意，除了假牙，完全是3D打印的，有意思吧。整个岚汸找不出第二件。你会不会觉得看起来太光滑了？是不是想办法移植一点胡子比较好？你看，这就是我的诚实。我们第一次见面，但我已经让你看见了多少人不曾见过的秘密。我想和你再聊一聊，不过还有很多事要办。下一次我再来的时候，希望你能像我一样诚实。”

骏三离开了房间。

叶春璟的心率并未因此减缓，而是越来越强烈。她有点吸不上气来，眼球有烧灼感。她一阵反胃，贴着墙角呕吐，但胃里并没有足够的东西能吐出来。

她想起在遭到袭击，敌人用黑色头套遮住她视线之前，眼中最后的景象：韦一宸的脸压在方向盘上，手无力地垂下来。她坚信，他并没有死，因为未曾亲眼看见敌人对他下杀手；也正是这一点点缺乏证据的信念，让她可以相对理智地度过这几天，还摸出了看守们轮值的规律。但现在，不仅那些信念遭到了摧毁，就连那最后一幕，似乎也溶化成了一大片刺眼的血痂。

4 兄弟，兄弟

“万思通讯”是一家规模中等的连锁手机维修销售店。今天中午十二点，像往常一样，总店老板杜谦穿着一整套陈旧的黑色连帽衫，正在几乎被电子元件遮得密不透风的办公室里，一边吃一碗滚烫的火车头河粉，一边滑着手机看短视频。今天他看的是“扮鬼吓人反遭路人暴打”系列，有好几次嗦粉嗦到一半，突然“噗”地一下差点喷出来，也不知是视频真的有那么好笑，还是河粉太烫。

这时，他突然听见外面有争吵声。他抽了一张纸巾，擦擦眼角的泪又擦擦嘴，走到外面柜台。有一位中年女顾客正在数落一名维修员工。她一看见杜谦，嗓音就变得更大了。

“杜老板！你管管你这个小师傅！我和他说了，不要给我弄什么12.7系统，他非要给我弄12.7，现在我的《星消除》玩不了了，那我以后这个手机，除了打电话、发短信、刷刷网，还能拿着干啥呀？”

她指控的小师傅，毫无悔意地说：“不是啊，《星消除》早就不更新了，9.0系统才玩得了，9.0的安全漏洞太多了，您的手机拿过来的时候，里面全是木马……”

“我不管，你给我搞9.0，要是有什么木马、病毒，那还不是因为你没给我搞好！和系统版本有个鬼的关系。”

“哎呀您这是什么都不懂……”

“没礼貌！”杜谦对着小师傅的绒毛脑袋“啪”的一声就是一巴掌，“快给陈阿姨搞好！客户要求什么就是什么，哪儿那么多嘴！我给你十分钟，把系统回退到9.0！”

小师傅没办法，支支吾吾地埋头干活。

“不好意思啊陈阿姨，”杜谦笑眯眯地说，“新员工，规矩差点儿，是我没教好。”

“没事没事，我一贯以来就对你们家放心，才拿过来修，到处修手机都坑钱，只有你家不坑，以后只要你在，我继续放心。”

“谢谢，谢谢。对了，陈阿姨，小康最近怎么都不来训练营了？他没有请过假啊。”

“什么？他没去？他天天对我说他去了，还找我要零花钱说是买饮料！我的天，他这么爱撒谎了？亏得你告诉我……”

就在这时，一个神情紧张的男子走进店铺，赶到杜谦旁边，对他耳语了几句。杜谦转过身，打断喋喋不休的陈阿姨，最后安抚了她几句，然后和身边的人回到办公室，从后门走出了店铺。

“把车开到前面去等我。”杜谦把一串车钥匙扔给了那人，皱着眉头，自言自语，“骏三……又他妈给我找麻烦。”

路口前方是红灯。杜谦的车停下了。在他们右侧，并列停着一辆张扬的宝蓝色跑车，司机右手把着方向盘，左手把一截还在燃着的烟头扔到车外。

“小兄弟，”副驾驶座上的杜谦转过头，“你这样不好吧。有明火的东西，不要随地乱扔。也不怕烫坏你的车皮？”

跑车司机笑了笑，摇着头说：“管闲事的一天比一天多。”

杜谦说：“我建议你把它捡起来，你这车这么高档，怎么可能放个烟头的地方都没有？红灯还有六十秒，前面车又多，不会耽误你什么事的。”

“没完没了。爱捡烟屁股自己捡，穷酸货。”

“马路是大家的，年轻人，应该慢慢学会对公众环境负责任。”

跑车司机左手突然拔出一把手枪，探出车窗外，对着杜谦：“我去你妈的，真格的明火，尝过吗？”

杜谦把右手伸出车窗。跑车司机只听见“啪”的一声，什么也没看清，紧握枪柄的手掌心就变得空荡荡的。眨眼间，手枪已在杜谦手中了。

“握力太弱了。你这样还把枪指着人脑袋，很容易走火的。”

“还、还给我！我弄死你！”

“稍……等……一……下。”杜谦低头摆弄着什么。片刻后，他再次抬头，右手把枪支的复进簧递到车窗外。

“先还你这么多吧。”他说，“等你学规矩点，剩下的再给你，不然太容易伤到无辜的人了。你放心，不用怕咱们以后碰不上，我记得你的车牌号。”

转绿灯了，前方的车纷纷动起来。跑车司机十分紧张地从杜谦手中夺回那枚弹簧，然后抢先一步开走了。

“BULM-5，指挥官型，九成新。”杜谦把剩余的手枪零件倒进身边的工具箱里，对司机说，“罗平，有空留意一下，谁在东城区做这一款的生意。这东西，怎么就能落到这种人的手里？”

“最近瞎眼的事多了。来，您看那儿。”

罗平减慢了车速，示意杜谦看看马路左侧。那是一片新的住宅区，刚刚打好地基。有几名工人在住宅区门口安装着一对涂成蓝色的路灯。

“共鸣会？”杜谦突然坐直了，“又多了一块地盘？”

“是啊。我特地去问过，整个老家具市场都拆掉了，就为了建他们的新社区。这还不算，奠基仪式的时候，地税局副局长还去挖了第一铲。”

“凭什么啊？我们‘万思通讯’想给劳动局广场上的摇摇乐冠个名都不行！而且，太近了，”杜谦摇头，“离我们的地盘实在太近了。要是疯起来，谁也比不过这群疯子，哪怕我年轻十五岁也不行。”

“没事，老大，”罗平说，“我比你年轻十五岁。”

“嘿，你也别太机灵。对了，待会儿见到骏三，记得不要在他面前叫我老大。”

“我知道，叫杜先生就行。”

一个小时之后，杜谦到达了叶春璟的关押处。这原是一处靠近郊区的城中村，因为要开发成度假地，村民们全都拿到补偿并且搬离，但后期建设款项却又迟迟不到位，使这里变成了无人问津的、地图上的空白。铲得一片平坦的土地上杂草丛生，仅有极少量以"特色文化旅馆"为建设目标的样板房孤独耸立。

杜谦下车，在司机罗平的陪伴下，走进那建筑物，来到二楼。他一打开门，客厅里凑着一桌麻将的四个人齐刷刷地站起来问候他："杜先生好！"

"你们这是干吗？开麻将馆啊？骏三呢？"

他话音刚落，骏三从厕所出来，站在客厅和走廊的交界处。

"二哥，你来了？"骏三有些忐忑，"我还以为你今天……"

"废话少说。你抓的人在哪儿？"

骏三动动脑袋，指示方向。

杜谦上前，打开关押着叶春璟的门，看了几眼，很快退出来，关上门。

"几天了？"

"八九天了。看不出这丫头还挺倔强的……"

"一个小姑娘，弄成这样，像什么样子？给人家洗个澡，换件干净衣服，再搬一张弹簧床进去，这很难吗？"

"我当然考虑到了！"骏三自认为受到不公平的责怪，提高了音量，"屋子里全是男人，她不敢洗澡，我也没有强行拉她去，对她已经很好了。"

"嗯，嗯。"杜谦点了点头，然后对身后的人说，"你们都下去，到外面，让我们兄弟两个单独聊聊。罗平，你也下去。"

确认清场之后，杜谦用并不响亮但十分严厉的语气对骏三说："你是白痴吗？还是脑子退化了？她不敢洗澡，就找个女人来照顾她！正常一点的女人！”

“我……我马上办。”

“还有，你没有碰过她吧？”

“你是说有没有打过她，还是……”

“你知道我的意思。打也好，别的也好。碰过她吗？”

“没有。”

“你手下人呢？”

“肯定没有。他们不可能有这个胆子。”

“行，我信你，但是以后也要注意规矩。我今天专程过来，主要就是想问，为了做这件事，你花钱雇了谁？”

骏三不说话。

“是不是杀鱼佬？”

“不是他。”

“胡蹦子？”

“也不是。”

“……老师？”

骏三沉默了。

“真的是他？”杜谦上半身朝后一仰，两手抱胸，“你找了‘老师’？他的开价不是开玩笑的。你应该没有那么多现金。到底用了哪儿的钱？”

“我用了‘基金’。”

“你……当真？”杜谦叹了一口气，一只手托着下巴，在客厅里绕了小半圈，回到骏三面前，“你心里应该清楚，骏三，‘基金’的钱，无论如何都不能动。那些钱，是为了万一有那么一天，咱们两个都被干掉了，家里人还有人照顾。你竟然在没有征求我意见的情况下，把我们亲人的活命钱给了一个杀手。”

“我会拼了命尽快挣回来的。而且，这是为了救大哥，他也是我们的亲人啊！为了他花这笔钱不值得吗？”

“你确定？就这么个小姑娘，她能办到？”

“必须让她试一下。好不容易才把一个鉴证师弄到手。只要治好了大哥……”

“骏三。双宿人是不能‘治好’的。不管你听说过什么，我从来没有见过这样的事情。大哥当然是我们的亲人——最重要的亲人。但是，我们已经独立了。没有他，我们也能一步一步走下去。大哥是个非同一般的人物，但现在时代毕竟不一样了。”

“我懂，不要小看我。”骏三的眼神变得凶狠。他突然拔出一把弹簧刀，对着杜谦。“二哥，其实是你想抛下他了。我们今天拥有的一切，都是他打拼出来的。如果你想放弃他……”

“你拔刀是什么意思？想教训我吗？”

他伸出左手，握住了刀刃。鲜血很快从刀刃与手掌之间流下来。

“你别太糊涂了，骏三。拔刀向着我，又想马上收回去，没有这么便宜的事。”杜谦握得更紧了，那血流逐渐变得更粗，流动速度也在加快。“我们三兄弟，虽然没有共同的父母，但血是连在一起的。现在流的，不仅是我的血，也是你的血，更是大哥的血。这都是因为你一时心急，对我拔刀。现在我们三个人都比你拔刀之前要弱了一些，少了一些血气。我们弱下来，敌人就多了机会！我知道你想跟着大哥的路继续走下去，我也相信你的潜力，否则我那时候，就不会把你从火场中抱出来……”

杜谦松开了刀刃，左掌张开，展示给骏三看。他的手掌满是严重烧伤后多次植皮的痕迹。现在，在这纠结斑驳的地图中央，多了一道鲜红的沟壑，像满是铁锈的溪流。

“我完全理解你。哪怕是你，也得承认，我比大哥更了解你。所以，我会给你这个机会。你花了不该花的钱，但毕竟是在为我们三兄弟考虑。

我当然也希望大哥能回到以前的样子。只是，如果我们两人心不齐的话，他回来了也没有意义。我们互相伤害，就等于在伤害大哥。所以，再也不要用刀对着我了。你明白吗？”

“……明白了。”骏三泄气了，他把弹簧刀扔在旁边的桌子上。

“明白就好。”杜谦说完，身体放松了不少，哼唱起一段旋律来，“如果我能够……来，和我一起。就当大哥也在这里，像以前一样，我们一起唱。如果我能够……”

“如……如果我能够……”

“大声点。——如果我能够，与神赌一次生和死。”

“与神赌一次生和死。”

“就让我们依靠彼此。”

“就让我们依靠彼此。”

“征服，征服那山峰。”

“征服，征服那山峰。”

5 持盾者

韦一宸走进东城区分部的联合办公大厅。

同事们大部分在闲聊、消磨时间，有的在翻阅资料，只有五分之一的人在研究讨论案子。首先是老田发现了韦一宸。他停下了动作，手中的茶袋还悬在茶杯上方。渐渐地，更多的同事发现了他。他们神情各异，眼神也各有不一样的光彩。韦一宸觉得自己成了初次登台的戏剧演员，眼前是抱着不同期待和需求的观众：有的等着看笑话，有的不知所措，有的准备写严肃剧评，有的是到戏院来睡觉的，有的已经准备好了一兜鸡蛋。

“你们——”

他一开口，所有同事突然开始热烈鼓掌。掌声持续了一分钟，开始有同事上来，要和他握手。

“干吗啊？”

“找你讨一点福气啊。”

“别碰我手！没看我的手还包扎着吗。”

韦一宸的双手都包着绷带，两只中指仍然用夹板固定着，无论做什么都只能用大拇指和食指，像是两个永恒的OK手势。因为不能碰手，许多同事就上来触碰他的肩膀，还有人边摸边祈福，比如“保佑我儿数学期末考试能及格”“保佑我股票能解套”“保佑大厅空调永不坏”等等。有那么几分钟，韦一宸觉得自己成了要艰难冲破信徒堵拥的活佛。他走进督司办公室之后，外面的掌声才消停。

和同事们的反应完全不同，覃元政还是如往常一样，一脸的不愉快。

“医生允许你出院了，但是我没有允许你来上班。”

“我今天本来也没打算出勤。我只是来问一件事。”

“我们还在尽力寻找她，暂时没有进展。”

“有进展才怪了。你们几乎没有人和她说过话，完全不会推测她可能在哪里。”

“叶小姐又不是失踪，而是被绑架了。她自己的人格和判断，对我们的工作没有多大帮助——我们只需要知道她留下的踪迹就可以了。”

“什么踪迹？为什么不能告诉我？还是说根本没有？”

“如果告诉你，你如何保证不会私下行动？”

“我一件武器都没有了。而且我的手，”他抬起手，对覃元政竖起两只巨大的中指，“它现在只擅长干这个。”

“不，我不能冒这个风险。何况，已经从总部调来了两个专家，专门处理这件事。把你的手放下来！”

这时，办公室的门打开了。韦一宸背后出现了一个陌生的声音：

“哟，这就是那位死而复生的英雄？”

“来得正好，”覃元政说，“你们互相认识一下。”

韦一宸转过身。背后站着两个陌生人。一个是高大、强壮的女干员，饱满的皮肤焕发出古铜色的光芒。刚才那句话就是她说的。另一个是男性，看上去四十余岁，但过长的头发已经花白，在脑后扎成一个乱糟糟的短马尾。他瘦得有些不健康，像一整套使劲搓洗之后等不到阳光只能挂在角落阴干的病号服。

“他们两位是总部‘盾组’的成员。她是姜黎特派员，另一位是乔修书特派员。”

“盾组？”韦一宸问。

“他们专门协助分部处理一些复杂的情况。”覃元政说，“两位，他就是韦一宸，是这一起案件的受害者。有人说他在不可能的情况下逃生了，是英雄，我不同意。很惭愧，我对这小子的工作结果一向很不满意，所以抽调他去做协调员，没想到又闹出这么大的事。而在这起案件中，不幸牺牲、坠下高楼的张南秀干员，勤勤恳恳工作二十五年，对整个东城区分部做出过不可磨灭的贡献。这些话我不能对外面的同事说，以免消磨他们的斗志，却在这里说出来，是希望你们三位对这件事有更清晰的认识。总之，如果他有什么帮得上忙的，就请随意安排。韦一宸，你要全力、无条件配合，做不到的话，就回医院床上躺着。你们可以使用二号会议室，商议一下接下来的安排。”

两分钟后，他们三人进入了二号会议室。乔修书一进屋就坐下来，后仰着身子，让屁股下的椅子只靠一只腿撑着，双脚交叉搭在会谈桌上。他对韦一宸说：“你们督司倒是挺会做简报。他这么一说，我马上知道为什么这里需要我们了。你们平常几乎都办不成什么事儿，对不对？”

“修书，放尊重点。”姜黎说，“分部的同事就是我们的同事。有同事牺牲了，是一件悲剧。你至少应该快点进入专业状态。”

韦一宸分别看看两人，说："怎么感觉你们是在审问我？红脸黑脸已经唱起来了。"

"不要自以为是，我们平常就这么说话。"乔修书说，"不过，我们确实需要你给一个可能的解释：为什么这个杀手——我们就当他是一个杀手好了——大费周章地限制你的行动，再把你药昏了，却没有杀死你？"

"把我活埋，不算要杀我吗？"

"没有人见过你逃出来的过程……当然，这属于强词夺理。关键是，你已经从他手下逃过一次了。这是第二次。"

"在和杀手接触的过程中，有任何异常，都请你告诉我们。"姜黎说，"修书的话也许无礼，但我们必须弄明白这些事情。"

"我倒是希望有东西可以告诉你们。我能不能问一句，既然你们怀疑我是他的帮凶，如果这是真的，这对我有什么好处？"

"你帮助他绑架鉴证师叶春璟，并且洗脱自己的嫌疑。"乔修书说，"至于绑架鉴证师有什么好处，喔呵，好处可多了。有时候和钱有关，有时候无关。我给你看个例子。"

姜黎预料到了同事要做什么，语调稍微严厉了一些："修书！"

"没事的。"乔修书似乎有些兴奋，他的身体往前一摆，肋骨顶着桌沿，屁股下的椅子发出刺耳的滑动声。他掏出皮夹子，取出一小叠照片，在桌上一字排开，一共四张，然后说："你来瞧瞧，注意按顺序。这是同一个鉴证师。这是开始前，这是结束之后。拍下第三张照片的时候，他还活着。"

韦一宸看了看这些照片，竟有些反胃。他把原因归于自己重伤未愈。

姜黎上前，大手一挥，把照片全部扫到手中，并且在乔修书站起来之前，就把它们扔进了碎纸机。

"这些是重要的资料！"乔修书抗议。

"档案库里有原本，这么喜欢，就去那地下室里看，没必要天天把翻拍的带在身上。”

韦一宸问：“他们在干什么？”

“类似中世纪焚烧女巫，不过，要惨烈得多。在一些人眼里，鉴证师要比女巫可恶得多。”

“为什么？没道理啊。鉴证师是科学家。”

“我举个类似的例子。假设你是一个非常虔诚的天主教徒。你每天都在祈祷，在帮邻居除草，看到让你有感觉的女人就把头别过去，绝对禁止你的儿女看《哈利·波特》，哪怕教堂想要一架喷气式飞机，你也愿意大方捐款……你做了那么多符合教义、感觉能让你上天堂的善行，你相信，凭你的信仰之深，死后上天堂是一定的了。但是，突然有一个人出现了，他自称可以判断，到底谁能上天堂，谁会下地狱。他指着一个个人说，你，上去；你，下去；你，上去……最后，他的手，指向了自认为最最虔诚的你，下了裁决：你也要下地狱。这时，你心里会有多不爽？”

韦一宸沉默着。

“‘双宿’的存在，让许多人重新退回到认知上的混沌状态。对他们来说，鉴证师的可恨程度不亚于教徒眼中的伪先知。如果能折磨、处死一名伪先知，对他们来说是极大的安慰。他们愿意为有机会行使这种可怕的惩罚付出极大的代价，”姜黎接着同事的话头说，“这不是危言耸听，我和乔处理过类似的案子。虽然岚汸市内未必发生过这种事，但可能存在着促成这种事的中间人。当然，这也只是可能性之一。乔干员之所以对你说这些话，以及我的补充，都是想提醒你：你的视线可能完全被那个杀手夺走了，这样可能对办案是不利的。所以，如果你想帮我们的忙，就要时刻注意案件的整体。”

“也就是说。”乔修书十指交叉，“现在，这是我们的案子了。而且至少在我个人心里，你还没有完全洗脱共犯的嫌疑。”

“行吧。”韦一宸把双手举起来，“反正，我现在连一双能用的手都没有。咱们去哪儿？”

这一天剩下的时间里，他们跑了好几个现场。

在事发地，他们研究牺牲者如何从高楼坠下。韦一宸发现，乔修书办案时的行为，远比他刻意刺痛人的演说更吸引眼球。乔修书在六层楼跳起来一屁股坐在阳台边缘，仅靠膝盖窝勾着围栏，身子在高空后仰，测量死者坠落前可能的悬挂距离。掌控调查全局的姜黎若无其事地在一旁做笔记，像一名生性稳重、有抱负，却只能以严肃态度拍摄烂俗广告的误入歧途的导演。他们通过确定死者落下时的悬挂位置，倒推出绑缚他的绳子轨迹，最后在绳子的发端处找到了火药残末，以及遥控引爆设备的碎片。可见，杀手当时在地面，当韦一宸的车进入陷阱范围后，他用遥控引爆，烧断了绑着张南秀尸体的绳子，导致尸体下坠。

随后，他们开车绕了好几圈，推测敌人当夜的行车路线。之后，他们还来到了韦一宸被活埋的现场，模拟操作，推算敌人挖土坑、掩埋所需要的具体时间。最后得出结论，土坑至少在掩埋发生前的一个小时就已准备好了。这里虽然是废弃的工厂，但他们还是在附近的居民区中找到了几个有可能目击到掘地、活埋行为的观测位置。他们分头询问了一下这些地方的居民，结束了这一天的工作。

一整天的调查过程中，姜黎和乔修书没有一次提到“叶春璟”这个名字。这让韦一宸心里有一种奇怪的失落感。他知道，这两人是来办案的，但这整件事情对他来说，却有不同的意义。要想让他把视线从杀手身上挪开一些谈何容易。然而，现在他连拆开汉堡的包装纸都不太容易，光是苦恼、愤懑又有什么用！

夜里，韦一宸到医院换了药，做了一些例行检查。走出院门不远，有一个熟悉的声音从后面叫他。

他转过身来。是周亢。她站在偏暗处，上半身稍稍前倾，快速地从头到脚打量了他一下，然后说：“你干吗从医院跑出来？”

“啊？我又没住院……已经出院了。你怎么在这儿？”

“我是专门来找你的，正打算进去呢。我听说东城区发生了特别严重的事情，恰好是我们去我爸那儿的同一天。我当时就有个不好的预感，心想不会这么不巧吧……我就试着给你和阿春打电话，但是两边都没有人接……”

韦一扆低头，用食指挠了挠眉毛。督司和同事们更痛心于张南秀的牺牲，这是无可指摘的，但他们对叶春璟的遭遇也实在是太过于冷漠了，这让韦一扆很不愉快。眼前周亢的担忧，让他对这件事有了实感：叶春璟遭绑架，是紧迫且必须全力解决的事。

“我们在找她。”

“我知道。我之前来医院看过你，当时你同事不让我进去。但是这两天出了一件事，和阿春有关的，我必须来找你谈谈。你的伤怎样？活动一下问题不大吧？”

他双手摆出最近最擅长的“OK”手势，但她不为所动。

“我和你说认真的。”

“手指还不太方便，别的都没问题。”

“行。我们边走边说。”

空中下起了几乎察觉不到的小雨，仿佛不是来自天空，而是来自晒衣绳上某条还没干的裤子。这样的夜晚，雷电会比真正的雨水到来得更早。

“听说你伤得有点重。”她说。

“倒没有特别严重的后遗症，但当时挺吓人的。说来你可能不信。我被活埋了，差点死掉。”

“活埋?！”她猛地转过头来，“真的活埋？埋土里了？”

“不然呢，还能埋树上吗。幸好我爬出来了，感觉上半辈子攒的力气全用光了。”

她突然停了下来。

“怎么？”超出三步之后，他也停下来了，转身看着她。

“没什么。不好意思……”她把手放在心口，吐了一口气，“太可怕了。光想想都……”

她继续往前走。

“也还好，又不是每天都被埋。”韦一宸说。

“这种事情，没必要拿来做耍帅的谈资吧。”周亢轻轻扯了一下韦一宸的袖子，“会有心理创伤的。”

“你要采访我吗？写这种题材特稿的机会，可能一辈子就这一次。”

“我是担心你。”

自从逃出之后，韦一宸在医院静养了好几天，覃元政一直拒绝对他透露调查进度。那几天夜里，哪怕能在药物的作用下快速入睡，空气中依然似乎分散着一些看不见的针头，冷不防刺痛他几下，让他在黑暗中醒来迎接恐慌和冷汗的侵袭。他若半夜惊醒，首先就会使劲仰起头来，看看有没有月亮的反光映照出的窗框的形状。看见了，就能证明他此刻只是在关了灯的病房里，而不是再次被活埋。当回到分部，同事们鼓掌迎接的时候，他并未得到多少宽慰；他们把他的逃生称为“有福气”，就好像“福气”能抵消他耗尽全力去战胜的东西——对黑暗和窒息的恐惧。

总算有一个人，把他的煎熬，当成一种煎熬来看待。

“还是说阿春的事吧。”

“三天以前，我爸突然联系我。”周亢说，“他说，研究所的人给他发邮件，询问阿春的去向。阿春已经完成了任务，做了报告，按照预定计划是该回程了，但是那边一直联系不上她，所以就找到委托人，也就是我爸。我爸肯定不太想处理，就把研究所的邮件转发给我。”

“他倒未必是不想处理，可能是找理由和你保持联系吧。……你接着说。”

“我去找过你们督司，没有提这封邮件的事。当听说你们被袭击的时候，我就猜到叶春璟是被绑架了，但你们督司只对我说她是失踪，而且拒绝透露更多的消息。我想，就算把邮件的事情告诉他，他不光不会帮忙，反而很可能会给我找麻烦。当时你还在医院，也没法和你商量。所以我索性自己给研究所回了信，就说我是叶春璟的鉴证对象，交流了一些目前的情况。”

“你告诉他们她被绑架了？”

“我没有用‘绑架’这个词，说得比较委婉。主要还是强调我们在全力寻找她，希望他们能提供帮助。一天之后，就有一个研究所的成员以私人身份联系了我。我把我所知道的都告诉他了。他问我，这个韦一宸是不是绝对可以信任，我说是。然后，他要求我们俩同时到场，他通过网络视频来向我们通报一些关键情况。”

“然后你就来医院找我了？”

“是啊。能正好碰见你太好了。这件事办得越早越好。”

“那我们是现在去和他视频？找一家网咖？”

“……怎么可能，这是秘密会谈。当然是去我家比较方便。”

“喔，有道理。”韦一宸的脑中首先出现的是那半山坡上的豪宅。但片刻之后，他反应过来，周亢根本不住在那儿。他一时不知该说什么，现在若把对话焦点集中在两人独处的地点，是一件很尴尬的事。周亢也没再说话，低头在手机上打字。幸好，在沉默让他觉得尴尬之前，她说：“到了。”

那是一栋没什么特色的公寓楼。他们进入狭窄、灯光暗淡的电梯，四周贴满只留下一个电话号码的贷款广告。她站在前面，抬起头，看着上方液晶屏的数字慢慢变到十五。他的视线多半时候都停留在一张寻犬启示上。这张启示显然已贴上去很久了，纸张变得皱巴巴的，几乎看不清图中的走失犬是什么品种。他想，犬主人一定不住在这栋公寓楼里，否则它一定会被撕下。“失踪”这种事情，伴随着失踪者消失时间的增长，监护人的懊悔未必会越来越深重，但一定会越来越牢固。

他们走出电梯，在一五〇三号房间面前停下。“就是这儿。”她一边说，一边掏出钥匙。钥匙插进锁孔之后，无法立刻扭动。她左掌按住门上的某个地方，再试一次，门打开了。进屋之后，右手边的墙壁上有一排电灯开关，她在上面揿了好几次，一次是厕所的灯亮了，一次是客厅一盏比较幽暗的橙色壁灯亮了，她把这两个灯都关掉，第三次才点亮了她想要的客厅天井灯。这一系列动作，让她看起来不像是这屋子的长住者，而是受着旅行中的朋友邀请来照看空房子的。

“鞋脱这里。鞋……”她看了看旁边的鞋柜，又看看韦一宸的脚。显然，没有合适他的拖鞋。事实上，没有一双在款式和大小上适合成年男性。“算了，没事。你别换了。你走了我擦一擦就行。先坐，稍等我一下。”

她把外套脱到一半，挂在胳膊肘上，然后进入卧室，打开灯，掩上门。

韦一宸走进客厅。房屋里没有什么特别引人注目的摆设。旁边的墙壁上贴着几张女性摇滚乐手的海报。另一侧的墙壁挂着一张简易白板，上面看似杂乱地书写着几个时间点，一些似乎毫无联系的名词、人名，以及简短的、类似文章主题大纲的句子。

“不是让你先坐吗？”扎起长发，把隐形眼镜换成半框架眼镜的周亢，捧着一台笔记本电脑，从卧室里走出来。她把笔记本放在沙发前的玻璃桌上，然后打开冰箱，从里面拿出一瓶矿泉水和一瓶已经喝了一小半的茶饮，把矿泉水递给韦一宸，然后在他旁边坐下。

“好，就这样吧。其实家里有些零食，不过我看就算了吧，又不是看电影。”

“你和他已经联系好了？”他接过矿泉水，打开喝了一口。

“嗯，刚才在路上的时候。他正好也有时间。”

韦一宸想起来，半路上在提出去她家之后，她自顾自用手机打字的样子。

周亢打开电脑，使用了加密代理之后，和研究所的人联系上了。

出现在画面中的是一名看起来沮丧、浮肿的欧洲男子。他叫乔瑟夫·斯庇尔，用德国口音浓厚的英语和他俩交流。他自称是一名有资历的鉴证师，也是叶春璟的监督和指导者。

“没错，这是她第一次独立鉴证。”他说，“我们知道，岚汸市从政策上来看，对鉴证并不抱有极端的、敌对的态度，所以才决定让她执行任务。真是没想到……”

乔瑟夫关于研究所的话题，多少有些闪烁其词。他似乎还没有把“叶春璟被绑架”这件事做公开通报。但是，他表现出的诚恳和焦急令韦一宸和周亢毫无怀疑的余地。

他提供的最重要信息，就是与叶春璟失去联系之后直到今天为止，叶春璟的笔记本电脑至少被打开过两次，并且试图连接研究所的资料库。这个过程，需要乔瑟夫亲自视频验证。但是，使用叶春璟电脑的人——无论是谁——已经得到了她电脑的密码和操控权，却从未在镜头面前出现过。

“这样的事情，光是发生一次就很可疑，所以第二次发生之前，我就做好了准备。”乔瑟夫说，“鉴证师的专用电脑外壳上其实有一处隐藏摄像头，可以通过研究所的远程操作来打开。它就是为了这种类似的危急状况准备的。所以，对方第二次使用电脑的时候，我抓拍到了一点影像。”

韦一宸问：“拍到什么了？”

“对方似乎发现了摄像头，很快使用了干扰手段，没有拍到她……但这应当会对你们有用。我会通过邮件传过去。”

最后，乔瑟夫说：

“请相信我，除了直接伤害她的那些人，我不怨恨、怪罪任何人。但是，请你们一定要找到她。一切的希望都掌控在你们手里了。只要你们全力以赴了，我……无论如何，我都会非常感激，永远感激你们。”

对话结束了。

两人一动不动，沉默了好一会儿，直到周亢说：“邮件收到了，这就看看。”她打开电子邮箱，和韦一宸一同看视频。

视频不太清晰，只有不到十秒钟。一开始，是一片带有污渍的空白，似乎是面对着墙壁，或者天花板。三秒钟后，一个穿着黑色皮衣的男性身影突然闯进了镜头，看得出镜头相对于他，是处于俯视位置。最后，男人挪动身子，露出鼻子以下的半张脸。

“好！”韦一宸不由得提高音量，“这份邮件转发给我吧。很有用。”

“嗯。那么……”周亢说，“你有什么打算？”

“我回去自己看看视频，先想想。”他站起来，“谢谢你，这帮上大忙了。”

“是乔瑟夫帮上大忙了。”她笑了笑，“对了，外面下雨了。我借把伞给你。”

韦一宸走到房间门口。在等待的时候，他不由得盯着自己留在客厅地面上的泥灰印子。周亢从厨房里拿出一把伞，来到他身前，递给他。

“谢谢。我走了。”

“拜拜。”她抬起右手，做了一个似乎是提振他精神的“再见”动作：五指在拳心闭合又张开，重复了两次。

他没有马上迈动步子。也许是这片刻不合时宜的犹豫，驱使着她上前一步——这称不上拥抱——只是肩膀位置轻微的贴合，并且用右手，拍了拍他的手臂。

“顽强一点。”她说，“我也一样。会有好消息的。”

韦一宸点了点头，转身离开。周亢看着他走进电梯，电梯门闭合了。韦一宸再次和那张寻犬启示上的走失犬面面相觑，一同下沉。

6 黄昏一景

数日之后，下午三点，阴云密布。韦一宸在一栋十层楼房的房顶，用望远镜观察半条街之外名叫“新田园”的破败居民区。乔修书和姜黎站在他旁边。

他们调查得知，案发当夜，其实有两辆车分头、分时段离开现场。第一辆车，驶向活埋韦一宸的废弃厂房。他们在报废车处理场找到了它，但是没有找到任何驾车人的线索。另一辆——推测是用来运载遭绑架的叶春璟的——当夜停留在黄石路和光越路交界处的公共廉租居民区，也就是韦一宸此刻观测着的地点。

那是一排排十五层的高楼，分布得过于密集，楼房和楼房之间只有狭窄的通路，完全没有可供人休憩交流的公共区域，充满窒息感。可以想见，在这样的环境中，有许多中下层住户几乎无法采光。

“新田园”是过去某任岚汸市长的杰作。他号称要一劳永逸地解决低收入家庭无处安居的状况，在全市复制四十个同样规格的廉租居民区。但这远大蓝图在实践过程中只遵守了两个原则：一是在尽可能小的空间内塞进尽可能多的人，二是在消防、安防、公共生活空间等方面能省则省。

最后，它们成了蓄养犯罪与贫穷的高塔，一栋接一栋扎进城市的心肺，互相拥挤却又孤立地排列在一起，如同那位前市长如今每天都要面对的监牢栅栏。

“为什么七号楼东边的地面上堆满了垃圾？都快把一楼的窗户淹没了。”韦一宸说。

抽着烟的乔修书说：“因为那里住的都是容易成为帮派袭击目标的人，干一些不光彩的生计。到了夜里，他们不敢出门，所以干脆把垃圾从窗口往下倒。”

“你怎么知道？”韦一宸放下望远镜。

“可以这么说，我的安防司培训毕业证书就是在那儿拿到手的。一个月内，我参加了八次突袭。我们把这些臭气熏天半人半鬼的家伙像小羊羔一样赶出来，但是他们大部分在接受一些不痛不痒的惩罚和教育之后，都会回到这个粪坑，等着我们下一次突袭。”乔修书眯着右眼，瞄准下一层楼住户阳台上的绿植，把烟头往那一弹，继续说，“那一个月，我长了二十磅肌肉，被两个女朋友甩了四次。够青春热血的吧？”

“该行动了。”姜黎说，“我们最好赶在傍晚通勤时间之前完成任务。”

坐电梯下楼的时候，乔修书对韦一宸说：“对了，那时候指挥我们突袭的，就是你现在的老大。”

“老覃一个月能出勤八次？我不信。”

“岁月不饶人啊！不过，我看他身上只剩下一种那时候的品质，就是不会给部下好脸色看。这么说来，东城区分部真是个养老的好地方！等我干不动了，每天只会一杯接着一杯泡茶，在厕所里假装拉屎消耗值班时间，我就申请调到你们那儿去。”

“行了行了，你闭嘴。”姜黎瞪了乔修书一眼。乔修书朝韦一宸露出一个虚假的致歉笑容。

韦一宸对自己单位的感情和尊重最近恰好掉到冰点，所以暂时不打算理会乔修书的挑拨。他想，等以后伤痊愈了再找个理由和他练练手。

他们下楼，驾车来到刚才从高处侦查的七号楼附近，把车停在僻静处。坐在前面的姜黎与乔修书先后下车了，韦一宸刚刚从车后面出来，姜黎就伸手拦住他。

“干吗？”韦一宸有些意外。

“我和修书去就行。”姜黎说，“你留在车里。如果我们把犯罪嫌疑人带出来，需要你快速接应。我们不方便在这些大楼里长时间逗留。虽然你的手有伤，但开车没问题吧？”

“能开车，但是……”

“我们没时间照顾一个吃饭都握不住筷子的人。要么坐在车里，要么坐上那边的公交回家去。”乔修书说。话音刚落，他就和姜黎转身离去了。

韦一宸没法反对，只能坐进驾驶座，眼看着他们俩走进七号楼。

他等待着。

车外，一阵冷风卷起路面上的碎叶。

他对自己说，这样不算是浪费时间。今天，他已经做了一件重要的事：搜索安防司的前科犯网络，试图找到和乔瑟夫提供的影像相匹配的人。因为影像资料不够完整、清晰，最后一无所获。接下来，只能想别的办法，去寻找这穿着黑色皮衣、鼻梁上穿孔且嵌入金属装饰的嫌疑人。问题在于，如果去某些地下摇滚俱乐部，像这样打扮的家伙，一夜之间能抓出好几打。所以，这成了一条曾经令他欣喜、细究过后却令他沮丧的线索。

然而，绑架叶春璟的关键参与者——哪怕不是杀手本人，可能就身处于眼前的建筑物中。

路面上的碎叶再度飘起。它们翻了几个跟头，又缓缓落回到原来的位置。

天色稍暗，云层变厚。

车内时钟上的秒针似乎走得越来越慢。

“他们也该出来了吧？这谁还坐得住。”韦一宸对自己说，然后下了车。

此时，盾组二人正在“新田园”七号楼的纵向迷宫中穿行。有时候，他们的步伐和身姿，看起来如此稳健、自信，就好像抬头可见的蜘蛛网、黑漆漆的楼道、偶尔闪现的非人非幽灵的身影，不过是古典油画中用来衬托主要人物而毫无实际威胁性的深色调笔触。但有的时候，走廊上群聚者投来的凶狠目光、一声包含警示意味的咳嗽、如电钻凿墙一般震颤耳蜗的噪音，却仿佛迫使他们的身影和目光也暂时撤退到如叶脉一般蔓延的黑暗中。很难相信这里是许多人的容身之所，很难相信许多人在这里生老病死。

他们寻找着推测会比较配合的居民，拿出叶春璟和那一辆车的照片，进行询问。到目前为止，答案只有两种：没见过，以及拒绝回答。在数十次暗藏风险的敲门问话之后，他们看见一个强壮的男子手里握着刀，用刀柄使劲砸其中一户人家的门。

"喂！"姜黎高声说，"你在干吗？"

"少管闲事。"持刀者把刀尖指向姜黎，"不然我先把你砍了。"

乔修书要上前一步，姜黎抬手把他拦住。持刀者大步朝她走来，一刀劈下。这一劈其实是吓唬人的，姜黎也看明白了，不为所动，没有退后半步，只是狠狠盯着他。持刀者一时火起，动真格地朝着她的颈窝劈过去。姜黎一瞬间闪到男人侧背，左手勾住其左边腋下，往上一捞，使他的左手被迫高高举起；同时右手从其头部右侧绕到前方，拧住他左边衣襟，朝右一扯，利用衣物绞住其脖颈。

男子想挣脱，没想到姜黎的双手竟如铁钳一般紧实，根本动弹不了。他持刀的右手尚存一些活动范围，他想劈砍背后的姜黎，就一使劲，要吸上一口气来，然而这恰恰加快了他被自己衣襟绞昏的速度。他眼中景象沉入一片白色之中，脑子里"嗡"地响了一声，整个人就瘫了下去。姜黎慢慢地把男子放倒在地，然后用手铐，把他和暴露在墙体外的金属管道铐在一起。

先前差点被刀柄砸出一个洞的门，缓缓打开一条缝，一个神情憔悴的女子露出半张脸。

"姜特派？"女子说。

姜黎抬起头，认出了该女子。半个月前，她曾经因为家暴事件到安防司来录口供。姜黎对她笑了笑，得到她的允许后，和乔修书进入屋里。闲聊几句之后，姜黎拿出叶春璟以及他们追查的车辆照片，询问该女子。

“这女孩我没见过，但这车是双胞胎的啊。”

“双胞胎？”

“是两兄弟，姓什么不知道，但一个叫明远，一个叫博远。两个好像都挺有钱的，至少是花得多，但他们不像是做正经生意的。”

“他们住哪儿？”

女子看了看天花板，说：“就住在我上面这一层，特别烦人，他们每次做了什么挣钱的勾当，就会通宵放音乐，震得我睡不着。”

“听起来像通宵庆祝。那他们最近也干过这样的事吗？”

“有啊。应该是上上个星期六还是星期天来着……其实有时候我男人发起来火来，倒不是因为和我吵架，而是被他们吵得心烦。”

姜黎和乔修书交换了一下眼神。上上个星期六，正是叶春璟遭绑架的那一天。

盾组两人又爬了一层楼，来到那名女子房间正上方的位置。姜黎敲了敲眼前这一户的房门。乔修书作为后援，握着手枪，背部紧贴门外的墙壁，确保屋内的人不会发现他。

姜黎敲了四五次，门缓缓打开一半。门后是一名戴着紫色头巾的赤膊男子，看起来像十天没睡过整觉也没洗过澡，嘴唇微张呈梯形，牙口之间不断涌出浓厚得熏人的碎烟草气味。

“干吗的？”

“我是安防司干员。有人报案，说自己的车被偷了。想问一下，你有没有在附近见过这辆车？”

姜黎亮出车的照片。紫头巾瞟了一眼，说“没见过”，就要关上门。姜黎用手肘抵住门，说：“不好意思，能不能让您屋里的人也看一眼？说不定他们见过呢。”

“行吧。”紫头巾从姜黎手里抽出照片，转身往回走。他左手夹着照片，右手空着。走出五六步之后，他停下来，说：“要不要进来？这照片模糊得很，你给我们直接讲讲。”

姜黎眼角瞥了一下乔修书。乔修书微点下颌。姜黎慢慢走进屋，手叉在腰带附近、方便拔枪的位置。屋内光线黯淡，只有一盏灯罩破裂的小壁灯和前方关公神龛两侧的电子烛光，勾勒出客厅家具的轮廓。左侧有一套豪华得有些滑稽的酒红色真皮沙发，其角落歪七扭八地躺着许多伏特加酒瓶，瓶口溢出的酒液已经把沙发底部染黄。仿虎皮花纹的地毯上，随处可见烟头烧焦的小坑。

安置关公神龛那面墙的右侧，有一扇门，通往另一房间。紫头巾慢慢地朝那边走去。姜黎跟在他后面，保持着一定距离。她背后的大门，似乎是在金属铰链的作用下，展现出要缓缓闭上的趋势。就在此时，乔修书看见房门下方的细缝中有一片影子稍微动弹了一下。

门后有人。

乔修书冲进房间，握住门把手，把它拉开一截，再把整个右肩的力量都加上去，狠狠一撞。门后发出“咚”的一声巨响，以及一个男人闷在喉咙里的惨叫。紫头巾迅速从神龛下方红布遮着的栅格中拿出一把枪，转身准备射击，而乔修书快了一步，连发两枪，击中其肩。紫头巾应声倒地，枪从手中滑落，肩头血流不止。

“你上！”姜黎短促地喊了一声。她话音未落，乔修书已会其意，一个疾步上前，越过倒在地上的紫头巾，顺便还像找起跳点一样，在紫头巾胸膛上踏了一脚，痛得他双手像木乃伊一样摆在胸前，手指不停发抖。乔修书迅速而有条不紊地朝下一个房间挺进，并不回头看一眼。

姜黎左手早已拾起紫头巾的手枪，把枪口紧紧顶在他的胯间，说了声“动就开枪”，右手则拔出自己的手枪，扭转上半身，对准房间大门。大门缓缓闭合，藏在门后的另外一个人似乎稍微缓过来一些，晃了晃脑袋，高高抬起右手。他手中没有枪，只有一把明晃晃的手斧。

姜黎微眯眼睛，对持手斧的暴徒摇了摇头。那人愣住了，看看姜黎的枪口，又看看自己的手斧，突然眼珠子瞪得像要爆出眼眶，狂吼一声，一扭腰，要把手斧掷出。姜黎抢先开枪，击穿了他的大腿，他惨叫倒地。姜黎见近处的紫头巾确实无力反击，就奔到那豪华沙发侧面，沉下腰，使劲一推。也许地面上的酒液恰好帮上了忙，减轻了重物与地面的摩擦，她顺利地把沙发往前推，把持手斧的暴徒夹在沙发前端以及墙壁之间。于是暴徒的脑袋第二次被甩向墙壁，砸得响亮，昏了过去。姜黎继续调整沙发位置，然后把别的一些家具也扔在上面，把门堵住，防备着援军冲进来。

另一方面，乔修书已进入下一个房间，并没有发现可疑人员。他继续突击，拐入一条走廊。这一户人的住宅面积大得不寻常，显然是把附近的几间都打通了。走廊左侧，有一个像衣帽间的窄小位置，里面有一张乱糟糟的小床；乔修书发现，竟然有一个穿着吊带睡衣的年轻短发女子坐在床上，正在用奶瓶给怀里的一个婴儿喂奶。女子看见他，眼神并不特别惊讶、恐慌，只显露一种冷漠、缺乏进攻性的厌烦。乔修书把枪口瞄准她，小心翼翼地上前，掀开遮盖着女子小腿的毛毯。在毛毯下，有一把收在皮套里的匕首。

“不好意思，我得拿走。”乔修书夺走匕首，插在自己背后的皮带里，看了一眼还在不停吮奶、小腿乱踢的婴儿，说道，“乖孩子，这都不哭。”

“他听不见。”女子说。

“打扰了。”

乔修书回到走廊上。前方又有一个拐角，他听见了仓皇的脚步声。他上前，突然传来两声枪响，打碎了离他头部只有十厘米的窗户。乔修书后撤，紧靠着墙壁边沿，大声说：“投降吧！放下枪，我们聊一聊！其他人已经被捕了，你没必要拿自己的生命开玩笑！”

拐角后的走廊深处传来叫嚷：“你打死我弟弟了？他死了？”

“我不知道谁是你弟弟。有两个男人找碴，我们把他们制服了，但没有打死任何人。你和他是双胞胎，对不对？把枪放下，举手投降，让我看看你的脸。这样我就知道谁是你弟弟了，可以告诉你他是否平安。”

对面沉默着。

“如果你不照办，我就要杀过去！”乔修书说，“我有一把特别大的枪！你肯定没见识过火力这么猛的！乓的一下！随便打中你哪儿都是致命伤！像你这样的小混混，斗不过我们的！我要冲出去了！三、二、一……”

他当然不打算冲出去，只是想试试对方的反应。没想到，从暴徒藏身的走廊深处，突然传来震耳欲聋的贝斯声、鼓点声。随后，各种或尖锐或响亮的电子音色也纷纷加入合奏，几乎没有哪个音符愿意让位成为配角，低音部尤其沉重得可怕，真的能感觉到地板发生了共振。

“难怪楼下的嫌你们扰民……”乔修书说着，但根本听不见自己的声音。面对着这样的音墙，不能贸然出击，而对方却有可能趁此机会冲出拐角近身搏斗。他从后腰拔出刚刚收缴的匕首，扯掉皮套，把刃面微微探出墙外。通过上面的倒影，他发现暴徒把好几台半人高的音响功放挡在前面，隐约可见一支步枪枪管从这“街垒”的中央探出。一声枪响混杂在乐声中，把匕首击飞了。幸好乔修书之前只是非常轻地捏住匕首把手，否则手掌必然会连带受到冲击而受伤。但哪怕是这样，他的手依然一阵酸麻。

乔修书想：没料到竟然会变成这种开火，早知道就带催泪弹出门了。正当他一时想不出好办法的时候，姜黎押着紫头巾赶到了。

片刻之后，藏在音响掩体之后的敌人，看见一个女人，手枪指着他弟弟的脑袋，把他押了出来。

“哥，别开枪！”

双胞胎哥哥对自己的枪法有自信，但也没信心能绕开弟弟，击中他背后的女人。正当他分神的时候，躲在墙角后的乔修书压低身体，探出拐角，连开数枪。

乔修书瞄准的，不是大部分身体都不可见的敌人，而是他背后插满了音响缆线的电路板。一瞬间，火花迸射，线缆崩裂，音乐声一瞬间扭曲了，有两台功放消了声。双胞胎哥哥听到电流迸发的刺耳声音，引发了触电的恐惧，身体不由得缩起来，一只持枪的手弹开了，仿佛在拍打看不见的苍蝇。当他意识到要重整架势、握紧枪支的时候，乔修书已经冲到了眼前，越过掩体，一拳把他击倒，夺走了步枪。

一番处理之后，他们把两兄弟铐在一起。

“总算搞定了。”乔修书说，“弄出来的响动有点大，希望回去的时候没别的麻烦事。”

“要等一下，需要联系增援。不能把那姑娘和孩子留在这里。”姜黎厉声询问双胞胎哥哥，“他们是母子吗？和你们是什么关系？”

“她是我老婆，有什么问题？孩子也是我的。如果不是的话，她早就没命了。”

“这一仗是你们打赢了，快滚吧。”一直沉默着，似乎体力已经流失殆尽的紫头巾突然开口，“嘿嘿，再待下去，你们都死定了。”

“什么意思？”

“你们都没听见吗？”紫头巾艰难地笑了，“他弄出来的声音。”

“装神弄鬼。”乔修书装作要用枪柄再次击打紫头巾。

“等一下。”姜黎抬头，皱眉，仔细聆听着，“好像有人在敲打什么。一下又一下的。”

“听明白了？就是他。”紫头巾说，“你们算什么东西？竟然不知道这里是杀鱼佬的地盘。”

和盾组不同，韦一宸经历了另一种考验。

晚来一步的他，发现了被姜黎弄昏、和管道铐在一起的男人。接下来，他又听见了几声枪响——几乎来自正上方。必须立刻援助，但没有武器是不行的。韦一宸发现，在那被铐着的男人够不着的角落，躺着一把还挺锋利的刀，就去把它拾起。因为双手中指尚未疗愈，不宜使劲握拳握刀，他只好从昏倒的男人身上割下一些布料，把刀刃和右前臂贴在一起，尽量绑得牢靠一些，仅露出四寸左右的刀尖。这样，他可以做一些小范围的削切、刺杀动作，但不可能肆意挥砍。

他一边做着这准备，一边向着走廊尽头通往上层的旋转楼梯奔去。走廊前方，还有不少居民，因为听到了模模糊糊的枪响，而稍微打开门查看附近状况。

"危险！你们回屋去！"

韦一宸一边跑，一边挥手做驱赶状。有一个十分高大，穿着黑色皮围裙的男人探出半个身子，韦一宸一瞬间还以为是这家人的门板斜着倒下来半截。在经过他身边的时候，韦一宸闻到浓重的鱼腥味。他听到男人问："安防司？"韦一宸没有停下脚步，也没回头，随意回了一句"回屋里去"，就要向上攀登。

就在此刻，他在眼前的墙壁上发现了那巨大的阴影。出于直觉，他没有回头，而是把身子压低。有什么冰冷且体积惊人的东西从他头上掠过，击打在楼梯的扶手上，发出"嗡"的一声回响，金属扶手不断摇晃。他抬起头，发现是一把堪称巨大的剁骨刀。韦一宸顾不上姿态难看和手指的疼痛，手脚并用猛地往前一蹿，上了好几层阶梯，再回身一看——那身着黑色皮围裙的男子面目的沟壑像树瘤一般堆积，厚实如鲨鱼尾的双手各挥舞着一把剁骨刀朝他砍过来，气势极为骇人。

楼梯中央的平台上，有一辆不知停了多久的废旧自行车。韦一宸没有惊慌的余地，他双手捞起自行车，朝这巨汉——双胞胎兄弟口中的杀鱼佬扔过去。杀鱼佬双臂挥出一个八字形，本来就锈迹斑斑的自行车在半空中四分五裂。韦一宸借机潜至敌人身前，装置着刀刃的右前臂朝前猛刺。但刀尖刺破了皮裙，与敌人身体相触之时，竟然只发出金属相碰撞的声音，无法刺入。韦一宸意识到，对方在皮革围裙之下，竟然藏着金属护具。

杀鱼佬咧嘴一笑，极其有力的左手猛然搂紧韦一宸，让他贴着皮围裙，动弹不得，然后右手高举，用刀柄瞄准韦一宸的头部，就要捣下去。韦一宸用额头猛然撞向杀鱼佬红彤彤的鼻尖，撞得他涕泪横流。但杀鱼佬的左手竟未有丝毫松懈，右手也按照原来的路径砸下来。然而韦一宸的这一撞，打开了至关重要的空隙，让他能够抬起右手抵住杀鱼佬的手肘，防止刀柄立刻落下。如果就这样拼力气，韦一宸依然必死无疑，于是他趁着空隙，又撞了杀鱼佬一次，这次是对准其人中。

敌人的手终于松开了，韦一宸脱身成功。但韦一宸接下来没有按原来的打算朝上跑，而是循着楼梯快速下行。他要把敌人引走。盾组在上层的战斗应当还未结束，这时如果再带一个敌人上楼，会腹背受敌。他回到先前的走廊，等待杀鱼佬调整一下态势，再度朝他袭来。

韦一宸没有明确的反击思路，他只是闪躲，边闪躲边后退。敌人很可怕，但他竟然比自己预计中要冷静许多。他看出来了，虽然杀鱼佬力大无穷，看似可随意挥舞这一对剁骨刀，但他的攻击必须依赖于刀的重量带来的惯性。这敌人太吵闹、太张扬，也太蛮横了，和韦一宸至今为止所碰到过的最大的敌人——泥土下的黑暗——完全相反。与那种令人窒息的、看不见、摸不着的威胁相比，眼前的敌人虽然招招致命，但他的气势渐渐沦为一种表演。走廊的昏暗灯光为敌人制造出的巨大影子，比其本人更加可怕。

韦一宸捕捉到一个空当，避开敌人左手挥砍的同时，用右手的刃尖一刺。杀鱼佬看看自己的左手，手背上出现了一道深可见骨的伤痕。他更加狂怒地进攻，剁骨刀屡次在墙壁、扶手、地板上砍出火花。韦一宸难以再次捕捉到反击机会，继续撤退，却发现走廊尽头无处可走，只有一扇窗户。

杀鱼佬把左手的剁骨刀抛掷过去，手背的伤口在墙壁上甩出扇形鲜血。韦一宸避过这一下，剁骨刀把他背后的窗户砸得粉碎。

“来啊！”他用掌底使劲拍了拍自己的前额，“不想报仇吗？冲这里砍！”

杀鱼佬怒吼着朝他猛冲过来，也不知是要砍杀，还是要凭借巨体直接撞击。在接下来不到一秒的时间内，韦一宸忽然觉得看见了胜机，就像思维的浅滩中突然迸发出新鲜泉眼一般的灵感，或者是连足球运动员自己也难以解释的、在脚尖上增加的那一点点旋转力度——在这险中求胜以及恰到好处的奇妙平衡中，他抓准杀鱼佬冲到面前的一个关键时机，跳了起来。杀鱼佬为砍杀他，右臂全力挥下，还加上了他增强杀伤力所不可或缺的、庞大身躯带来的惯性。跳起来的韦一宸紧紧抱住了这粗壮的手臂；杀鱼佬身体止不住地往前冲；韦一宸的身体落到窗户之外，并且把敌人的右臂也带了出去。

在十层高楼的窗口外，韦一宸倒悬着，用手臂和交叉的双腿把杀鱼佬右臂的关节死死绞住。杀鱼佬上半身被迫探出窗外，想甩动右臂让韦一宸摔落，无论如何也做不到。他又想使用左手扒开韦一宸的双腿，可是手背受的割伤让他使不上力。他满头冷汗，整只右臂的剧痛越来越难以承受。

夕阳的霞光照射着他们，因为背着光，韦一宸看不见敌人的表情。其他大楼的住户，有人在窗前看见了这一幕，辨识不出他们在做什么，以为是在进行着什么复杂的楼层维修工作；另一些人还以为是一名大汉拉住了一个要轻生的年轻人。放学时间到了，有背着书包的小孩从楼下经过，儿童趋向于奇特事物的感知力发挥了作用，让他们在毫无具体理由的情况下抬起头，伸出手指。

这一切，让他俩不像是正经历着生死搏斗，而是在努力合作着，要融合成一座静默却惊人的雕塑。

脱臼和骨折的声音打破了这沉默。杀鱼佬痛昏过去，失去了知觉，脑袋靠在窗边。因为他身躯庞大沉重，才不至于因韦一宸的拉扯导致两人一同从窗口摔出。但这不代表韦一宸可以永远这样悬挂下去。他陡然觉得杀鱼佬的手变长了一截，似乎还变细了一些。因为对手已失去意识，不再绷紧肌肉，手臂完全变成松弛状态，韦一宸很可能就这样扯断他的胳膊，坠落地面。他想再加一把劲，用腿弯勾住窗户边沿，再翻上去，但紧张感消失之后，他发现自己竟已接近精疲力竭。

这时，窗户边出现了两双手，把韦一宸和昏厥的杀鱼佬都拉扯回来。是盾组的二人赶到了。韦一宸坐在地上，太阳穴突突跳着，仿佛这时才意识到，自己刚才一直悬挂在十层楼外墙上，哪怕杀鱼佬手上多一些濡湿的汗液，他就可能已经坠亡。

韦一宸抬起头，发现姜黎和乔修书都用一言难尽的古怪表情看着他。

“让你在车里等着，”乔修书说，“你挂那外面玩什么新鲜的极限运动啊？”

韦一宸挥挥手，表示太累了不想说话，但马上又用变得有些哑的嗓子补充了一句：“想学？下次教你。”

7 防火精神

星期六上午，庆华山运动公园里，一批十岁左右的孩子们在轮流穿越着一些预先设立好的简单障碍。对有的孩子来说，这是竞技：汗水越多，越兴奋，获胜心也就越强。他们依靠自身的敏捷，在尚能公平超越同龄人的人生阶段，享受着领先于人的乐趣与幸福。而对另一些孩子来说，这是对围观着的父母撒娇的良机。如果能通过这游戏得到关于一个新玩具的承诺，那也不错。

在一条离地仅有十厘米高的“独木桥”上，孩子们双手各持一个彩色小桶，桶里装着浅浅的水，速度不一地往前赶。有一个小孩歪歪扭扭，脚步虚浮，好像两侧是万丈深渊一般，汗水都挂在眼睫毛上了。杜谦在旁边，脖子上挂着哨子和体育钟表，一边合掌打拍子，一边鼓励他：“慢慢来！一步一步！稳一点！再稳一点！”

多年以前，这片城区曾发生过一场极其惨重的火灾。因为消防设备老化、天气干旱，加上官方机构反应不足，最后总共有五百多栋房子烧成灰烬。当时，杜谦率领居民展开自救，遏制了部分火势蔓延，自己也因从火中救出多人而烧伤。这使他成为著名的民间救火英雄。这个头衔和名声给他带来了很多方便。近年，他以“万思通讯”为名头，创立了“万思消防小神兵训练营”，让附近的小孩们通过户外游戏学习“防火精神”，锻炼身体和意志力。训练营收费不高，相当受家长们欢迎。

在不远处，有一些带着孩子来的女性不乏期许地观察着杜谦，想摸索出一个良机，或是上前搭话，或是冒着成为众矢之的的危险，送上亲手烹制的美食。

但是，她们发现，杜谦的司机罗平走到了他身边。两人走到一处树荫下，开始认真地聊着什么。这就代表至少十五分钟内，除非正在锻炼的小孩们出什么意外，杜谦绝不会搭理其他任何人。一个更坏的迹象是：这次罗平还提着一个食品袋，一看就知道是杜谦喜欢的火车头河粉外卖。

杜谦坐在树荫下的长椅上，一边嗦粉一边和罗平说话。

“杀鱼佬被干掉了？”杜谦有些惊讶。

“没死。是安防司动的手。”

“他是不是活干得不仔细，被盯上了？”

“这个不清楚，但安防司好像是去新田园，恰好撞上了杀鱼佬。他这人脑筋不好，听到安防司开枪了，提着刀就冲了出去。别人总不能站那任你砍，对吧，就打起来了。但杀鱼佬竟然没有砍死人，用不了多久就会出来的。”

“剁了一辈子鱼骨头，这脑袋还不如一只水母。安防司还有别的行动吗？”

“抓走杀鱼佬以后，他们就没有去过新田园。”

“还是要小心点。我们在那边有两个货仓。你去和他们说一声，让他们低调些。”

“呃……可能有点问题。骏三哥特意去吩咐过货仓的人，趁杀鱼佬不在，赶紧把七号楼的生意都占了。”

“搞什么？”杜谦差点把方便筷摔在地上，“他什么时候去的？”

“应该是昨天晚上。”

“杀鱼佬的事情，他为什么比我更早知道？”

“我真的不清楚，我是一听说就来告诉你了。其实骏三哥一直都把新田园盯得很紧。而且，他以前也雇杀鱼佬做过事，所以可能这方面的消息更灵通一些。”

“你去联系七号楼货仓管事的，让他们去总店等着。我这边还有半个小时就结束了。我直接和他们说。”

“好。”

“你吃过午饭了吗？来个春卷？”

罗平把春卷两三口塞进嘴里，一边咀嚼着一边离开了。

骏三越来越不好管，这一点杜谦是明白的。骏三好勇斗狠，两侧腹股沟分别文着“live fast”（放纵生活）和“die young”（至死不衰），这确实也是他的生活信条。在过去，主要靠恐吓、械斗来扩张地盘的时候，骏三很能派上用场，他自己也相当享受这样的生活。但是干别的，他一窍不通。杜谦曾经尝试让骏三管一个夜场，但他竟然在一周内就捅了客人。现在靠武斗强抢地盘的事情越来越少了，骏三的主要职责只剩下催欠款。虽然他不聪明，但他也明白，光靠这样是建立不起威信的。

杜谦还没有考虑好该如何安排骏三。所以，在绑架并且囚禁鉴证师这件事上，杜谦暂时对骏三睁一只眼闭一只眼。只要安防司还没有追查到，就可以暂时允许他继续囚禁鉴证师，消耗他的注意力。当然，要把这样的局面掌控好，需要非常微妙地拿捏尺寸。

更何况，杜谦还要操心一个新问题：今天晚上六点，他要和附近社区公立学校的领导聚餐，商讨由“万思通讯”牵头设立贫困生奖学金的提案。

他仰头，把汤汁以及碎末喝干净。放下碗之后，他看了看稍远处那些关注着他的女性。其中，的确不乏能让他产生想法的对象。但是，他就算不全面拒绝，至少也必须非常小心，因为她们要的不仅仅是一次遭遇，或者一点点需要靠想象力才能补足的所谓浪漫回忆。她们想要更多更能引发自豪、更牢不可破的东西。这并不能怪她们，毕竟，她们想象中的他，是他自己努力打造出来的，而不是一种误解。

毕竟，杜谦已经做出了选择。恣意妄为的人生，已是过往。如今的他，想要成功的人生。

此刻，他需要小心处理的“麻烦”之一——叶春璟，正在洗澡。

这洗手间实在太狭小了。她每次洗完，一旁的马桶盖和洗手池镜子上都会溅满水珠。

门开着，门外坐着一个在低头玩手机的女子。她叫妮瑞，三十四岁，被派来看管、照顾叶春璟。她可能曾经有一头亮丽的卷发，但现在每次清洗过后，都会在很短的时间内出现油腻的板结。她在屋内时，总是穿着松松垮垮的吊带睡衣（一直被关押的叶春璟，暂时还没有见过室外的她），最上面三四排肋骨清晰可见。

除了监视叶春璟洗澡，她还会替她收拾屋子，处理换洗衣服，偶尔换换床单，铺在地上的床垫已经换成了一张小木板床。看守们曾经命令她给叶春璟做饭，但她并不擅长。有一次她自作主张，要煎一个荷包蛋给叶春璟吃，她还没把盘子端进屋，叶春璟就闻到了浓烈的焦味。后来，她一边用叉子捣弄着煎蛋，一边说“我给你把这些焦的部位都去了，还能吃”，但捣弄到最后，发现根本没剩下几口能吃的。

但叶春璟能和妮瑞聊天。在叶春璟眼中，那些男性看守不过是一根根行走的铁栅栏，对她来说，不存在任何交流的可能性和意义，但妮瑞是一个可以说上几句话的人。她似乎是一个叫杨安的看守的女人，但她并非真正和这些人是“一伙”的。从手上的针眼，以及不时浮现在身上各处的瘀青看来，她虽然能自由行动，但本质上也是他们的囚徒。

当然，她问过这个问题：

“他们为什么把你关这儿？”

在叶春璟回答这个问题之前，妮瑞补上了让叶春璟摸不着头脑的后半句：

“你是骏三的女人吗？”

“怎么可能？”叶春璟说，“我对这种病理性的严重反社会分子不感兴趣。”

“别生气，我瞎猜的，因为骏三做过类似的事情。去年，他向一个女大学生求婚，人家不愿意，他就把她关在这房间里，要关到她同意为止。后来幸好是杜先生插手，才把人家放走。真可怜，听说那姑娘现在举家搬到国外了。对了，你别告诉那些男人我知道这件事啊。”

“放心，我怎么可能和他们说话。”

“那，你到底是因为……算了，你还是别说吧。我可能不该知道，这样你也挺为难的。”

叶春璟倒也想弄清楚，她为什么会在这里。

骏三想让她“治疗”一个双宿人。这是不可能的。

她见过骏三想“治疗”的人。已经有两次，他们用黑头套蒙住叶春璟的头部，塞住她的嘴巴，把她带往另一个地方。她计算过，车程大概有三十分钟。下车之后，他们还会架着她，踩踏着柔软的地毯，登上扶手雕刻着花纹的楼梯，进入那个装修得相当艳俗的大卧室。这时，他们才会把叶春璟的头套取下来。骏三一直称呼“大哥”的人躺在床上，睁着眼睛，微张嘴唇。他身高超过一米九，也许还曾经有过强健得惊人的肌肉，但现在因为长期不活动，已经萎缩。房间里充满近似腐败的气味。对于这类病人，无论再怎么细心照顾，都难免会出现这种气味。

据骏三说，“大哥”是在毫无征兆的情况下变成这样的。一开始，他们以为是中风、脑出血等病症，但医生却没有发现任何这方面的问题。他的大脑似乎一切健康，只是因不明原因，进入了一种不活跃的状态，就像一台永远供电不足、只能低频率运转的机器。

一名鉴证师告诉骏三，这是少见的迁宿失衡现象。新进驻这具身体的意识，没有发生应有的作用，导致“大哥”变成了无法正常行动的皮囊。这名鉴证师还承诺有办法“治疗”他，为此向骏三索取了许多所谓的“活动资金”，要用来调动研究所的治疗资源。没过多久，骏三发现这些资金都被此人转移到了一个海外账户上，并且此人还在做准备逃离岚汸。于是，狂怒的骏三把他处理掉了。此人自称是来自弗尔甘第一研究所，而属于第三研究所的叶春璟无法证实他的真实身份。

叶春璟问过骏三一个显而易见的问题：“既然你都知道那个人是骗子了，为什么还相信能治疗双宿人这种说法？”

“你搞清楚，他骗了我的钱，但不是一直都在骗我。尤其是见过你的电脑后，我更加肯定，他的说法是有道理的，因为他也在我面前试过登录研究所的资料库，情况和我在你电脑上看到的一模一样。”

叶春璟还想细问，但是骏三低下头，显得很厌烦，然后使劲捶打了一下墙壁，厉声说：“你只有一件事要做，治好我大哥，我就放你走。”

“如果我做不到呢？”

“这他妈还要我来说？你的命在我手里，我可以对你为所欲为。”

骏三显然已经完全被这件事情操控了心智。每次进入“大哥”的卧室，她甚至能感觉到骏三情绪的下坠。在离开房间之前，他会先赶走所有人，要在其中独自逗留。

这一整件事，让叶春璟觉得自己陷入了一种没有尽头、没有理由的疯狂中。她被绑架，反而是其中最容易理解的部分。

唯一值得庆幸能安慰她的，是妮瑞替她要回了她的笔和手账。

叶春璟并没有和妮瑞详细说过手账对她的重要性，只是偶有两次对压在看守手掌下、沾染了烟灰的手账显露出痛惜。妮瑞注意到了这一点，问过叶春璟这物件的归属。当时，谁也没有预料到妮瑞会记住这件事，甚至包括她自己。

几乎每个夜晚，叶春璟都睡得很浅。有一天半夜，她突然惊醒，发现有人坐在床边。“没事，是我。”妮瑞说。为了防止叶春璟求救，妮瑞不被允许带手机，她拿出并点亮了一个袖珍手电筒。在那一小团刺眼而又晃动不止的光晕中，她把叶春璟的手账放在床边。手账稍稍鼓起，中间夹着一支笔。

“这个你拿着。应该还有一支笔，可实在找不到了，我给你换了一支。你放心，我没看过里面的内容。我要回杨安那边去了，趁他还没醒。”妮瑞说。

“你偷偷弄到手的？”

“他答应会让我交给你，但是一晚上都不让我碰到它，可能他觉得这样有意思吧。不过既然他已经答应我了，那就没问题，不会对我怎么样的。”

“谢谢你。”

妮瑞转身要走，叶春璟说：“手电筒能借我用一用吗？明天就还给你。”

妮瑞犹豫了片刻，把手电筒也留下了，然后说："明天早上我来拿，不要被他们发现。"

妮瑞离开之后，叶春璟用手肘把毯子架成一个小帐篷，尽量防止手电筒的灯光外泄，然后翻看手感几乎已经有些陌生的手账。她精心保存、防潮、去污的手账，现在随处可见酒渍、焦痕，甚至还有半只拍死在纸页间的苍蝇。她快速翻阅了一遍，顿时明白过来，为什么叫杨安的看守同意妮瑞把它还给主人了。

已经没有一张能用的纸了。有四分之一被撕掉，剩下的完全成为看守们打麻将的记分本，写满歪歪扭扭的数字，搭配着少量色情涂鸦。韦一宸亲笔画下的犀牛毕波，眼睛涂成了大大的黑洞，嘴巴像是涂上了人类的胡子，又像是涂鸦者想把它改造成骷髅，但是画力不足，中途放弃。

叶春璟把手账放在枕头旁边，然后关掉手电筒躺了下去。辗转反侧几分钟后，她翻身起来，把手电筒握在掌心，走到窗户边，让灯泡对准那露出细缝的铁皮边缘，然后将手电筒打开。她握着手电筒，让光源随着缝隙来回游走了几次。她想象着：在这栋建筑外，可以看到微弱的光线，在如纯黑幕布一般的房屋轮廓中央，切割出稍纵即逝的银色轨迹。

第二天一早，叶春璟还在睡觉，杨安直接冲进房间——自从有妮瑞照顾她之后，看守极少这样做——满面怒容地四处张望，然后趴下来看，在床底下发现了叶春璟藏起来的手电筒。他一把抓走了手电筒，离开房间，轰地一下关上门。很快，叶春璟听到了揍人的声音，以及妮瑞的惨叫声。这声音先是很近，然后很快变远了。显然，他或者他们把她拖下了楼。

妮瑞有两天没有出现。第三天，她来了。她快步走进屋，两三下收拾了屋内的垃圾，然后离开，没有看叶春璟，也没有和她说一句话。当夜，她打开门，在门上敲了敲，还是没有看她，只说了两个字："洗澡。"她侧着脸时，脸上新增添的肿块反而更加明显，左眼几乎没法睁开。

"……对不起。"叶春璟说。

妮瑞摆了摆手，不知是在表达不要放在心上，还是“不要再和我说话”。叶春璟宁愿把第二个猜想看作正确答案。

这件事，让她下定了决心。如果说被绑架是一种不幸的意外，那么期待着很快得到解救，则是在期待着一种概率更低的意外。她很感激妮瑞，却对妮瑞的帮助采取了错误的回应方式。人的处境越低落，就越是容易因为片刻的慰藉，而失去摆脱危险状况的勇气。妮瑞的友好，就是片刻的慰藉。叶春璟不能滥用这种慰藉带来的便利，否则，一旦有真正属于这些恶棍的一分子对她稍加关心，那么难以保证，她不会滑进斯德哥尔摩综合征的美妙谎言中。

于是，当夜，她对看守说：“我要见骏三。我有重要的话要和他说。”

隔日，骏三就来了。他把所有看守打发到一楼，进入囚室，关上门，背靠在门上。

“有什么话想说？还是说你有什么花招？我听说了，前两天你想用手电筒给外面打信号。如果你——”

“这么多天，你的威胁我都已经听够了。”叶春璟打断了骏三，“我知道你喜欢用暴力，但我怀疑，对你来说，我根本没有什么值得使用暴力的价值。上一个对你说你大哥可以‘治疗’的鉴证师，他是怎么定义治疗的？”

对于叶春璟突然强硬起来的态度，骏三稍感意外，但并没有被激起怒火。其实，他也已经厌倦了叶春璟无止境的沉默。在杜谦的压力下，骏三不可能永远和叶春璟耗在同一个死局里，再这样下去，他迟早会让她曝尸荒野。而因为同样的事干掉第二个鉴证师，对他的威望毫无益处。

“你总算想通了？还是说想好了骗过我的办法？”

“上一个鉴证师怎么定义‘治疗’？我只想聊聊这个。他应该不会说让你大哥的主意识重新回到这一个身体吧？”

"他说的是，能让我大哥'变回以前的样子'。"

"果然。"

"怎么，你有头绪了？"

"我觉得，上次那一个鉴证师无论是不是骗子，他至少看透了你真正的要求。'治疗'的定义，不是我们鉴证师来决定，而是你来决定的。也许的确有办法改变你大哥的现状，但这取决于你。所以，骏三，这个问题我需要你配合，想一想：你需要的，到底是你认识的那个人，拥有着你熟悉的人格，对你保持着和过去一样的感情，就好像从来没有发生过迁宿；还是说，你需要他恢复过去的社会功能——直说了吧，就是把他当成一台损坏了的机器，试着维修一下，重新启动？"

骏三左手在脸上抹了一把，然后冲到叶春璟面前，抓住叶春璟的衣领，凶狠地往前一推。叶春璟的脚掌在一瞬间腾空了，后脑撞在墙壁上，一阵眩晕。随后，骏三又按住她的头，强迫她的右脸颊贴着窗户上的铁皮。现在是正午，那块铁皮摸上去烫手。他拔出枪，伸进她嘴里，枪口顶着她的口腔右侧。她能感觉到满口腔火药气味，下颌被迫咬住冰冷坚硬的金属，酸麻难忍。

"你见过的那个现在躺在床上不能动的人是我大哥，我这辈子最佩服的人。如果他需要我去死，我就会为他死，因为死亡是很无聊、很没有意义的，但是我大哥想做的事情，一定有意义。所以，你在谈起他的时候，一定要非常、非常小心。"

骏三颤抖而蕴含着怒气的声音，在最近距离刺激着叶春璟的耳膜：

"在你嘴里的不是手枪。如果一枪把你的脑浆打出来，没有痛苦就死掉了，那也太不好玩了。这是我的玩具，改装的射钉枪，每一粒子弹都是我亲手设计打磨的。只要我按两次扳机，它就可以把你的半张脸和这块铁皮钉在一起。这是很痛的，但你可别挣扎，因为可能会把脸皮撕下来。所以，如果接下来你再说什么羞辱我大哥的话，我就这么对付你，把你剥光，再用三十六枪……四十枪好了，趁你还有气的时候，给你搭配一副上好的画框。能把你父母的地址告诉我吗？说不定，我有一件非常特殊的艺术品，可以送给他们。”

骏三把枪口拔出，同时松开了按着叶春璟的手。叶春璟觉得口里一阵甜苦交织，口腔内侧和牙龈都被枪管弄出了血。她噗地一下把一口血吐在地上，擦了擦嘴，盯着骏三的眼睛，说：

“你可以把所有你觉得羞辱了你大哥的人都这么处理，想开个画展也行，但我还是要问，你愿不愿意为了治疗他，面对你自己心里的真实想法？你到底回不回答我？我再简化一下问题好了：他到底为什么对你这么重要？是他关心你？还是说他对你有好处？想要我帮忙的话就认真回答吧，什么‘愿不愿意嫁给我’之类的，都比你现在应该回答的问题难多了！”

叶春璟感觉到骏三的怒火仿佛岩浆的硫黄气一般朝她涌来。他再次把枪对准她，她紧闭双眼。他扣动了三次扳机，三次令人难受的穿透声，钢钉射穿铁皮，截断了她的一小缕头发。

叶春璟慢慢睁开眼睛。骏三把射钉枪扔在地上，坐在床边，低着头，用双手捂着自己的脸，手背上的青筋清晰地暴露出来。

“有大哥在……我觉得有希望。我佩服他做事的方式。他能做到的，我希望我也能做到，而且他的办法，就一定是在这一行出人头地的正道。”

“所以，你更需要的是……社会功能意义上的他。”

“不然呢？”骏三抬起头，眼球中满是血丝，“我不需要他拍着我的头，夸奖我做得好！我学习他，是为了有一天可以和他站在一起！如果能……能堂堂正正地……和他决一死战，打败他，这样我才算没有白活！”

“如果是这样……那我应该有办法帮你。”

“怎么做？”

说出下面这些话的时候，叶春璟一直把双手藏在背后，狠狠掐住虎口，隐藏它们的颤抖：

“这也许比我们想象中要简单。你应该也知道，很多人在迁宿之后，能完美地融入新身份来生活。这就代表，他们的主意识在迁宿之后，完全否定了‘归宿冲动’，选择维持新宿体的社会功能。这些社会功能，往往是通过一个人的习惯或者生活中的重要仪式来定义。我们的研究表明，重复这些生活仪式，有利于让双宿人维持原有的社会功能。所以，现在千方百计地把你大哥当成垂死病人一样照顾，试着让他恢复身体机能，是完全错误的。因为‘一个只能受人照顾的病人’，并不是这具宿体所熟悉的社会性角色。再这样下去，只会把他推得越来越远。”

8 想象……

晚上七点，渊容蹲在自家的浴缸旁边，袖子挽起，右手探进浴缸里，轻轻地拨动着缸底很浅的一层清水，把它们朝排水口那边赶。水波荡漾到排水口上方，很快聚成了一个小小的漩涡，顺利滑进管道。

“亲爱的，浴缸不堵了，”他站起来，大声说，“快叫娜娜娅来洗澡。”

“宝贝！爸爸把浴缸修好了，要洗澡咯！”妻子伊莎贝尔的声音从客厅传来。

渊容在浴缸旁洗手。刚洗完，还没来得及擦干，他突然听见妻子发出一声尖叫。他立刻冲出去，没有在客厅发现妻子，转头奔向他的书房。

书房里，只有书桌上的台灯亮着。伊莎贝尔站在门边，双手交叠捂着嘴唇，背影看起来瘦弱得可怕。娜娜娅左腿跪在书桌前的椅子上，右腿脚尖勉强够着地面，把玩着一把手枪。她一言不发，眼睛几乎要贴到枪管上了，仔仔细细、翻来覆去地观察它。

书桌旁有一个抽屉是开着的。渊容明白是怎么回事了。妻女通常不会进入这个房间，还有一些柜子、抽屉是锁着的，只有渊容有钥匙。他刚才为了打通堵塞的浴缸，从这抽屉里取出了一截铁丝，但没有锁上。女儿从里面翻出了藏在下部的东西。手枪应该是藏在一个暗格里的，但女儿细小的手指可能凑巧拨弄到了暗格的开关。

伊莎贝尔惊恐地看看女儿，又看看他。有一瞬间，他的心的确猛悬了起来，但他非常肯定：那枪里没有子弹。他上前，把女儿抱起来，左手慢慢地安放在枪托上，像抹除一片积雪那样，把枪移到自己的手掌心，又把它摆在桌上。伊莎贝尔连忙上来，把女儿接到自己怀里，充满不安和疑惑地望着丈夫。渊容指了指浴室的方向，示意她不要急着追究，先带女儿去洗澡。伊莎贝尔照办了。她离开后，渊容把手枪放进另一个柜子，锁上。他没有使用过这把枪，摸上去有一种陌生感，甚至能清晰地体会到金属的冰冷。

一个半小时后，伊莎贝尔把女儿哄睡了，来到客厅，在渊容身边坐下。电视里播放着野生动物节目，一头长久挨着饿、伤痕累累的母狮子匍匐在草丛中，隔着一条小水沟的草原上，领头的公羊警觉地抬高头颅。

“那不是真的枪，”渊容抢在妻子之前开口，“是我从一个学生那收缴来的仿真模型枪，连BB弹都不能打。”

“为什么把它带回家里？”

“我当时发现竟然有学生带枪来学校，也吓了一跳。虽然是一件模型，但这种事非得严肃对待不可，不能随便批评一下就算了。所以我就先收缴了，给他一点时间反省，我也要花点时间，考虑一下怎么惩罚才算恰当。”

“如果实在要带回家，那放车里不行吗？为什么要放在娜娜娅碰得到的地方？”

“因为我放在公文包里，总不能把公文包放车里吧。而且我书房里的抽屉根本不算是什么‘娜娜娅碰得到的地方’，你们平常本来就很少到我的书房去。”

“谁会想到她竟然在书房里找得到一把枪？不管是真枪还是假枪。”

“书房里都是我的私人物品。她也该学会不要随便乱翻别人的私人物品了。”

渊容意识到，自己的音量在逐渐升高，而且显然在回避妻子的质疑。他不希望这场对话持续下去。提早说一句“抱歉，是我的错”没那么难，但他已经错过了最佳的，也许是唯一的时机。

“抱歉，是我——”

“别道歉了。你其实想让我和女儿给你道歉，对不对？因为我们侵犯了你的个人空间。”伊莎贝尔打断了丈夫，“但是，我不知道你自己有没有感觉，你的‘个人空间’越来越大了。你的抽屉、你的书房、你的车……我要一件一件指给娜娜娅，对她说，这个是爸爸的东西，不要乱碰，不然他会生气的。那天，你把一个喝了一半的矿泉水瓶子留在厨房，我都不敢替你扔掉，因为我怕你会来问，‘你有没有碰我的东西’。会不会有一天，这整个房子都变成了你的个人空间？到时候，我和娜娜娅该躲到哪儿去呢？”

“你说的情况根本就不可能发生！”

“也许是我夸大了。但是娜娜娅已经主动去打开那些你特意关上的抽屉了。也许她只是想再多了解你一些。她可能还以为，爸爸藏起来的，都是什么不得了的宝物呢。结果她却找到了一把枪。”

渊容想伸手去摸摸妻子的背脊，但她很快站起来，快步朝着女儿的卧室走去。他的手连她的发丝都没有碰到。

电视画面中，大草原的夜幕降临了。母狮子没有捕捉到猎物，泄气地趴在草丛里，尾巴无奈地拍打蚊虫，皮肉像它垮塌的尊严一样疲惫地挂在骨头上。当然，也许它的尊严，只是自然节目主持人的想象而已。

渊容紧紧握住桌上的一把小刀，对准自己的左掌心。他的整个身体都在颤抖着，左掌中央的白色疤痕依然清晰可见。小刀掉落在地上。他握紧了双拳。

韦一宸和盾组的联合侦查又持续了好几日。如果不是因为担心叶春璟，韦一宸甚至有些享受这样的调查生活，因为每天都很忙碌，不用面对上司的脸色。调查证明，从新田园抓回来的双胞胎只是运送叶春璟的其中一环。他们把她带回新田园之后，通过一处地下室，移交给了下一批身份不明的接手人。另一方面，安防司的技术专家也找出了最初黑入周霆的电脑、盗取他和研究所往来邮件的黑客。黑客同样是被匿名者所雇用的。目前所有相关犯罪嫌疑人的供词都显示出幕后主使者是一个财力雄厚但低调的组织。

有了这个结论之后，看似毫无方向的案情就稍微有了头绪。盾组能调用总部的数据库，将他们调查之后估算得出的犯罪组织规模、作案模式等特征与数据库中的资料一一比对。当然，也可能犯案者不属于目前任何一个有资料可查的组织，但这依然有利于缩小嫌疑人范围，划分出藏匿叶春璟的可能区域。他们还要和可疑人群接触，打探道上谁有可能花费大价钱雇用杀手、袭击干员并且绑架一名鉴证师。

幸运的是，这一系列行动中，再也没有发生过火拼。韦一宸的身体得以顺利复原。

星期三，他们三人在会议室里讨论到深夜。当决定回家休息之后，姜黎说："你们俩星期五晚上到我家来吃个饭怎么样？"

韦一宸刚想问什么原因，没想到乔修书竟然把烟头往烟灰缸里一摁，非常爽脆地说了一个字："好。"说完之后，他抬起头，发现韦一宸的表情有些疑惑，便说：“有什么好奇怪的？有好吃的东西为什么不去？”

“啊，还没和你提过呢。”姜黎对韦一宸说，“我老公是一家饭店的主厨。他一想研究什么新菜，就要找我的同事做实验。这是盾组的传统。”

“我不是盾组的啊。”

“你这话说的。我们两个把你从十层楼窗户外面拉回来，这还够不上吃一顿饭的交情？”姜黎说。

“反正我是无所谓的。”乔修书双手按在腹部，做着画太极图一般的动作，“随便你老公做几人份。我这胃最近正好缺一点‘负重训练’。”

“再心急，也要休息一下。”姜黎说，“还是说周末你有别的计划？如果有女朋友，那正好带过来啊。”

韦一宸想不出拒绝的理由。

星期四中午，韦一宸做了一件自己都没想到的事。他打了一个电话。

“喂。”

“喂，周亢？是我，韦一宸啊。我想问一下，星期五晚上……你有空吗？”

“怎么了？”

“我的同事，说她老公是厨师什么的，特别好客，想请我吃饭。也就是同事之间随便聚聚，他们说我可以多叫几个朋友一起去什么的……”

“你想让我和你去？”

“别人都说了，菜色准备了很多，我非要一个人去的话，也挺不礼貌的……人家态度比较坚决，我拗不过她。总之，关键是看你有没有空。”

“关键怎么会是我有没有空呢？你如果真的想要我去，那可以找我要时间啊。”

韦一宸不由得做了一个鼻子皱起来的怪表情，就好像有一只巨大的铁拳头快要揍到脸上一样。

“……那……”

“没问题，我去。”

“好！”

“听你说的，是女同事？她家有小孩吗？”

“没事，不用带东西，他们比我更随便。我同事她家路比较绕，坐地铁什么的不方便。到时候你在家吗？我晚上六点去接你，怎么样？”

“行啊。但是你车不是报废了吗？”

“能解决，能解决。那就这么定了啊？”

“定了。”

韦一宸放下了电话。面部的紧张感依然没有松弛下来。他像一个本来只打算偷一个馒头的小贼，发现到手的竟然是沉甸甸的宝石，还来不及高兴，心中就充满了重重担忧。

星期五晚上六点，韦一宸开着租来的车在周亢的公寓楼下等待她。她敲车窗玻璃的时候，他甚至吓了一跳。上一次把控方向盘已经是快一个月以前的事了，而那是一次只剩下鲜血和沉默的回忆。

他给她打开车门。她坐进副驾驶座，手里提着一个红色包装袋。

“我说过了，不用带东西。”他一边发动车子，一边说。

“带一瓶葡萄酒总没什么问题吧？我猜，你朋友肯定没你这么多规矩。”

韦一宸看着周亢低头系安全带。她抬头，他连忙转过去，踩下离合器。

车开动了。这辆租来的车比他在试车的时候发出更多的噪音。

四十分钟后，韦一宸站在姜黎家门前，按下门铃。门“咔嚓”一声打开了。门后没有人，只有一只拉布拉多犬友好地摇着尾巴，和他四目相对。

“来啦，欢迎欢迎。”姜黎出现了，把门朝里敞开，“这家伙，老喜欢抢在我前面开门。给我一边去。进来吧，马上可以开饭了。”

韦一宸右手手掌朝上，有些僵硬地贴着腰部，做出一个几乎注意不到的介绍性手势：“她是周亢。我之前不是说要带一个朋友。”

“请进！”姜黎用响亮的声音把周亢邀进来。他们很自然地互相自我介绍，更加让韦一宸觉得自己尴尬的介绍手势有些多余。先前被姜黎支走的拉布拉多很快又奔了回来，绕着他们三人的腿，不知该把谁当成重点示好对象。

姜黎初次看见周亢，眼睛一亮。韦一宸明白，这种突然点亮的眼神，是人们初识一位美人之时的常见反应，而这种反应，给他带来了可预见的片刻虚荣。周亢面对大犬有点畏缩，姜黎半认真地批评韦一宸：“你电话里怎么不先告诉我小周怕狗。”韦一宸心里想着，我也不知道啊，嘴上说的却是“不好意思”。周亢说“没事，只要不咬人我就不怕，它这么乖”，一说完，韦一宸的眼神和周亢对上了。她对他微笑。这短时间内的一系列发展和她的微笑瞬间击穿了他的虚荣。

昨天中午，韦一宸坐立不安，直到拿起电话，开口，并且得到她肯定的回答。这说明，对他来说，那是一个非打不可、不然一定后悔的电话。但现在韦一宸也不清楚，自己的勇气或者说莽撞到底从何而来。他显然对她还不够了解。他也对“成年人”标签装扮之下的临时关系不感兴趣，不喜欢冒险性质的、如劣质口香糖一般狠嚼几口之后立刻变得无味、恼人的亲密。她为什么答应呢？那一天，在她家门口，由她主动发起的两人双肩的轻轻碰触，到底揭示出她的哪一部分内心？

不过，现在他没有时间多想。既然她赴约了，那就不要过于迟疑。何况，眼中有另一个在他看来堪称奇异的景象中断了他的思维：系着围裙以流畅的手势先后把两盘菜摆上餐桌的乔修书。

“别误会，修书不是我老公，”姜黎拍了拍韦一宸的胳膊，“你放轻松一点。我家厨房小，我老公嫌我占空间太多，要招待客人的时候更愿意让修书帮忙。”

韦一宸给乔修书介绍周亢。乔修书双手摊开，展示一下沾染了一些酱汁的手指，说了句“你们先坐，我还忙着呢”，就回厨房去了。

姜黎的丈夫名叫徐永辉，符合韦一宸对一名干练、高效率的大酒店主厨的想象。他面容和煦、肩宽背直，双手因为常年饱受高温以及寒冷的交替侵袭而显得粗糙，却自有一种和持握武器之人不同的、令人信任的力量感。他和姜黎同岁，但因为两鬓的几缕白发，稍微见老一些。他们养的狗名叫韦德，曾是一名机场缉毒犬，后来因为被人下毒，造成肾衰竭，在治疗之后提前退役。

“这孩子，越活越像一个宝宝了。”姜黎摸着韦德的脑袋说。

“年纪大了嘛，越活越回去。”徐永辉说。虽然他的话，语意上是在反对姜黎的意见，但两人之间充满感情稳定伴侣的协调感，毫无对抗气氛。

“爸爸竟然说你年纪大了，眼多瞎啊，明明一根白毛都没有。”

“来，让姐姐看看。”周亢也摸了摸它的头和脖颈，“毛色这么亮，青春美丽着呢。”

“你们两位第一次来，我说一个在我家吃饭的老规矩啊。”姜黎提高音量，一字一顿地说，“不收盘子，不谈案子。”

“以前这个叫‘不放筷子，不谈案子’。”乔修书说，“她嫌这话意思模糊，钻牛角尖，说不光有筷子，还有刀有叉，就给改成那样了，我觉得还是差不多。”

这句话，让韦一宸放心了一些。他之前就担心，饭桌上会谈到关于解救阿春的事。盾组的人认识周霆，也知道周霆是叶春璟的委托人，但是从他们刚才的反应看来，他们没有意识到周亢就是周霆的女儿，也是叶春璟的鉴证对象。由于目前案子进度有限，韦一宸一路上没有和周亢提过这件事，她也没有主动问起，避开了可能发生的尴尬场面。

“啊？太可惜了。”周亢说，“阿一之前和我说过，你们是总部来帮忙的神秘的盾组。我都准备好了，要带几个有意思的故事回去。”

“她其实是记者。”韦一宸说。

“没关系，只要不是晨报的记者就行。”乔修书说，“如果是晨报的人，那就必须先交出身上一切电子设备，才能入座开吃。”

“那你放心，我是晚报的，而且我们也很讨厌晨报，虽然我们在同一栋楼。主编和我们交代，要是在电梯里碰见晨报的人，一定要站在他们后面，使劲瞪他们的后颈子，把他们瞪出冷汗来，因为他们心里有鬼。”

“这不是你也爱干的事吗？”姜黎指着韦一宸说，“要审个嫌疑人，有事没事就往人身后这么一站，手往腰上一叉，经常把摄像头都给挡住了，眼珠子就一直落在人后颈子上。”

“那是我制造的错觉，其实只是虚张声势。”韦一宸笑了，“我凡是这么站的时候，其实心里面都在想，我完全不知道该问什么，只能等你们俩来找突破口。”

“那你站嫌疑人背后，还这样。”乔修书捏住衣领，做了一个松领带一般的手势，“特别装模作样，好像随时要动手。”

“我没有啊，这个真不是我要吓别人。我就是想不出该问什么，越想越热。”

韦一宸看见周亢笑了。

“嗳，怎么又开始说什么嫌疑人的，犯规了啊，不过你第一次来做客，下不为例。”徐永辉说，“听你们聊这个，还不如聊点新鲜的。对了，你们俩是怎么认识的？”

姜黎早已注意到韦一宸和周亢称不上情侣，偷偷甩给丈夫一个责怪的眼神。

“第一次见面是在咖啡馆。”周亢平静地说。她只是在交代一个事实。

“开动了，开动了。”徐永辉连忙说，“大家多吃点，有什么改进意见，尽量和我说。”

姜黎用餐叉在一块炖牛肉上面按了几下，说：“今天的牛肉是不是汤汁吸得不够？”

“怎么可能？”徐永辉说。

“你刚刚才说有意见尽量提。”姜黎说。

乔修书尝了一块炖牛肉，说：“我觉得恰到好处，毫无改进空间。”说完，他朝着徐永辉的方向，摆直右臂，握紧拳头。徐永辉和乔修书碰了碰拳头，然后对姜黎说：“不好意思，我不接受找碴的意见。”姜黎翻了个白眼，用叉子的握柄一端戳了戳丈夫的侧腰。

在他们三人的交流中，存在着某种韦一宸暂时还无法完美融入的和谐感。这种和谐，反而更加凸显出他和周亢之间缺乏关键的导向亲密关系的触媒——无论这种亲密是否仅限于爱情。虽然在餐桌上，大家都吃得很开心，没有冷场，但这屋子里，并不是两个集体之间的美好交流，而是两个个体——韦一宸和周亢，与另一集体之间的交流。韦一宸是盾组工作上的一部分，但不是他们生活的一部分；而他和周亢，也许暂时还不共存于任何共享气味、颜色的气泡中。

饭毕，简单收拾餐盘之后，乔修书走到徐永辉身后，说：“到时候了。”

徐永辉也说：“到时候了。”

“你们要做什么？”韦一宸问。

“老节目。”徐永辉说，“我和他要决斗。”

“你们可以看着，可以喝彩，”乔修书声音低沉地说，“但是不可以往擂台上丢白毛巾。因为这场决斗，必须分出胜负，绝对不允许被打扰。”

他们所谓的决斗，是K歌。客厅的电视机里，安装着能给演唱者打分的K歌程序。他们选用的决胜歌曲，是John Lennon（约翰·列侬）的*Imagine*（《想象》）。徐永辉演唱时直挺挺地坐着，表情非常严肃，仿佛是在执行宣誓效忠的仪式。而乔修书则手舞足蹈，惹得韦德一直绕着他兴奋蹦跳。最后K歌程序打出的分数是：徐永辉82分，乔修书80分。

“我赢了！”乔修书双手高高举起。徐永辉微笑着摇头。

“他不是低两分吗？怎么是他赢了？”韦一宸问姜黎。

“因为他每次都改歌词，故意不把词唱准。所以按照习惯，只要两个人分数差不多，他就宣布自己是赢家。”姜黎说，“这歌最后一句词，是‘And the world will live as one（世界将合而为一）’。这家伙呢，每次都改成‘And the world will end as one（世界也将归于一体）’。你们俩也来挑首歌唱一唱？”

韦一宸并非不会吼几句，但是并没有做好心理准备。在他回答之前，周亢拿起了话筒。她选择了一首节奏和旋律都更明朗的歌，让韦一宸联想到属于海滩的而不是属于临近烤焦的树叶的夏天。

他俩是十点左右离开的。姜黎夫妇送他们到门外。乔修书没有送出来，而是蹲在后院的花圃旁边看着月亮静静地抽烟。

道别之后，韦一宸和周亢来到不远处的露天停车场，坐进车里。他把手放在方向盘上，想说一句“走了”，但没有说出来。

周亢一边绑安全带，一边说：“晚饭真好吃。你的这几个朋友还真挺会生活的。”

韦一宸并没有回应。周亢抬起头，看见他的双手紧紧把握着方向盘，眼睛盯着车内后视镜。

“阿一……？”

“呃，不好意思。”韦一宸像突然释放的弹簧一样，回过神来，“你刚才说什么？”

“我说晚饭好吃。”

“是啊。”

他清了清嗓子。刚才有一瞬间，他在后视镜中，看见了一个从后座浮现的黑影，就像叶春璟遭绑架的那一天眼中最后的景象。他知道这是错觉，也可能是停车场的灯光在后车窗玻璃上映出了一道可疑的影子，但身体无法抑制地僵硬起来。是周亢的声音让他回过神来。

他发动了车子，驶离停车场。在倒车的时候，他隐隐约约觉得，附近的电线杆后面，似乎藏着人。这不是谨慎导致的错觉。真正的谨慎，是保持镇定，预测、推算可能的危险情境。而现在，他的大脑在不断制造不可战胜、无处不在的幽灵。

车子开上公路之后，他总算放轻松了一些。

“就是他们……”沉默许久之后，周亢问道，“……和你一起办阿春的案子，对吧？”

该问的迟早还是会问。

“是的。”

“情况怎么样呢？如果你方便说的话。”

“有几条不错的线索。至少可以肯定，她的人身安全没问题。”

“那就好。上次我还对你说，让你‘顽强一点’。会不会觉得我太自以为是？”

“不会。”

“那天在我家里，你看起来真的很消沉，所以我才那么说的。对你来说，阿春肯定不只是一个要保护的任务目标。”周亢转向他，“你们认识多久了？”

“两个星期左右。”她失踪也超过两个星期了，韦一宸想着，“时间不长……我感觉像多了一个妹妹。不过，幸好她不是。如果真的是妹妹失踪了，督司肯定不会让我参与调查。你呢？你怎么看待她？”

“我觉得她人好可爱，又聪明。有时候还很逗，但她自己好像没察觉。如果时间长一些，我们应该能做挺好的朋友吧。但我当时没有考虑这些，因为她反正是要回研究所的。我小时候常常搬家，所以像刚认识一个不错的人就要分开这种事情，已经习惯了。”

“我会把她找回来的。”

“然后呢？她还是要回研究所。”

“吃个饯行的饭总没问题吧？你们到时候再做朋友也不迟。”

“好吧，我相信你。”周亢微笑着说，“这顿饭没白吃。比起那天，你状态确实好了不少。”

车开上了立交桥。大桥两侧的高楼如同沉默的黑色巨人，不断闪烁的广告牌是它们招摇的冠冕。他们的车像青色的小甲虫，偶然闯进了并不欢迎它的社交圈。

接下来的路程，他们没说什么话。

车在周亢的公寓楼前停下了。

“到了。”韦一宸说，“仔细看看，应该没有什么东西落在车上吧。”

“你怎么突然像出租车司机似的。”

“这附近不方便停车，我就不送你上去了啊。”

“嗯。”

她没有立刻动身。

“你今天为什么约我？”

韦一宸看着周亢。她的一只手放在门把手上，背脊也挺直了，似乎随时能推门离开。她的眼神之中并无关切和担忧，她在等待一个确实的答案。她的等待不是苦等，也不是施予，而是最自然不过的行为，就好像空气中有一个看不见的法官在主持秩序：她已发问，他必须回答。而在公正的法庭上，绝对禁止谎言。

“我觉得……这是我应该做的事，否则我会和自己过不去。如果没有约你来，我肯定今天一晚上都会想，如果我先打个电话问问她就好了。”

“不是一时兴起？”

“不是。”

他想把手从方向盘上拿起来。他想轻抚周亢的脸庞然后亲吻她。他想让她的美只为他稍微停留片刻。韦一宸的呼吸变得如同不属于他自己，在那每一次气体的循环中，仿佛随之流失的，不仅是时间，还有勇气。

周亢轻叹一口气，然后说：

“阿一，你听我说。我以为和爸爸的事情了结之后，就可以一觉醒来，找到生活真正的目标。结果根本不是这样。爸妈在我过去的生活中太重了，现在只有我一个人，太轻了，都站不稳。我甚至不知道，生活的哪一部分比较重要，哪一部分值得我去投入时间，而且不后悔。”她难抑伤感，嗓音变得又轻又恍若烟尘，仿佛轻放在冰面上的一小片薄荷叶，“阿一，你……你肯定也有感觉的，我是一个很麻烦的人。你还有更重要的事，先不要为我花太多时间了。如果你静下心来，一定可以很快找到阿春。等大家状况都好一些……如果这一天早点到来的话……我再联系你。可以吗？”

“行。”

“再见。”

“再见。”

周亢下了车，走进公寓。她留在车里的气味也很快就消失了。

有好几分钟，韦一宸的心里空荡荡的，但很快，有一些假装沉眠的事物乘虚而入，慢慢浸染他的心。他脖子后面涌上来一阵凉意，又突然发觉街道上空无一人，而两旁高楼灯光几乎也尽数熄灭。有无数幽灵般的脚步声从半空中传来，如行军队伍从他的车顶踩踏而过。他再次呼吸，突然喉头一紧，随着空气的进入，似乎有一道虽轻薄却不可破坏的黑色薄膜贴在了他脸上，带着六尺之下泥土的气味。这一切，不是悲伤或失落——是恐惧。

韦一宸心里的确有周亢的位置。她占有的地方真不少。但同时，他也恐惧着，以至于需要有人陪伴。撒下这恐惧之网的，就是数次有机会轻易杀死他、却让他活到现在的人。和周亢在一起时的安全感觉消失了，那黑影就出现了。

他狠狠拍了一下车笛。骤然迸发的尖啸暂时把这一切引发窒息感的幻觉给驱散了。

第二天早上八点，韦一宸来到东城区拘留所临时关押高危险嫌疑犯的红色区域。“杀鱼佬”，如今是ER1032号嫌犯，右臂依然打着石膏，坐在冰冷的金属床上，应声抬头，看见害自己被收监的仇人韦一宸正站在铁栅栏之外。

“起来，”韦一宸说，“我有事情想问你。”

对方沉默不语，但凶狠的眼神，停留在韦一宸面容上，丝毫不偏移。

韦一宸的声音，比通常冷酷许多。

“双胞胎交代了，道上有几个‘专家’，收钱办事。干这行当的已经不多了，你是其中之一。你放心，虽然我相信他们说的，但目前并没有你的受害者信息。你在牢里不用待太久就能出来。我是想和你打听一个人。”

“谁？”

“如果我知道他是谁，就没必要打听了。他应该和你一样，是‘专家’。他干活的时候，戴黑面罩、黑手套，身高在一米八三到一米八五之间，体重不会超过八十二公斤，格斗技术一流，尤其擅长腿功，可能有一些炸药知识。五官没看见，但肯定比你长得像个人。认识他吗？”

“你先进来。等我把你的舌头拔出来，耳朵也拧断，再告诉你。”

“我已经说过了，你不用在里面待太久，除非你不合作。每年总会有一些没解决的凶杀案，从里面找出一些个案，致死伤痕恰好和你的惯用凶器相匹配，也不难。说不定，有些还真的是你干的。要是发展成这样，那你就永远不能找我报仇了。”

“哼……不知廉耻的人渣。”

“人渣就人渣吧，但至少也是站在牢房外面的人渣。我等下就要出任务，没时间耗下去，最后给你十秒。你的下半辈子过得怎样，就靠这十秒决定。”

韦一宸说完，用中指有节奏地轻敲铁栅。

“行了！”敲六下之后，杀鱼佬吼起来，“我没见过你说的这个人，不过肯定有办法找到他的，毕竟他要做生意。要联系‘专家’，是有门路的，这样免得大家干活的时候互相碰上。我可以把门路指给你，但我得给你一个忠告，假如你要把这门给踹了，那整个岚滂……”

“谢谢你啊，不用替我担心，我只找他一个人。这是私怨。”

9　烈日午后

下午两点，盾组和韦一宸驱车来到了一处已荒废的度假村建设地。入口的雕花铁艺大门和招牌已经做好了，还没来得及上漆。虽然有铁链缠着门，却没有锁，轻易就能把门打开。

乔修书下车，蹲在门边观察了一下，说：“有意思。很多车轮印，看来是经常车出车进的。”

他们加快速度，排查可能囚禁叶春璟的场所。这里就是排查地点之一。

“也许会有收获。”姜黎说，“我们走吧。”

韦一宸也下了车。他的配枪和短棍，都在上次遭袭击之后遗失了，至今没有找回。他有备用的短棍，但是督司表示，在配枪有下落之前，拒绝给他派发新枪。韦一宸不得已，只好拜托盾组的关系，从总部借用了一把陈旧的、缺乏保养的GLOCK-17，且没有置换弹夹，只派发十粒子弹。所以，如果有战斗发生，他没法成为进攻的主力。

今天日晒剧烈，气温极高。这废弃的度假村里，显然曾经有不少天然树木遮阴，但绝大部分都被砍伐了。这地盘中央有一处人工凿出的池塘，中央躺着一个神情可笑的美人鱼石雕，身边不知怎么停着一只泄了气的篮球。以美人鱼为中心，是一片光秃秃的椭圆形广场，广场四周散乱分布着一些不超过三层给庭院留出了位置的红砖楼。

“这些都是什么房子？”韦一宸说，“不像别墅，也不太像酒店。”

“民宿、农家乐、茶馆之类的。”姜黎说，“气氛不大对。小心点。”

他们贴着墙根行走。大部分建筑物都锁着，不易进入。

“地方太大了。就我们三个人，全面排查至少要两天。”乔修书说，“增援？”

“现在叫增援还早，不过确实不能蛮干。看来有必要联系一下这块地盘的开发商。”姜黎说。

“等一下，”韦一宸说，“你们看那边。”

他所指的方向——广场对面，一栋建筑物的二楼，在阳光直射下，发出异常明亮的反射。

“是一扇窗户，但是这个亮度……”韦一宸说。

“没有窗帘，窗框后面是金属。”姜黎说，“走，去看看。”

他们分头行动。乔修书来到那栋二层楼房的后方，透过一楼窗户观察内部状况；姜黎和韦一宸来到正门旁边，准备突入。他们确认，一楼有八成空间在肉眼观察范围内，并且没有人影，但是在正门外，发现了不少脚印。乔修书守在一个能瞄准二楼楼梯的位置，双方通过对讲机确认状况之后，姜黎使劲敲门，长时间无人回应。于是她一脚把门踹开，冲入房间，韦一宸紧随其后。一进屋，没有突发状况，但立刻听见二楼传来纷乱的脚步声。

姜黎和韦一宸迅速分别把书柜、墙壁作为掩体，确保一层所有空间都一览无余，并且都把枪对准楼梯口。

“什么人？”楼梯上方传来声音。

“安防司。”姜黎高声说，“有人提供线索，说这里有不法分子聚集。”

“我们没犯法。”

“楼上有多少人？说实话。”

“三个。”

“只要你们配合，只用花五分钟，我们就会离开。现在，你们双手抬起来，放在头后面，列成一队，下到一楼来。如果不配合，妨碍公务，我们就把你们全部逮捕。听明白了吗？”

“听见了。千万不要开枪啊，我们没有武器。这就下来。”

双方暂时不再交谈。姜黎给了韦一宸一个眼神，又用食指碰触几下自己的耳朵，轻声说：“不止三个人。”韦一宸点点头，深呼吸，更加密切地关注楼梯口的动向。

有两件事几乎同时发生。

守候在窗外的乔修书，右脚一直踩踏着二楼屋檐投下的笔直阴影，他眼角余光突然发现，那阴影上仿佛生出了蘑菇形的肿瘤。同时，姜黎听见二楼的走动声，但那声音并不是向着楼梯的，而是逐渐接近她的正上方。

乔修书立刻以右脚为支点旋转身体，同时举枪瞄向二楼窗户，连发两枪。他清楚，自己处于背阴处，突然抬头，必然无法立刻适应强光，所以在完全看清敌人身影之前，必须防御性开火。确有一持枪身影出现在窗边。两发枪响之后，敌人发出了惊叫，但似乎并非中弹的惨叫。在敌人再次行动之前，乔修书已经拐到外墙另一角，离开了二楼窗户可及的视线范围。

屋外的枪声和屋内的枪声几乎同时迸发——那脚步声来到姜黎正上方，突然停滞了。凭着预感，姜黎就地一滚，一梭子弹击穿了木质楼层，在她一秒前的站立处留下数个焦黑的洞。她来不及反击，又是一梭子弹从二楼朝她扫来。她迅速翻越过一张玻璃茶桌，子弹紧咬她的身影，碎玻璃朝各处飞溅。

韦一宸立刻考虑到一点：敌人不可能通过姜黎的喊话声就知晓她在一楼的明确位置。他朝敌人可能站立的地点开了一枪；敌人的攻击只停顿了片刻，然后依然以姜黎为目标继续点射了几次。韦一宸想通了什么，立刻朝隐蔽在沙发后面的姜黎挥手。姜黎摇头，表示两人不应藏在一处。韦一宸竟放低身子冲了出去，抓住姜黎的手腕把她扯过来，几乎紧靠着站立在狭窄的墙角。如果子弹从上至下扫射过来，两人将无处可逃。

但出乎姜黎所料，来自上方的攻击竟然停止了。韦一宸把头稍微探出墙角，找到了他预料之中的目标。在一个置物柜上方，有一只二十厘米高的塑胶霸王龙模型，迟缓地转过头来。刚进屋时，韦一宸就见到了这只模型，但当时没发现它还会动弹。他瞄准模型——但下一瞬间，他回想起来自己弹匣中弹量相当有限，立刻收回枪，拔出备用的金属短棍，朝目标掷去。霸王龙嗷的一声摔倒在地，火花四溅，暴露出了口内的摄像头。

为了投掷短棍，韦一宸的右手和右肩完全暴露在了墙角之外。一名敌人出现在一楼楼梯口，瞄准了他，正要扣下扳机，突然被一发子弹击穿了头颅。是乔修书及时从窗户进入，从极近的距离开了枪。他使劲把尸体扯到身边，蹲下来，一边在尸体身上翻找有用的东西，一边高喊："投降吧！这样下去是没有希望的！如果不投降，你们这条命只剩下十分钟了！"

突然间，他们听见外面传来"扑通"一声。姜黎立刻观察窗户之外，发现是一名敌人跳了下来，仓皇逃跑。她举枪对准十米外的此人，喊了一声“站住”，那人回头胡乱开了几枪，继续转头狂奔。姜黎两次开火，逃跑者应声倒地。

乔修书再次高声说：“又死了一个。你们技术差，还这么不团结，有什么好反抗的？现在把枪扔下来，我们可以假装你们从来没有开过枪。”

楼上没有任何反应。

韦一宸拾起短棍，重新装进皮套。三人集结在楼梯前，低声合计着，做了些打算。然后，韦一宸拽着尸体，慢慢走上楼梯，把尸体朝二楼楼梯口一推。几梭子弹立刻扫射过来，把尸体打得血肉模糊。韦一宸退回来，对两人点了点头。果不出所料，还有两名手持冲锋枪的敌人，会以交叉火力，全力打击一切出现在楼梯口的目标。

姜黎指了指乔修书，然后又朝上指了指。乔修书摇头，指向韦一宸，然后朝上竖起大拇指。韦一宸皱眉，指指自己的手枪，弹夹所在位置，做了个“NO”的手势。姜黎翻了个白眼，双手举起，然后又平摊下来，对两人表示“请”。乔修书和韦一宸交换了一下眼神，两人尽量放轻步伐，从楼梯退下，回到一楼中央。

姜黎上楼梯，继续以尸体为掩护，仅仅探出手的一小部分，进行盲射。敌方开火，她立刻把身子缩下去，等他们暂停或是换弹夹时，再次盲射。子弹从她头顶“嗖嗖”飞过，将二楼墙面打出蜂窝一般的洞眼。

另一方面，韦一宸和乔修书站在一楼中央，相隔一段距离，抬头观察。因为长久无人打扫，当上方开始猛烈射击的时候，就不断有灰尘从天花板上抖落下来。持续震动最激烈的地方，灰尘落得越多——这里自然也就是两名枪手的射击点。他俩找准了位置之后，乔修书随手把衣服往裤腰带里扎了一扎，然后一同举起手来，采用三角式持枪，朝天花板连续开火。上方的枪击变得散乱，然后骤停，中间夹杂着惨叫声。姜黎探出身子，趁机补了几枪，一切归于平静。有鲜血从天花板的洞口中溢出。

他们一同来到二楼。那两名枪手倒在血泊中。乔修书蹲在尸体旁边，拾起他们生前使用的改制MP7冲锋枪，一边端详一边抱怨：“我们到底是为什么不叫增援来着？”

“是这扇门。”韦一宸说。在他们正前方，跨越一张自动麻将桌，是一道与这房间十分不协调的铁门。从房间结构看来，他们在外面发现的金属窗户，应该就在这铁门之后。

“这门只能从外面锁起来。”乔修书突然毫不带感情地笑了一声，“嘿。还真有收获。”

他们分别紧靠铁门左右的墙壁站立。姜黎把敌人的MP7当作手的延长，用枪管拨开了门锁，再轻轻推开门。屋内没有动静。她迅速朝里看了一眼，然后示意所有人把武器都收起来。

“没事了，姑娘。”姜黎说着，走进房间。韦一宸和乔修书紧随其后。

屋内是一名头发杂乱、卷曲，穿着白色睡衣，瘦得可怕的成年女子。她的神情疲劳而惊恐。在她的左侧，正是那铁皮封闭的窗户。

“我们是安防司特派，不会伤害你的。你叫什么名字？”姜黎问。

“妮……妮瑞。”

“这些枪手是什么人？”

她发着抖，一言不发。

“把人带回去再问吧。”乔修书掏出打火机，点燃了一支烟。

“等一下。”韦一宸说。他从裤子口袋里拿出一张图片，探到妮瑞面前，说：“认识这个人吗？”

那是研究员乔瑟夫记录下的影像：一个疑似动用了叶春璟笔记本电脑、穿着黑色皮衣、鼻梁上穿孔的男子。

妮瑞看了看照片，又看着韦一宸的眼睛，半咬嘴唇，急促地摇了摇头。

“她知道。”乔修书弹了弹烟灰。

“不好意思，”韦一宸说，“跟我们走一趟吧。”

姜黎脱下自己的外套，遮在妮瑞身上，搀着她慢慢往前走。走出那小房间后，妮瑞点点头，表示可以自己走。于是，姜黎稍微松开了手。

就在这时，乔修书发现，有一个红色光点停留在妮瑞的侧腰，并且持续朝上游动。他猛扑过去——远处传来一声枪响——他把姜黎和妮瑞双双撞倒在地。他们身旁的麻将桌被击穿了。

有狙击手。韦一宸迅速观察周围情况：姜黎和妮瑞在倒地的时候，撞到了家具，但无大碍。乔修书脸色发白，左手按在右侧腹上，指间渗出鲜血。妮瑞不知所措，看见乔修书受伤了，惊恐地想要爬起来。

“趴下！”韦一宸对妮瑞吼了一声，然后看了一眼姜黎。姜黎立刻会意，两人分别把乔修书和妮瑞拖回了没有窗户、相对安全的禁闭房间。

“你怎么样？”姜黎连忙查看乔修书的伤势。

“还……还好。擦伤。”

子弹没有射入乔修书的身体，但血流量较大。他稍微调整了一下手的位置，突然痛得惨叫了一声。姜黎从腰间拔出一把小刀，把他的衬衣轻轻划开一部分，发现他右侧胸腔靠近伤口处，有一截肋骨呈现异常的突出状态，几乎要穿透皮肤刺出来。是子弹的强冲击力造成了肋骨骨折。

“呼吸呢？呼吸会疼吗？”姜黎说。

“行……挺好。没妨碍。”

“那就好，挺住。”姜黎说，“骨头应该没有刺破内脏。”

“应该有药水、纱布之类的东西吧？”韦一宸连忙问妮瑞，“都是一些玩枪的人住这儿，肯定有。”

“有，有……厕所里有……厕所的镜子后面。出门朝左边拐。”

韦一宸立刻扯下木板床上的床垫，匍匐着将其拖出房间，藏在子弹射入的窗户下方，把床垫支起来，遮挡敌人的视线。静待片刻之后，他深呼吸一次，立刻奔向妮瑞所指示的狭窄走廊。背后果然没有枪声响起，他顺利进入了洗手间。他打开洗手池上方的镜面柜，果然找到了一个医药箱。但是在取出医药箱后把柜子关上之前，他发现了一件东西。

在柜子角落，立着一只用止痛药说明书折成的犀牛毕波。

乍看一眼，它折叠得并不传神、精准，也许更像一只肥胖的海星。但不知为什么，韦一宸觉得，它一定是犀牛毕波。

他把折纸收进口袋里，带着医药箱，尽快回到小房间中。幸好，医药箱中的用品相当齐全，他们顺利地给乔修书止了血，还用胶带和纱布做成了临时肋骨带。

“真是享受，”乔修书的声音变得很微弱，“好久没有被这样照顾过了。”

“闭嘴。”姜黎说。

在远处——可直视这栋建筑物的山顶草丛中，杜谦摘下了防护耳罩，开始迅速拆卸VSS狙击步枪，把部件分装到手边的黑色提箱里。

他很不愉快。本来今天是想来教训一下骏三，但是偶遇突击，落入要替骏三灭口知情者的糟糕境地。结果不仅没有一枪命中，似乎还误伤到了安防司干员。

对安防司造成伤亡，是现在的他最不愿意做的事。

受过火伤的掌心在发痒。杜谦突然停下了拆卸的动作。

这是他久违的感觉。那种致命的、决定性的满足感。也许只有再开一枪，才能消止掌心的奇痒。

姜黎等人刚刚完成对乔修书的治疗，突然听到第二声枪响。韦一宸侧过头一看，他之前用来遮挡二楼客厅窗户的床垫，被轰开了一个大洞，且洞口边缘缓慢燃烧，持续扩大。在有伤员不能行动的情况下，已无法安全撤离。姜黎很快做出了决定：既然乔修书伤势稳定，那么呼叫增援，在没有窗户的房间里等待援救。没有人提出异议。

杜谦依然在瞄准，哪怕看不见屋内的动向。他自言自语：

“还是没有往一楼走啊。不敢出来了？我见过这屋子……是你们运气不好。一团蟑螂。”

他想：封着窗户的房间，只有约十平方米。房间正中央，放置着一张九十公分宽、一米五长的不适合成人的木板床，床头顶着东墙。屋子里有四个成年人，身高在一米六到一米八之间。应有一名伤者。伤者需平躺。因需照顾伤者，他们互相之间不会离得太远。也可能有人藏在床下。有一些多余的信息抢先出现在杜谦的脑中，比如把这个面积的屋子重新粉刷大概需要多少成本，这是他亲自给“万思通讯”每家分店选址、精算成本的后遗症。

先停一停——压抑那些琐务。不是强制自己不去想它们，而是把精神和目光都重新集中在准星上。仔细感受食指和扳机的互相接触。在杀人之前，先仔细感受人和工具之间的互相信任。

杜谦再次扣动扳机。

拥有强穿透力的子弹撕裂空气，穿破墙壁，又穿破木板床，在地板上砸出焦黑的圆坑。

已逐渐平静下来的众人，都吓了一跳。妮瑞尖叫一声，捂住耳朵。

“乱射?！”韦一宸说。

“不……他有计划。”乔修书说，“我们有四个人，他在排除……可能的……位置。还需要两枪……三枪……如果我们运气不好，就是下一枪。”

“增援至少需要八分钟。”姜黎说，“不能这样耗着。要想办法。”

“我去引开他。”韦一宸说。

“你要怎么办？”

“相信我。一接到我的信号，你们就转移到一楼和二楼的楼梯之间。”

韦一宸戳了戳自己的对讲机，然后拾起地面上不远处的战利品——姜黎刚才用来开门的M7冲锋枪。他有此动作之后，姜黎才确信韦一宸不是在盲目扮演勇夫。他们的手枪射程不足，但M7的极限射程在两百米左右，有可能对狙击手造成威胁。

刚才，在通往厕所的走廊尽头，韦一宸发现了通往天台的爬梯。他要前往天台。他紧握M7，一个箭步，跨过客厅窗户。他赌的并不是敌人射偏，而是敌人根本不会朝他开枪。

“想引开我？”看见韦一宸身影的杜谦说，“我没有那么容易上当。”

杜谦以为，这名对手的计划是跑到一楼，用肉身吸引子弹，从而为伤者转移提供机会。他继续把准星对准没有窗户的小屋子，脑中稳固地构想着：在房间正中央的木板床已遭击穿后，可能还留下哪些生存空间。

他又开了一枪。这一发子弹离姜黎等人很近。地板炸开的碎屑击打在他们身上。妮瑞想爬到房间之外，姜黎立刻拉住她的手，说：“你出去是送死。等他的信号！”

韦一宸成功地来到走廊尽头，攀上贴着墙壁的金属梯。通往天台的活动门被铁链绞着，他没有时间慢慢把它们解开，只好朝上方连射数枪，击断了铁链。

杜谦注意到了枪声。这一次，他立刻把视线移向天台，但稍微慢了一秒。韦一宸顺利地攀上去，迅速跑动起来，一个滑铲，躲藏在安置避雷针的砖石底座之后。此处作为掩体的高度和宽度只能容许他坐在地面上。

现在，韦一宸更加确信有机会展开反击。因为从子弹射来的方向和周围环境看来，狙击手唯一可能的藏身地点，就是他目前面对的、正南方的山顶，其目测直线距离在两百米以内，属于M7射程。山顶还有一棵比成人身躯略宽的树，最适合成为狙击手的掩体。通过离山体最近的一栋房子，应该有可能快速攀上那座山，近距离捕捉到敌人，但这样就必须跨越空旷的广场，风险太大。必须藏在天台，给姜黎等人制造脱身的机会。

按照约定依然留在小房间中的众人，听到了天台上的枪击声。

“如果他被打死了，那我们怎么办？”妮瑞低声说。

“如果被干掉了……他会想办法通知我们的。”乔修书说。

“你这什么屁话？”姜黎忍不住笑了。

“你也该感觉到了吧？”乔修书说，“在新田园那一次，我就在琢磨了。这小子，越危险他就越来劲儿，脑子也越活。在我们这行，想干出点大事来，他这种脑袋确实挺合适的。”

“切，胡说八道。真要做大事，应该去考虑，今天该陪哪个长官打牌，在打到第四圈的时候，又应该故意输多少。哎，可别真死了啊。我一眼就看出来，他追那个周小姐的事儿，肯定连人家一截影子都没够着，要是就这么死了，多不值得啊。”

“每天都在死去一点点，总有一天会死透的，为什么不能是今天呢？”乔修书想笑，但是没笑出来，咳嗽了几声，然后用微弱的声音，哼出不成调子的旋律：“Already dead to me now...Cause it feels like...（我现在就要死去……感觉就像……）”

“闭嘴！烦人！要是K歌瘾犯了，就祈祷韦一宸能成功，这样我们都能活着回去！”

韦一宸脱下外套，挂在掩体右侧，露出肩袖的一部分。在杜谦能下判断之前，韦一宸立刻从左侧探出枪口，朝着预计中的敌人藏身处连发数弹。

杜谦听见枪弹击中石头和泥土的声音。转头一看，落弹点离自己有四米左右，无须太过担心。哪怕直击他现在藏身于后的树木也没关系，因为在极限射距的冲锋枪子弹，穿透力不足为惧。

但是，杜谦开始厌烦起来。当发现竟然有人反击的时候，他是兴奋的，但现在兴奋已经被更多繁杂的思绪所掩盖。他想：本来在开了第一枪之后就打算撤离的，但是一时兴起，逗留到了现在。这到底是为什么呢？是为了某个他言语不能表述的目标吗？话说回来，怎样才能达成生活的目标？是像他现在所做的事一样，屏住呼吸，满怀信心和耐心地潜伏着，对目标给出致命一击吗？并非如此。自从他决定要拥有一个成功的人生，他才意识到，成功是一座需要一砖一瓦建立的巨大教堂，若依靠着引爆炸药这种行为，是不会有结果的。现在，他真正的生活，更像他过去看不起的普通人那样：每天早上起来，爬也要爬到街上，开始枯燥的工作，每一个白天，每一个夜晚。

杜谦又射失了一枪。藏在天台上的对手似乎并没有受伤，虽然他的几轮射击对杜谦也没有造成威胁。这时，杜谦听见了一些声音。他抬起头来，树上干燥的叶子正在燃烧，而身旁数米外的杂草也在燃烧，烟雾开始弥漫。烈日加速了杂草和树叶的延烧。

杜谦明白了，两人的目标并不对等。他要杀死对方，但对方仅仅是要赶走他而已。杜谦有一种遭到欺骗的愤恨感。因为，他之前的确产生了与人交锋的兴奋和愉悦，他短暂地重温了一种感觉：人枪一体，似乎成了比天空中的云层更庞大的事物。如果这是生死决斗，那么他可以一直忍耐着，不要说烟尘了，哪怕有一些火烧到身上，也可以暂时忍耐，就为了那完美的一击。然而这所谓的对手并不打算生死交战，只是瞄准更轻松的目标，点燃这些可燃物而已。一只过于聪明、努力求生的蟑螂。

他深呼吸，尽量压抑住愤恨。如果要和这种事情过不去，为什么不放弃苦苦经营的地盘，离开岚洐，随便死在哪个战场？对方必然已通知增援。发生了这样大规模的开火，甚至可能调用直升机来追查犯罪嫌疑人，所以无论如何都不能停留在有烟尘的位置。

杜谦匍匐着，后退到无法进行狙击的一块大石后面，迅速拆卸了VSS狙击枪，放进黑色的手提箱里。他站起来，带着手提箱，沿着山间的一条小道走下去。

山顶的另一侧，在走下半个山头之后，有一条作为风景路线开发的索道，直通山底。这索道虽然每天都在运作，但几乎没有客人。行走约十分钟后，杜谦来到索道缆车站，在洗手间里梳洗、整理了一下，然后登上了一台观光缆车。他把黑色手提箱放在自己的座位之下，活动了一下久未开枪，比以前疲劳得更快的双手。

索道发出一种让人联想到吞咽困难的声音，带着缆车摇摇晃晃地往前走。炎日当空，缆车里闷热难耐。

就在杜谦乘坐的缆车要离开车站、悬于高空之前的一瞬间，他突然听到“咯噔”一声，缆车往下一沉。有一只手打开了车门，然后有一个人，浑身冒着热气，当杜谦不存在一样，迅速钻了进来，坐在他对面。

“不好意思，”韦一宸说，“凑一下，可以吧？我有急事。”

杜谦认出了眼前的人。他出现在杜谦的狙击枪四倍镜头中，仿佛只是一瞬间以前的事。他满头大汗，衣服上沾满泥灰、草屑，简直像是从山上滚下来的；他双手一抬，抹除逗留在眼眶附近的汗水，脸颊左右就各自出现了两道泥印子。

他没有认出我，杜谦心想。如果他眼力好到准确捕捉了我的位置，甚至看见了我的五官，刚才就不会仅仅是用扩散射击来制造烟尘。何况，他比我更年轻，手枪又在触手可及的位置，没有理由不在进入缆车之后的一瞬间就先发制人。

韦一宸汗流不止，头也有些晕，非常后悔没有在经过缆车站洗手间的时候进去喝口水。为了避免中暑，他不得不脱下外套，挂在缆车内的横杆上，遮住阳光直射方向的那扇窗户。

“你是安防司的？”杜谦看了看韦一宸暴露出来的背带式枪套。

“是的。”

“幸好，我看见你那枪吓了一跳。我还想，这世道也太乱了吧，竟然还有抢缆车的。”

韦一宸尴尬地笑了笑。片刻之后，他说："不好意思，你上缆车之前，有没有发现什么可疑的人？"

"可疑？应该有几个人赶在我前面上了缆车，但我也没仔细看。"

"喔。"韦一宸点点头，"你不是游客吧？我看你像本市人。"

"那当然，这山上也没什么风景可看。我是做电子通信的，到这山顶上来，看看这里的网络信号覆盖怎么样。"

"那你待了多久？"

"五六分钟吧。应该不到十分钟。"

"有没有听见什么不寻常的声音？"

"不寻常……这没人烟的山上，听见什么都不奇怪吧。不过，好像是听过一些有点儿震耳朵的声音，我看树上有些鸟也被吓得飞起来了，也不知是哪儿传来的。先生，该不会是你开过枪吧？这种事我大概不该问。"

"没事，是我打扰你了，还要打听这么多奇怪的东西。"

缆车下降了一大半，左侧山崖的树影遮挡过来，总算没那么晒了。韦一宸把挂在窗户上的外套摘了下来穿上，只觉得黏糊糊的一大片纤维贴住了皮肤。从窗户望出去，可以见到不远处山脚下密密麻麻的建筑物，仿佛在热浪中不断碰撞、生长。

"你刚才说，你是到山顶上看看网络信号，"韦一宸抬抬下巴，指向杜谦收纳在座位之下的黑色手提箱，"这里面是不是你用的设备？"

"这个……"杜谦低头看看自己脚下。

"是不是我弄错了？不是你的东西吗？难道是上一个坐缆车的人落下来的？"

"不不，是我的。其实……"

杜谦伸手去够箱子。他有了计划。他要把箱子放在膝盖上，开口向着自己打开，利用掀起的黑色盖子遮挡对方的视线，抢占先机，设法夺走手枪，或者把对方从缆车上扔下去。后者是比较差的选择，因为这高度不足以致命，但总好过坐以待毙。杜谦决定做的事情，和自己的信心，也和对双方实力的判断无关，这是生存本能。

就在这时，杜谦的手机响了。

他直起身子，接听手机。韦一宸把脸转过去，看着窗外的景色。

“喂？”

“二哥！”听筒里传来骏三的声音，“你在哪儿啊？他妈的，出麻烦事了！”

“你……你等一下，先听我说。”

杜谦提高了嗓音，但骏三几乎是在嘶吼。他口中极度焦躁、充满愤恨的字眼，仿佛一个个都扛着刀枪，要刺破话筒，争相涌出。

“安防司找上门了！他们半个小时以前打电话告诉我……我让他们先忍着，但是该动手就动手，随时准备干死那些家伙！可是现在，没一个能联系上！二哥你在……”

杜谦紧紧捂住手机，但是实在拦不住其中几个特别生机勃勃的字眼，从他的指缝间逃窜出来，在狭小的缆车中四处冲撞。韦一宸皱起眉头，视线再次移向杜谦。

“听我说，联系我的司机。联系我的司机。我马上就到，他来安排。”

杜谦挂断了电话。

“挺忙的吧。”韦一宸说。

杜谦点点头。

缆车发出“哐啷”一声，震动了几下。他们低头一看。马上就要到山底车站了。缆车不会停留，而是会放慢速度，让人有足够的时间下车，同时进入下一轮循环。

“我们准备下车了。”杜谦一边说，一边把手放在门把手上。

韦一宸点了点头。

缆车进入了车站。杜谦打开门，拿起手提箱，首先跳下去。韦一宸紧随其后。

“请等一下。”韦一宸说。

“啊，对了。”杜谦站定，转过身，从胸口衣袋装着的名片盒里拿出一张名片，双手递给韦一宸，“差点忘了，我真是太没礼貌了。这个您收下吧，说不定用得上。”

“万思通讯……？”韦一宸看着名片说。

“如果有需要安装、维护网络设备，购买、维修手机，尤其是团购新款手机，欢迎联系我们。您是安防司的，对吧？我们公司一直坚持给安防司干员和消防员提供特价，在我们的门店，您只要出示证件，就可以享用折扣。我先走了，有缘再见。”

杜谦转身，快步走下缆车站的阶梯。他没有回头，而从声音判断，对方没有追上来。留下名片是不得已的举动，否则难以有更自然的方式摆脱这只满身臭汗的蟑螂。幸好，那是公司的宣传卡片，而不是个人名片。

韦一宸看着杜谦的身影消失在人行道拐角处，然后把卡片收进口袋。这时，他安置在前方背带上的对讲机闪烁起来。他按住通话键。

是姜黎的声音：

“增援到了。我们都安全。完毕。”

“收到。我这边也安全。马上回分部。完毕。”

韦一宸左右张望了一下，慢步跑向路边的一个小卖部，要了一听啤酒，在付钱之前想了想，让老板给换成冰可乐。这可乐不知什么时候被晃动过，他打开的时候，泡沫像要逃向天空一样涌出来。

这一天还没结束。

韦一宸和姜黎回到分部审讯妮瑞。一开始她很害怕，但姜黎提醒她，她现在要与安防司合作，全力证明自己不是共犯。既然只剩她一个人活下来，那么就算守口如瓶，那些人也不会有丝毫感激，反而必然将她灭口。

“想想看，你和什么样的人混在一起。”姜黎坐在妮瑞身边，“就那么个小屋子里，四个男人，一共有六把枪，上千发子弹。山头上还有一个狙击手，打伤了我们一个同事，只要弹道再偏离五毫米，他就死定了。这些男人，也许会在你忍不了的时候，施舍你一点甜头，但是他们心里哪有你啊？看看你，这里，还有这儿，肿成这样，伤上加伤，真的是太苦了。你是个好姑娘，犯不着为这些人渣吃苦。”

妮瑞倒进姜黎怀里，死死捏住她的一边领子，大哭起来。

她把所知道的都交代了。

她是被击毙的暴徒之一——杨安的情人，一度想摆脱，却越陷越深，最后被迫成为这伙人的附属品，负责他们的饮食，以及生活空间清洁。他们名义上是一家保安公司的员工，其头目是一个绰号“骏三”不知其全名的年轻人。她明确指认，韦一宸所出示的照片上的男子就是骏三。

“这个女孩，你认识吗？”韦一宸出示叶春璟的照片。

妮瑞眼前一亮。

“你们要找的人就是她啊？我照顾了她很久。”

韦一宸难忍兴奋，狠狠拍了一下桌子，吓了妮瑞一跳。姜黎甩给韦一宸一个责备的眼神。

“不好意思。”韦一宸放低音量，“关于她，凡是你知道的，都告诉我们吧。”

十分钟后，韦一宸和姜黎离开了审讯室，在外面的走廊上商量。

“幸好，”姜黎说，“听起来，他们没有伤害过她。”

“她是鉴证师，他们绑架她肯定是有所求的，应该不会随便动手。现在的问题是，她被转移到哪去了？”

可惜的是，妮瑞不知道那家所谓保安公司的名字。留在现场调查的同事也暂时没有找到任何可以表明暴徒身份的证据。他们所有人的手机都可随意丢弃，没有保存任何信息。

“没事，有办法。那种人总会有一两个是有前科的。”姜黎说。

韦一宸从口袋里拿出在洗手间镜子后找到的折纸。

“这是什么？”

“我拿药箱的时候，从洗手间里找到的。我怀疑是阿春留下的东西。”

“打开看看。”

“打开？”

“说不定有线索。”

“打开了，我可就折不回去了。”

“……这很重要吗？”

韦一宸想了想。

“你不忍心动手就给我。”姜黎说。

“行行，我来我来。”

他把犀牛毕波拆掉了，按在走廊的墙壁上，平展开。

“这不是有收获吗？”姜黎说。

展开之后的折纸内部，有一小幅涂鸦，是一道黑色的立柱，最上端有一道弧形缺口，如平放的上弦月。在立柱的左右侧，画上了云层和过于肥胖的小鸟，似乎是想体现其高度。这张图略有透视感，表现出了绘画者的观察角度。

“这是什么？”

“这你都不认识？你应该多出去逛逛街啊，年轻人。”姜黎说，“这是白金海岸商圈最高的建筑物，恒殊大厦。上面的缺口是大厦顶部的风口。你能肯定这是阿春留下来的吗？如果是的话……”

“肯定是。”韦一宸说，可以想见，阿春无法留下确切的地名，而这张纸上画着的，就是阿春现在能看见也希望他能看见的景色。

10　白金岩浆

夜里九点，姜黎来到医院。

“韦一宸怎么不来给我送花？”躺在病床上的乔修书说。

“弄明白叶春璟留下的讯息之后，他一分钟也没歇，就要往白金海岸赶过去。我跟他说，夜里不好观察，而且恒殊大厦十点钟就关门，不如回家休息，明天再忙活。他明面上倒是答应了，但到底有没有回家，我也不知道。”

“好吧，现在我严重怀疑他和鉴证师之间的关系。那个鉴证师好像看起来还挺可爱的？”

“别老瞎猜人家这个那个的，他在追的人是谁，我们可不是亲眼看见了吗？”

“我在他这个年纪，同时对付两个也不是什么难事。”

“少给我扯这些，这种屁留到臭气熏天的哥们儿牛皮大会上再放，一个个嘴巴当屁股撅着朝天啵啵啵地放鞭炮。”

“可我人在盾组，只有你愿意听我放炮了。老徐也不错，可惜他只会玩锅铲。”

“先关心你自己吧。我问过医生了。你要想回去办公，先躺一个月。要想回前线打打杀杀，三个月。记住了，别偷偷摸摸抽烟啊，我没事就来抽查一下，到你枕头底下摸一摸，肯定有收获。”

“哼。要是藏在那么明显的地方，护士都能摸出来了，还用得着你？”乔修书短促地笑了笑，“不过，这一天终于来了。盾组只剩下你一个光杆司令。”

“说什么傻话，你又没死。”

“你等着瞧吧，上头肯定会利用这个机会把我们边缘化。盾组是上一任种下的一棵树，挡了他眼里的风景。我们要是牺牲、立功了，对他一点好处没有，还不如趁我受伤，把你调离，等我伤好，让我去管证物仓库，这不就打理干净了吗？”

“也不用那么悲观。”姜黎把她掉在乔修书毯子上的一根头发拾起来，扔掉了，“这一次，我们有可能挖出了一个一直隐藏着的大型暴力团伙，对上头来说绝对是一件好事。说不定我们还可以招人呢？你看，小韦的身手……”

“对了。关于这个，我正好要和你说。”乔修书抬起右手，像要强调些什么，使劲朝半空指了一下，嗓音也变得低沉了，“我查过韦一宸的履历。在培训基地的时候，笔试之外的成绩都不错，在全市射击、散打和柔术比赛中都拿过前三名。毕业之后，做过一年半巡查，然后就留在东城区做干员，履历并不出彩。但是今天下午，他做出的那些事，需要对非安防司制式的武器了如指掌而且有丰富的实战经验才有可能做到。这不是技术好、精力足就可以解释的。这和他的履历极不匹配。”

“我知道你的意思，但这有什么好担心的？他可能参加过什么机密行动，这些东西都不能体现在公开的履历上，所以我恰恰觉得他履历的平庸是非常合理的。说到底，他都是站在我们这边的人。”

“你提到了扩张盾组。如果你觉得，他有能力加入我们，那我需要他绝对值得信任。我需要他在背靠背的时候用不着我回头。”

姜黎注意到，乔修书的左手掐紧了毯子边缘，手背上的血管像紫色的鞭痕一般浮现出来。

“没事的，你别突然激动起来，对皮肤不好，你已经老得够快了。我也只是提一嘴。”姜黎轻轻拍了拍乔修书的左手，“不过我还是得说，你对互相信任的标准，也提得太高了。如果世界是你要求的这个样子，我们也不用出生入死了，对不对？”

杜谦摆脱韦一宸后，通知骏三先按兵不动，然后急急忙忙回家洗了个澡。本打算洗完澡就去找骏三，但手机突然亮起，提醒他，今天晚上还要和某个大品牌手机的厂商营销代表吃个饭，争取签下一份比较优惠的代理销售合同。吃饭吃到晚上快八点，他不得不找了个借口，说要去医院一趟，让三个分店店长留下陪伴，自己先离席。

夜里十点，他乘着罗平的车，来到白金海岸商圈东侧的东铭山，全市有名的高级别墅区。当接近盘山公路入口的时候，不得不放慢车速，因为正好撞上真人秀《东铭山 GOLDEN KEY Live》（金钥匙直播）剧组在沿路拍摄。节目内容，是让一群素人和过气名人，混居在一幢号称有百年历史的著名别墅中，竞争夺取能打开主卧室大门，在里面过上一夜的“黄金钥匙”。节目组曾经联系杜谦，希望他参与，因为他是“广受市民爱戴的救火英雄”。自从拒绝之后，每次撞上这节目的剧组，他都会非常心烦。

一名女子突然冲到了杜谦的车面前。罗平不得不紧急刹车。那名女子把比“黄金钥匙”次一级的“白银钥匙”按在心口。有一人来追逐她，于是女子跌跌撞撞地逃走。摄影师、收音师一干人等浩浩荡荡追过去。天空上还有无人机，捕捉俯视镜头。杜谦想起了制片人对他解释的规则：白银钥匙一共有七把，全部集齐之后，可以获得一次赢取黄金钥匙进入主卧的机会。但白银钥匙里，可能存在着一把剧组故意放进去的假钥匙，在这样的情况下……

杜谦突然骂出一句脏话。他也不知道，为什么自己对这规则记得一清二楚。

“老大？”罗平说。

杜谦摆摆手，示意他继续往前开。他不由得闻了闻自己的手。今天下午，这掌中曾经充满火药味、铁腥味，但现在已荡然无存。

他们的目的地是东铭山二十三号别墅。

下车之后，他径直向大门走去。门口站着两名身躯庞大的守卫。

“你们杵在这儿做什么？还嫌看起来不够可疑吗？给我滚进去！”杜谦骂道。

“不好意思啊二哥，”一名守卫说，“三哥让我们无论如何也要严守正门。”

杜谦走进玄关，一边高声喊“骏三”，一边继续往里走。另一名守卫突然踏前一步，站在他面前。

“……这是什么意思？”杜谦问。

“三哥吩咐过，如果您来了，让您先从旁边的楼梯上二楼观景台，暂时等候他一下。”

“他真的这么说？”

“三哥再三吩咐过。请您往这边走吧。”守卫抬起右手，挥掌指向右侧的楼梯。

杜谦产生了一拳揍在这守卫脸上的冲动。但他明白，绝不能这么做。骏三让这些守卫摆出来的姿态，并不是装腔作势。他们刚刚失去了数名同伴。在这样的情况下，他们产生了一种严格的纪律性，一种“正义感”。绝对不能在此时打压他们的自尊。

“那我们上去吧。”杜谦尽量让嗓音显得平静，对罗平说。

“司机请在这里等候。”守卫拦住了罗平。

杜谦看了看罗平，说：“行。你等着。”

他右手放在楼梯扶手上，暗自用力，仿佛要把它捏碎。

杜谦来到二楼外侧的观景阳台。他选择购买这栋别墅，很大程度上是受到这观景台景色的诱惑。

站在观景台上望去，远处的白金海岸商圈像一种与黑夜格格不入的异常事物。杜谦还记得那片土地，布满破旧的茅屋、臭水沟、沾满屎尿的畜栏。他曾在其中奔跑，用从公共洗衣房外面偷来的内衣、桌布捆成一只篮球，奋力一个跳投，看着篮球越过烟囱上方的黑烟，心中充满如今的他无法理解的雀跃。现在，就好像那大片大地裂开了，把往日的一切吞入腹中，奇迹般地吐出黄金、钻石汇聚而成的岩浆，无比耀眼，让黑夜静默地哀叹着它自身的贫瘠。

他想：为什么这一切不能属于他？天底下并没有这样的道理。

眼前有蚊虫在飞舞。不知什么时候，杜谦的嘴唇上已经多了一个奇痒难耐的肿包。他不耐烦地挥舞手掌。

“二哥。”

骏三的声音从背后传来。杜谦转过身。骏三的表情，比他想象中要平静许多。杜谦想，似乎每一次见到骏三，他的脸上就多了一些奇怪而招摇的金属植入物。他不知道这是不是错觉。

“我需要你的解释。”杜谦的背脊离开围栏，双手插进裤子口袋里，抬高了下颌，“为什么安防司会找上门？”

“我不知道。”

“‘不知道’可不行，骏三。我再给你一次机会。”

“我猜，这一次是真的运气不好，碰上了够厉害的对手。”

“运气不好？不，不是不是。骏三，是你搞砸了。”杜谦说着，胸膛逐渐耸起，面部表情也变得极为严厉。虽然他压低了声音，但若光看表情，会觉得他在怒吼，如同活在默片中的狂怒者。“因为你，我们死了四个兄弟。四个！而且那个总是和他们混在一起的婊子还被带走了！如果凭运气就能找到那儿，那我怎么知道，他们不会明天就杀到东铭山来?！如果安防司要调查这栋房子，那一切都完了！而这一切，都是从你绑架了鉴证师开始的！”

按照杜谦往常经验，在遭受如此严厉责备之后，骏三应该已经出现两种反应之一：一是缩成一团，二是拔出刀来要和他拼命。但现在的骏三，竟然静静地站着，脸上肌肉甚至都没有抽动一下。

“这一切都是值得的，二哥。”骏三平静地说，“我刚知道他们找上门的时候，也真是气得不行……所以才不冷静地给你打了那个电话。我当时想，要不召集人手，和他们轰轰烈烈拼一场算了，而且一定不牵连二哥你……但是就在我放下电话之后，短短几分钟后，奇迹就发生了。现在我什么都不怕了，二哥，你也不用怕。”

“……你说什么？”

骏三抬头看着杜谦，笑了。因为下巴的不自然，他咧嘴笑的时候，就像割开一道皮肤，黑色的裂口朝两侧均匀地展开。

“多亏那鉴证师，奇迹发生了。大哥他回来了。”

11　空心人

五年以前。

在弗尔甘第三研究所进修的第四天，导师乔瑟夫·斯庇尔就让叶春璟见识了一个“空心人（Hollow）”。那是一个宿体为六十五岁的女子，似乎没有自我意识，大睁的眼睛中空无一物，如一截木头般仰躺，对外界信息刺激几乎没有任何反应。

“不过，可不要在其他人面前叫她‘空心人’。”乔瑟夫提醒叶春璟，“这是非常不尊重的。她是一个‘迁宿失衡者’，也就是在迁宿之后，失去了正常生活机能的稀有病例。你可以叫她UB6。”

“知道了。”叶春璟说。其实，和她一届的新学员，对这类无法正常运作的双宿人，早就有了更不尊重，但更方便的称呼：假人。虽然和乔瑟夫认识不久，但叶春璟已经揣摩透了这名导师的特质——他是一个求学、研究、生活都太过一板一眼的人，以至于有意无意地给自己周围的生活，遮盖上了一层不切实际的粉白色滤镜。

“我们怎么知道她是失衡的双宿人，而不是因为其他疾病导致身体机能不全？”

“严格来讲只有一种确定的办法，那就是发现了和她成对的双宿人。我们把成对的双宿人，称为一个‘宿组’。UB6的主意识名叫安吉拉。安吉拉迁宿之后，拥有最强烈的第五级归宿冲动，而且两具宿体之间的距离只有五十公里，所以她顺利地找到了原来的‘自己’。但是，她的宿体，当时已经成为空心……失衡者了。”

“安吉拉是什么反应？”

“这种事……令人沮丧。”乔瑟夫沉痛地摇了摇头，仿佛有特别不堪的一幕就在眼前呈现，“对安吉拉来说，那就像看到了自己的尸体一样。这对正常精神秩序的打击是非常大的。在经历很多次自杀干预之后，她现在利用宿体的原有记忆，成了一名园艺工，生活暂时没有问题，但杜绝了一切社交生活。”

就在这时候，UB6的眼睛突然眨了一下。她之前也会眨眼睛，本能性地避免眼球干枯，但是这一次，眼帘合上又张开之后，她的眼球突然出现了难以言喻的神采。她撑着病床旁的扶手慢慢坐了起来，试图下床。这突如其来的变化让叶春璟不由得后退了一步。

乔瑟夫上前，以一种尽量不打断她动作的方式帮助她下床。比如，她要穿鞋，但弯腰不便，乔瑟夫会小心翼翼地把鞋提起来，离她近一些，但不碰触她的身体。

她蹒跚地走到病房外侧的阳台上。阳光慷慨而柔和地照耀着一盆正在开放的郁金香。当阳光直射她眼睛的时候，她略微抬起头，眯着眼睛，一只骨节突出的手掌，平稳地横直在眉骨上。这个动作是如此自然、合理，叶春璟顿时为自己曾在心里称呼她“假人”产生了罪恶感。

然后，她拿起脚边的一只洒水壶，给郁金香浇水。

叶春璟走到她侧面，保持半米左右的距离，稍微歪着脑袋看着她的脸，轻声说：“花真好看。”

“回来。”乔瑟夫在她背后用更低的声音说，“别打扰她。”

叶春璟刚刚后退，UB6突然说出了几个清晰的音节。叶春璟回头看乔瑟夫，乔瑟夫用食指压住自己的嘴唇。

片刻之后，安吉拉身体突然垮了下来，水壶掉在地上。“帮帮我。”乔瑟夫说着，就上去扶住她的身体。叶春璟连忙搭了把手。两人好不容易把骨架子宽大的UB6弄回床上。随后，乔瑟夫叫来一些护士，检查她的身体状况。她眼中的光芒完全消失了，重新成为“空心人”。

“刚才是怎么回事？”叶春璟问。

“她在重复一种仪式。那盆郁金香甚至都不是她栽种照顾的，她只是有时会重复‘需要给它浇水’这一道程序。她刚才说的是安吉拉的母语罗马尼亚语，意思是‘马上就好’。她只会说这个词。”

“所以，刚才让她行动起来的意识，其实是……安吉拉的？”

“我们目前一致认为，安吉拉当下的主意识和UB6刚才的举动没有直接关系。但平心而论，这个问题超过我们现在的研究进度。如果能让安吉拉配合研究，可能会有更多的突破，但我之前已说过了，目前并不适合再次打扰安吉拉的私人生活。现在，我们只能认为，这具宿体在重复迁宿发生之前的一种惯常生活行为。”

叶春璟想了想。

“如果有办法刺激引发这种仪式化行为，并且逐渐把这种行为扩大到生活的每一个方面，那么，是不是可以让她在行为上完全匹配迁宿之前的安吉拉？”

“这方面的构想，不是没有人提过，但现在不可能深入研究。”乔瑟夫皱着眉头说，“你现在不要把心思花在这上面。我们去下一个房间……”

“好吧。”

离开房间的时候，叶春璟回头看了看。透过UB6身边墙壁的窗户，正好能看见那一盆亮黄色的郁金香。

叶春璟私下联系安吉拉，要求她配合进行“空心人”仪式化行为触发研究，并因此一度遭研究所除名，是半年之后的事。

“曹海大哥？”

面对眼前的景象，杜谦不由得后退了一步。他感觉到有一粒小石子，抵在后脚跟下。

在观景台的入口，站立着多年来一直在床上无法动弹的高大男子。他依然穿着病号服，部分裸露的皮肤上，有好几处缠绕着略有脱落、药水味浓烈的绷带。和宽大的身体比起来，他的手臂似乎过于细瘦了，不自然地垂在两侧。在这黑夜中，若不细看，他就像一面爬满藤蔓、杂草的宽大墓碑。在他左右，有数名持枪护卫，则如同一群恬不知耻的盗墓人。

“大哥，二哥也来看你了。”骏三笑着说。

被称为曹海的男子并未回应骏三。他向前走了两步，似乎尚未适应身体重心，姿态极不自然。他的面容呈现在观景台前方的灯光中。那是一张令人极不愉快、想移开视线的面庞，疤痕、皱纹、细小肉瘤和几乎消失掉的嘴唇，让他看起来不像活人，而是偏离本人形象的一件手法狂放的木雕。很难说清他的眼睛在看着哪里；仿佛他对人的面容不感兴趣，只会盯着人面容不完美处搭建而成的阴影。

杜谦明白，这不是他所认识的曹海大哥。这只是同一具肉体。他甚至没有与曹海相同的步伐跨度。但是，骏三的反应完全不同。他的兴奋和愉悦令杜谦难以理解。

“骏三，你……你需要和我解释一下。”

“你等等，二哥，我知道你在想什么。马上你就会明白的。你就站那儿，不要动。”

骏三从后面的守卫手里拿过一件东西。那是一把雕琢精细、象牙柄的左轮手枪和一发子弹。然后，他扶起曹海宽大的手，把左轮手枪和子弹放进那手里。

曹海突然发生了变化。他眼睛亮了起来，然后从肩膀到手指尖都出现了一种片刻之前并不具有的活跃性，一种要引发变化的倾向。他用极其快捷的手法，把那粒子弹装进象牙左轮中，转动转轮，将其准确嵌入，然后慢慢抬起持枪的手。骏三难掩兴奋，呼吸变得沉重。他稍微低下头，曹海的动作突然变快了，把枪口顶在了骏三的脑门上。他的身体略微倾斜，似乎要尽量避开下一秒就会溅出来的脑浆。

"骏三！停！"杜谦吼出声来，"够了！我知道了！"

骏三紧闭眼睛。

曹海扣动了扳机。

只有"哒"的一声。

"二哥，你在怕什么？你该不会连这都忘了吧？"

曹海的身体一瞬间松懈下来。骏三从他手中取下了左轮枪，交给守卫，然后还打开了他依然紧握的右手。右手中有一粒子弹。

"这是大哥以前给我们试胆时用的办法啊！看起来是有六分之一的概率，但其实他早就把子弹藏起来了。"

杜谦发觉，自己不知什么时候已满头冷汗。他使劲吐了一口气。

"骏三，听我说……"

骏三没有理会他，而是吩咐守卫把曹海送回屋内。

"骏三，我明白了。那……的确是大哥。那是只有他才会做的事。但是……"

"二哥，你也看见他上子弹、开枪的动作有多利索了！就好像从来没有在病床上躺过一天！"

"好，这个我承认。我不管发生了什么，他站起来，能自己行动了，我真的很开心。我现在有很多想法，可能一时没办法完全说明白，但你相信我，你照顾大哥这么久，真的是立了一件大功。但是……我们现在面临更实际的问题。安防司可能随时会找上门来。你觉得这样的大哥……能帮得上我们忙吗？”

“你还是不明白吗？”骏三的面色变得阴沉，“那个鉴证师插手之后，不过几天，大哥就恢复到这个程度了。现在不是我们等着大哥来救我们的时候，其实正好相反。你也总是教育我，要自己站得住。大哥都站起来了，我们就应该站得更直。为了给大哥留出更多的康复时间，我们一定不能向安防司屈服。你不同意吗？”

“我同意，我同意。你真的很能干，太能干了，做到了我根本没想过的事，就是把大哥唤醒，让他可以陪我们玩这些怀旧的小把戏。但你想过没有。目前，他能做的这件事，对我们和安防司火拼有什么帮助？”

“至少，这宅子里守着大哥的兄弟们都很兴奋。他们是铁了心要保护好大哥，为牺牲的弟兄们报仇。这还不够吗？”

“骏三……你再想想。”杜谦把一只手放在骏三的肩膀上，“到头来，他们都是些卒子。现在这房子里，会替你挡子弹的，会为你去死的人，只有我。你心里也应该清楚吧？来，冷静一下。你太兴奋了。陪我一起冷静一下。如果我能够，与神赌一次生和死……”

骏三并没有随着杜谦吟唱，他掐住杜谦的手，指甲陷进肉里。杜谦想把手抬起来，但难以挣脱。

“这首歌，是大哥最先带着我们唱的。与神赌生死，这不是随便唱一唱而已。要不了多久，大哥就会完全好起来的。为他赌命的时候就是现在。二哥，要么你和我们一起做计划，和安防司决战，要么你带着司机滚出去。但是只要走出这道门，你就不可能再活着进来。”

12 毒

这一次，叶春璟总算住上了一间像样的卧室。它似乎曾经容纳过一位女主人，叶春璟打开衣柜，其中空空荡荡，却能闻到一种长期悬置女性贴身衣服的气味。书桌的柜子中，找出了一个粉盒的盖子和一枚发夹。恰恰是这样的发现，让她夜里有点难以入眠。很难想象一个曾经在豪宅中生活却又消失的女人如今身处何处。她越深入想，就越觉得有人站在床边，并且总是在她背脊的方向。

通常夜里十点左右，守卫就会命令她熄灯睡觉。但不知为什么，今天守卫却不发一言，大宅中各处还听见了稀稀落落的脚步声。她坐在书桌前，用铅笔，在从守卫那儿要到的一沓便笺纸上涂画。但是，一个小时过去了，她发现自己只是在一边涂抹圈圈一边走神。那令人烦躁的沙沙声是便笺纸的呜咽。

有人突然推门进来，吓了叶春璟一跳。她本能性地用掌肚遮盖便笺纸。是骏三。他兴奋极了，呼吸短促，在叶春璟看来，简直像肥皂剧中一个因战事意外结束提前回家给未婚妻带来惊喜的年轻士兵。因为竟然产生了如此尴尬的联想，叶春璟恨不得有时光机让她回到五秒钟前，向胡思乱想的自己踢一脚。

“怎么了？”她连忙说。

“成功了。”骏三快速接近她，“我还以为二哥在，可能有影响……但是就像之前一样，大哥又做到了。和以前的骗子不一样……你是真货。谢谢你。”

“谢……谢我？”

“二哥要见你，但是我拦住他了。不行，不行。太不安全了。”骏三低着头，一只手托住面部，狂躁地来回踱步，“这样不行……他亲眼看见大哥了……他到底在想什么？！还有什么想不明白的吗？事情不是已经很清楚了吗？是兄弟就应该在一起！就算是死在一起！”

他突然沉下身子，左手捏紧了叶春璟的下颌。

“你要继续帮我。我不光可以保护你的性命……你想要什么我都可以给你，除了自由。我需要大哥不仅可以用他的左轮枪玩试胆的游戏，还能用它瞄准敌人。只要能成功一次，兄弟们的气势一定会被带起来。现在，他们可能还觉得，大哥是一个需要照顾的病人。只差一步，只差一步。你一定要帮我。只要你做到了，如果这一仗能打赢，你想要什么，我就给你什么。哪怕我们输掉了，我也保证让你走得痛快。听明白了？”

在昏暗的灯光中，他凑得极近的扭曲面庞，像是在黑色画布上用邋遢笔刷数笔画就的一个骷髅。叶春璟能看见骏三的一边眼角噙着若隐若现的泪水。

叶春璟确信，让空心人恢复一些惯常行为，单从程序上来说并不复杂。首先是选择仪式化的行为，然后就是引导他们再现这种仪式。关键是排除干扰要素，并且不断试错。这是一个枯燥且难以预料成果的过程。叶春璟让曹海再现“试胆游戏”，其快速成功的原因，是确认了这个仪式中涉及骏三和象牙柄左轮手枪这两个关键要素，而且骏三十分配合，可以说是不厌其烦。但是，让曹海辨认目标、准确击中目标，情况要复杂得多，因为虽然曹海还拥有“准确射击”的肌肉记忆，但“射击目标”难以定义。在过往相对成功的案例中，都是让空心人使用特定物件，做出特定行为。“敌人”不是一种特例。

但现在，她也只能使劲点点头。

“很好。虽然你的睡觉时间到了，但今天情况紧急。我叫他们送点吃的给你，你尽快把解决办法想出来。不管是什么办法，我一定会全力配合的。”他握住了叶春璟的右手，“我这辈子，从来没有这样求过一个女人。一切都交给你了。”

“唔……唔。”

骏三松开手，突然蹲下去，左手放在叶春璟的左小腿上。她不由得颤抖。虽然这帮人经常拉扯她，但是从来没有以这种有些缓慢、仿佛传播体温的方式碰触她的身体。这比刚才的威胁更让她毛骨悚然。

“不要动。”骏三说。

他掏出射钉枪，枪口紧贴叶春璟的左脚背，扣动扳机。两枚长长的钢钉射出，击穿她的脚掌和薄薄的拖鞋，扎进地板。

剧痛像每一鳞片都带着电流的毒蛇般从脚掌猛烈地蹿上来。叶春璟痛叫起来，本能地想站起，却引发更强烈的痛楚。

“不要动！”骏三掐住她的脚踝，“如果乱动，你这只脚就真的废了！”

叶春璟颤抖着仰起头，泪流不止。她想使劲多吸进气来，却总是吸不上，仿佛那剧痛的电蛇紧紧缠绕住了她的整个身体。

“马上就该打仗了，你是我们这边的人，也该知道疼痛是什么滋味了。你应该猜得到，我的下半张脸没有痛感，有时候不小心把滚烫的东西放进嘴里，结果烫坏了舌头和喉咙。所以我懂得很，痛感是一种鞭策。我这就是在鞭策你。现在你应该就能保持清醒了吧？就这样静静坐着，别想着乱跑了，不要分心，好好地给我想办法，想好了就叫我。”

这一番话，她只听清了不到一半。骏三离开了，关上门。她低下头，看见从自己脚底洇出的鲜血慢慢流淌，像另一条蛇，把前方的一只黑色床脚团团裹住。

在乘车离开东铭山的过程中，杜谦一直在心算。别墅中有多少人，多少武器，有多少一直跟随骏三的死硬派，骏三在别墅之外还有多少地盘，又有多少人可能选择跟随骏三，他自己又有多少能打仗的手下，多少武器，可能牵涉进来的第三方势力是谁……

他的实力远超骏三一派，这无须质疑。但这并没有解除他的心烦意乱。

杜谦问罗平："你怎么看待曹海？"

"……让我说吗？"

"没事，不管你怎么想的，都说出来。"

"在出来混之前，就听过他不少故事，虽然没见过人，但一直挺仰慕的。可惜等我能见上一面的时候，他已经是……"

罗平似乎有些犹豫。

"继续。"杜谦说。

"既然曹海老大是这样，那我也说不出啥了。就算我想帮他卖命，那也是办不到的，因为……毕竟他……我觉得，骏三哥……老大你，还有骏三哥，已经仁至义尽了，关于你们怎么对待现在的曹海大哥，道上一句难听的话都没有。但是，总不能……下半辈子就……"

"下半辈子不能绕着他转。"

"那是肯定的。饭总得吃不是？"

"说得好。罗平，你脑子一贯很清楚。就是准头实在差了点。"

"人各有志啊，老大，哈哈。我要是枪法好了，非得上前线不可，那不就不能帮您开车了吗。您要是觉得我怕死也行，我还想多活几年呢。"

"没事，别担心。我这么一天天跑东跑西的，不就是为了弟兄们都能过个正经日子吗？"

和罗平聊几句之后，杜谦竟然心情缓和了一些。他放下一半车窗，开始抽烟。虽然在观景台上时，他一度气愤得快要失控（并且在骏三拒绝让他和鉴证师再见面之时，愤怒到了顶峰），但现在吹了吹夜风，听了几句想听的话，似乎全身筋骨也放松不少。他想了想，自从事业重心放在"万思通讯"之后，他能够筋骨舒爽、大脑放空的时间总还是比打打杀杀的日子多了不少。再想起骏三那张似乎纠结在哭哭啼啼和发狂之间的蠢脸，胸中涌出的似乎不是怒气，而是嘲弄的欲望。也许，兄弟如手足这句话是没错的，但兄弟不是父母，是自己可以选择的。

“罗平，喜欢吃美式烤肉吗？”杜谦问。

“只要是熟得够透的、够辣的，切开以后冒汁儿的烤肉，我都爱吃。”

“那你一定喜欢低温烤，一整大块儿的牛胸肉。要烤十多个小时，炉子里拿出来一切，那牛肉纤维里面，热气带着汁水，油油亮亮地渗出来，太过瘾了。这种烤肉我特别会弄，不过现在缺一个够大、火力调整够方便的烤炉。等买到烤炉了，到时候切啊烤啊弄一点，你来试几口。”

“那您可一定先通知，我得留肚子啊。不过您又是哪儿抽出的时间来学的烤肉？”

“很久以前，很久以前学的了。那时候我在烤肉店打工。一开始，大厨让我去给一整块牛肉处理几刀。我傻乎乎站那儿，根本不知道，有什么好处理的。这牛肉，又不用去皮，又不用去鳞。那时候人穷，鼻子底下这么大一块又红又肥的，看哪哪都是好肉，下不了刀子。”

“苦日子我也过过啊。我妈在快餐店打工，鸡块鸡腿什么的带回家，剩肉刮下来，合着烧一碗烫饭，一样吃得精光。”

“是吧。那大厨看我在那儿傻站着，冲过来一推就把我推地上，然后就一边骂骂咧咧，一边下刀子。我看他，大块的牛脂肪、沾一点脂肪的皮，还有旁边好好的瘦肉，刀上刀下都给切掉了。最后牛胸肉只剩原来八成大小，我又心疼又气。不过，现在我是明白了。多余的、味不好的、中看不中用的，都割了，不浪费。为了烤出整块好肉，这一步是非走不可。”

当车经过驰名的东铭山一号别墅那真人秀拍摄地的时候，杜谦把烟头朝那大门一弹。他闪过一个念头：在暗淡的月光下，没有一群人拥挤在这别墅周围，它看上去似乎也不是那么赏心悦目了。

这天夜里，杜谦回家之后，把警报设备、摄像头仔仔细细地检查了一遍，才洗澡睡觉。但闭眼之后，他比往常睡得更沉。

早上醒来之后，他决定要开启新的一天。

他驱车抵达一处高级住宅区，按响一户人家的门铃。铁门上方，有一只摄像头在看着他。

门开了。门后是一名看起来相当憔悴、穿着睡衣、挂着层层民族风味珠宝、四十岁左右的女子。

“你来干什么？”女人的嗓音很沙哑。

“有正事要和你说。你那个不成器的儿子，要和我掰了。”

13　夏威夷阳光下

“你等一下。”女子抬起显出不健康焦黄色皮肤的左掌拦住杜谦，稍微掩上门，回到屋里。大概三分钟后，一名二十余岁、肌肉膨胀紧绷、日晒过度的男子，像要刻意炫耀身材和活力一般，一边穿衬衣，一边大跨步走出屋子，从杜谦身边挤过，还差点踩到他的脚尖。杜谦转过身，想发火，但忍住了。

“你标准降这么低了？”他转过头，对屋内的女子说，“这身中看不中用的腱子肉，一看就是类固醇当饭吃。关键时候能有表现吗？”

“有什么办法？”女子毫不掩饰语气中的戏谑，“自从你之后，换谁都是降级。进来吧。”

杜谦走进屋，关上门。在玄关走廊和客厅之间有一道淡紫色纱帘，掀开之后，浓密得逼人的混合精油气味扑面而来，仿佛整个客厅是一颗不会再开放的花苞，正在经历一次漫长且诱人的腐败。不知从哪个角落传来朦胧的诵经乐，像是细小墙缝中吹进来的暖风。

“比我上次来的时候更加熏得难受。”杜谦皱眉道，“这你还吃得下东西？”

“无所谓，反正我不吃东西。”女子往沙发上一跳，盘腿坐下来，一只手撑着脸，另一只手夹起桌上的半支手卷烟草。她抬头看着杜谦，笑着说，“四十三公斤，而且还在降。我要是年轻时候就是这个体重，会不会也能有什么难忘的青春回忆？”

“算了吧，那么年轻就当了妈就别幻想什么青春了。何况，你当时要是这么瘦，可能就不会母子平安。过去一点。”

听见杜谦这句话，女子的笑容迅速消失了，嘴唇抖了抖，身体变得有些僵硬。杜谦弓着身子，不耐烦地看了她一眼，她才朝沙发尾端挪了挪，让杜谦坐下。

“废话说够了。你的宝贝儿子绑架了一个女人，被安防司盯上了，而且已经死了几个弟兄。我让他先避避风头，他不愿意，要搞什么生死大战，我劝不动。”

“至于这么大动干戈吗？你是不是没把话给我说清楚？”

“那女的是个处理双宿人的专家，骏三觉得她可以把曹海的魂给喊回来，而且脑子就在这件事上卡壳了，他妈的命都不要了。而且你知道的，骏三这个人，绝对不会举手投降。所以，我们现在说着话的时候，他可能已经被安防司打成了马蜂窝。我要你亲口去告诉他，这样死掉不值得，先避避风头。”

女子低下头，双肘抵在膝盖上，用掌底撑着前额，手指间的烟卷似乎只差一点点就会烧到头发。

“他……你又不是不知道，他不会听我的。除了你和曹海，他谁的话都听不进去。”

“那是因为你尝试得不够多。你以为我就很容易？这些年，他没少把刀子尖朝着我，但是我坚持和他交流。你要是对待自己的亲生儿子能有我一半上心，说不定你们现在周末就会手挽手逛街呢。要是那样，你才不会穿这一大堆五花八门的玩意，而是像一个正经人家的阔太太。”他抓住女子的珠串，在手掌心掂了几下，哐啷作响。一松开手，珠串甩落在她凸出锁骨造成的阴影上。

“……别说了。你是专门来折磨我的吗？”

“别哭啊，我知道你过得有多苦。现在不是哭的时候，是要挺住的时候。骏三要是出事了，我的命也会少半条。我没有让你说服骏三，让他放弃打这场仗，我没那么高期待。如果实在要打，那他也该换个地盘打。他现在要把东铭山那房子当成战场，太张扬了。最关键的是……那是你名下的房产。要是安防司一追查起来，就全完了。你也不想以后无路可走吧？”

“我能和他……说什么呢？”沉默半分钟之后，女子抬起头。

“你让我出主意？行吧。比如……关于曹海的事，你能不能和他讲两句？就是说服他，现在犯不着为了像个死人一样的曹海，把你们母子俩的去路都堵死了。”

“没用的。”

“比如……他亲爹就是被曹海干掉的。”

“你脑袋也不好使了？”她笑了笑，“他才不会因为这个记恨曹海。”

“行吧。那有别的想法吗？”

“没有。不要再问了。”

“所以，你不仅不愿意出点子，就连替我给你儿子打个电话都不行？”

“你能不能先走？你不在了，晚些时候，我可能就有心情给他打电话了。我想说什么就说什么，反正不会是为了你才说的。给我和儿子一点私人空间，可以吧？”

“至少我已经讲过道理了。随你吧。”杜谦站起来，紧了一下裤腰带，“保险箱在哪里？放‘基金’的那个。”

“你要干什么？”

“我是信得过你，才让你保管我们的救命钱。现在，你既然儿子的命也不要了，自己的房子也不要了，那我只能亲自保管‘基金’，说不定以后还能让你有口饭吃。别以为我不知道，你不提前和我说，就让骏三拿了一部分‘基金’去雇人干活，这件事我就不追究了。别再磨蹭，你不说我也会自己动手。”

女子把烟卷在餐桌的盘子上按灭了，指了指客卧：“就那儿，床旁边的书柜，移开一下。”

杜谦走进那房间，稍微移开书柜，显露出墙壁上的暗格。将其打开之后，可以看见墨绿色的机械保险箱，像静静躺在岩洞中的棺材。他按照记忆中亲手设定的数字转动密码盘。但保险箱并没有打开。他又尝试了一次，依然失败。

“喂！”杜谦回到客厅，“你他妈是不是改……”

他不说话了。女子持着一把霰弹枪，对准他。她很紧张，而且太瘦弱了，手中的霰弹枪简直不像是她的武器，而是她必须紧紧握住，否则就会掉下悬崖的一整节黑色铜管。

“手举起来。”她说。

“你……”

“快点！”

杜谦叹了口气，举起双手。

“别以为我不知道你在想什么。我早就料到会有这一天了。”

“你这什么意思？难道我亏待过你？”

“别墅的房产证上写的是我的名字，是因为你想买通我，而且还可以防着安防司追查。你想随心所欲使唤我，使唤骏三。结果呢？你做得没有自己想的那么高明。这密码，是绝对不能给你的。给你了，我对你就完全没有利用价值了。”

“利用价值？……所以我说你脑子熏坏了，怎么就只有这些东西？我不是什么好人，但我不是个畜生。你敢说我一天好日子都没有给过你？小禹，那时候我还没家业，就租了游艇，带着你和骏三出海。在夏威夷海滩上，我们一起看着骏三玩沙子。他朝有浪的地方瞎跑过去，你急起来，让我去追他。就算这些你都不记得，那场大火你总记得吧？我冲到火里把他救出来，左手烧成这样。你敢说这些事情都没发生过？都不作数？你就像现在这样枪口对着来报答我？”

女子忍住泪水，双肩不停颤抖，但霰弹枪没有放低半寸。

“听……听听你自己说的鬼话吧。除了你‘给’我的。就是我要‘报答’的。就算你不是畜生……但你是个灾星。当然我也不是个好东西。我们俩，要是稍微多一点……心眼如果稍微正一点……也许骏三就不会变成现在这样……”

“你……唉，你还要我怎么说？你还没看出来我在努力尝试？我现在累死累活卖手机、铺网线是为了什么？我们还有路可走，还有三分之一的日子没活完！这最关键的时候，我让你帮个小忙，你却……”

“闭嘴！闭嘴闭嘴闭嘴！”她的声音剧烈颤抖着，像一个个音节在喉咙里互相盲目冲撞，“我已经决定了。从刚才开始，你的一个字我都不要听进去。你滚出去。你滚！我会去找骏三的。我带着这把枪去找他，劝他逃跑。如果他不愿意逃跑，我就陪着他一起和安防司拼个你死我活。就算死……至少可以和我的宝贝死在一起。”

她挥舞枪管，指指出口，又立刻对准杜谦。

“手不准放下来！”

杜谦叹口气，转过身，继续举着手，朝门口走去。他往前走三步，她会跟上两步。

离走廊还有一步的时候，杜谦说：

“对了，其实我还有一件事想说。”

“什么？”

“当年我实在是很天真。可能有那么一瞬间，我想象过和你一起过下辈子。”

“闭嘴！”

霎时间，杜谦大幅挥动高举的手臂，把身边柜子上的一排香薰蜡烛朝后击飞。火苗和蜡油扑面而来；女子出于本能要遮住自己，抬起了一只手，霰弹枪响了，但子弹击中的地方并无人影。突然逼近的火苗，让她眼中陡然闪现光晕，这光晕尚未消散，杜谦就绕到了她的后面，攥紧那珠串，勒住了她的脖子。

“可惜你不能死在宝贝身边，”杜谦说，“那死在爱人身边也不错。”

杜谦松开手，女子无生命的躯体滑倒在地。杜谦把掉落在地的蜡烛都踩灭，她眼中的火苗彻底消失了。

他想：我已经给了她足够的时间回心转意。其实，她死了也许更好，因为这样她就不会落在安防司手中。以她目前的心态，一定会把他也交代出去，这是杜谦最不想面对的结果。应该没有任何证据，能证明骏三母亲和他之间有联系，甚至没法证明骏三和母亲之间的关系。因为骏三没有出生证明，手下们也不知道这层血缘关系。

如果骏三和他的母亲，加上那栋别墅，都是需要割掉的赘肉，那么就不能犹豫。别墅是最可惜的。但幸好，救命本钱还在。

接下来，杜谦做了两件事。

一是叫值得信任的手下来清场，运走了尸体和保险箱。

二是回到万思通讯总店的办公室，使用他的加密线路打了一个电话。

14　超人拳

在中断会议暂离十多分钟后，姜黎回到会议室，看起来神情严肃，心绪纷繁。

“怎么了？”留在会议室的韦一宸问。

“我刚刚接到一个电话，对方告诉我，东铭山二十三号别墅就是我们要找的地方，他还提供了大概的敌人数量和武器藏匿地点。他在确认我的身份之后，就警告我，说接下来只要我插嘴说一个字，他就立刻挂断电话，所以我没法拖住他。他改变了声音，使用很复杂的加密线路，没有追踪到电话来源。”

“如果是他们内讧的话，那为什么会打电话给你？我们的身份暴露了？”

“并不是指名道姓。对方说，要和抓到明远、博远双胞胎的干员说话。我的职阶高一些，所以接线员通知了我。既然还知道双胞胎的事情，那一定是他们老窝里养出的耗子。”

韦一宸已经按照叶春璟留下的图画线索，确定了她的观察点是东铭山，下一步就需要确认她位于哪一栋建筑物。但由于该地是富豪聚居地，在没有足够证据、文书工作不完备的情况下进行搜查，容易引起风波，再加上要防备着打草惊蛇，不可能逐户搜查。他们的会议就是在讨论这个难题。

“太好了！这样具体地点也有了，能向上头申请搜查证了吧？”

“你先别那么兴奋。上头不一定会采信这个电话。何况，既然对方相当好战，这也可能是陷阱。”

姜黎突然靠近韦一宸，盯着他的眼睛。

“你这两天睡过觉吗？”

“我躺过。”

“都不睡觉还这么亢奋，对身体不好。”姜黎拍了拍他的左臂，“你还是想办法休息一下吧，反正今天是去不成的。要干这个活，光靠我们两个人就别想了，必须借用总部的战术部队。这个只能我去说，你是帮不上忙的。”

姜黎说服了韦一宸，独自安排其余的工作。她去向总部汇报，果不出所料，上级态度较为谨慎。但事情很快出现了转机。她同时派人调查东铭山二十三号别墅的业主，得知她是一位名叫孙清禹的四十岁女子，实际居住地是接近市中心的一处高档小区。安防司派人前去询问，不见孙清禹踪影，手机留在家中，现场有清理过指纹的迹象。邻居提供证词，附近独居的一名健身教练和孙清禹疑似情人。进一步调查，安防司发现该健身教练竟然也从独居公寓中失踪了。这让领导层确信了，东铭山二十三号别墅有一查的价值。讽刺的是，他们不太在意鉴证师的死活，而是更关心安全、高效地惩治暴力团伙，这让他们很快做出了调用战术部队的决定。如果被绑架的是当地要人，他们肯定会选择制订精密的援救计划，使得行动的日期延后。安防司争分夺秒，通知《GOLDEN KEY Live》的摄制组，要求他们推迟拍摄。

于是，在接到神秘电话之后的第三天下午七点，由姜黎代理指挥的总部特殊战术部门“T. I. S”（联合战术部）下属D分队共十余名队员（另有两名队员已预先前往现场勘查），加上韦一宸，驱车前往东铭山。姜黎帮韦一宸申请到了和其他人同标准的头盔、防弹背心、耐火战斗套服等装备，但是他获准使用的武器，限制在一把M1911手枪。

“这是正式行动，一切听我指挥，不要有异议。”出发前，姜黎对韦一宸说，“尤其你是编外人员，我好不容易才帮你争取到随行的机会，千万别乱来。你的权限是，对方使用杀伤性武器攻击你，你可以开枪反击，否则只能鸣枪警告。另外，当我明确下达开火命令的时候，你也可以开枪。任何时候，你都不能冲到最前面。听明白了吗？”

“行，有需要的时候我就开枪，没需要就拳打脚踢。”

“……是开玩笑的时候吗？”

“还有一个问题，如果我拾到了别人火力更猛的武器，可以使用吧？”

“如果是敌人落下的武器，那就视情况利用，当然也要遵守我上面说的开火原则。”姜黎在韦一宸战术背心的心脏部位用食指敲打了两下，“上次我就看出来了，你这人心思挺多的。我最后只说一句，安全第一。”

夜幕降临。东铭山的尖端像一只衰老、指甲久未修剪的手掌，把一团蓝得发紫的云层拦腰截断，把破碎的银色月光强行聚拢在掌中，照亮了掌心掌背那许多墨绿、深赭的沟壑。战术部队的防弹车，正是沿着这贪婪手臂的血管，朝着它的掌心蛇行。

离目的地约五十米的时候，防弹车以另一座别墅为掩护，停下了，众人下车步行。二十三号附近的居民都已接到疏散通知，住宅灯光不灭，保留电视播放声音，以免敌人起疑。

他们到达了与别墅隔着一条行车道的防风小树林中，即两名先行侦查队员所在的集合点。这几天来，二十三号别墅都无人出入。此时从外观测，它的一楼大厅亮着灯光，二楼两翼之间的连通部位也有灯光，暂时没有发现人影。所有客房都熄灯，有充分的埋伏空间。电话中的信息是敌人有十四名，但姜黎认为，实际数量只会更多。

根据上一次的交火经验，这些匪帮是会主动出击尝试占据上风的类型。另外，他们还有炸药。若贸然使用攻门槌，从正门进入，可能会遭遇陷阱。目前看来，二楼的观景台没有敌人，且可以掌握关键的出入口。

姜黎做出了决定：除她之外的队员，分成A、B、C三组。A、B组使用战术梯，从建筑外部攀上观景台，分别搜查建筑物两翼，若有需要立刻互相支援。C组在一楼大门设置炸药，若另外两组和敌人产生了接触，那么C组立刻引爆炸药进行突击，力求使敌人腹背受敌。姜黎暂时留在C组，进行指挥。

晚八点零五分，行动正式开始。

A、B两组队员确认附近没有敌人之后，分别从两侧架设战术梯，轻步登上观景台。两组都是四名战术队员，姜黎命令韦一宸支援实战经验稍欠缺的B组，所以B组有五人。观景台上的东西两侧各有一入口，可进入屋内。虽然观景台上没有敌人，但他们并不急于突进，而是隐蔽在入口附近。B组领队贴着墙，察觉到了什么，做手势提醒队员静候。十五秒后，一名身着黑衣的守卫慢慢踱步而出。B组领队立刻和一名队员配合，一人绞颈、一人扑击其膝盖后部，瞬间将他制服，同时夺走他的轻机枪。其行动之精准、干脆、有力，让韦一宸不得不暗自赞叹。姜黎和乔修书也曾是这队伍的精英。

他们迅速用胶带遮住昏厥的守卫的嘴，把他和围栏铐在一起。但是他们马上发现，守卫佩戴着微型耳麦，此刻耳麦中传来了询问的声音。众队员们明白过来：敌人之间竟准备了严密的互相通报机制。一人被制服，通报链条断裂，立刻引发警戒。

第一次交火发生在十秒之后。一只闪光弹从入口飞出来，瞬间炸开，足以灼烧眼球的白光伴随着巨响，不留情面地迸发出来。B组领队发现及时，发出高喊，及时提醒队友，众人及时转移视线，掩护自身。在他们背后的夜空中，撕裂出一个似乎在持续喷溅白色血液的异常缺口。

韦一宸心中一闪念：敌人显然缺乏正规训练，在不确定屋外是否有对手且不设埋伏的情况下就把闪光弹掷出，是亡命之徒的行为，就好像深陷泥沼的猎人，面对仅仅露出背部鳞片的鳄鱼，随手抛出仅剩无几的标枪。但“亡命之徒”这一点，突然给韦一宸带来了不妙的预感。坚守阵地、诱敌深入、一一击垮，从一开始，就不可能是这伙暴徒的作战方针。在废弃度假村一战，这些敌人凭着冲锋枪，就妄图射穿地板，击毙经验丰富的安防司老手。现在，他们拥有了破坏力更大的火器，又会怎么做？

他看见B组领队倒在地上，双手紧紧捂住耳朵，表情痛苦。看来他为了通知队友，没来得及做耳部防护。那极其不妙的预感，在不到两秒钟的时间里数次狠狠捶打韦一宸的大脑。他扑过去，揪住领队的战术背心，把他拖离墙壁。只把人拖出不到三米，轰然巨响——墙壁陡然炸开，砖石飞溅。敌人在入口内侧安置了炸药。韦一宸及时翻倒观景台上的一张酒桌，勉强遮住自己和B组领队的大半身体；他感觉到有一截黑漆漆的东西从自己头顶飞过去，同时“唰”的一声，有液体溅了他满脸。

他抹了一把脸，是湿滑的鲜血。不仅腥臭，还带着烟火烧灼的气味。他从酒桌侧面迅速观察，透过烟尘，可以看见一名B组队员躺在地上哀号，右腿膝盖往下完全消失了，大腿部分也只剩仿佛鲨鱼撕扯过的血肉。应当还有一名队员在烟尘后，暂时生死不明。墙壁炸开之后，显露出屋内悬空走廊的一部分。走廊上没有灯光，但一楼客厅的灯光映照上来，让他看见了屋内一名敌人的身体。他盲射数枪，敌人一边怒吼着，一边疯狂开枪反击。木质酒桌不足以阻挡子弹，被打得木屑飞溅，韦一宸不得不朝左侧回避。

幸运的是，至少有一名B组队员没有被爆炸波及。他趁敌人被韦一宸吸引，连发数弹，敌人应声倒地。

B组领队缓过来了。他的左耳在流血，但他对韦一宸表示，还能继续战斗。在刚才这一番混乱中，A组的战斗也开始了，韦一宸无暇观察，只发现他们已经全部进入屋内。不间断的枪声在屋内响起。

姜黎见状，立刻让两名领队通报战况，并且命令C组加快大门处炸药的部署，要求他们无须等待，一旦部署完毕，就退到安全位置，立刻引爆。她也察觉到了，敌人对这别墅没有丝毫保全之心。也许对敌人来说，这是一次自杀型的坚守。

但她还是觉得，这个答案不完备。有哪些地方不对劲。

这时，韦一宸拾起最初那名昏厥敌人的轻机枪冲进了屋内。

A组抢先击毙了走廊深处拿着遥控器的敌人，防止他引爆入口处安置的炸弹，随后继续谨慎地深入战斗。单耳受伤的B组领队也缓了过来，他命令一人留下照顾重伤的队员，自己则进入内部支援战斗。有一名队员在前进的时候一时心急，没有仔细检查身边的房间，一名隐藏在房间中的敌人朝外射击，击中他的胸部。其余队员立刻反击，击毙该敌人，然后检查伤者。虽然子弹都打在了防弹背心上，但因为伤者离枪手距离过近，鲜血依然从背心四角不断洇出。

数名藏在一楼客厅立柱后的敌人抓住这个机会，不时朝二楼射击，火力极其凶猛，枪声连绵不断，密集的弹道光芒照亮屋内各处。悬空走廊上掩体并不多，队员们寸步难行。因为立柱影响房屋整体结构，若破坏，有可能导致悬空走廊塌陷，所以也不便使用手雷。韦一宸抬头看了看，朝着天井的大型豪华玻璃吊灯射击，吊灯坠落，碎末飞溅。敌人的攻击节奏被打乱了，队员们立刻集中射击，一名未及时退入掩体的敌人身中数弹，倒地而亡。

姜黎一直与两名领队保持通话。但得知新一轮战况之后，她心中的疑虑加深了。内部战斗已如此激烈，玄关位置却没有任何动静。初步判断，敌人是在朝别墅深处且战且退。这表明，他们并不认为这场仗是靠坚守就能打赢的。但他们也不太可能是要“以死明志”的敌人——在姜黎的经验中，这样的对手未必不存在，但如果具备这样剧烈的冲动性，就不可能在东城区隐藏这么久。也许他们还有什么撒手锏，或者已策划了成熟的逃跑路线。

姜黎迅速下达命令。她要求C组暂时中止炸弹的安装，A、B组所有队员立刻放弃交火，原路返回观景台。

“我要所有人都回到安全的而且我能看得到的位置！马上！”

不到两分钟，所有人都遵守命令，回到了观景台。胸部中弹的伤者性命无大碍，但必须尽快送医。被炸弹毁掉一条腿的队员无法止血，已经牺牲。

没有回到观景台的，只有一个人。

“韦一宸，你人呢？”姜黎通话，“我没有看见你。”

“人质还在里面！”

“你看见人质了？”

“没有，我看见他们在撤退——好像——”

“我要你撤退！”

耳麦中只剩下几声枪响和一片杂音。

韦一宸是在击落吊灯之后，立刻发觉敌人撤退行为的可疑之处的。哪怕忽略情报给出的敌人数目，他直觉上依然认为，参与反击的敌人数量比想象中要少。他亲眼看见，有一名敌人刚从一楼的墙角绕出来，盲射了几枪，就放低身子，朝别墅更深处撤退。他清晰听见了姜黎的撤退命令，但这一点点多出来的直觉掀起的行为冲动战胜了服从命令的意愿。

吊灯的落点附近已没有敌人，韦一宸正准备跳下去，一楼突然爆发出两声巨响，他几乎觉得自己要被巨大的气流吹倒。一楼有一面墙被完全炸开，墙后出现了一辆轻型卡车，就像漆黑洞穴中突然出现了冬眠的野兽。它发动引擎，朝着大门的方向冲去。韦一宸开了几枪，击中驾驶座车窗，却毫无效果，它使用了防弹玻璃。韦一宸正想报告姜黎，但注意到了另一意料之外的景象——头一辆车后方还等候着另一辆。

与此同时，至今为止最大、最惊人的一次爆炸发生了。

别墅的大门由里朝外瞬间炸开。隔着一条行车道、藏在树林中的姜黎也必须立刻趴下。她感觉到高大的树木明显摇晃，地表泥土甚至在剧烈的震动中被些微抛起，又纷纷落下。最近的几栋别墅，各自有数扇玻璃窗被震碎。烟尘漫天，余响连绵不绝。如果不是姜黎让安放炸弹的C组撤离，现在C组必然已无人生还。

第一辆车从炸开的大门冲了出去。第二辆轻型卡车在等待片刻之后，也发动了引擎。韦一宸再次射击，但高强度车身以及防弹玻璃让司机可以完全无视这些子弹。然而，凭借子弹弹射的火光，在一瞬间，韦一宸看见了司机的脸——正是视频中出现过、妮瑞又曾经单独指认的敌人的首领。

韦一宸终于弄明白了敌人的目的：将干员们引入别墅中，使他们在交火中落入炸药陷阱，再伺机逃窜。而且，第一辆车是诱饵，首领坐在第二辆车中。当这个战术顺利进行到中途之时，姜黎就看穿了，命令队员撤退到观景台。敌人也察觉到了变局，所以必须立刻逃窜，否则等别墅外侧形成了包围网，那就回天乏术了。

第二辆车加速向着如破碎颅骨一般的正门大缺口冲出去。韦一宸估摸了一下时机，踩踏着走廊围栏一跃而下，坠落在这轻型卡车后方的货架上。在下跃过程中，轻机枪不慎脱手，掉落在车辆旁边，但他无暇拾取。车内人感觉到了车子后方的震荡，幸运的是，由于车前道路本来就散布着破碎砖石和数具尸体，且墙壁的倒塌还在继续，他们只当是颠簸或者重物砸下，未发觉有人搭了便车。

骏三驾驶着这辆车，朝着与第一辆车相反的方向逃窜。韦一宸想通知姜黎，但不敢出声，只是低伏身体，借着黑夜掩护自己。车速极快，又撞飞了大门墙面的一部分。一些小粒碎砖砸在韦一宸身上，呛人的烟尘劈头盖脸涌来。他不得不死死咬住袖子，把止不住的咳嗽压抑在喉咙深处。

经过连环爆炸和逃逸车辆的撞击，别墅前半截的结构再也撑不住，开始大范围倒塌。姜黎下达进一步撤离的命令，但还是晚了一步。东侧观景台轰然倒塌，数名队员在混乱中下坠。

骏三车辆的第二排座位中有一暴徒，从打开的左边车窗探出半个身子，手持RPG火箭筒，瞄准了尚未倒塌、仍有多名队员藏身的另一半观景台。韦一宸见状，立刻拔出仅余的手枪，一枪击中该敌人脖颈。火箭依然被发射出去，但远远偏离目标，呈螺旋状朝斜上方飞去，炸毁了一大团茂密的树冠。两株大树徐徐倒下，落点正好是姜黎附近。姜黎把全部心思都花在下达命令上，在最后一刻才发觉，立刻滚动避开。一大截脱落的树枝飞出来，像鞭子一样抽打在她的背脊上。

通过后视镜，骏三看见他持火箭筒的手下，其上半身无力地耷拉在车外，他的武器已掉落在地，在公路上“咣咣”地跳动了几下，离车子越来越远。“货架上有人，解决他！”骏三吼了一声。第二排的另一手下听命，一脚把尸体踢出车外，意图以此吸引韦一宸的注意力，自己则打开对侧的车门，探出身子，声东击西。

该车完全使用防弹玻璃，此刻反而成为韦一宸的优势。只要他死死压低身子，藏在后车窗之下，那么敌人只从侧面枪击，很难击中他。如果朝后方货架扔一个手雷，也许可以解决问题，然而那属于自杀行为。

在这样的情况下，韦一宸比自己想象的要冷静得多。他静静地伏着，稀疏的树影、月光以及弹道的光芒从他身上快速掠过，如同无数闪亮的柳叶刀在黑暗中竞相飞驰。一切都进行、逝去得很快，但他需要的关键东西——时机，正在慢慢到来。

道路逐渐变窄。两旁树木离车身越来越近。骏三发现，前方有一株大树，一大截树干从腰部探出，他立刻怒吼，命令手下回到车里，关上车门。手下不得已，照办了。

这就是韦一宸需要的时机。他立刻探出身体，开枪击中了右边的后车胎。当车胎还在泄气过程中未完全失效的时候，他翻滚到左侧，又击中了左边的后车胎。

韦一宸十分明白，如果司机察觉到爆胎，情急之下急刹车，那么哪怕不造成失控、撞车事故，也极有可能把藏在货架上的他甩出去。但他暗自笃定，司机不会这么做。此人显然不是一个糟糕、无经验的司机，而是一个要亲自把握方向盘的敌人头目。另外，韦一宸特意击中两个后车胎，而不是一边的车胎，就是为了尽量防止侧翻。

他的推测是正确的。骏三察觉到车胎问题，一边命令手下准备下车战斗，一边把紧方向盘，稳住车体，防止翻车、撞车，同时逐渐减慢车速。在短暂的、发出刺耳声音的滑行之后，车子停下来了。骏三和剩余的两名手下都准备下车，要以车体和防弹玻璃为掩护，向敌人反击。两名手下赶在前面，骏三比他们迟了一秒。他一只脚踏出车外之时，忽然想起了什么，动作出现了一瞬间的停顿。他想：车前灯还没关，而敌人完全在暗处，这会造成敌暗我明。

骏三伸手去关掉车前灯；这是一个必要的步骤，只需要一秒钟，但他晚了一步。车子隐入黑暗的同时，骏三在非常短的时间内连续听到三声枪响，两声惨叫，他急忙拔枪，还未决定指向黑暗中的哪个方位，就听到前方传来一阵急促的踏步声，像是踩在金属上，他意识到被跟上了，抬头一看，韦一宸却已从车顶跃下，一个下落飞膝顶中他的面门。

骏三脑袋“嗡”地一响，鼻子溅出血来，朝后倒在地上。韦一宸踩住他的手腕，把枪支踢远。必须活捉此人才行。他趁骏三还没恢复过来，骑乘在他腰腹，反复挥拳，狠狠揍他面部。

四五拳后，韦一宸听到一种奇特的金属断裂声。他低头一看，骏三的下巴不见了，只有黑洞洞的口腔，以及被鼻血弄得血糊糊的舌头。

他没有被吓到，但动作确实停止了一秒钟。脑子里闪过一个念头：我拳头有这么大力吗？

骏三见状，立刻左手掏出裤带中的射钉枪，要射击韦一宸的心脏。韦一宸发现了这个动作，阻挡其手臂，成功使枪口偏移，但还是顶在了他的右边大腿上。骏三扣动扳机，韦一宸霎时感到电击一般的痛楚。若是往常，钉子必然已经射穿腿部，但战术服起到了作用，钉子并未完全射入，还有近四分之一留在体外。

骏三想咒骂却做不到，喉咙里发出难以理解的恶心声音。在好胜心和激增的肾上腺素的作用下，韦一宸忍痛揪住骏三的衣领，一个头槌狠狠砸在骏三的上颚。有两颗牙齿飞了出来，其中一颗掉进了他洞开的喉咙里。韦一宸并未停下；他一口气拔出了大腿中的两枚钉子，夹在手指间，狠狠扎进了骏三的肩膀，然后一扭。骏三痛得抽搐起来，又因为腰腹一直被韦一宸重压，一阵反胃，黄绿色的酸臭液体从喉咙涌出。

见敌人已无力反击，韦一宸连忙起身，避开呕吐物。

“听得见吗？我要找鉴证师，鉴证师在哪里？……麻烦，你这样也说不了话啊……你的那个……这一块，嘴的下半边，是义体吧？可以再安装回去？”

缩成一团的骏三艰难地点了点头。

“行，我给你找回来。”

为了寻找骏三的下巴，韦一宸把车辆各位置的灯都打开了。

“在哪儿呢……这不是啊，这种地方怎么会有丝袜……”

韦一宸找了一小会儿，转过身，陡然发现一个曾有一面之缘的红色光点，顺着骏三的胸膛朝上游走，停驻在他的眉间。

15　艳丽人生

红色光点在骏三眉间停驻了一秒，忽然剧烈抖动，然后消失了。韦一宸立刻伏下，匍匐着进入车底。背后传来子弹击中钢板的声音。刚才一瞬间的判断是正确的：如果敌人没有在一瞬间击毙无法移动的骏三，那么目标就会是他。他穿过车底，藏在车身的另一侧。

下一声枪响迟迟不来，这反而让韦一宸感到焦虑。敌人很可能在更换狙击位置，或者准备近身袭击。如果超过一名敌人，那就是在试图包围他。他想，今天的行动，他有两个目标：一是找到阿春，二是活捉绑架犯的头领。刚才他替骏三寻找残肢的时候，已确认过，卡车最后一排车座上，还躺着一个似乎在昏睡、穿着病号服的陌生人。也就是说，这辆车上没有阿春，她一定在别的地方。这名首领不可能是唯一知道阿春所在地的人。而第二个目标，在仍有其他敌人存在的情况下，更是无法实现的了。他虽然有手枪，但大腿已经遭到穿刺之伤。随着激战结束、情绪变得平稳，腿部的疼痛逐渐加剧。

韦一宸听见枪声传来的方向，草木颇有响动，但分辨不清敌人的具体行动。

现在唯一理性的做法是撤退，与队伍会合。

韦一宸对自己说：不知道还有多少敌人，腿又受了伤，继续逗留就是等死。何况，在这里浪费的时间越多，阿春获救的时间就会拖得越长。他之前收缴了敌人头领的手枪和射钉枪，就算此人这一次脱逃了，那么通过这把留着指纹的枪，来日也有办法继续追查。

于是，韦一宸偏离车道，藏身进黑漆漆的树林中。战术服的口袋中有少量应急药品，他给大腿简单消毒，绑上绷带。这一部分山体，因为山势过于陡峭，已经没有居住区了。他奔跑一阵子之后，听见背后有枪声，但并不是朝他而来的。他冲出了道旁树林，在满是杂草和乱石的山坡上行走，直到再次看见二十三号别墅。空气中充满硝烟的气味，眼前的别墅大半已成废墟。在遭遇墙壁倒塌、烟尘覆盖的命运之后，有极少数房间还亮着灯。一张豪华大床从二楼杵出来，上面躺着一名守卫的尸体，上半截身子悬空。从它下方经过，能闻到肉体烧焦的气味。因为别墅中可能还有未引爆的炸弹，韦一宸从旁绕过，看见前方的大路上停着防弹车、救护车，增援和医务人员忙成一团。他上前询问了一下，得知姜黎虽然受了轻伤，但还是率先乘上防弹车，与数名队友追击第一辆冲撞出来的轻卡，并且击毙或抓捕了所有剩余的敌人。战斗已经结束了。

然而，敌人的第一辆车之中，也没有叶春璟的踪影。

十分钟前。

埋伏在一旁小山头上的杜谦有两个选择。一是首先干掉骏三，二是首先干掉曾经和他共乘缆车的干员。呼之欲出的答案，是干掉干员，以救世主的姿态出现在骏三面前，重新赢取他的信任。然而，这是曾经的杜谦会选择的做法。现在，他已经决心割掉多余的、腐败的肉，并且也杀死了骏三的母亲，没有回头路可走。

这不是一种不得已的选择。他并不觉得自己是被迫逃向幽闭且黑暗的巷道，他是在亲自选择的海面上畅游。

杜谦把瞄准镜对准骏三的眉间。目标丝毫不动弹，林中无风，没有任何会导致射偏的要素。

此时，他听见了一个熟悉的声音，近在咫尺：

“我会先对付干员。”

杜谦没来得及转身，就有一把匕首深深扎进了他的背脊。在那一瞬间，他不觉得痛，只感觉到背后一凉。他手中一抖，发出一枪，只击中车身。背后下刀的人压在杜谦身上，宽大的左手紧紧捂住了他的嘴。此人臂力惊人，杜谦竟难以挣扎。刚才那一刀，是冲着他脊椎来的，因为他挪动身体，所以稍微偏移了要害。否则，他现在已经只是一摊保留意识但无法动弹的死肉。

袭击者不急于杀死杜谦。他拔出匕首，夺走狙击枪，狠狠踢了他一脚。杜谦从山坡上滚了下去。在身体无力翻滚的过程中，他似乎能感觉到，有冷风不断从背脊上的伤口入侵他的血肉，像是一种无情的嘲笑。袭击者快步走下山坡，揪住他的头发。杜谦被迫支起上半身，但立刻又被踢了一脚，踉踉跄跄地朝前摔倒。他冷汗直淌，尽力调整呼吸，看着自己死死抓着地面、染满鲜血、不断抖动的手，几乎没有抬起头来的勇气，因为他已经位于卡车的前车灯照亮范围中，而有另一人的影子和他的身体交叠了。骏三必然就在抬头可见的范围内。他已经听见了骏三喉咙里的含糊声音。

袭击者在附近踱了一圈，说："安防司跑了。"杜谦已经完全辨认出了这声音。他抬起头，看见骏三半躺着，只有肩膀以上的部位稍稍撑起，脖子支在防撞栏上。骏三的眼神中只有极度的疲惫，剩余的半张脸苍白如纸，胸前满是血浆和呕吐物的混合物。他看起来不起疑，也不好奇，虽伤不至死，却表现出濒死者一般绝望的镇静。经过和韦一宸的战斗之后，对他影响最大的甚至不是身体伤害，而是自尊的全面崩塌。

袭击者在杜谦和骏三之间蹲下。杜谦抬起头：

"罗……罗平……你……"

"哼。"对方冷笑了一下，反手狠狠甩了杜谦一个耳光。

"罗平？罗平是吗？叫得很顺口了？你再认认！"

他每说一句就在杜谦脸上来一下。杜谦忍不住了，突然愤怒起来，朝着对方大吼，嘴边的鲜血喷溅而出："去你妈的！我杀了你！"

"这就是你的打算，对吧？在杀死我们最不懂事的弟弟之后，还要把我也干掉？"

"你……你说什么？"

"我承认，你做老大自有你的优势。这五年以来，你对身边的司机也真是挺不错的，如果不是时机正好，录下了你找安防司通风报信的证据，我还真的想拖一阵子，等吃到你亲手做的烤肉之后再说。为什么我们以前一起出生入死那么多年，你都没有说过会亲手做烤肉？还是说就像哄着三弟一样，烤肉什么的，也只不过是暂时讨好'罗平'而已？"

骏三的眼睛瞪大了，一种虚妄的活力火焰在眼瞳中重新慢慢燃起。

"你太想站起来走两步了，二弟。你已经忘了，我们生来是土匪，那一辈子都是土匪。你想重活一次，但是重活一次也是一样的。我们生来就不是为了在阳光大道上响当当地走。我们不飞、不游、不走、不跑……我们只做一件事。在地上，手抓着黑泥，一点点爬出来，因为我们是从坟里长出来的，慢慢朝着活路爬过去。”

杜谦想：这句话他听说过。只有一个人曾经对他这么说。

他盯着罗平。那的确是他熟悉的那张脸。比他年轻十五岁，更强壮、更敏捷，让他不得不偶尔隐藏心中的嫉妒。但在此时，那张脸似乎有哪里不一样了。就好像一个人，死死盯着一小潭并不流动的清水，但某一天，他不再认为这是完全一样的同一潭水，哪怕无法用语言将其区别一一列出。

“大……大哥？”

“很好！打谜语的助兴游戏到此为止。重新挤回到自己一手创建的大家庭花了三年，又在你身边做了五年的司机，我也很佩服自己的耐心。以前的我并不是这样的。可能这是因为现在我喜欢上读书了。进入这具身体之后，我花了三个月时间，读关于‘双宿’的一切公开资料。这给了我胆气，给了我目标。我判断自己是四级‘归宿冲动’，也就是说，只要不松懈下来，我就有足够的动力回到原来的生活。而且幸运的是，我对这具身体很满意……现在，我又有至少三十年才会变得手脚不灵活。这难道不妙吗？如果是你碰上这种事，你也会兴奋得睡不着觉吧？”

“罗平”把狙击枪丢到骏三腿上，同时用一只膝盖压住杜谦的背脊，杜谦发出惨叫。

“安防司甚至没有上门调查，就派了火力这么猛的部队过来，你也没料到吧？这都是因为你杜二哥和安防司串通了。”他对骏三说，“还有，他亲手杀死了你妈妈。骏三，我也看出来了，这几年我不在，你过得很辛苦。但你确实每天都在长大，每天都更像一个男人。这是你最后的一关。用这把枪，做你该做的事。”

“等一下！大哥！我们再商量……我们一起……”

“罗平”并没有说话。骏三握住狙击枪，在最近距离对准了杜谦的脸。背脊上的刀伤被膝盖压住，杜谦根本没法挣扎。

就在此时，他们听到一声响动。有什么重物从卡车第三排后车座上跌落出来。他们的注意力都被吸引了：是曹海的身体。他的侧脸和一边肩膀紧靠地面，眼睛睁开，望着他们。那眼球如刚刚打磨光滑的蜡制道具，虽有光亮，却毫无生气。

杜谦感觉到压着自己的膝盖提了起来。“罗平”慢慢站起，发出沉重而短促的呼吸声，方才的镇定消失殆尽。他看着自己过往的躯体，像被磁铁吸引一样，拖着脚往前走了两步，然后突然一阵眩晕，跪了下来，双手撑地，开始剧烈呕吐。他早已知道，如果和自己以前的躯体碰面，那就像亲眼看见自己的死亡，会造成难以忍受的精神打击，所以这几年，一直小心翼翼地避免与之会面。骏三对这具躯体的严密保护，让“罗平”无须花多大精力，就能坚持自我，不违反这禁忌。但是，当这一刻真的到来，没有任何心理准备能让他减轻自己极强烈的不适。

骏三也被这一幕吸引了。杜谦没有停止求生。他一挥手，打开直指面门的枪口，奋力跃起。骏三斜过身子想抓住他，没有够着。他不顾疼痛，凭着并未受伤的腿部奋力一跃，落脚的时候不慎摔倒，从山坡滚落下去。他顾不上姿态，是跑也好，跳也好，滚也好，只要能逃离刚刚发生的一切，就可以无所不用其极。就当听不见耳边的风声，听不见脚底草根折断的声音，就算眼前枪炮声连连，也无法阻止他。

因为提前疏散了附近的民众，许多别墅空着，这为杜谦寻找阴影、奔逃间隙的藏身处提供了便利。他知道，自己时常是想得太多，但现在，他什么都不想，只逃。这么多年来的算计、规划、步步为营，一瞬间灰飞烟灭。他到底是输给了更坚韧、更棋高一着的曹海，还是输给了一个本来就不应该存在的双宿人？这不能想。这就好像在拷问自己：为什么我不能出生在一个父母很富有、很爱我的家庭里？为什么我哪怕沉浸在这样的想象中，也无法得到真正的愉悦？为什么就像曹海大哥说的那样，哪怕重活一次，我还是会变成这样？

不行。封闭思维。先逃。力气都用在脚上。逃了就能活下去。活着，游戏就还没结束。

不知冲了多久，他被石块绊了一跤——眼前是悬崖，而他止不住身体的去势。一瞬间，他的身体悬在半空，月光照亮了在他背脊上黑色的缝隙，仿佛是一个灵魂将从中逃逸的裂口。

他摔在了下方另一栋别墅的露台上。哪怕光线不足，这布满绿植的优雅露台也魅力十足，似乎地板的每一寸都散发出毫无侵略性的香气。他的二十三号别墅并没有这样的露台。他摇摇晃晃地站起来，到露台边看了看，心想凭这样的身体，若跳下去，恐怕会没命。于是他举起一盆盆栽，朝着落地玻璃窗砸过去。玻璃窗应声而碎，他走进房间。

这是主卧室。

他扶着墙壁，恰好按动了一个开关。头上的屋顶，竟然朝两侧徐徐打开。月光透过玻璃幕墙，投射在整间卧室中央。

杜谦见过这卧室。在电视中。

这就是《东铭山 GOLDEN KEY Live》的真人秀参与者们，需要竞争夺取黄金钥匙，以求得一宿之权的主卧室。

主卧室中央，有一张特大号的床。

杜谦暂时忘记了他需要继续逃命。

他躺了上去。接触到那柔软无比床体的一瞬间，他似乎忘记了背脊的疼痛，舒服地吐出一口气来。

“累。”他说。

躺了三十秒后，他心中突然涌起一股冲动。

他把脑袋下面的枕头抽出来，使劲撕扯着，直到羽绒内芯完全暴露。他其实更喜欢睡乳胶枕头，但是他见识过，这节目组为了体现这别墅的“历史风味”，使用“杜绝工业感”的床上用品，哪怕头顶上的屋顶还能展开。

他把羽绒扯出来，往天上抛。每抛一次，他就嘶哑地喊着：

“从头再来！

“从头再来！”

这些呐喊，伴随着几声狂笑，仿佛也随着纯白的羽绒蹿上了半空，然后纷纷落在他身上。他的背脊下鲜血又开始不断渗出。

事后，安防司把整个东铭山又排查了一遍，发现了骏三和“空心人”曹海的尸体。骏三的心脏被利刃刺穿，而曹海的面部被重物反复碾轧，几乎无法辨认。

至于一号别墅主卧中的血迹属于谁，没有找到答案。

韦一宸回到二十三号别墅附近，简单处理伤势之后，并没有休息。

所有生还的歹徒都声称不知道叶春璟的关押位置。如果一一询问，也许迟早会得到答案，但韦一宸不愿等待。他在别墅残骸中，持续寻找叶春璟。他几乎是和防爆组一同行动的。任何地点，防爆组一确认安全，他就会立刻进一步搜索。

最后，他在别墅后方的一处地毯下发现了一道通往地下室的暗门，被锁链封住。他砸开了暗门，先一步进入。

两分钟后，他从暗门出来了。半截身子刚爬上来，他就朝着同事们喊：

“快叫医护来！”

救护车的蓝灯持续闪烁着，从山半腰蜿蜒下行，沉入山底的车流，就像小小的蓝色火苗，不幸放弃了自我，投身于从地底不断燃起的野蛮火焰之中。

第三章　坏教育

1　愿望

韦一宸快步走进闹市区的一家当铺。有客人坐在门边，弹着民谣吉他，搞不清楚是自得其乐还是在试货，店员对此人不理不睬。右手边的柜台里，摆满了手表、首饰，已经历多次转手的它们，努力地散发着微光，尽量穿透玻璃上的污渍。韦一宸没理睬要招待他的店员，抬头，对墙壁角落的摄像头挥了两三次手，上半截身体几乎越过玻璃柜，喊道："刁老板！来生意了！"

片刻之后，一名六十余岁，花白头发又长又杂乱，戴着老花镜的男子走出来，斜睨着韦一宸，说："喊那么大声干吗？有正事吗？"

"可别说你忘了，是你叫我今天过来收钱的。让你代售的那个……戒指。"

"哦，对，对。"刁老板左手食指在半空转了一圈，"你那个有点问题。到里面来谈吧。"

刁老板把柜台移开一个角。韦一宸随着他走到店铺后方，经过曲折的走廊，钻进一个堆满杂物的窄小房间。

"你要代售的戒指……"刁老板在一个小抽屉里翻弄了一下，转过身，持手枪对准韦一宸，"不好意思，实在是卖不掉。举起手来。"

"你是不打算还给我了？也不至于这样吧？"

"臭小子，我见过那枚戒指。根本就不是你的。"刁老板突然提高声音，"大牛！来搜他的身！大牛！"

另一扇门徐徐打开。一个身体宽阔得几乎无法挤入门中，服装形似夜店看场的男子，一脸不愉快地走进屋里。他就是刁老板呼唤的"大牛"。

他高举双手，背后有一名干员，枪口顶着其后脑。

“大——”刁老板吃了一惊。他把眼神移过去的一瞬间，韦一宸迅速拔出短棍，挥中对方的手背。刁老板惨叫一声，手枪被打飞了。韦一宸把手枪接住，塞进裤腰带里。

“我手有风湿！”刁老板痛苦地捂着手，喊道，“你这年轻人还往死里打！这社会，一天不如一天……”

“你这枪都上膛了，我再敬老也得有个限度。”韦一宸展示证件，“我们是安防司干员。我们根据可靠证据，怀疑你是几名地下合约杀手的中间人。我们需要你合作，交出手上的杀手名单。”

根据杀鱼佬提供的情报，要让刁老板联系杀手，需要带给他一枚特定规格的塔菲石戒指，号称要将其典当。一番包含暗语的讨价还价之后，刁老板会要求留下戒指代售。他会利用这段时间确认杀手档期，再打电话联系客户，提供杀手名单。他的主要收入是收取中介费，事成后，这枚戒指会归还客户，留待下次使用。韦一宸使用的，正是从骏三团伙那儿收缴的证物。

“我不知道什么名单。我拔枪，是因为害怕你上我这儿来打劫。”

“我们不会起诉你，并且保证你和你的孙女都移居到别的国家，有新的名字、新的生活。作为间接背上几十条人命的人，这样的下半辈子还行吧？”

“哼，年纪大了，想挪窝也挪不动。”他叹了一口气，抬起头，“先把我孙女的事情安排了，我才会有东西给你们。”

“那你就和她说再见吧。……你别吓着，我不是要开枪打你。我的意思是，她明天就能上飞机。”

“……这么快？”

“作为一个当铺老板，你做交易真的很不干脆。实话和你说吧，在我们到这儿来之前，你孙女已经被安防司保护起来了。”

"呵……我就知道这一天会来的。"刁老板坐在了地板上，"现在的岚汸，早就不是我们当年打滚的那一摊泥水了。"

对上级来说，摧毁骏三的暴力团伙之后，再挖出骏三曾利用的地下杀手网络，是锦上添花的事情。但韦一宸心中真正的目标，只有一个人。

岚汸市立三小，五年级六班的女生仇丽华，缩着身子，躲在体育用品室脏兮兮的跳马垫子后面，被一堆报废但无人处理的破烂足球、篮球包围着。一开始，层积已久的灰尘，让她不断咳嗽，但在坚持几个小时之后，她已习惯了。有几次，红色的小蜘蛛从她肩上、手上爬过，她紧闭眼睛忍着。

她已经提前一天，说要去朋友那儿住一个晚上，得到了父母的同意。今天从放学后，她就一直躲藏在这体育器材室。她没有吃东西，任由自己饿着。器材室里有一只秒针已经坏掉的小座钟，她把它挪动到哪怕不离开藏身点也能看得见的位置。幸运的是，今晚月光明亮，所以哪怕器材室里没有灯，她也能看到座钟的表盘。

大约晚上七点，保安进入用品室，左右随便看了看，又走出去了。十点，他再次来巡查，但是没有走进来，而是留在外面，打亮手电筒，朝里照了照。如果他当时进来看一眼的话，肯定会发现不慎睡着、半边身子歪倒暴露在垫子之外的仇丽华。仇丽华被手电筒灯光晃醒了；她清醒过来的同时，保安正好离开。她看了看座钟：十点十分。还要再等。

她依然又困又饿，又不敢完全睡着。头部不断低垂下来，眼睛变得黏糊糊的，有口水流到膝盖上。她从没有经历过这么漫长、难熬的夜晚。无数次无法控制地睁眼、闭眼之后，她看见座钟走到了十一点三十分，陡然睡意全消。她想动起来，双脚已麻得不行，往前扑倒。那种难受劲让她想哭出来，但她听说过，其实越动弹，恢复得越快，所以她用一只手，使劲地揉搓小腿肚。她必须早点站起来。

一定要在十二点的时候，赶到那个地方，否则一切都来不及了。

校园里空无一人，也没有声音。只有门口处的警卫室亮着一点点灯光，而那灯光和她的去处是反方向。她跑到另一栋教学楼面前。楼梯口的铁门锁着，这完全在意料之内。教学楼的侧面有一株大树，一根粗壮的树干从旁伸出，离二楼的走廊只有半尺距离。正因为如此，若有学生攀爬这棵树，会受到很重的惩罚。但现在，四周空无一人。仇丽华迅速爬上此树——因为这项特技，她从小就让父母心惊胆战——然后双手展开，平衡着身体，走在那截树干上，到达末端，往前一跳，成功落在二楼。

脚落地的一瞬间，她听见身后的叶子发出摩擦声，在这声音中，似乎夹杂着人的细语，她听到有人说出一个“华”字。她猛回头，有一个瞬间，觉得树干和树影间似乎隐藏着一个体格和她近似的小孩。一阵风吹来，树枝摇动，那黑影的手臂，也顺势延长；风从另一方向吹过去，黑影体格又缩小了许多。她盯着这树，同时觉得脑后一阵发凉。

三、二、一。

她默数三声，然后转过身，一口气攀上三楼，来到了曾经用来上手工课，现在专门放置陈旧教学设备的教室前。从右边数起的第三扇窗户关不紧，可以用手指慢慢抠开。她这么办之后，爬进屋内。

屋子里一片漆黑。月光照不进这充满烟尘和朽木气味的房间。但她大概知道那东西在哪里。她慢慢往前走。有一次，突然有什么细长的东西拦住了她的脚踝，她的心马上提了起来——那只是一根倒下的扫帚。背后有难以分辨远近的细碎声音，当它们稍远的时候，就像风声和话语声，但更近的时候，就像紧随着她的脚步声。越努力不去注意，就越难以忽略。她觉得自己快要哭出来了。

她走到了尽头，手中摸到了一个圆弧状的东西。就是它了。她摸出打火机，将其点亮。之前不使用，是因为点亮了就有可能引来警卫。警卫来得越晚越好，至少要让她完成许愿。

眼前是一具用来学习人体肌肉、内脏分布的人偶。它只有上半身，也没有双臂，被截断的腰部落在桌面上。它的头部比这类型的人偶都要大一些，是专门为了讲解儿童的颅骨尺寸而设计的。它的一半面部暴露出骨头，另一半面目的眼睛低垂着，有与其作用极其不搭配的长睫毛。

仇丽华取出数根蜡烛，一一点燃，让它们环绕着人偶。然后，她拿出一张照片，用了一点蜡油，贴在人偶的面部。

那是学校里公认最漂亮、头脑最聪明的学生阮碧云微笑着的面部特写。

她闭上眼，默念：

“双宿灵子，让我和阮碧云交换血肉、灵魂、人生吧……”

不知过去多久，她睁开眼。

那张照片落下来了，掀起轻微的风，使烛光幽幽地摇摆起来。

仇丽华看见，人偶拥有浓密睫毛的单眼睁大了，直直地盯着她。

人偶眨了三次眼睛。

黑漆漆教室中的些微烛光，瞬间消失了。

2　光晕的限度

叶春璟并不记得是谁把自己救出来的。后来护士说，最先发现她的是韦一宸，但她没有印象。她被关押在没有光线的地窖里，超过了四十八小时。一根铁链在脚踝和墙壁之间，搭建起无人愿意越过的桥梁，虫蚁肆意爬行，仿佛衔着黑暗的丝线，要在她周围织就密不透风的茧。

在把她从卧室转移到地窖的时候，骏三的手下人拔除了她左脚中的两枚长钉，消毒、上药、包扎，但是没有任何后续处理。到了地窖没多久，她的脚背就像炫耀伤口一般，升成小山包一样的肿块，奇痒无比。最后二十四小时，骏三忙于布置战场，没有人给她送来食物和水。当她觉得自己快要适应地窖的霉味和身体的臭味——与其说是适应，不如说是屈服，却又有一种“新”的臭味，从脚背发散出来。那恶臭飘忽不定，有时迅速坍塌，又迅速聚拢，仿佛把黑暗固定成了千百种不停变幻的形态，在戏弄着她。最后有人击碎地窖的门，冲进来。在那一刻，的确是有光线触及了她的发丝和身体，但她并没有强烈的反应，就好像那光不过是黑暗与恶臭共同编织的又一个骗局。

骏三的一名手下吐露了他们的打算：把叶春璟关在地窖中，是因为带着她逃跑不方便（带着曹海逃跑当然也不方便，但骏三不会容许曹海落入安防司手中），若能成功逃逸，就寻找时机暗中回到地窖，把她带走。如果她没有那样的运气，死在地窖里，那也没有多少值得惋惜的，骏三已准备好承受这“损失”。

被送到医院之后，除了脚背的伤口，叶春璟还要和急性肺炎做斗争，连续多日处于意识不清醒的状态，不适宜探望。鉴于此，韦一宸没有立刻把叶春璟得救的消息告诉周亢。这当然逃不过周亢的耳朵，她预感到这事和叶春璟的失踪有关，就主动联系了韦一宸。

“等医生说可以了，我马上通知你。”韦一宸在短信中回复。

“到时候我们一起去？”

思考数分钟后，他这样回答：“我最近挺忙的，如果正好凑得上就一块儿去，凑不上的话你先去吧。”

但到了那一天，韦一宸还是站在医院门口，等待周亢出现。她在医院对面，从出租车下来，捧着一束花，还离得老远就朝他挥了挥手。韦一宸其实也注意到了她下出租车，因为假装看医院墙上的宣传招贴，差点错过她挥手的动作，于是也抬起手来。她还是她，虽然经历了上一次的事，但当她出现在眼前的时候，韦一宸还是感觉到雀跃和紧张，就好像有看不见的小鸟，不时啄一啄他的领子，叮一叮他的胸口，又扑闪着翅膀轻轻蹭他的耳朵。这样的心情，几乎造就了一个幻觉，就好像那一次拒绝从未发生。

韦一宸本来打算等周亢走到自己面前的时候就顺势一同往前走的，但她停了下来，盯着他看了看，伸食指拨了一下他的额发，说："你怎么换造型了？这头油太多了吧，好像毛血旺浇头上似的。"

她手指突然靠近，使得围绕着韦一宸身体的隐形小鸟在一瞬间飞散了。为了忽悠拍卖店的刁老板，韦一宸最近把骏三的一个手下当成模子来打扮自己。除了一头油，他的花衬衫上还印着一幅色调刺眼的海滩冲浪景致，看起来品位奇差。

"不是，这头发不是我故意弄的……工作需求。"

"行吧，我不问了。"

"我帮你拿吧。"

韦一宸伸出手的时候，一旁的医院警卫朝他看了一眼。周亢把花递过去。两人一起往前走。

"你这腿好像有点不对劲。又受伤了？"周亢问。

"没事，扭了一下，过几天就能全好。"

"没见过扭着大腿的……算了，阿春怎么样？"

"肺炎已经好转很多了。左脚挺严重的，已经动过一次手术了。就算出了院，可能也要用拐杖辅助一阵子。"

"我听说不少暴徒都被当场击毙了。那从车上绑走她的人……"

"他还活着。"韦一宸停顿片刻，继续说，"我会抓到他的。"

"不要太拼命吧。东铭山的事，安防司也有伤亡。"

"上头想给我放几天假，但放假了我也不知道该做什么。所以还是继续找事干吧。"

他笨拙地回避了周亢话语中的关键点。周亢察觉到了这回避，也就不再继续这话题。

周亢知道，上一次所谓“约会”的事，本来可以处理得更得体、平顺一些，是她突如其来的感情波动，导致最后两人都很难堪。她也知道，今天主动提出一起来探病，一见面就伸手拨弄他的头发，对韦一宸来说可能是一种复杂的信号。他比她想象中要敏感。

周亢无法否认，韦一宸身上有吸引她的一部分，哪怕这一部分在她身上唤起的暂时还不是足以让人纵身一跃的激情，而是一种介于好奇心和柔情之间的东西。她依然觉得，自己目前无法和任何男人恋爱，甚至无法保持友好。但是如果有哪个人能让她主动拿起电话，也许只能是韦一宸。

她想：我果然是个很麻烦的人。

一进入光线充足的病房，他们看见了叶春璟半躺在床上，十分消瘦，眼睛看似比过往大了一圈，前额和两侧的头发也变薄了不少。看见他们俩，她笑了。

“我的天，”她指着韦一宸，“你这衣服，你怎么好意思穿出来。”

“其实……哎，随你们吧，我没力气解释了。”

“这花……”韦一宸要把花献出去，但似乎拿不定主意，是不是该送到叶春璟怀里。

“先把花放那边椅子上吧。”周亢对韦一宸说，“她刚刚动过手术，还是不要接触花粉吧。是我欠考虑了。”

“没事，挺好看的。”叶春璟说。

“你喜欢就好，阿一陪着我一起挑的。”周亢说。

正在把花束放置在房间另一角的韦一宸刚想反驳就把话吞下去了。当转过身的时候，他看见叶春璟和周亢之间就像三人同上酒吧那次一样，已经出现了舒适、谐和的谈话氛围，仿佛话语声所及处，形成了淡淡的卵形光晕，只有具有相同波长的人才能进入。他当然可以随意加入——他的加入必不会让气氛变坏，但似乎有赖于她们之间和谐气氛本身的感染力。她们已经切切实实地在场，他并不孤立，但似乎也不在她们之间。

他想，一直以来，他和敌人说话要容易得多。更何况，和敌人交谈，往往不需要语言。金属棍甩出预料中的轨迹，子弹奔向人体的靶眼，有人倒下，有人逃窜，有人流血，铐上手铐，一次圆满的交流完成了，愤怒的句点，如弹出的子弹壳一般重重落地。他想，也许这才是根本原因：我缺乏普通交流的练习。但这并非事实。他暗自察觉到了自己内心的嫉妒，并且拒绝承认。不是对特定的人的嫉妒，而是对一种特定温情的嫉妒。

“你在那儿发什么呆啊？”叶春璟突然转过头来对他说。

“我……我没有啊，你嫌我这衣服太难看，我怕丑着你，加重病情。”

“刚才是开玩笑的，我们都觉得很适合你。”周亢说。

“……怎么听起来不像在夸人。”

“快来快来。”叶春璟左手中指敲了敲身边的空椅子，“我感觉你看起来有点嚣嚣张张的，是不是这次行动揍人揍了个爽？快来给我讲讲，我还等着出口气呢。”

于是韦一宸走了过去，在椅子上坐下。

面对叶春璟的活跃，周亢反而有些担忧，但没有让他俩发现她表情的片刻变化。

自从当老师以来，渊容从来没有遇到过这样的问题。

他班上的学生仇丽华拒绝入座。

他初次询问原因之后，仇丽华更是索性走到最后面，靠着墙站着。

渊容走到她面前，蹲下，说：“你需要老师为你做些什么才愿意回到座位上？大家都等着上课呢。”

仇丽华说：“我要去四班坐。”

渊容笑着说：“四班？我们班不好吗？你以前还和我说过，四班班主任特别凶，庆祝儿童节的时候你都不敢过去玩游戏。”

“因为我是四班的阮碧云。”

“……什么意思？”

“我双宿了，我是四班的阮碧云。阮碧云现在是仇丽华。我没有上过你的课，我要回自己班上上课。”

坐在后排的同学们听见了她的话，纷纷转过头来。

渊容皱眉，站起来。短时间内，看来是没办法让这孩子入座了。他只好先哄着仇丽华，把她领到办公室，让她在那儿自己看看书。经过四班教室的时候，他看了一眼，很显然，四班秩序井然。

上完第一节课之后，他和四班班主任、年级主任都商量了一下，最后决定，不能让仇丽华一直留在学校瞎胡闹，叫家长把她接回去，休息一两天应该就没事了。

仇爸爸工作很忙，直到午休才有时间来接女儿。

“别拉我！我不走！”面对父亲，仇丽华不断摇着头，抬高双手，护住自己，“我是阮碧云！她的家才是我的家！我要回那个家！”

自从出现在办公室，仇爸爸就相当焦躁。现在他手上被女儿抓出了一道血痕，终于发火了，骂了一声“还在这儿丢你老子的脸”就要挥手打女儿耳光。

“别！”渊容赶上去，抬起右手拦在仇爸爸面前。仇爸爸一时忍不住，推了他一下，然后继续拉扯女儿。仇丽华终于吓哭了，场面越来越难看。隔壁体育组的男老师闻讯赶来，好不容易让局势消停。在一名老师的护送下，仇爸爸带着女儿回家了。

场面冷清之后，语文组一位名叫沈瑶的年轻女老师上前把一只手放在渊容的右胳膊上，关切地说：“渊老师你没事吧？这个家长真是的，怎么打人呢……有没有伤着？”

“没事，他一时气糊涂了。”

“我知道你特别关心学生，可碰见这种时候，让体育组的男老师去管就行了，不然很容易受伤的。”

渊容左手拉扯、整理右边被弄皱的袖子，于是沈瑶的手自然地移开了。他回到自己的座位上，沈瑶依然跟着他，说：“我不是想干涉你的工作啊渊老师，但我真的觉得，应该好好问清楚仇丽华，她为什么会这么想。”

“你有头绪吗？”

“我在网上看见关于我们学校的传言，说有一个叫‘双宿灵子’的东西。只要在夜里十二点对着它许愿，就可以随你的心愿，迁宿到学校的另一个同学身体里。”

“这么方便？”

“怎么？”沈瑶笑了，“渊老师，难道你也有迁宿的愿望？”

“怎么会呢？我的生活……没什么好抱怨的。”

3 水花争相逃窜

审讯室里，刁老板把活页本推回到韦一宸和姜黎面前。

“名单齐了？”姜黎问。

“我找得到门路的，全部都在这上头。”刁老板说。

“呵，你这些个杀手，一个个名号还挺平易近人的。”

“时代不一样了，可惜你们没福气看到四十年以前的名单，什么黄金蝙蝠、江一刀、醉玫瑰……”

韦一宸和姜黎同时抬起头，等着刁老板。刁老板意识到，不该透露出自己四十年前就在做杀手中间人的营生，咳嗽一声，头低下去。

“我能回去了吗？”他问。

“我们怎么知道这不是你随便写的？”韦一宸反问道。

“难道还要等你们一个个揪出来？如果觉得有问题，再来找我好了。只要你们说话算数，真的把我孙女给送出去，我肯定不会跑的。而且，如果我太久不顾店，你们不怕道上的人起疑心？”

“他说得对。”姜黎对韦一宸说，“你有什么想法？”

列表上一共有六个名字，以及他们的价位。

“价位和他们的实力挂钩？”韦一宸问。

“那当然。”刁老板说，“下手快，不留痕迹，能对付棘手的目标。凭实力吃饭。你们别误解啊，这些价位都是按客户反馈来的，我没亲眼见过他们任何人干活。”

按价位，杀鱼佬排在第五位。并列第一的是“老师”和“守塔人”。

“最值钱的这两个家伙，你还知道些什么？”韦一宸指着这两个名字，对刁老板说，“比如说，入行时间，你经手过多少次，客户有没有透露过什么。”

“入行时间我说的不算数，天知道他们在找我做中间人之前，有没有干过活？”刁老板停顿了一下，继续说，“不过这个‘老师’不简单。他接的活，只有‘守塔人’的一半，就飙到了这个价格。而且经常放话说没档期，没档期的时候给多少钱都不出山。我也不知道他是真的有那么厉害呢，还是特别有生意头脑，就像我们卖货，你要打造一种奇货可居的感觉。”

十分钟后，他们暂时把刁老板放走了，然后继续讨论战术。

“怎么，你就看中这个‘老师’了？”姜黎问。

“也可以说是灵感吧，毕竟我和目标交过手。根据刁老板说的，可以推断‘老师’年龄不会太大，这和我的感觉一致。‘守塔人’最好也要排查一下。但我想首先把重心放在调查‘老师’上。”

刁老板的整个生意流程设计得相当严密，几乎让姜黎有点后悔“不起诉”的承诺。依据通讯记录无法追查到杀手，因为杀手们每做一桩生意，会使用一张专门的电话卡，使用完之后就销毁。交易的定金和后续酬劳，除了刁老板的那一部分，都会分别流入数个海外银行账户，而这些银行全部位于联合国黑名单上的避税港。若无国际组织配合，不可能追查酬金的流向。要想推动这样的调查，远远超过姜黎的影响力。

“那只有一个办法了。”韦一宸说，“弄一个合同，把他引出来。”

“两个问题。”姜黎比出V手势，“谁来做诱饵？谁来说服上头出定金？”

韦一宸右手摆出枪支形状。大拇指朝着自己，食指朝着姜黎。对于自己设计出这个一次回答两个问题的手势，他似乎很自豪，有些得意地前后摇晃着右手。

“别老指着我，那就选定这个‘老师’了。”姜黎站起来，整理了一下衣角，准备离开，“你赶紧保佑你挑对了人。要是这笔钱，真这么花出去了，结果没成效，到时候你不如跟着刁老板做生意，下半辈子就一心一意还债吧。”

“到了那地步，欠的是安防司的钱，他们总不至于对我……下手吧。”

姜黎翻了个白眼，离开了审讯室，给韦一宸留着门。

少了两个人的气息，审讯室立刻显出平日的冷漠和幽闭感，仿佛天然自成的铁皮牢笼。昏暗的灯光虽照亮了其中的一部分，但那微弱的光点之中，没有希望可言。

让干员做诱饵，是很少得到批准的高风险战术，但韦一宸对上头准许该提案抱有相当的信心。

在这一刻，他心里突然变得轻松了不少。凡是做决定，哪怕是可能引来糟糕后果的决定，一个人至少有资格在这针对命运的掌控感中沉溺片刻。

但他平稳的心跳突然往前赶了小半拍。

他记起周亢说的：

“不要太拼命。”

今天渊容回家，比往常晚了半个小时。他一进门，伊莎贝尔就迎上来，面带微笑，替他收拾外套和公文包，并未过问晚回家的事。

这是一个并无波澜的夜晚。是渊容回到家时，所期待的那种夜晚。

哄完娜娜娅睡觉之后，他们俩在卧室床上坐着聊天。不知怎么回事，渊容发现自己开始很自然地说起今天晚回家的理由。

这一切都是起源于仇丽华自称成为双宿人而引起的骚动。校长在外地参加活动，副校长非常重视这件事，集合相关教职员工，开了漫长的会议。当然，没有任何人相信仇丽华，会议上弥漫着这样一种氛围：若有人打算认真探究仇丽华是否双宿，就会被当成一名抛接圆球都会玩砸的小丑。会议的核心，完全放在调查“双宿灵子”传闻的来源，并且尽快制止其传播。根据仇家父母的反馈，女儿回家之后，一直在闹别扭。副校长非常不客气地警告了仇家父母，阮碧云是全校最能干的学生，如果仇丽华持续对阮碧云造成困扰，无法矫正，那么就可能让她退学。

“这也太过分了吧？”伊莎贝尔说。

“退学的理由肯定是不够的。副校长主要是害怕出现模仿的学生。”

“我只是假设啊。就算这两名学生之间，真的发生了双宿，那她们也应该有权利继续留在这学校接受教育，对不对？”

“你说的没错……但是我们学校一向不太愿意过多谈论和双宿有关的事情。我们选用的历史课本里面，‘双宿’只占了两页，主要定义是‘一种极端偶发的特殊疾病’。”

“这等于什么也没说。”

“是啊，就是因为教育不足，所以学生们才喜欢传播‘双宿灵子’这种毫无根据的说法。但这也和岚汸一贯以来的策略有关。过了这么多年，新的双宿人越来越稀少，过往的双宿人目前在社会中也和大家融洽共存，不再是什么迫在眉睫的问题。目光要放得更长远一些，这可能就是他们想传达的意思吧。”

“你说的话有矛盾呢。如果这问题真的已经不重要了，那为什么不过是一个小姑娘在闹别扭你们校领导就那么紧张，甚至还要让人家小姑娘退学？”

“这……”渊容停顿了一下，转过头，看着妻子说，“因为他是一个混蛋。”

“一个等待大英雄去制裁的混蛋。”

伊莎贝尔笑着，伸出食指，在渊容的鼻尖上点了一下。渊容知道，她称呼自己“大英雄”，不过是一个妻子突然蹦出的爱称，和“亲爱的”没多大区别，但他不由自主地犹豫了一下，才展露笑容回应她。

她把左肘搭在他的右肩上，又把头部也靠上去。

“你的学生里有过双宿人吗？”她的声音突然轻柔了许多。

“就我所知没有。至少我不知道。”

“但是，总有一天，你的学生里一定会出现双宿人，这是必然的吧。”

“如果我做老师的时间够长……会有的。”

“到时候你会怎么办呢？”

“按照规矩应该上报给学校……”

“我是说你个人。你自己。你会继续把她当成别的学生一样，平等看待吗？”

“我……这个问题的前提很有问题。如果我的学生真的成了双宿人，那么那一刻的她，很大概率，不再会是我的学生了。”

“也对。我只是想，希望以后娜娜娅上学了，学校能真正告诉她，双宿是怎么一回事。如果学校不做，那就我来做。”

“你真的觉得这样好吗？她还只是个小孩子，就要了解到有这么一种现象有可能发生在她身上。到那时候，她亲手获得的所有东西，可能都会一瞬间灰飞烟灭，而且也可能永远无法回到我们身边。我想，校长说的一句话还是有道理的：让孩子心里面怀着这样的恐惧，那他们怎么能放下心，成长起来，为自己建设未来？如果一切随时都可能崩塌……”

“亲爱的，你脑子真糊涂了。”伊莎贝尔微笑着，轻轻弹了一下他的下唇，“双宿又不一定会发生，要论可怕程度，比死亡差远了。可人们还是得活下去啊。”

几分钟之后，渊容表示该睡觉了，伊莎贝尔去洗澡。渊容坐在床上，想着她刚才说的话。他并非没有思考这些事，但似乎从来没有就这些问题和伊莎贝尔深入交流过。

她最近似乎有一些改变——变得更像两人更无忧无虑之时。自从被娜娜娅找出那把枪，渊容确实花了很大努力来修复关系。他们之间的默契渐渐回来了，但不知为什么，他不觉得这是他自己的功劳。她长时间紧绷的身体语言似乎在不知不觉间就打开、松弛了，今天晚回家，她欢迎的眼神，就完全在渊容的意料之外。

他真心希望这是自己小心行事的功劳。

他们度过了愉快的一夜，仿佛连日以来的苦楚和疲惫都融化在坦诚而温柔的月色中。

第二天，渊容经过小区内的洗衣店。店老板提醒他，伊莎贝尔有洗好的衣服放在这里，今天小店生意兴隆，实在放不下了，让他先拿走。他说好，带走了干洗的衣服。

这些衣服在手里抖了抖，发出一种清脆的声音。渊容好奇，伸手到口袋里，掏了一下，感觉到一个金属制的小物件。

他把它拿出来，放在掌心。

那是一枚胸章。

六支号角交叉，环绕成圆形。

4　大象牙齿像什么

晚上九点半，覃元政在沙发里窝着看最新一期的《东铭山 GOLDEN KEY Live》。他从来不看真人秀，但想到前些日子韦一宸等人在东铭山大闹一场，所以今天他冲浪式换台的时候，突然对这节目产生了兴趣。这一集的发展是，一名毫无希望获胜的参与者，偶然闯入原本需要黄金钥匙才能进入的主卧，发现主卧的大床竟然被破坏过，而且满是血迹。于是他带领将近一半参与者，集体提起抗议，认为节目组没有好好保护主卧，质疑整个节目程序的正当性。而最有希望获得黄金钥匙的人气选手，则认为这抗议不过是撒泼打滚，并且指控那名闯入者，其实才是弄脏主卧的幕后黑手。导演用极其严肃的声线旁白：所有参赛者质疑规则，这是节目开播以来最大的危机！下一集，将调用监控影像，揭开主卧神秘血迹的真相。

覃元政皱眉。就他所知，留下血迹的，应当是当日行动中一名尚未归案、身份不明的逃亡嫌疑人。如果节目组真的有监控影像，那么就涉嫌向安防司隐瞒关键证据……一秒钟之后，他就掐断这个念头，换了台。他想：不过是真人秀故弄玄虚，我较什么真？何况，这件案子，和我已经没什么关系了。

从技术上来说，“鉴证师绑架事件”已经结束了，过程中挖出的一切现在归总部处理。不过，韦一宸还是需要把最新情况详细报告给覃元政。覃元政无须提供意见，其实就算有意见，总部也不会重点采信。表面上看来，东城区不过是“出借”了韦一宸而已，但如果手头上的工作能圆满完成，总部有很大可能会吸纳韦一宸。

如果要走，那就赶在我退休之前走，覃元政想。

这时，他的老母亲穿着白色睡袍，一言不发，慢慢经过客厅。她像从充满船只残骸的幽深海底漂浮上来，苍白的头发已极其稀疏，多处能看见长满色斑的头皮。她的两腿间，有液体滴下，随着她的走动，从客厅到卫生间门口出现了十数滴尿液断续形成的一整条污渍。她走进卫生间，在马桶上坐下了，门掩上一半。

大厅的门上挂着一个袋子，里面满满当当塞着几十条旧抹布。覃元政叹了口气，站起来，从那袋子里抽出一条旧抹布，又拿着一个塑料盆到厨房接了点水，然后捏住鼻子，用嘴呼吸，跪着擦拭地板。正因为母亲这个毛病，家里所有的地毯都撤掉了。

没有一个家政人员能管得住他母亲。有一次，因为莫须有的盗窃，她强逼家政人员跪了十分钟。还有一次，她用指甲在另一名家政脸上划拉出血口子，害得人家缝了七针。结果，覃元政上了附近家政中介的黑名单。对安防司分部督司来说，这是多么无聊却又无法忽略的耻辱。

不过，总的来说，这是一个平静的夜晚。

“元政！”母亲在厕所里高喊，“元政！”

“我忙着呢！”

“撒不出来啊！好痛！”

“怎么可能？你又不是排尿困难！”

“好疼啊，疼，疼死了……我要疼晕了，也不来管我一下……”

覃元政使劲闭上眼睛，又睁开。他把抹布往盆子里一摔，慢慢爬起来——以他的年龄和体重，这并不容易：他把重心尽量固定在双脚掌，然后依靠两边大腿的力量，同时撑起上半身。但过程中，他需要稍息、调整，因为硕大的肚子影响了呼吸。站着以后，他擦一把汗，走进厕所半步，把身体斜过来，并不看他母亲。

“还疼不疼？疼也得忍着。”

母亲没有回话，似乎干咳了一下，然后覃元政就听见了清晰的液体淋在马桶内壁的声音。几乎每次都是这样，有人陪着，她撒尿就不会喊疼了。覃元政把头又稍微朝客厅转了一些。

年过八旬的母亲，从头脑到身体，各处都在向死亡发出邀请函。尿频是其中看似不那么严酷却相当麻烦的一种毛病。她夜间排尿达到十余次，白天更多，而且使劲咳嗽时也会出问题。覃元政安排母亲做了骶神经调控手术，通过臀部植入了一个微型起搏器。但就像医生最初提醒的那样，由于病人年事已高，手术的长期效果可能不会太理想。而现在，覃元政已经开始为花掉的手术费而后悔。

他刚想离开，突然听见母亲平静地说："小藤明天来吃饭。表现好一点，给人家留个好印象啊。"

"哪儿还有小藤。那都是三十多年前的事了。"

"小藤多好的姑娘哇。你这倔脾气，人嫌鬼嫌的，在女孩子面前说两句好话都不会说，难得人家看上你……妈妈早就说了，只要愿意下功夫去找，没有找不到……"

她伸手去够卫生纸。滚筒"咣当"一声，掉了下来，纸卷在地上滚了好几圈，碰到覃元政的脚底才停下来。他拾起纸卷，把弄湿的地方扯掉，然后朝马桶走近一些，把纸卷递给母亲。母亲抱怨："这样怎么用，你扯一点下来给我呀。"覃元政照办了。他本想搀扶母亲回卧室，她又说，"我还要等一下，你别站这儿。"于是，他离开了厕所。

在经过客厅的时候，覃元政隐隐约约听到母亲在说："阿政啊，你为什么非要自找苦吃呢，我真的好怕别人欺负你……"

他回到自己的卧室，把外套脱下来，扔在床上。一旁的墙壁上挂着一对黑红色拳击手套，一看就久经使用，它们显露出一种朴实而内敛的古旧感。一旁的柜子上，几乎和拳套同高的地方，有一个实木相框，陈列着他与三名战友的合影。他在最右边，咧开嘴笑着，故意绷紧二头肌，展示着崭新的文身：蘑菇云中央，徐徐升起一名挥舞镰刀的死神。其实，那不过是流一点汗就会被剥除的劣质贴纸而已。但是，他记得自己确实因为这图案而兴奋不已。

覃元政看了看相框，然后转过身，找了房间里一个比较空旷的位置，摆出姿势，打了一套直拳加摆拳。不到三十秒，他满头大汗，背心前方洇出一片阴影。调整呼吸之后，他想，母亲似乎在里面停留得也太久了。上次她在马桶上睡着了，差点摔破脑袋。

“妈！你差不多好了吧？”

他一边高声呼唤，一边走进厕所。母亲依然坐在马桶上，低垂着头，乍看上去，的确是睡着了，嘴边似乎还有涎液。他皱着眉头，叹口气，伸手去碰触母亲的肩膀。

“妈……？”

在那一瞬间，无须更多的回馈，覃元政已经意识到发生了什么。有些轻薄又久远的东西，还来不及发出哀号，就永远地被迫投身到虚空之中了。

次日。

听到副校长呼唤的声音，渊容抬起头来。他正在开会，讨论“双宿灵子”的事情，却沉入了其他情绪之中。

“渊老师也会走神，真是稀奇啊。”副校长说。他的语气之中并无责备，反而略有亲切感——一种正式而僵硬的亲切，像例行的握手。

“不好意思。”

方才，有两种影像在渊容的大脑中交叠闪烁：伊莎贝尔温暖的笑容，以及他手中那枚冰冷的共鸣会胸章。严格来说，他暂时无法确认这徽章的归属——但是，从来没有听说过有会员之外的人愿意收藏这枚徽章。

“我刚才说到哪儿了？对了……”副校长停顿片刻，继续说，“仇丽华同学一直不回来上课，确实也是一个问题。只要她不回归正常的学校生活，我们可能没办法防止学生们不断谈论这件事情。所以，今天下午两点半之后，希望没有课的老师能自告奋勇到仇丽华同学家走访一下，详细了解她现在的心理状况，这样关于她如何返校，我们可以研究一个最佳方案。”

“我去吧。”渊容举手说，“毕竟我是她的班主任，这样安排是最合理的。下午我正好也没有课。”

他有别的主意。

“嗯……行。”副校长点了点头，“那么……”

“我没课，我也一起去吧。”沈瑶举手了，“我和仇丽华的妈妈很熟悉，她以前是我的学姐，我们每年都聚会一两次。上次仇爸爸不是差点对渊老师动手吗？所以我也去的话，气氛应该会缓和一些。”

渊容刚想反驳，副校长就做了决定。

“行，就你们两位老师，争取一次把情况了解清楚。别的安排大家也都听明白了啊。散会。”

于是下午两点，渊容驾车离开学校，沈瑶坐在副驾驶座上。

“渊老师，”她笑着对他说，“我没给你添麻烦吧？”

“当然没有。”渊容捏紧了方向盘。

行驶到某个岔路口的时候，渊容突然把车停了下来。

“怎么了？”沈瑶问。

“我看看……从这里往左拐，上地铁7号线，坐到鸿云站下车，应该就到仇丽华家门口了。”渊容转向沈瑶，“沈老师，很不好意思，你能不能先自己去？”

“……为什么？”

虽然显然有疑惑，但她依然保持着微笑，仿佛她很有信心，渊容一定不会给她一个令她失望的答案。

“其实……我家里有些急事要处理。必须先回去一趟，不过不会花太长时间的。”

“呃……那你不打算过去了？”

“我尽快。”

“嗯……”她盯着他的眼睛，把这个字的尾音拖得很长，“好吧。那我自己去。”

“还有……”

“不要告诉副校长，对吧？”

渊容有些无奈地点点头。

“那算你欠我一个人情咯。”

“一定会还你的。”

沈瑶解开了安全带，下车，对他摆摆手，离开了。她确实展现出了片刻的不乐意，而这些微的不乐意，显然在她对他的容忍范围内。而且，当她说出“欠我一个人情”的时候，语气中甚至饱含轻快的喜悦。

在日常的交流中，渊容知道沈瑶对他怀着什么样的态度。她早知道他有妻女，但这对她毫无影响。渊容一直尽量自然地和她保持着距离，在校园中也没有什么关于两人的谣言。但他预感到，经过这一个下午，事情会往不可控的方向稍稍倾斜。

他厌恶不可控的事物。在每次干活之前，只要做好了准备工作，他就有九成的成功把握。事实上他的成功率远胜于九成。但这一次，他在伊莎贝尔的口袋里发现了那枚胸章。于是，在他忽略的某个角落，陌生的多米诺骨牌摇摇欲坠。这枚胸章不应该出现在他的生活中。不该出现在他手足能碰触到的任何地方。

他迅速打电话租了一辆车，在租车公司换乘，然后回到自己家的小区门口，停在隐蔽位置。伊莎贝尔在家中工作，是一名自由从业的图书装帧设计师。平常她如果要外出，通常都选择在下午四点之后。

四点十五分，她出现了。渊容开车，保持着安全距离。走到一处十字路口的时候，渊容打心底里希望她朝左边走，因为那里有一家咖啡馆，她经常和编辑在那儿讨论工作。

但伊莎贝尔走向了右边。

前方街道的尽头，有一处完全被围墙封闭着的居住区。在其大门外一左一右竖着两座蓝色路灯。

他亲眼看着伊莎贝尔走进共鸣会社区。

社区大门旁边围墙上，标注着社区编号：〇一七。

他从后视镜发现，有四五名身着蓝紫色罩衫的共鸣会成员在沿街发送传单。他慢慢移动车子，避开这些人，绕着社区转了一圈。

他看了看天色。如果有夜幕掩护，那么无论共鸣会社区防备有多严密，他都有信心潜入。但现在离天黑至少还有一个小时。他还抱着一线希望，因为并非只有会员才能进入社区。然而这希望是渺茫的。

也许，这至少可容纳上千人的社区里，每个人都知道了一件事：四岁半的女孩娜娜娅从她小学教师的爸爸的书房里找出了一把枪。

这还不算是最糟糕的想象。渊容听说过别的。比如共鸣会内部的等级制度，以及在这制度中往上攀爬所需要做出的种种努力和一些耸人听闻的都市传说。

时间比想象中过去得快。在黑暗中静候猎物，渊容不会觉得有丝毫无聊、厌烦。但现在，他只是一个心里没底的普通丈夫，坐在租来的、略带陌生臭味的车中，忍受着黏湿汗液在脸颊、脖颈、腋下不断扩散。

他突然想起了什么，给沈瑶发了一条短信。大概五分钟后，沈瑶回信："没事，我这边处理得还行，渊老师你忙自己的吧。"

于是他继续等待。

平日，伊莎贝尔在五点左右会离家前往幼儿园接娜娜娅。她从来没有错过这件事。现在是四点四十八分。渊容的左手很久没有调整在方向盘上的位置了。五点十四分，伊莎贝尔从社区正门走出来。这时两侧的蓝色路灯已经亮起，在她身形周围染上淡淡的光晕。她在社区中一共停留了五十分钟左右。渊容没有跟踪，只是目送她消失在十字路口的另一侧。那是通往娜娜娅所就读的幼儿园的方向。

他看看手机，发现自己错过了一条五分钟前收到的短信。还是沈瑶发来的："搞定啦！"

渊容连忙回了一条："好，丽华明天会来上课吗？"

"总算说明白了，明天她会去学校的！感觉渊老师你还在忙，我自己先坐地铁回去啦，明早细聊！"

渊容本来考虑去接走沈瑶，但既然她这么说，就不节外生枝了。何况，接她回去的路上，少不了面对她的一连串疑问。

他回到租车公司换回自己的车。还没有到归家时间，他只能无目的地在附近街区转了几圈，直到六点。他把车停在离住家小区一条街的地方，掏出公文包中的备课案，打算增加一点批注。但他看不进去，就好像这教案根本不是他写的。挨到六点半，他回家了。

又一次，渊容一进门，伊莎贝尔就迎上来，面带微笑，替他收拾外套和公文包。她说："回来啦，亲爱的。"她的笑容似乎比前两日更加温暖、自然。但在渊容看来，她的动作，几乎是一种明显的重复——在特定的时间，悬置在特定的位置上。当然，这可能是一种错觉。毕竟，开门，拿走公文包，这样的行为能有多少变化可言？他一直以来，不都是努力着，让生活中不要发生太多变化吗？

渊容上前一步，拥抱她。他们没有这样的传统：下班回家时，用拥抱做见面礼。但今天，渊容无法压抑这样的冲动。也许，这是跟踪妻子一下午之后的自我问责心理在作怪。

"今天你怎么出这么多汗？"她的面颊贴着他的肩膀，说道，"吃完饭你先洗澡吧。"

"好。"渊容松开了手，然后走向娜娜娅的房间。他想让心先安定下来，而和娜娜娅平静相处十分钟，总是能事半功倍。吃饭前，女儿很可能坐在地板上画蜡笔画，而他会哄着她去洗手，这也是他熟悉的日常。还没进入女儿房间，他的确听到了蜡笔在纸上摩擦的声音，但还有别的声音。

有陌生的声音在说："大象呢？大象的牙齿像什么？"

女儿的房门大开。娜娜娅盘腿坐在地板上，身体之下压着几张绘图纸，几支蜡笔散落在一旁。在她对面，坐着一个年逾六旬、头发已完全灰白、穿着朴素而整洁、佩戴佛珠的老阿姨。老阿姨双手食指放在嘴唇两侧，眼珠子朝中间挤，做出滑稽的表情，又说了一次："大象的牙齿像什么？又弯，又白，像天上的……？"

"……像天上的月亮！"

"娜娜娅好聪明啊！就是像月亮呢！那我们就来画一个弯勾勾的月亮。"

娜娜娅咯咯笑起来，给自己鼓掌。这时，她看见了渊容。她的笑容还存在，但那持续性的欢喜气韵却停滞不前。老阿姨也转过身，看着渊容。她似乎特意日晒过，花白发根附近以及掌心等处的皮肤相当苍白，而五官、手背则呈现出一种暗沉的橘色。

"你是谁？"渊容把双手放进口袋里，皱着眉说。

"啊，我忘记给你介绍了。"伊莎贝尔雀跃地扑到渊容身后，手掌扶着他的肩膀，"这位是苏阿姨，她是我们读书会的热心会员。苏阿姨，这是我爱人渊容，他在市立三小做老师。"

苏阿姨站起来，对渊容做了一个合十礼，热情地说："渊先生好，我叫苏晏，幸会幸会。我早就好奇了，什么样的堂堂男子能配得上伊莎贝尔这样的大美人呢，哎呀这一看，不得了，你们两夫妻，一对璧人啊！难怪娜娜娅可爱得很唷！"

"呃，您好。您刚才……"渊容停顿片刻，更换说话思路，"都这个点了，不如一起吃个饭吧？"

“不了不了，这怎么好意思，才第一次到府上来。”

“苏奶奶，”娜娜娅说，“月亮用什么颜色的笔画呀？”

“你别多管闲事啦。”伊莎贝尔对丈夫说，“到厨房来帮我看看火候。就让苏太太陪着娜娜娅玩一会儿呗。”

在晚饭前，苏晏离开了，伊莎贝尔送她到楼下。在一家人吃饭的时候，渊容并不提起这位意料之外的客人，伊莎贝尔却不断和女儿谈论着。

“月亮是白色的。我用白蜡笔，在白纸上画，看不出来。”

“然后呢？苏奶奶怎么教你画的呀？”

“先用黑蜡笔，把纸都涂黑黑！然后……”

娜娜娅显然对刚才短暂的相处时光回味无穷。她把汤勺当成蜡笔来挥舞，撩起几滴汤汁，弄脏了桌布。

饭毕，收拾好餐具之后，伊莎贝尔回到卧室，渊容跟随她进去，关上门。

“怎么了？”伊莎贝尔说。

“读书会？”

“是啊。我每周有两次读书会活动，你忘了？”

“当然没忘。但是这位苏阿姨，年纪大，怎么会和你们……”

“这有什么关系？越是年纪大了，越有充足的时间读书。她是热心会员呢，为读书会捐过好几套书。我知道你在想什么。”

伊莎贝尔走近，双手勾住渊容的脖子，吻了他一下。

“苏阿姨人很好的。她是育童专家，做过三十年幼教，写的童书还在德国书展上拿过奖呢。幼儿园老师也和我们说过，她担心娜娜娅有时候不善于表达自我。所以我觉得，如果让苏阿姨来判断一下，说不定也挺有帮助。你看，她和娜娜娅不是交流得挺好吗？”

“我只是觉得……下一次再让陌生人到家里来，还要进入娜娜娅的房间，你至少应该先和我说一声。”

“我回家的时候正好碰见她，她早就想和娜娜娅见个面了，就顺路来看一看。我一回家忙着做饭，腾不出手给你打电话。你真是的，怎么和一个老太太过不去。难道你觉得我在骗你？”

“当然没有。”

——你是在骗我，伊莎贝尔。

这天夜里，渊容失眠了。

除了妻子显而易见的谎言，还有一件事让他心神不宁。

他似乎见过苏晏，但记不起何时何地。她面容的某几处，在他大脑中引发了几声模糊、不祥的回响。

第二天早上，渊容面临另一个问题：副校长发现了他昨天下午并没有去仇丽华家。

沈瑶只身前往，成功让仇丽华暂时平复情绪回来上课。但是在这过程中，仇家父母一时激动，产生争执，打翻一杯热水，烫伤了沈瑶的右手腕。今天早上，他们主动来学校致歉，对副校长说出了全过程。当然，他们从头到尾只见过沈瑶一人。

副校长并没有追究渊容责任的强烈念头。他“表示理解”，不过问渊容失职的详细原因，但表示下不为例。市立三小是全市教育系统的标杆之一，身为老师，“必须随时保持本心，严格要求自己”。

渊容离开副校长办公室，在教学楼走廊上遇见了沈瑶。

“他训你了？不好意思，我真的什么都没有对他说，但是没想到仇家人竟然亲自……”

“怎么能是你道歉呢？”他看见她右腕上的绷带，“竟然还害得你被烫伤了……如果我在的话，就不会这样。”

他停顿片刻，叹了一口气，真诚地想进一步表达歉意。

但她看着他，略微斜着脑袋，微笑着说：“不必过意不去。”

在她闪烁的目光之中，存在着渊容无法去回应的事物。

“该去上课了。”渊容说。

今天，哪怕是平常最不老实的学生，也发现了异常现象：渊老师在讲课的时候多次低头盯着课本，一只手放在书页上，一言不发，就像忘记了今天该教些什么。

5 受质疑的特权

叶春璟坐在轮椅上，由周亢推着，在医院康复锻炼广场的林荫道上散心、晒太阳。她最近头发色泽明亮了不少，却依然消瘦。她倒是想自己把控轮轴，无奈暂时体力不足。周亢和她聊着一些从朋友那儿借来的花边新闻，比如有不入流的小明星，在第二届岚汸国际电影节的红毯上和娱乐摄影记者打了起来，希望能尽量帮助她放松心情。

主治医生多次表示，叶春璟的脚伤是可以痊愈的，但建议身边的亲朋好友不要频繁就此给出承诺，以免徒增她的焦虑。给她做心理评估的医师认为，她遭受如此长时间的禁闭，加上暴力虐待，所以难免患上PTSD（创伤后应激障碍）。然而作为鉴证师，她拥有极强烈的自我认知，这种认知使得她在面对自我精神创伤时，在自尊心的影响下，很可能表现成“不服输”，错误估计自己精神创伤的严重程度。心理医生建议，陪护者要善于发现她的故作坚强，千万不能去过分迎合。

周亢把这些对待病人的要求都记在心里。这是一种艰难的平衡，就像面对一篇被主编反复打回的稿子。她耐心对韦一宸解释过这些平衡法则之后，他就再也没有来过医院。周亢明白，他不是找托词逃避，而是害怕搞砸。

“在她出院前，你至少得再来两次吧？”昨天，周亢在电话里对韦一宸说。

“那当然。”韦一宸在电话里的声音有些急躁，“什么时候合适，你说一声就行。”

“如果我说合适，你又说要忙呢？”

“前后挪一挪日子问题也不大吧——那边还在等我，先挂了！”

周亢知道，理性上来说，她没有立场对韦一宸提出太多要求。但她更明白，在包含情感关系的交往中，这种所谓的“理性”往往拥有最正义的名目，却又伤人最深，就像“你会找到更好的”“是我的错”等句子。她拒绝了他的感情，却依然在借助这些感情的余火来影响他的判断。这是不限定性别的、被渴求者的特权。周亢自然并不是头一次把握住这特权。从过往的经历判断，周亢自知没有与这种特权一刀两断的无私勇气。她目前只能想，幸好需要探望的是人叶春璟，否则……

某个夜晚，周亢曾经问过自己：如果韦一宸不是一名干员，尤其是一名会在前线参与交火的干员，那么她会不会更倾向于答应他呢？她一直认为自己无法接受，除父亲之外，生命中出现第二个会对她详述枪击过程，又在大半夜给枪支上保养油的男性。

这时，手机响了，打断了她的思绪。是主编打来，询问工作事宜的。叶春璟闻声，转过头来。周亢看着她，指了指电话。叶春璟点点头。在和主编打电话的时候，周亢必须提高自己的声量，在医院的散步道中央这么做就太过分了，所以她选择临时让叶春璟一个人待着，折返十几米，进入一处避风小亭子。这样的散步插曲发生不止一次，她俩都习惯了。

周亢离开后不久，有一名年轻男护士走到叶春璟背后，握住轮椅把手。

“我来帮你吧。”护士说。

“啊，没事，我朋友就在那边……”叶春璟感觉到，轮椅在慢慢朝前滚动。

“长时间停在散步道上面不太好，后面还有不少病人要用呢。”

叶春璟回头看看，的确还有别的复健者在器具或他人的帮助下徐徐前行。她脸红了：“不好意思，我没想到。”

“没关系，你朋友就是去打电话的那位女士，对吧？我带你在前面的花坛绕一小圈就回来，不会错过她的。”

“谢谢你。”

于是，这名护士推着叶春璟慢慢前行。因为对方戴着口罩，她不确定有没有见过这名护士。他们就着天气和叶春璟的身体状况随意寒暄了几句。

“这次又是因为什么原因把脚弄伤了？”护士说。

叶春璟觉得“这次”两个字有些奇怪，没往心里去。她说：“意外。”

“又是意外啊？你腿脚不止一次出意外，老这样的话，会留后遗症的。”

“呃……我们见过吗？”

护士之前承诺绕花坛一圈就回去。但现在，他们已经离开了花坛，将要进入一条没有人烟的小道。

“没见过面，”护士说，“但你以前因为骑马，差点把脚摔断，对吧？”

“……你认错病人了吧？能不能停一下。”

“这种事情给人的印象很深，你不可能忘了吧。”

“那个……请你停下好吗？”

护士没有答话，动作也没有停止。轮椅滑动的速度加快了。叶春璟能感觉到刮过脸庞两侧的风开始变凉。脖子后面似乎也升起了一片又薄又锐利的凉意。

她想起来了。

应当是至少两个月以前的事了——有人跟踪韦一宸和她。韦一宸留下来抗敌，她先一步坐上公交车。敌人追上来了。她在车上发现一名共鸣会成员，谎称要入会，利用了她，总算安全摆脱了敌人。

她当时的谎言包括曾经从马背上摔下。

而这些谎言，包括她的容貌，已经全部被那名共鸣会成员摄录。按照共鸣会规矩，所有会员都有资格分享这些故事。

她回头大喊起来。虽然不敢看背后护士的脸，但也顾不上了。

“周亢！周亢！有人吗？”

周亢的这番电话比料想中打得长。她转过身，没有发现叶春璟，于是走出亭子，左右寻找。听筒里，主编的挑刺演说还在继续，“你综合整理个修改意见，发我邮件好吗？拜拜。”周亢不得不提前挂电话，并且一边寻找叶春璟，一边把手机设成飞行模式，因为按照经验，主编肯定会立刻再打一个电话，并且把音量再调高一级。

四周都没有叶春璟的踪影。周亢心跳开始加速。然后，她隐约听见了她的声音；当要循声而去的时候，声音又消失了。最后，她终于在经过一条小道的时候发现了她。从后面看过去，叶春璟肩膀在颤抖着，身边没有其他人。

“阿春！”

周亢连忙跑上前去，在叶春璟面前蹲下。叶春璟低着头，脸色比平日更苍白，额上满是汗水。刚才，她的呼救产生了作用，那名男护士把她单独留下来，消失在了小道的尽头。

“有……有一个……”

“没事了，没事了。先歇口气，回头再说。”

周亢伸手，要抱住她。她上半身朝前一斜，脑袋栽在周亢的锁骨旁。

他们很快回到了人多的地方。十五分钟之后，周亢就给韦一宸打了电话。

渊容花了很多时间，做仇丽华的心理疏通工作。他觉得，现在集中处理这件事，比上课更能让他集中精神，尽快恢复往日状态。正是因为他在这件事上犯了错误，所以更要把主动权争取回来。

仇丽华承认了夜里偷偷留在学校对“双宿灵子”许愿的事实。但她拒绝坦白是从哪儿听来的流言，以及“双宿灵子”现在又在哪里。在渊容问起，为什么仇丽华非要长时间闹别扭的时候，仇丽华说：“因为它真的显灵了。我就想，这怎么能不是真的呢……”

“显灵了？你怎么知道的？”

“我许愿以后，它眨了三次眼睛。”

“所以……‘灵子’其实是一个人，对吧？它都对你眨眼睛了。”

仇丽华又把嘴紧紧闭着了。

最重要的信息暂时还没有套出来。但渊容相信，这应该就是一个对同学怀着嫉妒心的小女孩所进行的自我催眠。她太需要这谎言是真的，所以就把事实前后、两侧的一切附属之物，都当成真的，并且最终为一块黑布竟然不是白色而感到伤心。

看着她，渊容不由得想到了自己。

阴影中的多米诺骨牌在渐次倒下，但他的世界还没有完全崩塌。

他是一名小学教师，也是一位好丈夫、好父亲。

这个陈述是真实的。他自问，对待学校工作以及妻女没有一刻不是真实的。只不过是在这真实之下，他另有一层偶尔会活动起来的血肉而已。

他想：我的处境，也许比仇丽华还轻松一些。无论如何，她也不能制造出“她其实是阮碧云”这个事实。然而他，的确就是教师、丈夫和父亲。

牢牢把握住这真实的立场——这么想之后，他对怎么处理当下的难题，就有了把握。

这个周末，市里多家电影院围绕着电影节搞活动，做经典电影展映。伊莎贝尔早就表现出了想去观看的意愿。于是这个周六，他们联系了一名雇用过多次的大学生保姆，到家里来照看娜娜娅，他们去过一次难得的夫妻约会。离家之前，渊容趁妻子在换衣服的时候，再三嘱咐保姆，无论如何不能让其他人进入屋子，哪怕对方能拿出他认识屋主的绝对证据，也不行。

他们看的电影，是伊莎贝尔的最爱之一，埃里克·侯麦《秋天的故事》。她很明显地沉浸在银幕上那深切、温暖的秋日光辉中。渊容是第一次看，但他心绪突然纷乱起来，没有看清剧情脉络，只觉得银幕上的角色们似乎在无止境地尝试着，让彼此平凡的生活，连上一些未必意义重大的脉络：谈话，重逢，误会，然后又是谈话。

保姆不会过夜，只留到十一点。看完电影后，夫妻俩乘车回家。伊莎贝尔情绪不错，眼神中泛着温和的光。渊容的心突然沉了下去。他就要打断她的好情绪。他知道，这世界上有无数种残酷待人的方式，他自己就是个中好手。但是，也许没有比这更无意义、更庸常、更不值得自豪的残酷了：突兀地斩断深爱之人的好心情。

他把车停在僻静的地方，然后开口：“伊莎贝尔。”

“怎么了？”

“我有话想问你。”停顿片刻之后，渊容继续说，“你是不是瞒着我，去了共鸣会？”

他想：身为丈夫，这是最自然、最正当的解决问题方式。之前，之所以在妻子面前显露犹豫，正是因为，他错误地借用了一部分夜行动物的思维方式。那种在两个身份夹缝间的状态，让他陷入死局。他甚至考虑过潜入共鸣会调查，多么荒谬，愚钝！

他是教师、丈夫、父亲。是伊莎贝尔在撒谎，他要用真话来应对她。

伊莎贝尔转过头来，用超出渊容预料的平静，对他说：

“是的。”

伊莎贝尔说“是”的语气不容置疑，如同在信封口按上火漆蜡印一般明晰。渊容没有料想到，答案来得这么容易。伊莎贝尔直视着他的眼睛，似乎她的目光每进一寸，他脑中好不容易编织好的句子就会一个字一个字地脱落，成为溃败的思维之桥。结果，渊容只能提出下一个更实际的问题。

“苏太太也是你在共鸣会认识的？”

“关于她的身份，我没有骗你。她是我们读书会的一员。但她确实也是共鸣会的同伴。”

“你……为什么？”

“什么为什么？”

“为什么要和他们混在一起，还有你是如何……还有……我真的有必要一个个问题给你摆出来吗？你又不傻。你知道我肯定有很多想问的。我真的很震惊，从来没有想过……”

“我更没有想过娜娜娅会从你的书房里找出一把枪。”

“如果是因为这个原因，我早就对你解释过了。而且，我看不出这和你参加共鸣会有什么联系。”

“你最后的‘解释’还是在撒谎。虽然我过去从来没有见过真枪……但我至少知道那绝对不是玩具枪。你手里握着那把枪的方式，一看就不对劲。一个人，如果手里拿的只是玩具，他不应该……”

“你没听见我说的吗！那件事是我错了，这不代表你要加入共鸣会！”

他意识到自己变得急躁，差点一巴掌拍在车笛上。他深呼吸，继续说：

“对不起。我不该这么激动……我知道我们之间出了问题。如果你好好和我说，想去做心理咨询什么的，我一定和你认真商量。上一次，把娜娜娅卷进来，是我错了。但是，你不事先和我说一句，就让共鸣会的人和她待在一起……这简直像一种报复。就像我们在利用女儿来互相攻击对方。”

伊莎贝尔低头，叹了口气。

“你说得对。哪怕苏太太只是一个普通邻居，我也应该先和你提一句。我不是没想过，但是总觉得，你肯定不会同意。”

渊容感觉到，两人的交谈气氛有所转变。伊莎贝尔不再看着他，而是失落地虚看着车前玻璃的角落。

“心理咨询也一样。你嘴上这么说，但我不觉得你真的会陪我去。我也对自己说过，我不应该要求太多了，毕竟在一起这么久，你都没有任何坏习惯。但是你一直也没有朋友。我从去年开始就很害怕，害怕这些我还弄不明白的、让你没有朋友的原因，也会逐渐把你从我们身边夺走。共鸣会有不少传闻，我当然听说过，但是我真的需要人来分担我的难题，因为就凭我一个人，快想不出别的办法了……我问过我的编辑，她说，你还年轻，完全可以离婚，享受新的人生。我也问过读书会的朋友，她也说，你还年轻，然后呢，她的答案是可以再生一个孩子，那样一切都会好了。这些答案我都不喜欢。”

“伊莎……”

渊容伸手抚摸她的头发。她没有拒绝，也没有回应。

“我们能先回家吗？一直停在这里，我觉得像在被人拷问。”

“行。”渊容点燃了引擎。

“你想知道的问题，我现在也没办法一条一条和你解释清楚。如果这次你真的想一起解决问题，那我问你，明天你愿不愿意和我一起去共鸣会社区？”伊莎贝尔举起手掌，制止想插话的丈夫，“你先别急。我不是在说服你加入。但我心里很清楚，你非常担心我和他们会说些什么。如果你想让我退出……就算我真的答应你退出，如果你不亲自先了解一下，以后肯定也是不会放心的。明天是星期天。你总该有时间吧？”

“我有时间。”

“那你愿意和我一起去吗？”

“……行。我们一起去。我保证。”

当这番谈话进行到末尾，渊容开始觉得，情况比预想中好一些。争论中途，把话题集中在女儿身上，是一个好的策略。他想：把话说明白，远比暗自跟踪妻子，更利于他掌控主动权。进入共鸣会社区，并不等于会暴露秘密，他可以一言不发，这是他的权利。这些人，试图利用伊莎贝尔的忧心之处夺走她对他的信任。他不能容忍这种事发生。

退一万步来说，如果他最后不得不采取行动，那首先就要记住他们的长相。

他们到家的时候，已经是十点五十分了，保姆在沙发上昏昏欲睡。娜娜娅睡得很熟，一切如常。保姆走后，他们先后洗了澡，准备睡觉。渊容坐在床上的时候，伊莎贝尔拿了自己的枕头，抱着毯子，要走出卧室。

“你去哪儿？”渊容说。

“今晚我去娜娜娅那边睡。”

“你别——”渊容站起来，“你别闹了，我去客厅睡，可以吧？你回床上来。”

“不了，就这样吧。晚安。”

她离开了房间。这时，渊容大脑中浮现出预言式的、转瞬即逝的影像——冲上去，拽住妻子的胳膊，把她拉回来。这影像，和他与敌人交手之前一瞬间脑中所浮现的东西，具有相同的强度和鲜明度，就像黑暗中一声尖锐的哨响。但是这次，他并没有回应这哨声。

他关上了灯，坐在床边，双手手指朝上，覆盖着面庞，然后在被窗栅分割成银色骨架的月光之下滑过，深深插进发间。

6 地球引力

韦一宸和姜黎刚在会议室里坐下，不到一分钟，就有人使劲把门“砰”地一下推开了。

进来的人是乔修书。他头发似乎刚刚剪短过，刮了胡子，因受伤而消瘦的面颊也大部分填了回去，笑盈盈的嘴角叼着一支烟。如果忽略白头发变多了，身上的衣服也似乎从来没熨过，可以说整个人看起来竟然清爽不少。

“……你出院了？”韦一宸说。

乔修书分别看了看两人，然后抬头，双手朝两侧展开，拖曳着嗓子说：“耶稣回答说，你们拆毁这‘盾’，我三日内要再建立起来。”

“行了行了，演给谁看呢你，快坐下来。”姜黎拍了拍桌子，“还有啊，那支烟可不准点燃，我得帮医生盯着你。”

“这不是真烟，就是个咬着玩的。对了，韦一宸啊韦一宸。”乔修书走到韦一宸后面，双手拍了拍他的肩膀，“虽然我住院这么久，你作为后辈，几乎没有来看过我，但我还是给你带了见面礼。”

他把一本花花绿绿的薄册子拍在韦一宸面前。韦一宸一看，那是一本《最新十二星座恋爱宝典——解密篇》。

“我不知道周小姐是什么星座，只能帮你到这了。”乔修书在另外两人之间找了一个座位，坐下来。

“过分了啊。”韦一宸说。他倒是有点想发作一下，但是面对在鬼门关走了一遭的乔修书实在提不起气来，也就算了。他不知不觉翻开了小册子的目录，然后意识到自己在做什么，于是赶紧把它盖上。

“抓紧时间！你们一大一小，严肃起来，不要再玩这种失智游戏。”姜黎说，“今天有很重要的事情要讨论。”

院方建议乔修书出院之后，应当把活动限制在办公室，至少一个月，以巩固疗效。但在接下来数日的调查中，他的工作节奏没有丝毫减慢。姜黎也没办法，因为她最明白，在恢复期戒烟已经是乔修书会做出的最大让步了。她不得不嘱咐乔修书和韦一宸：

“我不在场，也没有批准你们的情况下，一旦预计到将会和敌人交火，就立刻撤退，呼叫增援。听明白了吗？”

“放心吧，我才不想这么快又躺回到病床上去。”乔修书竖起大拇指，指向韦一宸，“你多做做他的思想工作。这方面，是他比较危险。”

“我只是比较努力。”韦一宸说。

安防司遵守诺言，安排刁老板的孙女移居到了国外，从此刁老板对于调查的配合度大大提高。他曾透露，杀手们每做一桩生意，会使用一张专门的电话卡，使用完之后就销毁，所以无法利用通讯记录追查到他们。近几日，他交代了更多的细节。

持有、分发这些电话卡的，正是刁老板本人。他会事先准备六张电话卡，每张各自对应一名与他有联系的杀手。杀手买走这张电话卡备用，即表示他处于“有档期”的状态。在完成任务后，他一定会销毁该卡。如果不回刁老板的店里补货，即表示“无档期”。通过这种办法，刁老板能随时把握清楚，有哪几名杀手可以接业务。而这对杀手一方也有好处：只要他不持有电话卡，就相当于暂时终止合作，有完全的自主权。

刁老板对自己设计的“门路”相当满意。他曾在一次接受审讯的时候对姜黎等人懊悔地说：“可惜我不干了，这个办法恐怕就要失传了。”

“有漏洞。”听完刁老板的解释，乔修书说，“为了让这个系统完美地转起来，你需要保证，买走电话卡的是杀手本人。哪怕弄错一次，你也会失去杀手的信任。邮购肯定是不够严密的。也就是说，他们和你之间有个接触人。”

“他们又不会大大咧咧地上门来……有过化装之后来买电话卡的。

不过大部分人，尤其是排名前三的，总是安排口风绝对紧的人来代理购买。”

“代购？这样不是等于多了一层风险吗？对杀手来说，还有什么人比你更值得信任？”韦一宸问。

“我怎么可能值得信任？我是个生意人。我这几年一直在买彩票，就是想着，要是能让我中大奖，那就不干这行了。我这一整套系统，专门设计成哪怕他们完全不信任我也没关系。他们只需要信任自己的代理。”

“也就是说，只要等到‘老师’的代理上门，我们再审讯他……”韦一宸说。

“审讯不行，得跟踪。”姜黎说。

“可是假如‘老师’就此收手呢？或者说三个月都不来补充电话卡，那我们就只能一直等下去？”韦一宸说。

“也不是没办法。如果我没弄错的话，所有杀手的代理，都在同一块地盘上混——嗣水塘。”刁老板说。

他话一出口，众人明白了他的意思。嗣水塘，是东城区二号立交桥西侧一大片建立在洼地上的窝棚区，和大型商圈“白金海岸”仅一墙之隔。这片容纳四万多居民的贫民区，除饮用水管道之外，几乎不在任何市政服务措施的辐射范围内，少量区域甚至要依赖居民自建的发电机和太阳能源板。多年以来，其居民一直对公家抱着极大的不信任。在外人的想象中，它必然是无法无天之地，但实际情况，可能只有其长期居民才有发言权。资格最老的可能从祖辈就居住于此的人，被称为“塘民”。在他们之间，这是一个亲切得甚至有荣誉感的称呼。塘民是嗣水塘小社会内部的核心建设者，几乎不参与外界的经济、社会活动，而外界的黑帮也对生性不与权威合作的塘民保持着一定的敬意。

“所以呢，如果有生意上门，说想干掉嗣水塘的人，我会直接回绝。城里的帮派和塘子里管事的井水不犯河水。对这些塘民，你给够面子，他会帮你做事，而且口风紧，也不会转头咬你一口。但是，如果你吃了豹子胆，想趁机占他们便宜，那就……”刁老板双手抱在胸前，仿佛在回忆什么似的，淡淡地笑着，摇了摇头。

主动出击的方法，就此明确了。必须先找到“老师”的代理。如果他不现身，就要找到离“老师”的代理最近的人。手头的另一条线索，是杀鱼佬。经过审讯之后，杀鱼佬坦白，他的代理正是一名塘民，在嗣水塘外侧一家名叫“千引力”的酒吧做酒保。

于是，在乔修书回归之后的第六天，姜黎命令他和韦一宸一同前往嗣水塘进行调查。

“听着，因为目标在嗣水塘，而且你们俩只是去问话的，所以一定不能开火——哪怕有敌人先开火。说实话，我们平常也不太管理嗣水塘居民，连固定的巡查都没有，所以如果一旦造成意外，舆论上会很被动。当然，在这件事上，我非常不放心你们。所以——”

姜黎从桌子下拿出一个黑盒子，打开。里面有一把形状特殊的手枪，枪管稍短，缺乏光泽，整把武器看起来缺乏侵略性。

“这是什么玩具？”韦一宸伸长脖子看了看，然后转过头问乔修书。乔修书耸耸肩。

“……我就猜到是这个反应。如果你们有好好参加今年春季的集训，就应该见过这东西。这是安防司特供版的Byrna HD Slim（布莱纳硬弹头袖珍型）非杀伤性弹丸发射器。有效射程二十五米，弹夹容纳为七，室内战和巷战绰绰有余。配发两种子弹——”姜黎双手各捏住一个形似试管的弹丸容器，抬起来展示，“银灰色的是动能弹，成分是高强度塑料，不会穿透皮肤，并不致命，但是有足够的压制力。红绿色的是辣椒喷雾弹，在弹头发生碰撞之后会散开，效果比常用的辣椒喷雾强一倍，直击眼睛可能造成失明。所以，我的忠告是：不要打眼睛。你们根据情况灵活使用，明白了吗？”

姜黎说完，把枪支和弹药又放回去，然后拿出第二个一模一样的箱子，分别推给韦一宸和乔修书。

“如果真的要这么小心，”乔修书对韦一宸说，“咱们分头行动吧。酒吧肯定不止一个入口，我们尽量先多找几个角度，把场子扫个明白，把目标引到没人打扰的地方，再……”

“不行。”姜黎说，“你们必须结伴行动。在直接和目标对上之前，最好寸步不离。”

“为什么？”韦一宸问。

“这就涉及另外一个重点了。”姜黎左手握拳，朝虎口咳了一声，继续说，“‘千引力’是一个专门找伴儿的地方，如果你们分头，一个个进去，就等于在释放‘我是单身’的信号，很可能会有人分别找你们搭讪，影响任务进度。”

韦一宸欲言又止。

交代完任务之后，气氛变得轻松多了。乔修书突兀地说了些什么，引得姜黎大笑起来。韦一宸没听明白这个笑点，倒也没尝试问清楚，因为他察觉，这笑话只属于他们两人。这一幕，让他回想起在叶春璟和周亢身旁看见的光晕。但在此刻，他没有耽于这片刻的失落感。

接下来，乔修书和韦一宸到射击训练场熟悉了一下Byrna HD Slim的性能。晚上九点的时候，他们俩上路了。

开车的人是韦一宸。半路上，乔修书突然问：“对了，你们在东铭山打那一仗，到底有没有抓到把我害进医院的那个狙击手？我问过姜黎，她也不和我说明白。”

“不能肯定。不过目前被我们抓到和击毙的敌人里都没有使用狙击枪的。而且，我在追击他们头子的时候，是有人朝我狙了一枪。这个人一直没露面。”

“所以他很可能还活着。”

“对。”

“好。下一次如果再碰上，让我来干掉他。”

韦一宸朝旁边瞄了一眼。乔修书不像是在开玩笑。这个话题没有继续下去。

他们到达了嗣水塘。

认为这里完全是没有希望的灰色地带，这也是岚汸市民一种普遍的偏见。此处的无政府气质，吸引了一些有避世倾向的亚文化爱好者，混迹于能源相对充足俗称为“塘口”的地区。千引力酒吧正是位于塘口东侧，在酒吧圈内具有一些隐秘的名声，偶尔会在网络上一些口吻神神秘秘的岚汸旅游心得之中露个脸。虽然其外部破败、内部陈旧，但灯光设计和自酿的啤酒都花了不少心思——当然，外人通常不敢大口灌下嗣水塘出产的啤酒。

韦一宸和乔修书两人结伴进入。果然，就如姜黎所说，虽然偶有眼神会打量他们，但是没有任何人上来打扰。而单身在吧台坐下的，不多时，就会有人上前攀谈。总的来讲，这里的气氛比他们预料之中要静谧许多。有少数人喝酒可以赊账。根据韦一宸之前的了解，有资格赊账的人，都是真正的“塘民”。塘民的服装，确实要比其他人的看起来廉价许多，而且乍眼看去，没有任何品牌标识。

他们很快辨认出了杀鱼佬的代理，也就是酒保之一。他们走向他的吧台，打算先喝点酒，随便聊几句，防止目标产生戒心。

但是在这过程中，韦一宸突然碰了一下乔修书，提醒他绕一下。

“怎么了？”乔修书低声说。

“好像……看到认识的人了。”

“谁？”

“我们后面，红色那面墙的角落，一个人坐着，戴着鸭舌帽。”

乔修书快速看了一眼。

“行，别紧张。我看见了。还真的是他。”乔修书说，“别管，就按原计划来。哪怕他发现了我们……也不会上来坏事的。”

韦一宸想了想，觉得乔修书说得对。他尽量把心思调整到眼前的事情上来。

他们在吧台坐下，要了两杯啤酒。喝了两口之后，酒保竟然突然离开了吧台，走向侧面的一道门。他们俩跟了上去。酒保打开门走了出去，但只是把身后的门掩上一半。这个动作有些可疑，但他们只能继续跟踪。韦一宸活动了一下肩膀，确定随时可以拔枪射击。

门后，是酒吧之外的小巷。在这里跟踪并不容易。头上一片漆黑，脚底时常会踩到污水。两人跟踪了三分钟，酒保绕过拐角，消失了。

“包抄。”已经拔出枪的乔修书对韦一宸说。但韦一宸没有马上回答。这越来越深入、越来越晦暗的环境带给他一种熟悉的、极欲摆脱的不安。

就像再次进入陷阱。

走在稍前的乔修书转过头，看看韦一宸，用眼神催他快点决定包抄路线。就在这时，两人侧面平房的屋顶上，突然毫无声响地降下了一个黑影。

“小心！”韦一宸说。但这是无意义的一句话，因为他们并没有防备的手段。几乎是在同时，韦一宸的胸口、乔修书的腹部，都挨了重重一击，两人分别撞向狭窄的巷道两侧墙壁上。下一瞬间，杀手的左右手展开，各执一把匕首，贴紧两人的颈动脉。

“不要动。任何一人动，两个人同时去死。”

韦一宸认出了这声音。

“听我说。我需要安防司帮忙。只要你们完成我的愿望，我会自首，绝不反抗，没有任何怨言。”渊容把头略微转向韦一宸，“还有你……你肯定有一些事想问我。我会把我所知道的都告诉你。我知道，不能马上逼你们做决定，但如果你们同意和平地谈一谈，那就把所有武器都扔在地上。我给你们五秒。五……”

当他念到三秒的时候，背后突然有人说：“不要动。”

韦一宸侧过头。利刃稍微刺入了他的皮肤。他看见，他刚才偶然看见、刻意避开的那个熟人正双手持枪指着杀手的后脑。

是他的上司，覃元政。

“后面这一位，你不该说话的。”渊容没有回头，“现在我听出来你是谁了。东城区分部督司覃元政，对吧？”

覃元政没有说话。会参与到眼前这一幕，对他来说，也完全是一个意外。他已经独自喝了不少酒，强烈的烧灼感一直在抓挠他的喉咙。他明白，自己现在不适合用枪。

“我见过你。为了绑架鉴证师，除韦一宸之外，我跟踪过不止一个干员。你应该比我更清楚，安防司上层在塘口突然开枪杀人，会是什么后果。我再重复一次：我需要你们帮忙，随后我可以自首。如果想仔细听听我的提议，就把武器都放在地面上。”

“你杀了我的部下。”覃元政说。

“你们什么时候学会一命偿一命了？就算你现在能杀死我，还是不能证明我就是杀死你部下的凶手，悬案依然是悬案。我说过了，我会自首。比起报仇，难道你们不是更喜欢把事情了结？”

韦一宸看看乔修书，又看看覃元政，对后者点了点头。覃元政尽量咽下怒气，垂下手，把枪轻放在地面上。于是，乔修书和韦一宸同时照办了。因为仍然遭到渊容牵制，他们俩只能任由武器掉落在地。

渊容放过了乔修书，左手利刃却依然抵着韦一宸的脖子。

“还有。”他说。

韦一宸只好把短棍取出来，扔在地上。

“你，转过去，面朝墙壁。”渊容对乔修书说，“我会带他们两个人到合适说话的地方。你数一百下，然后再拾起武器，离开塘口。”

“不让我参与？”乔修书问。

“我从没见过你。”

“行吧。”乔修书冷笑了一声，转过身。但他利用脚跟，骤然回转，左肘击向渊容。渊容先一步看清其攻势，在需要防守肘击之前，就抬腿撩过乔修书膝盖后方。因为回转身体下盘不够稳固的乔修书应声倒地。渊容上前，踩住他的右肩，伸手把他的右臂扯直，手掌朝着正上方。

“不信任你是正确的。”渊容从乔修书紧闭的手掌中，挖出了一枚小圆球。“你的第一下只是虚招，其实是想趁机朝我投出这个。”

他把圆球扔向远处，撞到墙壁上，一片雾气顿时散开。那是乔修书私藏的一枚Byrna HD slim辣椒喷雾弹。因为只需要碰撞就能放出内容物，刚才若渊容接下乔修书的招式，现在已被制服了。渊容腿上又使了点劲，乔修书痛叫了一声。

“够了！”韦一宸说，“会折断的！”

“趴着念到一百次再起来吧。”

渊容放开了乔修书，转身，朝巷子内侧走去。韦一宸和覃元政交换一下眼神，跟了上去。

“要不你先回去吧，我们不会有事的。”韦一宸回头对乔修书说。

乔修书没有回答。待他们走出十几步之后，他翻过身，靠着墙壁坐着，自嘲地笑了笑，摇摇头。他拾起覃元政的枪，对准自己的太阳穴，嘴里发出模仿开枪的声音，然后把枪放下了。

韦、覃随着渊容，在迷宫一般的嗣水塘里穿行。这里建筑物的堆叠方式不合常理。他们有时会下沉，有时又会朝上攀，而攀上一道土坡之后，韦一宸突然发现，脚下的泥土竟然平滑过渡成了另一座平房的屋顶。他们还曾经走下一道长长的石阶，石阶底部侧面骤然出现一座人工池塘，在月光下隐约可见池塘中鱼类巡游的波纹。经过池塘后不久，他们走进了一间位置较低的棚屋。渊容拉动一根绳子，昏黄的灯光亮了起来。这屋子仅有一室，没有任何隔断，有一面墙壁是泥墙，其中混合着杂草和米糠。

“坐吧。”渊容指了指一面墙边的两张凳子。另外两人照办了。上上下下走了十几分钟的迷魂路，覃元政气喘吁吁，额头皱纹里全夹着汗。韦一宸发觉自己凳子稍微高一些，就把它让给了上司。渊容从一旁的小冰箱里拿出两瓶没有标识的软装饮用水，分别扔给两人，然后又拿出一瓶自己喝。在灯光下，韦一宸总算看明白了：除了没有戴黑色拳击护齿，此杀手的装束和他们初次交战之时一模一样。现在，他们竟然面对面坐下来了，而且他还在“招待”他们，这都让韦一宸感受到一种让他浑身不爽，比被活埋还要难以解释的超现实感。

“我就是你们在追踪的，被称为‘老师’的杀手。”渊容说。

“是他吗？”覃元政看看韦一宸。

韦一宸点点头，然后对渊容说：“你讲讲你的打算吧。”

“共鸣会十七号社区的人带走了我的妻子和女儿，利用他们来要挟我，要求我帮他们杀一个人：市长的司法顾问，辛格南·砂楚。”

“我认识他。”覃元政说，“他年轻有为，很受市长信任，正在推动禁止共鸣会成员担任公职的法案。而且，这还只是第一步。他抑制共鸣会发展的意志非常坚决。”

“为什么他们不付钱雇用你？”韦一宸说，“我一看共鸣会就不差钱啊。”

“共鸣会有一点坚持：他们的资金流向来都是干净的，不会在我这种人的圈子里流通。另外，这也和他们控制人心的方式有关。”渊容说，“总之，我不打算听从他们的命令。我想让你们帮的忙，就是用你们的办法，把我的妻子和女儿从十七号社区救出来。”

“凭你自己难道做不到？”韦一宸说，“共鸣会本质上只是一些普通市民。”

“你还没弄明白吗？这小子的老婆根本不知道他是干这个的，更别说女儿了。如果他亲手把共鸣会的人干掉，冲进去，把他老婆救出来，那么他老婆无法摆脱共犯的嫌疑。”

渊容没有直接回答。他拉开手套背面的小拉链，从中取出一张照片。那是伊莎贝尔和娜娜娅的合照，两人在阳光下的山顶上，笑脸盈盈。他把照片递给韦一宸。韦一宸看了看，传给覃元政。

“她是伊莎贝尔，她是娜娜娅。”渊容说。

“你把这个给了我们……”覃元政说，“不怕我们先追查到你的真实身份？”

渊容笑了笑。他把面罩扯了下来，然后抬起头，用刚才的软装水从面部浇下去，手掌把头发抹到后面；再用一块毛巾，就着水珠，把鼻梁以下，半张脸的黑色油彩都擦干净。他在做这一番举动的时候，韦一宸双拳紧握，搁在膝盖上，强忍住内心的愤怒。他曾经想象过，下一次交手，亲手揭下他的面具，露出一张鼻青脸肿、哭啼求饶的脸——梦想破碎了。

“我叫渊容，是市立三小的语文老师。这一切都不重要了。老实说，我的杀手生涯本来就结束了。因为绑架鉴证师这一单报酬超出我的预料，让我提前完成了目标。我原本希望用语文老师的身份，度过剩下的日子，但是……”

“那你也想得太美好了。”覃元政说。

“现在，你们如果想追捕我，已经没有任何障碍。但是我劝你们和我合作。否则，我会尽全力反抗。你们派来的人，只要是有机会杀死的，我就不会放过。”

他的话，让整个房间的空气都变冷了。韦一宸觉得，留在喉间的一点点饮用水，变成了带着苦味的冰碴子。渊容背后粗糙墙面之中的那些杂草似乎逐渐蠕动起来，像穿行于墓地泥土的蚯蚓。

“但是，既然你要自首，那么我们救出你妻女之后，也没办法对她隐瞒真相。”覃元政说。

“我当然考虑过这点。但是……既然共鸣会的人已经知道我是杀手，那么无论他们对我妻子说什么，我都不会意外。我想要的东西，应该已经说得很清楚了。我需要她们毫发无伤，并且不因此承受任何法律责任。”

“共鸣会是怎么认出你是杀手的？”韦一宸说。

“我第一次击败你，在公交车上跟踪鉴证师的时候，被一个共鸣会的人发现了。我刻意避开了她的镜头，但是她记住了我的脸。当然，她当时还不能肯定我是‘杀手’……因为我也可能只是一个跟踪狂而已。但是后来，有杀手绑架鉴证师，杀死干员，而且这名杀手和上次的跟踪者是同一个人的事情也传到了他们耳朵里。”

“绑架案本身不是秘密，但是他们怎么会知道是同一个——”话说一半，覃元政突然想起了什么。

他不能保证，东城区分部里没有共鸣会成员。

“想防止这种泄露再发生，就好好保护辛格南·砂楚，让他有机会推动法案。我说得已经够多了。我给你们二十四小时，明天这时候，你们带着一个完整的计划方案回到这里来。当然，如果在这之前你们就能把她们救出来，那再好不过。如果失约，或者出现别的情况，我都会认为你们是拒绝合作。”

渊容站了起来，重新戴上面罩。

“我先走了。你们走的时候记得关灯关门。”

他离开了屋子。韦一宸和覃元政沉默地坐着，大概过了两分钟，也走出了屋外。

“麻烦，我都不记得怎么走了。”韦一宸说。他一边说，一边试着给乔修书打电话，但是没信号。

“我记得。”覃元政说，“出去之后今天就别想睡觉了，回分部慢慢商量。”

半路上，韦一宸突然说：“对了，覃老大，真是没想到你会来打埋伏啊——”

“臭小子，别装傻！”覃元政回头，拍了韦一宸胸口一掌，“我知道你早就在酒吧里看见我了。”

韦一宸欲言又止，点了点头。

“哼，还真是够好笑的。连杀手都在我们面前说实话了，闹了半天……我还活得不如那个杀手。”

他又拍了韦一宸一掌。

“干吗又打人啊?！”

“是警告你！总之……今晚你在酒吧看见我的事情，不要和任何人说。和你一块儿来的那个总部的人肯定会问起，那也就算了。你也让他们都不要声张。听明白了？”

“这是命令吗？”

覃元政又停下来，歇了一口气。他说：“是请求。”

7 胸章

住进共鸣会社区的第一天，伊莎贝尔就了解到，社区中的居住楼分为三种。一种是公益性临时住房，收容流浪汉、无家可归者。他们不需要入会，不可在此无限期居住，每人会拿到一张有期限的卡片，一个自然月内有指定的天数可以入住，享用免费的三餐。在这期间，他们需要参与维护社区的劳动，还必须接受回归社会的教育。一些共鸣会之外的公益团体也会依附于共鸣会的这一部分功能展开活动。

第二种是核心居住区，住的都是以共鸣会为家的核心成员。其中有些人就受雇于共鸣会，还有的人虽然在外界有工作，但只愿意和会员产生生意往来。他们的伴侣往往也是会员。可以说，他们是岚汸市市民，但首先是共鸣会会员。

第三种是自由居住区，提供给在社区之外生活的会员临时居住。此刻，伊莎贝尔就暂住在自由区的其中一栋楼房中。

这几天，伊莎贝尔睡得并不好。她一次又一次地回想起她和渊容共同来到共鸣会的那一天。没有人强迫渊容入会，甚至还有人提醒他，作为非会员，在整个参观过程中可以保持沉默。渊容确实是这么做的，他几乎一言不发。这对伊莎贝尔来说已经足够失望了，因为一言不发地参观共鸣会，并不能对他们之间关系的改善起到什么真正的作用。

真正糟糕的是，当苏晏当面提起一件连伊莎贝尔都不知道的事情——关于他是否在野外的公交站追随一名身份不明的女生——渊容的面色变了。那并不是愤怒，或者羞愧，而是一种让伊莎贝尔感到害怕、难以理解的陌生表情。他的反应不正常。他死死盯着苏晏，而苏晏竟然没有畏缩。伊莎贝尔接过苏晏的话头继续追问，而渊容拒绝回答。正是在那一刻，她对他说："你能不能先回去？我想一个人在这待一下。"

在说出这句话的时候，她还没有立刻想到事情会变成现在这样。如果渊容仅仅是因为性方面的理由跟踪一名陌生女孩，她当然会愤怒，但是同时也能"理解"这种事情，把它当成一种不幸的、可耻的偶然。但是，在被指出这件事之后，渊容那莫名可怕的神情，却让她感觉到，事情没那么简单。对爱人巨大的陌生感就在这裂隙之中产生了，牵引着她说出那决裂的话。

中午十二点四十五分，娜娜娅刚刚午睡，有人敲了敲门。伊莎贝尔打开门。引荐她入会的苏晏站在门外，说："渊太太，打扰了。你有空吗？"

伊莎贝尔回头看了看娜娜娅，然后说："我没事……分享会不是三点才开始吗？"

“我们散散步吧，我想单独和你聊一聊。”

“好，请稍等。”

她回到屋内的梳妆镜前，稍微整理容姿。她很难拒绝苏晏的要求。共鸣会社区里充溢着这样一种氛围：“拒绝”会给会员同仁一种有所隐瞒的感觉，是不合时宜的。更何况，她是新会员，而苏晏是更受信任、位置更显赫的“同言长”。

为了便于管理和发展，共鸣会内部也有管理制度。一般会员的胸章是黄铜色光泽的六支号角图案。如果其中有两支相对的号角是银色，那么其佩戴者则是高一级别的“同言”。拥有四支银色号角的，是“同言长”。所有号角皆为银色，是共鸣会中最高级别的成员，被称为“言司”。少有外人清楚这制度，事实上在外出活动时，许多高级别成员也会主动替换成普通的黄铜色胸章。按他们的说法，这是一种对外策略。

关于如何在这样的制度中升迁，虽然没有任何明文规定，但伊莎贝尔通过苏晏，多半能了解到同言长的资质和责任。她头一次对会员们说出，娜娜娅在渊容书房里找出一把枪的时候，正是在一次由苏晏主持的分享会上。当时她低着头，微弱的声音中满是困惑和痛苦，仿佛那是必须由她承担的巨大羞耻。苏晏的回应是——她站起来，说了她的故事。二十年前，她的前夫，一枪打穿了她的腹部，现在她体内的肠子比常人短四分之一。随后她掀起衣服，让在场的所有人，看见了那随着她的躯体一同衰老的弹痕——仿佛紫红色的旋涡，向着身体深处逃逸。苏晏的叙述之中并无悲苦，也不包含可以轻易表演出来的同情。让伊莎贝尔更为惊讶的，是坐在苏晏身后其他会员们的神情。他们并没有惊讶于苏晏的身体及其缺陷，而是平静地看着伊莎贝尔——他们的眼神，仿佛在集体述说：“秘密”没有任何特殊和值得羞耻之处，平等的分享可以解开一切困惑，平复一切不安。

没有低声传播阴暗故事的猥亵快感，没有站在道德高地的裁决姿态，没有仿佛口衔万物秘密之匙的人生箴言，没有心理医生在小本子上记录的“沙沙”声以及他在精心测算之后做出的回应。只有共同看见，共同听见，然后共存。这就是伊莎贝尔所认识的共鸣会的“分享”。

今天中午，苏晏领着伊莎贝尔，参观了一下社区中的育儿设施。她表示，因为安全问题，近期娜娜娅可能无法回到幼儿园。如果伊莎贝尔愿意的话，在社区中的育儿所，娜娜娅也能得到相当好的照顾。她提到，在未来，共鸣会或者将拥有自己的学校。

他们最后在社区的小花园中坐下休息。

“我们联系过学校，非常遗憾，这几天你先生都没有去上课。”苏晏说，“你担心他吗？”

“他……他一个人生活，应该没有太大问题。”伊莎贝尔说。她依然相信，渊容不是自暴自弃的那类人。

“你要做好心理准备。”苏晏说。

“现在，我只想要娜娜娅能好好的。”

“这个当然，我们会尽全力帮助你的。但是我想提醒你的是另外一件事情。你见过双宿人吗？”

“如果说我知道的……十年前应该有吧。”

“我不是想吓唬你。但是你爱人很可能是双宿人。如果事情真的变成这样，你会怎么办？”

伊莎贝尔并未回答。她从来没有思考过这个问题。哪怕在两人最疏离的时候，她也没有考虑过这个可能性。

“我知道你不想回答，没关系。”苏晏握住了她的一只手，“任何人突然要面对这个问题，肯定心里都会害怕、恐慌得不得了。整个人类历史上，从来没有哪一代人需要承受这种恐慌。这是非常不合理的。也许在现在的你听来，这只是大话，好听的话，但共鸣会真的是为了替全人类驱逐这种不合理的恐慌才诞生的。”

伊莎贝尔点了点头。

“你不需要现在就认同。只是，如果到了那一天，你需要直面一个事实——渊容先生是双宿人。希望到时候，你能拿得出勇气来。我相信，你一定具有这样的勇气。我们共鸣会——不只是十七号社区，而是所有人，都是你的后盾。”

“谢谢。”

“对了，以后，我就不叫你渊太太了。能不能叫你‘伊莎’？”

“我出生的名字是伊莎贝尔·奥伯特。不用叫我‘伊莎’……别的就随您喜欢吧。”她笑着说。

在她成年之后，只有渊容一个人，会叫她“伊莎”。

六月九日夜晚，岚沥市长司法顾问，三十八岁的辛格南·砂楚，在离开市政府办公大厅回家途中遭到一名黑衣人拦截，被绑缚起来扔进一辆车的后座。随后，黑衣人立即驾车逃离。

东城区分部及时赶到。在近二十分钟的追逐之后，干员们成功拦截下这辆车，抓捕嫌疑人，解救了辛格南。因为不到晚上九点，且市政府一条街之外就是繁华街区，所以有不少市民目击了这场追逐。

事后，嫌疑人招供，他只是受人驱使。背后的主使者，来自共鸣会十七号社区。

这一起出人意料发生，又似乎出人意料得到妥善解决的市政府要员被绑架案，只是一切的开始。

很快，共鸣会也开始了下一步行动。

月光疲惫，无力穿透密布的乌云。这山脚下，曾有一条足够宽敞、充满卡车轮胎印的黄泥路通向林场。如今，这路径上随处可见腐朽、菌种丛生的断木，以及布满锈斑的伐木设备零件。一黑色车辆在小心翼翼地前行，轮胎及周边早已满是污泥和草屑。终于，车辆在招牌早已掉落的废弃林场仓库之前停下了。一名守在仓库门口的持枪者把仓库门推开，让车辆驶入，然后停在暗黄色的灯光下。

苏晏和她的几名随从从车上下来。她抬头看看，发现仓库左右的钢筋走道上有数名持枪者在巡逻。有人上来搜身，从她一名随从的腰带里找出了一把三寸长的小刀。“一直往前，走到头。这个等出来之后再还给你们。”搜身者一边说，一边指向前方的一道小门。

苏晏与随从前行，先后穿过了三道门。走廊两侧，有的是仓库内原有的办公间，有的是用铁板、防水布临时做的隔断。占据隔间的人，有的像护卫，有的则像囚犯。有一道虚掩的门，苏晏经过的时候，听见门中传来惨叫和求饶声。屋内靠近正门处，有一男子站立着，他的身体被来源不明、摇摇曳曳的光烘成刺眼的红色。他发现有外人经过，立即把门摔上。

他们进入了最后一道门。门内原是食堂，现在只是在中央摆着一张长长的会议桌。桌子两旁亦有卫兵。房间最里侧，一名赤裸上身的年轻男子正在踢沙袋。他每踢一次，助手就帮助他把沙袋扶正。他显然已锻炼多时，背脊上紧绷的肌肉微微发红，脚边的地面已被汗水打湿。

“稍等，”他不回头地说，“还有一组。”

在规律、沉稳的二十下打击声之后，他收回架势，歇了两口气，转过身。他用毛巾擦了擦汗，把它挂在脖子上，然后在会议桌最里侧的一张皮质座椅上坐下来。

“坐。”他说。

苏晏在与他正对的位置坐下来。

“没想到啊没想到。”苏晏双手略微伸展，十指渐次散开，如同在展示修得光滑无瑕的指甲，“我打扮得这么正式，打算和您好好谈一场生意，没想到您连一件衣服都不穿。是您太不喜欢守规矩呢，还是您对我特别友好，让我先饱饱眼福呢？”

“这衣服可不是凑着你来的时间才脱掉的。每天这个点我都要锻炼一次，新的习惯。你太准时了，我本来以为还有机会冲个凉。”男子一边说，一边继续用毛巾擦头上的汗。

“这位……我该怎么称呼您才好？罗先生？”

“你说错了吧？如果再错一次，我会让属下开枪的。不再警告第二次。”男子用毛巾擦汗的动作停下来了。毛巾和湿润的发尖构成的阴影遮住了他的眼睛。“我就一个名字：曹海。”

自东铭山一战以来，曹海收编了原势力中的少量极端成员。杜谦培养的手下大部分只识杜谦而不识曹海，加上骏三党徒几乎全灭，所以归降曹海的人手并不多。他正在进攻一些小型帮派的地盘，逐步扩大势力。

“不好意思，我再也不会冒犯了。曹先生，我们开始吧。”苏晏说。

“等一下。”曹海伸出右手食指，“你胸前戴的那个章是怎么回事？”

“您说这个吗？”苏晏把共鸣会胸章取下来，摆在桌上。

“我听说过，六个号角，全是黄铜色，是最低级的。有一对号角是银色，级别高一些，两对是银色，级别更高……你这个是最低级的吧？我怎么能确定你是共鸣会里说得上话的人？”

苏晏笑了。

“您不用担心。”

她弹了一下手指，一名随从拿过来一个小手提包。

“我有这个……这个……以及这个。”

她一边说，一边从包中先后拿出了三枚胸章，排在第一枚黄铜色的胸章旁边。这三枚，分别有一对、两对、三对号角呈银色。

“它们的确是分等级的。对会员来说，如果佩戴不符合自己身份的胸章，那真的要严肃处理才行。但是我呢，就像逛街挑衣服一样，不过是看场合来使用。”

曹海皱着眉头，坐直了一些，然后笑着摇摇头：“哈哈哈……有你的啊，够无耻。你们手下得有好几万会员了吧？就这么明目张胆地忽悠那么多人？”

“谁忽悠人了，真过分。我们会里可是一直实实在在地做好事。”

“收起来吧，这一排摆着挺晃眼睛的，看得我都想入会了。来谈正事吧。”

他们交谈了十余分钟。

曹海说：“我明白了。事情倒是不复杂，但是拉扯你们一把对我有什么好处？”

“我们没有枪，没有多少您用得上的人，更没有钱……但我们也有其他人给不了的东西。您先看看这个。”

苏晏的手下拿出一卷筒状物。持枪护卫接过去，交给曹海。曹海将其展开，看了看。

“这是哪一块地盘？”他问。

“西边的无人区，市政府从九月份开始，就会在那边大规模建设居住区，您看到的是最新的分阶段规划图。一期住宅建设的同时，市里就会铲平嗣水塘，改建成绿地公园，然后把所有住那的人都迁到西边去。整个岚汸市，现在看过这几张图的人，不超过十五个。”

“这里面有我什么好处？”

“说白了，这要看您能为自己捞到多少好处。我们这边的承诺是：三年内，共鸣会绝不踏进新区一步。在这三年内，您可以好好把握住机会。您是个聪明人，有这张规划图在，可以好好考虑怎么安排人手。”

“这是放我一条生路的意思吗？”曹海的声音变得低沉。

“您言重了。您也知道，现在的岚汸，不是您当年打拼的江湖。在白金海岸附近写字楼工作的人，已经有百分之十七来自欧洲、美洲和东亚。新的国际机场明年就竣工了。未来的岚汸会是什么样的呢？很多的秩序，很多的挣钱机会，很多不知天高地厚、不同肤色的年轻人。我和您，都是上一个时代的人。不改变是没办法生存下去的。我倒还好，也快要找个小海岛退休了，但是您，幸运地得到了新的生命，年轻的身体。但是，别嫌我说话难听，看看您现在藏身的地方吧……难道您不想再热热闹闹玩够五十年吗？到西边去，就是您的机会。我们共鸣会呢，就留在原来的地方，看看还能不能过几年安生日子。”

“这点口头承诺，就想让我找人帮你们卖命？”

“我当然知道，您什么风浪没见过，没那么容易上钩。我早有准备。”

一名年龄二十左右的金发男性随从，上前一步，站在苏晏身边。苏晏握住他的手腕，抬头看看他，笑了笑，然后对曹海说：“他是我的养子。您只要到共鸣会里找一个认识我的人问问，就知道真假。以后，就让他在您手下办事吧。我了解您需要什么资质的人，凡他该会的，也都会一点。”

“嗬，竟然主动交人质，我还真是几十年没有遇上这样谈生意的了。他叫什么？”

“苏垂木。当然，以后随便您叫他什么。”

“行。过来。”

“妈妈，我过去了。”

苏垂木弯下腰。苏晏闭上眼睛。他在她左右脸颊各吻了一次，然后站起来，走向曹海。

“你，接着。”曹海抛出一把手枪，见苏垂木接住了，他继续说，“用它打爆她的脑袋。”

苏垂木接过枪，转身，毫不犹豫地朝着苏晏的方向扣动扳机。仅有空响，枪中无子弹。苏晏面不改色。

“有胆色。”曹海说，“听你老妈的话，从现在开始，你就是我的一条狗了。”

苏垂木一言不发，把枪放在桌面上，到曹海身侧站着。

“那么，”苏晏说，“您也该决定了吧？”

“一言为定。”

“事成之后，我们再喝一杯庆祝。”

苏晏站起来，转身。

“对了。”曹海说，“你们共鸣会最讨厌的难道不是双宿人吗？你自己又是怎么看的？毕竟，你选择和我合作。”

“您也别太得意了。哪怕您不是双宿人，我对您也没什么好感。”苏晏微微转过头，笑了笑，“您都三番四次嫌我老了，难道还自以为能从我这里捞到什么好处？”

另一个夜晚来临了。

四辆防弹车驶向共鸣会十七号社区。

引领这次行动的人是覃元政。

他不仅是心事重重。这一路驶来，他仿佛觉得，路灯的每一缕光、行人互相说出的每一个字、车辆轮胎每一次转向——所有最无意义、最边缘化的信息，都在试图钻进他脑袋里，加重他的疑虑和不安。冷静下来是不可能的。

这一次行动，并没有被透露给总部，而是完全由他负责。连“让一名干员做诱饵”的提案总部都尚未回应，更不用说“和杀手合作”的提案了。渊容也不会给安防司更多的时间。

计划的第一部分已经顺利完成了：制造辛格南·砂楚的假绑架案，然后获得“嫌疑人”的虚假供述：受雇于共鸣会十七号社区的某位领导人。假绑架案必须真实呈现，因为身边可能就有共鸣会信徒。所以不做到这个程度就不够可信。相对的，如果共鸣会信徒将此进展提早报告给十七号社区，那么可能反而更有利于安防司行动。

计划的下一步，也是核心部分：他率领少量干员前往十七号社区，以绑架案的虚假供述为名义，在社区搜查，制造混乱，同时渊容也会趁机暗中潜入，寻找他的妻子和女儿。找到她们之后，就再编造一个理由，由覃元政出面把她们带走，结束搜查。最后——如果一切如愿——渊容自首，结束这一切。

然而这个看似简单的任务，却有太多变数。比如，他们可能没有第二次机会。市议员遭到绑架——虽然很快得到解救——并不是一件小事，总部可能很快就会插手。

此外，为了计划能顺利实行，参与计划的干员不能太少（当然，全部来自东城区分部），但人太多的话，有可能会和共鸣会产生冲突。事情一旦闹大，将无法收场。

还有……

就在这时，刹车的声音中断了覃元政的思绪。

他们到达了目的地。

他从车上下来。

按照之前计划的，在进入社区之前，他朝右侧的道路尽头看了一眼。

有一只纸飞机从拐角处的路灯柱上慢慢飘了下来。

这是渊容已经到场而且准备行动的表示。

看见这纸飞机，覃元政突然心思安定不少。

至少，有一个预想中的差错没有发生。杀手没有逃跑，而是如约到场。

那么接下来，就轮到他履行自己制订的计划了。

8　黑夜中人群骚动如常

红蓝光交替闪烁的车灯抹消了共鸣会社区门口成对蓝色路灯的存在感。覃元政带领干员们集中在大门外。值班的保安从他逼仄的灰白色岗哨之中慢慢走出来。在覃元政的要求下，共鸣会十七号社区的铁门徐徐打开，但只打开了一小截。保安的半边身子挤出铁门外，和覃元政交谈，显然不打算轻易把所有干员都放进来。虽然夜已深，但这一系列声音，引起了居民们的注意。有的住宅楼里开始亮起灯来，照亮了鹅黄色的窗帘，又有身体剪影呈现在窗帘上，它们的姿态在叙说着不安与困惑。没过多久，苏晏下了楼，快步走来。她的头发用发卡临时收拾了，眼袋突出，嘴唇有些干裂，背后随着一些男男女女，看起来反而比苏晏平静，就好像她代理了他们所有人的不愉快。

覃元政说明了来到此地的原因：议员绑架危机的发生以及解除，疑似犯人的供词，相关录像都展示给苏晏看了。

他没有从苏晏的表情中察觉到任何破绽。她的神情，满是恰到好处的惊愕、犹疑，就好像她真的是这社区里所有人的母亲，在用她的博大和责任感，为大大小小的孩子们遮风避雨。

“根据犯罪嫌疑人的供词，”覃元政说，“我们怀疑，十七号社区可能藏匿着他的共犯，以及非法持有武器，希望你们能配合搜查。苏女士，你我都知道，辛格南议员在推动防止共鸣会成员获得公职的法案，所以共鸣会不能说没有动机。这一点并不是威胁，只是想让你理解，为什么从我们的角度来说，这一次搜查是合理而且必要的。”

“大晚上的，这样好吗？”苏晏皱着眉说，“我们从来没给周围社区带来过什么麻烦。我们很少有事需要麻烦安防司，凡是和共鸣会相邻的社区，犯罪率都低于全市平均水平，很多媒体都报道过。要不这样吧，这一片是我负责的，你们带我去问话，别打扰大家休息。”

这是预料之中的反击，而且绝对不能让苏晏得逞。现在部分社区居民已经闻风出来查看情况，给渊容制造了时机，覃元政必须尽力扩大这优势。而且，若把苏晏带回安防司，她很可能要求和绑架者对质，整个计划会因此崩溃。

“你个人愿意合作，我很感激。但是这帮不了我们，也帮不了你自己。假如你不在了，反而会显得你像嫌疑人，我们更有理由进去搜查——人手不够，就叫增援。议员被绑架的事，都已经有多管闲事的过路人传到网络上了，要是再有人发现安防司大半夜包围了共鸣会社区……其实你们也不想有这么高的关注度吧？还不如趁着夜深，让你们的人多配合一下，我们一个小时以内就可以搞定，早点给议员一个交代。”

苏晏像理亏似的，低着头，过了好一会儿，叹口气，然后转身对保安说：“把门都打开。”

铁门完全打开了。除了两名在外留守的干员，其他人都进入了社区。

另一方面，在社区的绿植区隐藏片刻，等待最初一拨人流涌过之后，渊容借着阴影，直奔最有可能发现妻女的位置：提供给新会员的自由居住区。与伊莎贝尔来到共鸣会的那一天，他虽一言不发，但绝非毫无收获，每栋建筑物的情况已被他记在心里。

从楼道进入并不安全。他没有戴格斗手套，在手上抹了攀岩镁粉，从外壁攀缘而上。到达一户人家阳台下方的时候，他听见头上有脚步声传来。一名女子靠在阳台围栏上，远望着楼下的热闹。渊容的手指离女子的脚底只有三寸左右的距离。他静静地朝侧面挪开。女子回到卧室内，关上了灯。渊容手臂和腰部同时发力，牵引着自己，纵身一跃，悄然无声地落在围栏上。他看见社区门口，覃元政率领着属下，首先前往公益居住区进行搜索。苏晏及其追随者跟在旁边，显然有意拖慢他们的步伐。粗看起来，伊莎贝尔并不在凑热闹的人群中。

到目前为止，计划的进度都还在预料范围内，只是如果拖的时间长一些，对他个人的行动或许有好处，但安防司有可能提前撤离。如果他们撤离了，那么哪怕他找到妻女，也失去了执行此计划的意义。他需要加快速度。

公益区只有一层，是无隔断的大房间，总共有四十个床位。在此居住的无家可归者习惯了在充满噪音的环境中入睡。所以最初社区正门的喧闹并未吵醒他们。但面对手电筒灯光，他们不少人恐慌地从床上弹起来，有的还想要偷偷地从另一侧溜走。

苏晏没有追随干员进入，冷静地观察着他们的搜查。她自然并不相信安防司的说法。至少，她不相信渊容会如此轻易地落入安防司手中。她正在扮演受害人的角色，而过分激烈的抵抗，或者完全不抵抗，都会把优势让给对手。

她没必要急躁。她要采取合理的守势，让对手在这件事情上失去道义的支持。完全缺乏攻势也是不理智的，但在这方面，她已经安排好了别的棋子。

同一时间。

今天夜里，是一位姓郑的女干员负责值夜班，保护叶春璟。目标的身份似乎有些神秘，上级提醒过不要和她聊太多，这其实是一句多余的叮嘱，因为总是值的夜班，这让她觉得自己的工作内容相当无聊。她刚从培训基地毕业不到一年，不禁因此对自己的职业选择产生了担忧。

这栋住院楼人不多，到了深夜相当安静。她不时会看一看手机视频。头顶上的电灯偶尔会闪烁一下，走廊一瞬间黑下去又亮起来，恰好让她错过了视频里充当笑点的那一帧。她“啧”了一声，抬起头，听见走廊角落传来“嘣”的一声。

她皱起眉头，朝着声源走过去。拐过角落，正前方是紧闭的防火通道门，门上有漆黑的窗户，几乎紧挨着防火通道的左手边，则是黑着灯的女厕所。

有一只网球从女厕所里直直地滚了出来，撞到对面的墙壁——正是她刚才听到的“嘣”。声音发出的同时，她背脊突然有些发凉。有时候，年纪小的病人，确实会在医院角落留下一些玩具，甚至会不听医嘱，离开病房。

她回头看了看。背后没人。走廊上的灯又闪烁了一次。

她深呼吸，上前拾起那枚网球，然后转过身向着女厕所走过去。在进入之前，她点亮了手电筒，照向前方。

手电筒的光，漫射到她的身侧，以及身后。

在握着网球走进厕所的时候，她完全没有察觉，背后防火通道门的窗户外侧，浮现出一张人脸，仅有手电筒的漫射，略微将其照亮。这张瘦长、缺乏表情的脸，就像一张人皮面具。

此时，辛格南·砂楚议员穿着一条泳裤，正在自家后院的露天游泳池边做俯卧撑。泳池底部的灯光，以不自然的颜色抵抗着月光，让水面变得透亮，甚至刺眼。他的背上坐着一名身着泳装的年轻女子，左手握着一杯调制酒，一边笑着，一边高声报出辛格南动作成功的次数。在泳池里，站着另外一名女伴，笑脸盈盈地为他加油，同时不断把水扑到他脸上，还用覆盖着防水套的手机拍摄他们俩。辛格南的动作不太标准，膝盖几乎触地，但好歹背上坐了个人，重复十六七次之后，两臂也着实酸痛起来。

“二十！”伴随着兴奋的呼声，泳池中的女子双手猛然朝上一挥，掀起一大片水帘子，落在泳池边两人的身上。坐在辛格南背上的女伴抬手遮挡，失去平衡，从他背上滑下去；辛格南也失去了平衡，两个人一同跌倒。泳池中的女子迎上来，要把他们俩都拖进水中。

一番胡闹之后，辛格南暂时抽身出来，说要回房再拿些酒和冰块。他用毛巾擦了擦身体，拾起搁在泳池附近的手机，挥挥手让两名女伴让开一些，拍了一张夜色中空无一人的私人游泳池。然后他往回走，拉开豪宅的落地玻璃门，进入客厅。他没有急着走向冰箱，而是一屁股陷入沙发，在通讯App里找到了“周亢”。她的名字下面有备注：“《岚汸晚报》记者。容貌：9.2/10分。”

辛格南把精心选择滤镜的刚刚拍好的泳池照片发给周亢，然后又连续发了几句：

“不是骚扰你，只是想问你睡了吗？

“如果睡了，是你的损失。

“在这样炎热的夜里，独占一个泳池，既惬意却又有点遗憾，你说是不是？”

他等了十秒钟，没有收到任何回复，就把聊天界面关掉了。前些天，她因为共鸣会的话题来采访辛格南，之后辛格南就记住了她。不过在他看来，刚才的信息，只是随便尝试伸出手而已，无须投入太多期待。只要静静等待足够的时日，不间断地做一些小动作，肯定会有成果，屡次登上八卦杂志“钻石单身汉”之类榜单的他，对这一点从来没有疑问。

他想：今天的娱乐放松是必要的。前天短暂被绑架的经历，让他浑身不舒服。那狭窄车厢里的臭味，似乎怎么都洗不掉。

他用一个小冰桶装了啤酒和冰块，回到泳池边。

让他意外的是，那两名女伴瑟缩在泳池角落，毫无声响，惊恐地望着他。

“你们在玩什么新的把戏？”

辛格南不觉得异常，他搓了搓手，准备把全身投入游泳池，掀起足够惊人的水花。

就在这时，他听到了一声枪响。

辛格南一惊，转过身，看见一名持枪的黑衣人从五米余高的房顶摔下来，落地的同时血液飞溅，把豪宅洁白无瑕的外壁染上了蛾翼一般的血污。在屋顶的同一角落，站立着另一人：乔修书。

他是配合覃元政等人的计划，来到此处暗中保护辛格南的。辛格南豪宅正面的安保设备相当完善，各入口封闭程度也很高，若要入侵，定会选择从豪宅的另一侧进入后院。

覃元政预测，共鸣会不可能把所有赌注都压在渊容一人身上，在解决事态之前，有必要持续保护辛格南一段时间。然而，这战术建立在伪造绑架案的基础上，所以为了不惊动总部，乔修书必须破例独自行动，整件事甚至没有通知姜黎。为了增强作战力，并且尽快让辛格南一眼认出他的干员身份，他特地穿上了战术服。

乔修书尾随这名敌人已经数分钟了。从该名敌人的行为看来，他不像是唯一的杀手，更像是先锋。枪声已响，若有更多敌人，必然已火速赶来。

“我是安防司的！快回屋！”为了给自己的行动留一点回转余地，乔修书尽量把声音压低至能让对方勉强听到的程度，同时配合着手势。辛格南立刻跌跌撞撞地跑回屋里，中途还踢翻了冰桶。泳池中的两名女子从未面临枪击事件，惊恐万分，身体僵硬，一时无法动弹。

既然枪战已经开始了，乔修书就相当于得到了正式的行动许可。他一边用对讲机联系增援，一边低头看了看高度，随后皱着眉头把身体缩了回来，转向侧面。为了给后院塑造热带沙滩风味，这里栽了一排棕榈树。乔修书深呼吸，纵身一跃，依靠饱满、层层叠叠的棕榈树叶作为缓冲，安全落地。他迅速跑到泳池边，朝站在前面的女子伸出手。他把她俩先后拖了上来，三人一同往屋内撤。

乔修书视线穿过透明落地窗，并未发现先一步回屋的辛格南的身影，顿时产生不好的预感。他一拍玻璃门，果然，辛格南把门锁上了。乔修书暗自恶骂了一声脏话，让两名女子退后，一枪击碎玻璃，然后对着框架上的碎玻璃狠踹了几次，开出足够大的口子来，让她们先弓身进入，再立刻跟进。

同事们已在对讲机中回应会尽快援助，乔修书需要坚持十分钟左右。这让他更加惋惜被击碎的落地窗玻璃。虽然它们几乎毫无防御力，但是在需要坚守的战斗中也能发挥很大的作用，因为防守方可以先隐藏起来，通过玻璃破碎的声音判断敌人入侵的时间点。由于辛格南的自私行为，乔修书不得不自己打碎玻璃，放弃了战术上的优势。现在，敌人可以悄无声息地进屋了。

更节外生枝的是，辛格南并未停留在这客厅中。乔修书也不可能带着两名惊恐万分的女子去寻找他。

在来到此地之前，他已经通过开发商拿到豪宅的设计图，记下了所有的房间和通行路线。他立刻一脚踢开左侧的房门，那是一间客房。“快，快。”他催促着，把两名女子赶进去。有一名女子一进屋就要往床底下钻，他立刻阻拦她，把两人一同往床上推：“错了，错了，去床上！”

他不得不用强硬一些的语气，命令她们在床上并排半躺着，然后把搁在床边的毯子扯过来，盖住她们的大部分身体。

“没时间了，听我说！”他分辨出其中一名女子更冷静，便直视着她的眼睛，解释当前局面，“不能躲床底下！碰见习惯杀人的，躲床下比站着更危险！如果一进屋朝床扫射，你们就完了！但你们不是目标，他们只想杀死辛格南！所以如果你们想活下去，有持枪的人闯进来了，你们就这样，让他们马上明白你们没威胁！双手举起来，学着我做一次！”

她跟随乔修书动作，双手尽力举高、举直，但从手臂到手指都在颤抖。

“好！可以放下来了，看见人就再举起来。就在这不要动，马上会得救的！”

乔修书头也不回，迅速离开客房，随手把门掩上一半，而不是关死，让敌方可以一眼看见其中是手无寸铁的女子，以免他们隔着屋门就开始射击。

他藏在拐角后面，恰好能瞥见与玻璃墙垂直的另一面墙。如果有人从屋外经过，他能从此处大致发现他们印在前方白墙上的倒影。与客房相对的，是这豪宅里的第三个洗手间。辛格南不可能藏在其中，他必然已经进入里屋。

这里并不是坚守的合适地点，因为没有足够坚固的掩体。朝里屋撤退，尽快找到辛格南，是更好的选择。但是乔修书希望在此地发生一次交火再撤退，这样敌人就会紧随着他，更加无暇顾及客房中的女子，进一步提高她们的生存概率。

他想：如果姜黎藏在厕所门口的那面墙后，那么他们面对入侵者，可以形成理想的交叉火力，还可以方便地朝对方打手势……他只容许这想法存在了一瞬间。

他静静地等待着——直到听见鞋底踩中碎玻璃的声音。然而，在他有下一步行动之前，敌人就开始对着客厅几个能隐藏人的角落持续开枪，形成了压制火力。墙壁上瞬间出现大量弹孔，沙发被击穿，如无数金线一般的火光在乔修书的视界内掠过。看来，他们意识到了安防司的存在，打算用这种战术持续推进。

敌人仿佛不在意子弹消耗，更不在意枪弹声响彻街区。这让乔修书想起骏三的部下。那些亡命之徒在持枪之后沉浸于滥用暴力的快感，给训练有素的人留下可乘之机。但当前的敌人似乎更聪明一些，他们懂得把持续枪击间隔开来，避免同时需要换弹夹的窘境。

幸好，乔修书今天带了战术装备。之前，敌人仅仅站在玻璃墙入口处扫射，而在使用一轮火力之后，他们慢慢推进了一些，乔修书终于在斜前方的墙壁上看见了敌人的倒影。他精准测算角度，向着侧前方的墙壁扔出一枚震撼弹。它像一截黑色的骨头，弹到了敌人后方，瞬间发出闪光和持续性的巨响。从惨叫声判断，它产生了效果。乔修书从较低位置探出枪口，盲射数枪，至少击中了一名敌人，然后迅速一闪身，撤入通往里屋的走道。

趁下一波压制火力仍未到来，乔修书再次侧身开枪，击倒了一名敌人。此人胸部溅出的鲜血洒在了碎玻璃上。有一名受影响不大的敌人恢复过来，一只手遮住耳朵，另一只手持枪朝着走道入口扫射。乔修书立刻闪避到墙后，撇嘴笑了一下——他的心中对他们产生了轻蔑感。亡命之徒的本性果然暴露了。遭到震撼弹骚扰，竟然不先撤退到安全位置，重整旗鼓，而是焦躁地要立刻反击。

走廊有左右两条通路。凭着对设计图的记忆，乔修书判断辛格南不会逃向右边，因为那里通向另一客房，且客房再无出口。应当往左。但仔细一看左侧，乔修书心中突然燃起了连暴徒扫射都无法调动起来的怒火。地面上有一大堆刚刚砸碎的玻璃容器，包括酒瓶和零食罐子。尖锐的碎玻璃、湿滑的酒液和黏糊糊的巧克力糖球，形成了令人倒胃口的垃圾堆。这显然是辛格南为了方便自己逃跑，特意弄出来的杰作。

和战术服搭配的鞋子十分厚实坚韧，这点障碍不在话下，但乔修书依然觉得，仿佛嘴里被塞进了一颗粪球，还结结实实地黏在了食道上。面对枪击，无目的地逃窜，这很常见，也并不可耻。但像辛格南这样表现的，他还是第一次见。更何况，乔修书看过辛格南的简历，记得他曾经有一年的从军经验。也许对他来说，那并不是经历，而仅仅是“履历”吧。

乔修书追上去。在拐过墙角之后，他听见了敌人的脚步声。他进入了饭厅，再次面临选择：一边通往主卧、浴室等主要生活区，最后会直达正门；另一边是厨房。依照辛格南目前的逃跑意图，乔修书毫不犹豫地选择了前者。

他直冲前门玄关，但这一路上竟然没有发现辛格南。他终于开始焦急起来。他回头，经过辛格南的主卧。他不认为辛格南会藏在里面，但还是顺便看了一眼，恰恰有了发现。在卧室里正对着床，有一面壁投电视屏幕。但在卧室另一角，发现了用黑布遮盖，从外部形状来看，像是又一面屏幕的设备，且显然不是电脑。这感觉相当不协调。乔修书进入房间，掀开黑布——那是与监控设备匹配的屏幕。他立刻将其打开，屏幕亮起，展现出多个画面。看来，辛格南不仅在屋外，还在屋内安置了数个防盗摄像头。

通过镜头，他发现剩余的敌人还有三名，他们也越过了走廊，正在仔细检查饭厅的各处。

乔修书发现了辛格南。他竟然藏在厨房中央的料理台下，手里握着一把枪，身体紧紧缩成一团。在他正前方的储物柜下方，有一个半开的抽屉，似乎刚刚被大力扯出，其钮接处断裂了，无法再插回去。看来，这抽屉是他藏枪的地方。他慌慌张张地寻找武器自卫，在这过程中，敌人已经跟上来了，导致他无法离开厨房。料理台朝着门口的那一面是封闭的，但敌人只要走进厨房，转个弯，立刻就会发现他。

必须立刻吸引敌人的注意力。乔修书可以打开卧室的电视机，但是敌人可能会看穿这种浅层次的声音干扰。

但他还有别的东西可以利用。

他回到监视屏幕前，开始操作饭厅的摄像头。它安装在饭厅西侧角落最上方，而厨房入口在相反方向。

敌人此刻并未扫射，房屋中无其他杂音。摄像头转动的声音，反而比电视声更能引起敌人的警惕。他们都集中在饭厅，抬头观察，找到了这枚摄像头，将其击毁。

这为乔修书提供了必要但绝不宽裕的时机。

找到第一个摄像头之后，三名敌人发生了短暂的争执。但他们很快达成了共识：虽然房屋里肯定还分布有别的摄像头，但这并不重要，行动重心依然是击毙敌对者，以及找到目标。有两名敌人回头搜索厨房，另一人充当先锋，前往下一个区域初步侦察，等待同伴跟上。

乔修书已经利用这点时间，埋伏在主卧之外的客厅中。当先锋露出小半边身子，他一枪击中其头部。敌人的脑袋承受巨大冲击力，“咚”地一下撞在墙上，整个人靠着墙滑下去，在白壁上拖出一道长长的血痕。

另外两名敌人听到枪声，立刻来援助同伴。熟知屋内结构并且已经先一步实地侦察的乔修书，心里有了把握。在敌人占据的饭厅和他之间，是一条走廊，敌人无法像刚闯入玻璃门那样，利用人数和地形进行全面的火力压制。他们同样只有唯一的出口，可以说抹平了他们之间的大部分火力差距。

乔修书再次静静等候。他突然觉得辛格南之前设下的陷阱，并非一无是处。他和敌人的鞋底都沾上了酒液、巧克力酱，脚步再轻也难以掩饰，可以说在互相听得到声音的范围内，谁先动，谁就会处于劣势。

把走廊视作矩形，乔修书此刻隐藏的墙角，和敌人即将出现的门口，位于对角线的两侧。敌人对脚下噪声也有所察觉，准备在出门之前先盲射。但是，乔修书先一步开枪了。“噗”的一声，浅红色的烟雾在两名敌人眼前散开——他已适时把武器更换成Byrna HD Slim辣椒喷雾弹。因为无须直击，所以在狭窄空间的近战中，它有时比真枪实弹更有用。两名敌人完全没有预料到会遭到这类攻击，涕泪横流，眼球的巨大烧灼感几乎让半张脸都失去了知觉。他们意识到哪怕看不见，也应该朝前方防御性射击，但是在他们能动手之前，乔修书已经突入，在近距离击中了他们的心脏。

屋内再无动静。他看了看腕表，在呼叫援助后已开始计时，现在过去了八分五十二秒。他回到厨房，为防辛格南误射，依然躲在墙后，高声报出了姓名和干员证件号，然后说：

“顾问，这屋子里的危险已经被我排除了。我知道你手里有一把自卫的枪，现在用不上了，请你把它扔掉，然后慢慢站起来，把手放在我看得见的地方。”

“我的枪是合法的！我有持枪证！”

“我只是来保护你，不是来追究这些的。我刚才说的都是安全措施，防止你的枪走火，伤到你自己。”

辛格南扔掉枪，慢慢站了起来，面色惨白。

“你把其他人全干掉了？”

“不，我把其他暴徒都干掉了，你的两位女伴应该没事。”乔修书突然眯起眼睛，“你没有中弹吧？你的右边乳头好像在流血。”

辛格南低头一看，果如乔修书所说。他十分厌恶而又讶异地看着自己右胸，嘴巴大张，仿佛被砍掉了一只手臂一般震惊。“我之前滑倒了。”他一边用纸巾擦，一边说。

乔修书不想再理会他，转过身，想去看看那两名女子如何了。就在他跨出门的一瞬间，突然有一个庞大的黑影猛冲过来，拦腰擒抱。乔修书的双腿腾空了——他凭借本能低着头，下巴顶在两根锁骨交汇处，双手交叉遮盖后脑，在落地的时候避免了脑部损伤。但对方身体的重量，加上坚硬的厨房地面，仿佛要把他全身骨架都震散。

袭击者是乔修书调整摄像头后，首先击中其头部的那名暴徒。乔修书这才发现，原来子弹并没有将其头部击穿，而是在此人的颅骨上方留下了一道凹槽。当时，为了尽快和剩余两名敌人交战，乔修书疏忽了，而敌人巨大的出血量也麻醉了他的判断力。此人也不是好惹的，他必是迅速从昏厥中苏醒，决意要报仇。

血还在不断流下来，眯住敌人的双眼，他连擦拭一下的机会都没有。正是因为如此，他才选择近身搏斗，而不是枪击。他跪下来，把膝盖压在乔修书的胸腔上。医生有意叮嘱过，他最好再干一个月办公室工作，一定要好好保护肋骨和肺部。敌人自知血止不住，抱着临死也要带走一条人命的想法来袭击他。这是敌人最后，也最凶狠的力气了。

乔修书仿佛觉得胸口成了剧烈地震的震中，而他四肢、内脏都在随着一次又一次的震荡而崩裂、塌陷。敌人趁制住了他，拔出腰间的手枪。乔修书手臂一挥，把手枪打飞了。如果不是因为敌人手上都是血，过于湿滑，单凭乔修书此时的臂力，可能还做不到这一点。枪已脱手，垂死的敌人索性双手掐住了他的脖子。

他使不上力。他隐约看见，厨房窗户上有蓝红光闪烁。这是他最熟悉的闪烁频率。增援的车就在屋外了，但他可能撑不了三十秒。他还看见，辛格南·砂楚举起了之前丢弃的手枪，朝着他们——很难说清楚到底在瞄准谁，他的手抖得像在挥动鼓槌。乔修书甚至宁愿他不开枪。

但枪声还是响起了，在乔修书已经模糊的意识中，就像一声遥远的钟鸣。辛格南谁也没击中，中弹的是料理台上的厨刀架子。架子倒下去，几把厨刀掉落下来，落在他们身边。无论是因为流血太多，还是因为枪声，敌人的手劲松弛了片刻。乔修书反手抓起了手边一把较窄的厨刀，狠狠扎进了敌人的喉咙，另一只手也压上去。敌人倒在他身上，但他总算能呼吸了。

辛格南握着枪走近，手仍然在抖。“别……别开枪了，他……他已经……”乔修书艰难吐字，劝阻辛格南。数秒之后，增援赶到，立刻把尸体从乔修书身上移开，然后检查伤势。粗看没有严重外伤，但他们还是谨慎地把他抬上了担架。在离开厨房之前，乔修书看见辛格南拉着一名干员，激动地说：“刚才真的非常危险，可以说是千钧一发，如果不是我果断开枪——”

在被送上救护车之前，那两名因他得救、毫发无伤的女子来到担架边，向他道谢。在药物的作用下，他昏昏欲睡，没太听清她们说了些什么。他只是笑了笑，嘴里咕哝了几句。

“呃……您……他说什么？”站在前面的女子并未听清，转头询问乔修书身边的医护。

“他说，这么爽的游泳池，他也想要一个。”

稍早时候。

医院内。

郑姓女干员被引开之后，有一名打扮成医生的男子，趁机进入了叶春璟的单人病房。

床上的病人正面朝墙壁那一侧躺着，把身体遮盖得很紧，只有长发留在外面。

该男子靠近病床。他就是曾经在另一医院让叶春璟受到惊吓的共鸣会成员。他突然察觉到：哪怕考虑到遮盖物的影响，眼前这病人的体型，还是和他所曾见过的有明显差距。

但他发现得太晚了。病床上的人猛然弹起——是韦一宸。他一棍击中此人的手腕，然后从床上跳下，又击中其腘窝，强迫其向前倒下。韦一宸一把抓掉假发，然后趁敌人还在剧痛，掏出手铐，把其人和病床的金属支架铐在了一起。

“我是医生！只是来查看一下病人的情况！”

“啊？是吗？那这些怎么解释？”韦一宸给他搜身，找出了手枪和数个已经注满可疑内容物的针筒。

虽然只活动了几下，但韦一宸已经满头大汗，脖子后面奇痒，这都是头一次戴长假发给遭的罪。在敌人出现之前，他已经做好了“再过十分钟就休息三分钟”的准备。叶春璟已经被调走。由于东城区分部中可能存在共鸣会成员，且此事绝不能外传（和需要刻意外传的议员绑架案正相反），所以叶春璟现在和唯一一个绝对值得信任的人在一起：周亢。

假冒的医生口风很紧，而且韦一宸并不想在医院中审讯。他夺走了手枪，又把一个内容物即将溢出的针筒扔进了有害物垃圾桶，剩余的放在房间角落的柜子上。他走出病房，准备在假冒医生听不见的地方打个电话。

走廊上的灯连续闪烁了几次。

韦一宸低着头拿出手机，抬起手放在耳边。

这个动作，让他迟了一步，没有第一时间发现埋伏在门边的黑影。

9　宛如海盗

她出生在一个常年炎热、空气濡湿的国度。在那条街上，无论房屋有多么破旧，墙角的狗尿味有多刺鼻，床榻上藏着多少虱子，只要在门口挂上一道粉红门帘，它就像火漆印一般，把屋内女人的命运闭锁在找不到投递地址的窄小信封里。她的名字是Didi。这是母亲亲自给她选的。

在她们的日常生活中，唯一能保证让大家共享片刻欢愉的话题，就是幻想自己若成了双宿人，将拥有怎样洒脱、富裕的人生。政府的宣传车时常经过街道，用喇叭高声宣讲，我国并未出现双宿人，相关传闻都是谣言，请国民务必不要恐慌……但对她们来说，这样的宣讲实在多余。哪怕没法迁宿成明星、王室成员，只要能离开这粉红门帘，有极大的概率，生活是会往高处走的。她们互相承诺：我要是成了双宿人，一定会回来找你们的，你们也要把原来的我照顾好。

她的迁宿，发生在十二岁半。她初次使用了母亲的眼影，怀着忐忑的心情看着镜中的自己，眨了眨眼。再睁开的时候，她身处于破败的房间，眼前有一个男人正在抽屉里翻找着什么。在脑中最先浮现的，是最紧迫的记忆：此人是她“现在”的父亲，正要寻找趁手的东西打她，因为她不愿意把自己在小饭店打工挣来的工钱交出去。父亲找出一根分叉的藤条，朝她抽过来。她抓住了父亲的手腕，也同时看见了自己手臂上遍布的伤痕。父亲的表情很惊讶，甚至有一些厌恶。他说：“贱种，竟然敢还手？”

现在这具身体，虽然也只有十四岁，但是比同龄人高大、强壮许多。也许促使她在这一刻反击的，只是如此单纯的原因。她多了一点点力气。

在她试图夺下藤条的时候，有人闯进门来。她一眼就认出来了，此人名叫曹海，这条街上没有人不倚仗、不害怕他，她打工的饭店也是曹海的产业。在他身后，还有两名随从。

“有空欺负小孩，不如早点逃命。”右手握着一把手枪的曹海说。

她的父亲扔下藤条，转过身去，在曹海面前跪下来：“曹哥，求求你，再宽限我一个星期……真的，最后一次……”

“你这钟也太不准了。”曹海看了看自己的腕表，又看看墙上的挂钟，“按我的表来看，已经过了期限两分钟。你的钟竟然还差三十秒。

行，情有可原，就按你家的时间来，说句遗言吧。”

跪拜的男子看看曹海，又看看她，突然朝她冲过来，喊着：“和爸一起死！”

“我不要！”

她拾起藤条，胡乱挥舞，试图自卫。

她不知道自己有没有打中人，只知道在下一瞬间，曹海开枪了。男子应声倒地。

在心脏的猛跳平息之后，她听见曹海说：“你在我这儿应该能有口饭吃。跟我来。”

在曹海的教育下，她拾起藤条还击生父的勇气，慢慢膨胀、异化成凶狠以及残忍。她对这种生活的适应程度，甚至超出曹海的预料。在欠下曹海钱财或者恩情的人之中，流传一个说法：在被讨债的时候，看看曹海身边带的人，就能知道自己今天还有没有命。如果他带的是一个姓杜的小弟，就代表事情还有得谈；如果带的是那个高个子女人，就求曹海给你打个电话，让家人准备后事吧。

在曹海的庇护下，没有人敢对她投以异样的目光。

不久之后，她给自己重新取了个汉文名字，叫“曹砥”。借用曹字，得到了曹海的同意。而之所以选用后一个字，一是因为她听说了中国女海盗郑石氏的故事，便化用她的名号——“砥”与“石氏”形似；二是因为“砥”和“Didi”读音相近，她深知无法实现“成为双宿人就回去找你们”的承诺，所以以此来见证自己的失约。离开了那粉色门帘，就能朝有光的地方走，就能重活一次——回过头来看，那样的想法竟是一厢情愿。这世界上有足够的裂缝，可以吞得下足够的人，就像床虱，永远在埋伏着、苟活着，除之不尽。

很多年后，已经成为二十余岁年轻人的曹海，回来收复旧部。她因为与杜谦有隙，已蛰伏多年。曹海无须什么说辞和手段，她就已理解他发生了什么。曹海是否也知道她是双宿人？这个问题曾经困扰她，但如今已不重要了。她没有勇气以新的身体，再次掀开裔特瓦里的粉红门帘，曹海却能回到岚汸——在他的遗产遭到掠夺、扭曲之后。再次为他卖命，不需要更多理由。

于是在这天夜里，曹砥埋伏在门后，对韦一宸使用了她常用的武器之一，与一根长铁链结合起来的金属套环。套环套中了韦一宸的脖子，她手指在套环与铁链结合点的机关上增加压力，使其迅速收紧。

让韦一宸忽略敌人就在近处的，是他刚刚抬起的手机，而此刻恰恰也是手机帮了他一把。金属材质的器械，略微延缓了套环收紧的速度，让他有时间把一只手臂伸进环内，给脖子和套环之间制造了空间。手机几乎被勒成两半，摔落在地。他右手想去抓住敌人，但曹砥朝后一退，拉住铁链最远端，全力一拽，脖子和一只手都遭到束缚的韦一宸就重重倒在了地上。曹砥开始在楼廊上拖行韦一宸，他想用右手拉扯铁链，止住去势，但骤然发现这名高大的女杀手力气大得惊人，单手根本无法与之抗衡。

因为不打算在医院使用火器，所以韦一宸只带了金属棍和一支Byrna HD Slim，此刻两者都藏在随身皮套内。他的后腰皮带里还插着刚刚从假冒医生那儿夺来的手枪。一个念头瞬间闪现：拔出这把枪，立刻还击。但他想，在目前的情况下，他不仅不容易瞄准，意图也很容易暴露，枪被夺走就麻烦了，索性看看她接下来要做什么，等待机会。既然她还在拖行他，那就是不打算立刻下杀手。

此判断本身并无错误，然而杀手是在怀着恶念拖行他，并不是在拉雪橇。有好几次，杀手刻意把他撞到墙角，当她把他拖进目的地——女厕所的时候，韦一宸浑身已经多出了好几处青肿。

曹砥把韦一宸拖至窗户处，让铁链一端在横穿窗户下方的输水管道上绕了几圈，固定住。韦一宸背靠在墙壁上，感觉到右边肩膀碰触到什么东西，转头一看，发现竟是负责守夜的女干员的尸体，以和他类似的姿势坐在旁侧，面部已经血肉模糊。他怒火燃起，要拔枪反击，但曹砥双手按在窗台上，像大力射球一样，毫不留情地踢过来。他抬起单手遮住面部，但这防护并不完全，依然被踢得眩晕不止。手臂拿开的时候，其表面已经粘上了自己的鼻血。但就在他以为攻势中止的时候，又结结实实地挨了一脚。

“你身上还藏了不少东西。”曹砥趁韦一宸神志不清，开始搜身，把手枪和Byrna HD Slim都找了出来，放在旁边的马桶上。

“说吧，”她蹲下来，“鉴证师藏在哪里？”

韦一宸发觉，眼前的敌人不但出手凶狠，而且就算占了上风，也不会傲慢地松懈下来，盲目露出破绽。他目前基本是坐姿，双腿平放在地面上。她蹲下来问话时，有一边膝盖特意压着他的腿，防止他用脚反击。另外，束缚着韦一宸的铁链，在水管上绕了好几圈后，多出来的大概一米长的一截，依然被女杀手紧紧缠在左手上，而且她还把左手藏在身体侧面，防止铁链被夺。

“我不知道什么鉴证师。”韦一宸说，“你自己去找吧。”

“你想吃苦头？”曹砥问。

“你……难道你想在这里拷问？”韦一宸用空余的手，擦掉堵塞在鼻孔处的鲜血，继续说，“你这么用心，肯定已经预先放倒了好几个警卫。但这里毕竟是医院，你没有太多时间，马上会有人来的。”

“说得也对。那我还是直接把你杀了吧。”

曹砥站起来，后退一步，要去拾起地上的女干员的枪。韦一宸等待的就是这个机会。之前曹砥搜身的时候，没有找到他藏在背后皮套的短棍。在她把手伸向枪支的同时，他将同时拔出短棍，掷出——

韦一宸的手刚刚抬起来，曹砥的动作就停下了，转过脸看着他，说：“果然。”

她再次上前，狠狠踢了韦一宸试图搞小动作的右臂一脚，然后把手探到他背后，摸索了一下，抢先拔出了短棍。

“傻小子，我早就知道你背后有东西了。我就奇怪，把你拖过来，怎么一路上叮叮咣咣地响个不停。我只是想看看你玩得出什么把戏而已。”

她在手里把玩、舞动了一下短棍，动作迅捷而流畅，显然对这类武器有经验。

“没啥意思。”

她随手把短棍朝旁边一抛，把它扔进了一个厕格里。韦一宸甩着酸麻的右臂，突然听到了令他沉痛的“扑通”一声。

“放心，我暂时不打算杀你。你的想法其实是对的，我要换个方便的地方问你话。”

“那你只能把这东西取下来，否则，只要你不松手，其实等于我们两个人都被铐在这里。”韦一宸抬抬脖子，意指束缚他的金属套环，“只要取掉了，说不定我会乖乖跟你走。你敢吗？”

曹砥冷笑了一声，然后把缠在自己左手上的锁链松开，重新绑在女干员尸体的脚踝上。她不是单纯地打了一个死结——锁链末端有一圆形活扣，把两个交叉的链环给扣住了。韦一宸意识到她要做什么，想伸手阻拦她，但是被她挥手挡开。

曹砥抱起女干员的尸体，从窗户抛下去，尸体直线下落到极限，锁链顿时收得更紧了，韦一宸听到了水管被挤压的声音。与此同时，和金属环直接接触的左手以及脖颈皮肉，瞬间体会到了更强烈的疼痛。于是，尸体成了悬挂在窗外的重物，依然死死地把韦一宸束缚在原地，而曹砥则解放出了双手。

“好好待着，我去拿点东西，马上就回来。”曹砥说，然后收起扔在地上的枪，放心地离开厕所。她明白，韦一宸如果要重获自由，需要做两件事。首先，他要用一只手把尸体尽量拉上来（假设他有这样的余力），然后解开它脚踝上复杂纠结的锁链。然后，他还要解开缠在水管上的那一截锁链。没有人可以在三分钟之内完成这两件事。哪怕完成了，他还是遍体鳞伤，手无寸铁。而曹砥现在打算做的事情，花费不超过一分钟。

她回到韦一宸先前埋伏的病房中。被铐住的假冒医生果然还在原地。他是共鸣会的成员，与曹海没有关系。所以，与其说他是来和曹砥合作的，不如说他是来监视曹海能不能兑现承诺，派出得力帮手。曹砥走进房间时，假冒医生不怀好意地一直瞪着她，她没有理会。她左右看看，找到了韦一宸从敌人身上收缴之后搁置角落，灌满药剂的针筒。她拿着针筒，回到了女厕所。

韦一宸保持着原有姿势，疲惫地低着头，嘴边和下巴上都是凝结的血斑。曹砥再次蹲下，要给他注射药剂。使用这些药剂，只要数秒钟就能让他失去意识，之后再把他带走就方便得多了。

厕所内缺乏光线。韦一宸的背脊和墙壁之间，有些微的缝隙，完全隐藏在一片漆黑之后。曹砥靠近的时候，看见韦一宸的坐姿稍有改变，似乎腰背挺得更直了一些，但这并没有引起她的警觉。也许，他只是稍微挪动了一下，让身体不那么难受而已。

变化发生了。曹砥听到了布料与坚硬物质短暂摩擦的声音。眼前骤然一片漆黑。有东西遮盖住了她的面部。遮盖物上有血腥气。

韦一宸明白，他是不可能短时间内解开锁链的。所以曹砥一离开厕所，他就有了别的行动。他勉强站起来，使出全身力气，紧握着锁链，把尸体拉上来一些，然后除下了它的制服外套。他把这黑色的外套，藏在了背后。刚才一瞬间，他把外套猛地甩出来，遮盖住了曹砥的面部。

曹砥左手依然捏着针筒，右手要去扯下外套。韦一宸趁此机会，腰部一振，双腿抬起，绞住了曹砥的脖子，且其中一只腿正好压住了外套的一角，让她更难脱身。如果现在韦一宸双手自由，战斗就已经结束了，但因为依然有半身遭束缚，无法形成绞杀。他立刻伸出右手，紧紧钳住曹砥握着针筒的左手，往上一推，把针管刺进了她的脖子下方，靠近左颌的位置。

曹砥在第一时间有了反应。她索性捏碎了针筒。玻璃碎片，混合着针剂以及两人掌心的鲜血，滴在地面上。但是，依然有至少三分之一的药剂注入了她体内。她摸黑揍了韦一宸胃部一拳，韦一宸感到一阵想吐的冲动，力气被卸掉，本来就无法成形的双腿绞杀被破坏了。曹砥挣脱出来，扯掉制服外套。她怒不可遏，想再出手，但是突然察觉到，虽然针筒已碎了，针头还深深扎在她体内，几乎没入肉里。她用两根指头，拔出了长长的已经变成红色的针头，扔在地上。血水在厕所地面的污水中漫开。

她咽不下这口气，十分想用残忍的手段，杀死眼前的对手。但因为药效极猛，加上她血气上涌，所以即便只有三分之一的药剂，已经让她大脑眩晕起来。她突然明白，自己还是大意了。这家伙一开始打着手机，毫无防备就中了她的陷阱，她还以为只是平庸之辈。如果她更谨慎一些的话，就应该考虑到：特意把他绑在尸体身边，就是为了恐吓他，但他从一开始就几乎没有丝毫的惊恐，只有很快控制住的愤怒。并不是说他不害怕遭到痛打，而是他显然已习惯了直面战斗之中的生和死。这样的人不会是新手。她应该第一时间就折断他的手脚才对。

如今，强打精神杀死这个男人，对她没有任何好处。天知道他还有没有藏后手。而且，一旦药效完全发作，她在此地失去意识，那么必然会被抓捕。

曹砥转过身，跌跌撞撞地冲了出去，又用肩膀顶开了旁边的防火通道门。大脑中的眩晕不是静止的，而是仿佛有人把她的脑浆全部替换成了高浓度酒精，而且还在其中搅弄出漩涡。她几乎已经分不清楚，眼前的漆黑，是受到了药剂影响，还是周围环境本就如此。呼吸也变得困难；耳朵似乎快要听不见自己的呼吸声了。她无论如何都要安全撤离。曹海特意叮嘱过她，共鸣会是绝不可信任的。对方提供了人质，但目前很难说那个叫苏垂木，号称曾是苏晏养子的金发男孩，到底是人质，还是间谍。所以，这明面上是互相借力，但暗地里仍然是在互相斗争。

出行前，曹砥难掩兴奋感，因为她很多年都没有操作过曹海交托的任务了。她急于表达，蛰伏多年之后，她的功夫没有半点锈斑。但曹海对她说：

“苏晏会派人监视你。哪怕没有找到鉴证师，问题也不大，只要让共鸣会感觉到我们有认真按约定办事就可以了。你注意一点，有危险就撤退。别忘记了，你的命是我的。我不下令，你就不要为其他任何人多流一滴血——尤其是共鸣会。”

她几乎是凭着运动本能和对地形的记忆，从防火通道楼梯逃向底层。当她以为还要继续下台阶的时候，却踩中了松软的泥土。她已离开了大楼，滚进不知处于什么位置的绿化带。月亮并没有照亮此处。她也许昏迷了一小会儿，也许没有。她动动右手中指，感觉有点痒。有一只蜗牛，正在小心翼翼地翻越她布满老茧的指尖。

韦一宸精疲力竭。杀手逃跑了，他其实也松了一口气。他本来只考虑到利用隐藏起来的干员制服进行反击，但反过来利用针剂，是临场应变。曹砥捏碎针筒的时候，也有少数药液通过手上的伤口，进入了韦一宸的血液。他想呼救，但迷迷糊糊地睡过去了。数分钟后，几名警卫赶到，唤醒了他。他半睡半醒地说：“先救她，先救她。”警卫回答他：“救谁，还有生还者吗？”被揍迷糊的韦一宸这才想起来，悬在窗外，和他的身体绑在一起的同事，早就是一具尸体了。

10　消失的气味

在共鸣会十七号社区最北侧的角落，还有一栋矮小的建筑物。共鸣会的人叫它“冥想区”，为缺乏精力，暂时不参加分享会的人提供独处空间。一人一室，有基础生活资源，但不能和其他任何人交流。且想使用该设施的人，必须经过申请，一旦进入，就必须度过至少四十八小时。

这是渊容最后的搜索目标。

如果想把伊莎贝尔和娜娜娅藏起来，却又尽量不影响社区内秩序，那么除了自由居住区，就只有冥想区了。

进入此处之后，渊容发现与其说这里是居住区，不如说是监狱。一条宽敞、光洁的走廊两侧，各自分布着一排胶囊式的纯白可移动房间，共有十六户。如果有人占用了一间房，房门外会有门闩放下，只有从外面才能打开。由此判断，这十六间胶囊房屋，里面都没有人。大门的正上方墙壁上，有一面设计特殊的圆形窗户，被金属制的共鸣会号角分割开来，这使得穿透玻璃的月光，在地面上分成了苍白的六片花瓣。这显然是有意图的设计。当一名成员经历了四十八小时无人交流的“冥想”，准备回到社区之中时，首先看到的，可能就是这仿佛准备温柔包裹他的六道光芒。

在走廊末端，有一处顶灯亮着。圆形的光弧中，站立着一名头发已花白、腰间配着一把长刀的中老年男子。

“你是谁？”渊容说。

“你就是‘老师’吧？”男子说，“我是‘守塔人’。说起来，这肯定是我们第一次见面，但面对你，我却不觉得陌生。”

“同感。我听说你会用二十多种武器。但你今天好像只带了一把刀。”

“那些都是小把戏。当杀手的日子其实是很无聊的，如果能为别人制造一点谈资也不错。但既然要和你打，肯定就只能使用这把刀——我打出生以来学会的第一件武器。”

守塔人抬起右手。指间捏着一把钥匙。

“只有这把钥匙，才能打开我背后的门。你想找的人，就在门后面。”

他说完，张开嘴，把钥匙吞了下去。

“……你是怎么被收买的？”渊容说，“他们不会付钱给我们这样的人。”

“你搞错了。我没有被收买。”守塔人说，“今天是我和老婆的三十周年纪念日。就当是我送给她的礼物好了。”

守塔人话音刚落，渊容就从他眼中消失了，融入黑暗，快速接近。他的脚步声急促而又飘忽不定，仿佛鸟群从夜间的草丛中惊起，又从低空掠过。

守塔人在亮处，背后是墙壁，笼罩着他的圆形光弧半径约为三米。为了不惊动安防司，这场战斗不能打开室内所有的灯。他并不担心，因为“老师”没有长武器，必然也要闯入这片光之中才能和他交手。守塔人放低重心，右手置于刀柄，准备捕捉渊容身影，再挥刀斩出。

但是，凭声音判断——就在渊容要进入圆形光弧的一瞬间，他的脚步声突然消失了。在那一瞬间，守塔人的想法是：渊容在寻找入侵的角度。

事与愿违。他听到上方传来玻璃破碎的声音。渊容掷出鞋上的利刃，击碎了灯。光弧消散。两人都没入黑暗中。碎玻璃散落。守塔人拔刀自卫。毫无预兆，左侧有一股凶猛且锐利的冲击力，击中了他刀身的侧面。刀咣当落地，而他执刀的右手也遭到牵引，虎口酸麻，食指扭伤。他立刻想凭着刚才的声音，判断刀的位置，将之拾起。但手摸过去，地面上空无一物。然后，他感觉到冰冷的刀刃轻轻碰触他的后颈。

他轻叹了口气，盘腿坐了下来。

“难道你长着猫头鹰的眼睛？”他说，“一片漆黑，我手里有刀，你竟然丝毫不停顿，直接朝刀身踢过来。如果我不是竖着拔刀，你的腿就完了。”

“从架势可以看出来，你准备使用居合斩。在拔刀之前，必须先踏出一足。我打碎了灯，玻璃撒在地上，使你无法踏足，封住了居合斩。像你这样的高手，肯定会改变刀路，变换成守势：要么把刀刃竖起来，要么左手持刀鞘，右手持刀。我听见你刀鞘底部敲击地面的声音，可见是竖起刀刃，就立刻出腿横扫了。如果你是水准差一些的剑士，根本不考虑踩中玻璃碎片的问题，慌乱中使出不完整的居合斩，我可能已经被斩死了。”

“这么短的时间，做了这么多判断……呵，我要是年轻二十岁……”

“不好意思，我实在是心急，所以用了赌一把的战术。”渊容把刀刃稍微往下按了一些，“有遗言吗？”

“有劳你，我最后还是赶在老婆前面先去见阎王了。没有什么可遗憾的。”

渊容做了他该做的事，又取出了死者体内的钥匙。他用镁粉尽量弄掉钥匙上的血污，然后把它插进锁内，一扭，门开了。他轻轻推门——门开了一道缝——内侧却有一股相对的力量，把门挡住了。

那力量不强。渊容用不了三分力气，就能强行把门推开。但他知道门后是谁。哪怕守塔人的血腥气还飘浮在四周，只通过这一小道门缝，渊容还是闻到了他最熟悉的气味。

“伊莎贝尔。”

“别进来。”她在里头说，“求求你。”

“我不会伤害你。”

“我知道，但是娜娜娅也在屋里，她在睡觉，我不想让她看见……”

渊容沉默了。

“你……你做这些事情，”伊莎贝尔的声音颤抖着，“……为……为了什么？是为了钱吗？”

“无论我现在说什么，你都不会信。”

伊莎贝尔没有说话。但渊容觉得，她一定是在黑暗中微微点了点头。

“以后再聊。你先别出来，就留在里面，安防司马上就到，你不用怕。我……你和娜娜娅，是我这辈子最重要的人。你想知道真相，只有这件事是绝对不会变的真相。”

“你现在这么说，只会让我害怕——”

渊容没有回应。伊莎贝尔感觉到，门外的压力消失了。和渊容不同，她并没有闻到熟悉之人的气味，只闻到了让她作呕的气味。她浑身无力，坐在地上。

五分钟之后，安防司护送着伊莎贝尔和娜娜娅，离开了十七号社区。守塔人的尸体，给了安防司更直接的干涉理由。

“这次真是打扰了。”覃元政对苏晏说，“不过，可能很快就会再见面的。”

苏晏脸色很难看，一言不发。

覃元政心情不错。他也接到了另外两个好消息：敌人果然有针对叶春璟和辛格南的袭击计划，并且都遭到了挫败。

但这情况，绝不是完美无缺。因为到目前为止，渊容的自首，依然只是一句承诺而已。如果他就此消失，那么覃元政暂时还想不出什么阻止的办法。

但至少，今天可以回去睡一觉了。

按照预定计划，要把伊莎贝尔母女送往安全的地方保护起来。

但在她俩上车前，他突然提出，让母女分开坐不同的车辆，从不同的路线，前往同一目的地。因为敌人很狡诈，所以这样更安全。

伊莎贝尔一开始很严厉地拒绝，但是她显然精神和身体都很疲劳，无力争辩，最终接受了安排。娜娜娅上了一辆防弹车，由覃元政亲自保护，伊莎贝尔上了另一辆车。

安防司撤离了十七号社区。在社区门口，已经有从其他社区赶来的共鸣会成员在集结了。

幸好，这些麻烦暂时都可以甩到脑后。

覃元政坐在他那辆车的副驾驶座，一名女干员在后座照顾睡着的娜娜娅。伊莎贝尔是在把她哄睡之后，才与她分开的。

已经过了午夜。车辆在几乎无人的街道上行驶着。覃元政回顾着行动的每个细节，考虑下一步的计划。

突然间，他听到了一声巨响，整个车子也震荡了一下。

根本无须下车，覃元政就猛然察觉，发生了什么。

在后视镜中，另一车辆远去的方向，浓烟和火光相拥着，震碎了天空。

事后调查显示，发生爆炸的，并不是运载伊莎贝尔的车辆，而是斜刺里冲出来的另一辆车。它的速度极快，从侧面把伊莎贝尔的车推入了路边的一家怀旧服装店。随后，安置在它前侧的炸药爆炸了。这是一次毒辣至极的埋伏，唯一的目的就是灭口。尸检显示，伊莎贝尔可能在撞击之后数秒就身亡了，没有承受烈焰灼烧之苦。

覃元政的胜利和满足感，从那一夜离开十七号社区开始，直到发生爆炸，存续了不超过五分钟。如果把他用来担忧“渊容是否会履行诺言”的时间也减去，那么他也许只轻松了两分钟而已。在看到火焰的那一刻，他就有此预感：渊容一定不会轻易遵守诺言。当初的约定是，安防司要救出他的妻女，且两人在行动中都不能受到波及。显然，安防司并没有完成约定。覃元政一度担心渊容会立刻回到十七号社区，痛下杀手，谋害共鸣会的平民，但至少他没有这么做。

在渊容相关事宜的处理上，除了等待其人再次现身，覃元政做不了什么。现在恰恰不应该激怒这名杀手。

他还有其他重要的事情要做，例如试图把那辆引爆的车，和共鸣会之间建立起联系。这还需要一些时日。那辆车使用了假车牌照，暂时追查不到来源。他安排了另一组人，追查袭击辛格南顾问的暴徒。目前最有价值的线索，是韦一宸在医院活捉的那名假冒医生，目前已经确认他是共鸣会成员，虽然并非来自十七号社区。既然总部本来就不会接受与杀手合作这一说法，那么他更要把这些所有线索、材料，组织成一份完整、可信的，关于共鸣会的罪状。

在那次爆炸中，一共五人丧生，只有一名生还者——驾驶另一车辆护送伊莎贝尔的四组的老田。按照原计划，伊莎贝尔和娜娜娅应该都坐上老田的车，离开现场。如果不是覃元政当时出于谨慎，让母女两人分开，后果不堪设想。

老田只是暂时活下来而已。他全身百分之九十以上烧伤，多处内脏衰竭，医生已经对他下了三次病危通知书。覃元政通过调查行车记录仪、马路交通摄像头，发现老田当时的行车路线有问题。他没有走回分部最快、最直接的路线，而是多绕了一个路口。如果不是因为这样，就不会碰上敌人埋伏在附近的车。

这个行车路线是很可疑的，但覃元政没有机会询问了。

老田挺不过今天晚上。

覃元政坐在病房外，看着医护们拥入老田的房间，进行抢救。他不想亲眼看见老田咽下最后一口气。他回想起来，自己过去多少次为了逃避耻辱感，而强行让老田帮忙，把母亲从嗣水塘的赌场里带出来。覃元政曾经想趁老田神志还清醒的时候，对他道个歉，但现在已经来不及了。

后来，覃元政去老田家慰问的时候，他的家人把老田放在家中的，一些与案情相关的资料找了出来。在放置着那一堆文件的蓝色塑料篓子的最底下，覃元政找到了一枚共鸣会胸章。

11 火蚁

月亮像苍白的图钉，又一次嵌入黑色的天幕。

一辆车子载着苏晏，在林间小道中穿行。在后座的苏晏，右手轻托脸颊，食指搁在人中位置。她突然从这食指上，嗅到了刺鼻的机油味，立刻厌恶地把手放了下来。

十分钟前，她刚刚在山间的小屋里，与共鸣会另外五名言司级领导人开完会，现在正在回程途中。会议的气氛十分紧张，她不得不提早离开。包括她在内的六名领导人，在规则上拥有平等的话语权，而她最近实行的一系列计划，并没有得到所有人的认同。

当初，利用渊容暗杀辛格南这个提案，包括她自己在内，一共也只有三名言司积极赞同。她花了好一番功夫才说服剩下三个人。反对者的意见是，辛格南本人生活不检点，应当通过共鸣会成员的力量，调查出他更多的劣迹，再用计使他屈服。且苏晏过于依赖杀手，也让其他言司心中产生了不安。如果这次成功了，谁知道她以后还会利用杀手对付谁？这一点，所有人都心知肚明，只是尚未撕破脸皮。

而与曹海帮派交好，试图利用他们在同一时间抓捕鉴证师，则完全是苏晏一人私下的决定。这是她的另外一个计划：设法把杀手和鉴证师联系在一起，利用她之前拍下的视频，制造谣言，再次在公众眼里抹黑鉴证师的形象。共鸣会最初能够建立，就是因为人们急需排解对双宿现象的恐惧，共鸣会认识到了这一点，并且加以利用。所以，他们必须惩罚那些如灾难信使一般的人——鉴证师。对试图借助共鸣会的理念，来压制双宿恐惧症的人来说，鉴证师的存在，无异于在说“狼就在我们身边”。

苏晏认定，这两件事如果都做成了，她有希望成为共鸣会的实质性领袖。哪怕只做成一件，也能让风向倾向于自己。

但是两件事都失败了。

苏晏怎么也没想到，渊容竟然选择和安防司合作。这是唯一可能的答案。否则就无法解释，为什么渊容找到了妻女，却是安防司将她们带出。苏晏只能在会议上承认，自己对渊容不够了解，导致了失误。对于本来就认为她行为过于急躁、激烈的反对者而言，这毫无疑问地验证了他们对她的负面判断。她早就想明白，绝不能让和自己关系太近，容易被追查的“守塔人”去暗杀辛格南，所以才设法利用号称万无一失的杀手——然而他却和安防司合作了！

唯一成功的，是处理好了退路：在暗杀失败，伊莎贝尔被救走的前提下，让她永远不能再说话。但对苏晏来说，单独干了这个，目前没有更大的意义，而且那场离社区距离过近的爆炸，也已经引起了不少社区居民的不安。

以这样的失败者姿态参加会议，是让她最屈辱、最不愉快的经历之一。她以需要收拾残局、应对安防司为由，提前离开。

不用说，另外五人看出了她的慌乱和焦躁。他们之中本来还有两人可以算作和她同一派系。但是她离开时，从他们的神情来判断，事情已经开始发生变化。

其中一人对她说：“你老公的事，请节哀顺变。要不你多休息几天，扩展新社区的事情先放一放，要不心里不舒服，人也累，身子垮掉就不好了。”

她回答：“我忙着，心里也好受些。”

连苏晏都不得不承认，没有比这更虚伪的对话了。对方当然知道，她和“守塔人”分居已经很多年。步入晚年的他，不过是一条愿意随时为她丢掉老命的疯狗。

但是，这位“前夫”对她着魔式的迷恋，让苏晏偶尔回忆起年轻时的自己，在众人之中所受到的优待。从这个角度来说，失去了他，确实还真的让她有些许失落。

她必须考虑下一步。最坏的情况是，她必须离开共鸣会。

这样看来，把养子送到曹海那做人质，现在显得更有价值。如果她的确要被迫放弃共鸣会，那么——

手机突然响起。来电的正是虚情假意让她“节哀顺变”的人。

她接听了。电话里杂音不断，混合着焦急的喘息声。

“你死定了，死……”那人的话语声断断续续，“贱人，你竟然……害我们……杀了……给我……”

苏晏没来得及说话，电话就挂断了。

她不明白。在她离开之后，剩余五人必然还在谈话。然而，就算他们决定和她决裂，那应该也不至于在电话中威胁要杀死她。

一定发生了什么变故。

“开快点，早点回到城里。”她说，“越快越好。”

司机应了一声，加快了速度。这一路上，充满碎石、断枝，车身开始明显地震荡起来。

数分钟后，车辆突然剧烈震动了一下。

“搞什么？小心点！”她说。

“不好意思，苏太太。”数秒钟之后，司机回答，“不知碾到了什么。要停一下车。”

车辆在黑漆漆的泥泞小道上停了下来。司机和副驾驶都下车检查了一下，然后在外面隔着玻璃说：“要换两个车胎。请您先下来吧，五分钟就好。”

苏晏有不好的预感。只有车灯泛泛地照亮了两侧的杂草与树木。那些扭曲、纠结、发白的树干，一如从黑夜的裂口中涌出，已经凝结的脓液。

除了司机、副驾驶，在苏晏左右，各有一名保镖。

“小心一点。”她叮嘱他们。

所有人都下车了。两名保镖从座位下方拿出轻机枪，握在手里。

司机和副驾驶拿出了备用车胎和工具，正在更换后胎。一名保镖站在车子左侧。另一人和苏晏一同站在车子右侧。

一阵凉风吹来，林木应声响动，仿佛有无数细小的婴儿手指在反复拨弄树叶。苏晏不由得打了个寒战。保镖想脱下外套，给苏晏披一下，但她挥手阻止了，要求他继续专注观察周围环境。她看见保镖的前胸口袋里有一包烟。不知为什么，因为曾经切除肺部良性肿瘤，已经戒烟多年的她，如今突然有点想抽烟。

她转过身，突然发现，站在车子左侧的保镖不见了。在这之前，没有听见任何值得怀疑的声音。她左右看看，依然没有那人的踪影。她碰触了一下身边保镖的肩膀。保镖又通知司机和副驾驶暂停换车胎。他们绕着车走了一圈。在任何方向都没有发现失踪者。

“你，把枪拿出来。”保镖指示副驾一同保护苏晏，命令司机一个人换车胎。

苏晏依然站在车子右侧。高大的保镖和副驾一前一后保护着她，分别防守着两个180度的火力圈。她能感觉到他们因为紧张，身体冒出热气，她却一阵发凉。

“换好了！”独立换好车胎，满头大汗的司机站了起来，迅速把工具扔进后车厢，再合上车盖。

车盖合上之后，苏晏和保镖突然发现，司机瞪大了眼睛，似乎想说什么，却又说不出。他抬起颤抖的右手，探向自己脖子后方。他还没摸到刺入后脑的那枚利刃就往前一倒，脑袋重重砸在车盖上，然后整个人以不自然的姿势，滑落在地。

保镖立刻把苏晏推进车中，动作很急，苏晏几乎是面朝下摔倒在后座上的。保镖又挥手指挥副驾驶。副驾慌慌张张地要从左侧进入驾驶座，半个身子刚钻进去，突然觉得右脚一阵撕裂般的剧痛，惨叫起来。保镖发现了此变故，迅速绕过半个车身，要去截留敌人。但他晚了一步，只看见副驾驶一边发出令人心悸的惨叫，一边用扭曲的手指扒着泥土，被看不见的力量拖进黑暗的树林。保镖朝着他被拖走的方向疯狂扫射，除了好几株树木中弹的声音，没有其他任何回响。泥浆中，只留下了两排混合着血丝的手指印。

“王八蛋！有胆给老子滚出来！”

保镖失去了理智，几乎忘记了他要保护苏晏，一边嘶吼着一边朝四面八方扫射，甚至击碎了车窗，碎玻璃撒在苏晏的头发上。苏晏心脏剧烈跳动，拔出自己的手枪，好不容易才把它握紧，然后从前方两张座椅之间挤过去，在驾驶座上坐下来。她用颤抖的手和脚，尝试发动汽车，但是汽车引擎盖只冒出一些火花，车子几乎毫无反应。她再次尝试——与此同时，枪声消失了。她抬头一看，保镖跪在了地上，机枪掉落在地。他双手捧在一起，放在下颌附近，仿佛徒劳地要接住他残余的生命。

苏晏尖叫了一声，手脚并用，从右侧的车门爬了出去，然后疯狂地朝树林中逃去。但年龄原因，加上受到惊吓，她手脚并不灵便，一瞬间消耗了大量体力，呼吸困难，根本没有跑出多少步，也完全弄不清楚自己是朝着哪个方位逃跑。

她摔了一跤，慌慌张张地爬起来，随手一探，摸到了什么湿滑的东西。她一看，是第一个失踪的保镖。在腥臭和惊恐的双重刺激下，她晕了过去。

不知过去多久，她醒了过来。眼前依然是黑夜。她发现，自己被铁链绑在车顶上。铁链的剩余部分从两边车窗之间穿过，所以无论如何挣扎，她都动弹不得。嘴里也被塞了东西。

突然间，黑色的身影纵身跳上车顶，居高临下地看着她。

渊容蹲下来，他的脸离苏晏惊恐万分、充满血丝的眼睛只有数寸之远。

“你是我这辈子要杀的最后一个人。”他说，“但是你这张脸，根本不值得我记住。”

苏晏尖叫，却无法叫出声。

三分钟后，有烈焰燃起。

渊容无意在旁观看。他很快消失在了黑暗中。车辆不易燃，所以火势短时间内没有变得特别猛，只是显得更诡异，有许多分岔的火焰，像一截截被割断的红色舌头，不停吐出明亮得刺眼的岩浆。这火焰无人观赏，更无人哀悼，只有树林中那些受到惊吓，不得不避开它的夜行小生物，见证了它的存在。

12　另一个约定

“阿春现在不想见你。”

这天下午，在医院小园林的凉亭中，周亢对韦一宸说。上一次的战斗中，韦一宸只受了一些挫伤、扭伤，问题不大，但覃元政要求他至少静养三天。

“啊？为什么？”韦一宸一边惊讶地问，一边用右手捏着医生手写的药单，驱赶蚊子。

“她过意不去。”

“有什么过意不去的。”

“我和她聊了不少……她老觉得自己像个负担，对大家有亏欠。当然，遇上这些事，都不是她的错，而且她还吃了那么多苦头。医生也说过，要是再晚十几个小时，她的脚可能就救不回来了。她刚到岚汸来的时候，还偷偷带着一把枪，对吧？”

“是。但是那把枪已经找不到了，应该是被那些人收缴之后，就弄丢了。这和刚才说的话题有什么关系？”

“她的原话是‘显得自己很傲慢无知’。因为事情特别严重，都有安防司干员为救她而牺牲了，还有你，好几次被弄得这身上红啊绿啊紫啊样样都来一点。当然那时候去酒吧我就看出来了，你是真的爱好打架，所以你自己也要负一点责任……”

周亢一边说，一边从包里扯出一张纸巾，捏在手里，探出去碰触韦一宸的额头，而她的眼睛也专注地盯着他额头某处。周亢的手突然靠近，韦一宸身体有点僵硬，直到她的手指点中了额头，他才说："你干吗？"

"你刚才自己在脑门上拍死了一只蚊子，都没感觉的吗？留了一大块红点子，像个大龄哪吒。"

"你提醒一声不行吗？我自己来。"

他想把那张纸巾接过来，却握住了周亢的手腕。在那一瞬间，场面变得有些尴尬，因为韦一宸手指有些举棋不定，似乎是要握着周亢的手，引导着她来帮自己擦拭血迹。周亢一度也这么理解了，但这其实不是韦一宸的意图。于是，韦一宸就这么轻握着周亢的手腕，导致她像画符咒似的，在他脑门面前悬空点了好几次。最后他终于把纸巾取了下来，说"我自己擦就行了"，周亢才把手收回去。

"总之，"沉默片刻之后，周亢说，"你别老说不能理解，也别老说她不用在意，这话听了会让人生气的。"

"我又不是半夜戴个面具去揍人，我是干员啊，这都是分内的事。所以……"

"又来了，问题就在这里。你们之间的关系，是普通的干员和市民之间的关系吗？你亲口和我说的，有她在，'感觉像多了一个妹妹'。你要是真把她当妹妹，那她高兴的、不高兴的，你都得接住。你有职业荣誉感是好事，但是不要一觉得话题走进让你不舒服的轨道，就躲到那后面去。我从来没有和你话说到一半，然后突然抛出来一句'对不起，我是记者，我要客观冷静'。我没这样吧？"

韦一宸哑口无言。一方面是因为他无法反驳，一方面是因为"感觉像多了一个妹妹"这句话，是他在被周亢拒绝的那一夜说出来的。有时候，暂时假装那一个晚上的事未曾发生过，有利于帮助他和周亢更自然地交谈。但她却毫不犹豫地把这句话复述出来了。

“我觉得他们这研究所也够不负责任的。”他身子稍微往后撤一些，有意换了话题，“连我们安防司干活，一般都是两人一组，他们竟然就这样把她一个人派过来了。”

“她和研究所联系过了，会有人来接她的。”

“那她什么时候回去？”

“研究所那边不了解全部事情经过，但是考虑到她需要养伤，所以他们让她自己决定。但阿春她……她对研究所的态度也挺复杂的。我问她，是不是不太想做这份工作了，她说不是。不过，好像她当年在研究所也犯过一些事儿，所以那边对她来说其实不是一个可以无忧无虑的环境。我没有细问。”

“她要回去的那一天，总会告诉我吧，我去送一送。”

“这个你放心。”

实际上，在谈到这个话题的时候，叶春璟曾经对周亢说：

“除非他们不想要我回去。反正我查过，我的博士学历在全世界绝大部分地区都得到承认，在岚汸也一样。我又不用怕找不到饭吃。”

对于这句话背后可能的意思，周亢没有追究更多。她刚才想和韦一宸提起这件事，但还是放弃了。

“我要走了。”她站起来。

韦一宸送她到医院门口。

周亢回头看看他。他的右边眼睛还没完全消肿，在太阳底下有些睁不开。

“你看看你自己吧，怪模怪样的。”

“……怎么突然骂人哪？好好说再见不行吗？”

“没什么……不是骂你。”她停顿片刻，并没有看着他，继续说，“每次和你说再见，感觉我都要忍不住说一句，好好照顾你自己。”

“你从来没有说过吧……”

“是的。我也不该说。因为如果你要是回我一句……‘我是安防司干员，我就是干这个的’……我可能心里会特别火。走了。”

韦一宸目送她离开。

这一天剩下的时间，他去看望了一下乔修书，聊了十分钟左右。比起他，乔修书的情况显然要更严重。韦一宸联系过姜黎，然而她对于乔修书瞒着她私下给分部帮忙，弄得又受伤的事情非常生气，拒绝来看望他，还把韦一宸给顺带臭骂了一顿。这个电话的事情，韦一宸没有透露出去。

夜里，他躺在病房，一想到明天一大早就能办手续出院了，突然兴奋起来，在床上翻来覆去睡不着。

这时，有一只纸飞机，从窗户飞了进来。他皱眉，将之拾起，展开。

上面是渊容的留言。他要求韦一宸与他单独见面，不通知任何人。如果韦一宸能做到，那么渊容将遵守自己的承诺。

13 佛祖失踪已久

三日之后的下午，韦一宸驱车赴约，且如渊容所要求的，没有通知任何人。

会面地点在人迹罕至的远郊，无法导航。韦一宸甚至不得不询问沿路菜农，才弄明白方向。

前一日，安防司在树林中发现一辆被烧毁的车，以及数具焦尸。其中一具尸体被认定是苏晏。虽然没有直接证据，但覃元政和韦一宸都只能认为，动手的人是渊容。他以一种不像他的手法，报了仇。基于这一点，韦一宸很难预料，今天将要碰面的渊容，会是怎样一种面貌。他本来不担心自己的生命，但是在和菜农进行一番效率不高的交流之后，随着离目的地越来越近，他的心跳开始加速。

他到达目的地时，空中灰云密布，如喝饱了工业污水的雪堆。这里是山脚下的一片平地，附近毫无人烟。从四周随处可见的古老建筑残迹判断，这里曾是寺庙占地，如今却像经历过无数次暴风席卷，一切香火、拜谒、冥思的痕迹都毁灭殆尽。有涂鸦艺术家在一排古墙上留下画作，那是一只巨大的红色眼睛，但不知是出于创作意图，还是涂鸦者失去了兴趣，眼睛的下半部分没有上色，一片空白。在这涂鸦上，韦一宸一眼就发现了数个弹孔。

韦一宸没有立刻发现渊容。残余的铺路石把他导向唯一还能立得起来的建筑物：一座七层高的楼阁式佛塔。塔的中段遭到严重损毁，仿佛侧面被生生啃掉了三分之一，露出内部饱受风吹雨打、烟熏火燎的木柱和楼板。

当韦一宸离佛塔还有十几米的时候，他看见一个黑影，就站在一层入口。因为光线不足，所以其腹部以上的轮廓，都无法辨清。就在韦一宸发现人影的一瞬间，其人就瞬间隐入塔内。

他深呼吸了一次，有些犹豫。他已经有两次踏入渊容的陷阱，连反击的机会都没有。而现在渊容要再次把他引入暗处——而且丝毫不掩饰这意图，仿佛是一种嘲弄。

他拔出手枪，紧紧握住，以假设塔内有持枪敌人的应对方式，小心翼翼地步入其中。正是由于佛塔中层的大面积破损，所以塔内的空气并不像韦一宸预料中那样滞重，而更像是进入了上有大型风口的洞穴。一层正前方曾摆放三米多高的佛像，已不知所踪，如今只剩下基座的一部分和墙壁上隐约可见的青灰色佛像轮廓。

“把枪扔了。”

声音来自上层。韦一宸立刻抬头，枪口也指向上方。从第二层往上，有大量光线从外部透入，而一些木柱、楼梯交织而成的阴影，成为最黑暗的角落。

他没有发现人影。胃部紧缩，不适。

“你和我说一个人来，我做到了。没有说不让我带枪。”

“右边，走三步，有一块松动的木板。把枪放下面去。放心，不会有人来顺手牵羊的。”

“你什么打算？还去不去自首？”

渊容没有回答。韦一宸深呼吸了一次，朝右走三步，脚碰触到了那松脱、半边翘起的木板。他遵照指示，弃枪。

几乎就在他重新把木板合上的同时，背后不远处就传来了轻盈的落地声。韦一宸立刻转过身。渊容站在五米之外，身着战斗装束，但没有遮掩面部。他的神情，比上一次在嗣水塘会面，看起来要更平静、松弛一些。

“……聊一聊？”韦一宸说，“你该不会是让我来看什么名胜古迹的吧？”

“这座塔，每隔一百多年，都会被破坏，然后又重建一次。”渊容抬头，远望高塔中央，“在双宿的时代开始之后，它又被破坏了一次，但这次再也没有人来重建它了。”

渊容话音刚落，刹那间一个踏步、跃起，朝韦一宸踢出腾空一脚。韦一宸举臂接下这如鞭子般锋锐的一击，仿佛觉得自己的骨头在吱嘎作响。在接招的同一瞬间，他突然想起了什么，汗毛倒竖，立刻朝后方撤退，拉开距离。渊容落地，他在起跳点掀起的灰尘，缓缓落下。

“后撤是对的。”渊容说，“你怕我会顺势用足刀割伤你。”

韦一宸低头看了看，确认渊容的鞋子尚未出刃。但他想，也许这只是为了麻痹对手。

“你让我把枪丢掉，自己却留着那么危险的东西，是不是有点小人。”

“你错了。我身上没有带任何利器。”

渊容说完，把鞋子脱下，踢到一边，赤脚着地。

“这样你总该信了吧？”

韦一宸不答话，保持坚守架势。刚才那一瞬间的交锋，有让他觉得十分不自然的地方。他曾经面对渊容的足刀，因为与其正面碰撞相当危险，所以他都是以闪避为优先，而且刚才交手之前，他就已经做好了随时闪避其足刀攻击的心理准备。但是渊容出脚的时候，他的第一反应却成了以手臂为盾，硬吃这一击，“闪避”的念头似乎迟了一步。

“足刀是拿来杀人的，不是拿来‘比试’的。”渊容仿佛看出了韦一宸的疑虑，“面对功夫弱的人，用足刀可以一击必杀。在被多人围攻的时候，用它快速让人见血，制造威慑力，对我也很有利。但它也有缺点。它可能会卡在敌人的骨头之间；碰上擅用钝器的敌人，容易被击碎；最后，还要防止割伤我自己。这会限制我出脚的速度和角度。也就是说——现在的我，比使用足刀的时候更快、更准确。所以，你如果想躲开我的攻击，要更加把劲了。”

“你说这是‘比试’？”韦一宸说，“看来如果不揍你一顿，你是不打算说正事了。”

“想让我告诉你关于‘锡兵’的事情？跟我来。”

渊容说完转过身，短暂助跑之后跳起，以墙壁斜角为借力点跃至更高处，握住二层地板破损处伸出的半根木柱，利落地翻上第二层。

韦一宸看了看渊容借力的墙壁，又看看另一侧的楼梯，选择从楼梯噌噌地跑到二楼。

他还未站定，渊容果然再次袭来。韦一宸上次和渊容决斗的时候，双方都充分利用树木作为障碍，而这是初次在仿若道场的宽敞、平坦室内互搏。无论是因为韦一宸有心理压力，还是因为渊容更加迅捷准确，最初的三招，韦一宸用尽了全力，确实只能勉强接下来。到第四、第五招，他逐渐跟上了节奏。第六招，渊容向着韦一宸面门挥出一拳。韦一宸本有信心避开这拳，但渊容的拳头瞬间化为双指刺出。韦一宸一惊，立刻后退一步。渊容立即跟上，让韦一宸完全没有喘息的机会。虚晃几招之后，他再次出脚。这一脚比韦一宸预料中位置更低，竟是朝着裆部而去。若要侧闪，并非全无机会，但他还是选择后退。这样被反复紧逼、被迫撤退，他明显比渊容消耗了更多体力。

这一番交锋，古旧腐朽的楼板吱吱作响，红色木柱上的灰尘纷纷飘落。栖息于佛塔外壁巢穴之中的小鸟，似乎也感觉到震动，略微挥动了一下羽毛尚未丰满的翅膀。

“你怎么又插眼又踢裆的？”韦一宸说，“不用暗器，人反而更阴险了啊。”

“别忘了，我是杀手。对我们来说，什么方便用什么。在战场上也是一样。”渊容竟笑了笑。“何况插眼有什么好怕的？眼睛是快速移动的目标，插眼根本不实用，这是一种骗小孩的技巧。如果有人插眼，而且确实快、准、狠，你只需要这样——”

渊容点了两次头，用食指碰触一下自己的额头。

“就这么稍微一动。对方的手指和你的头骨高速碰撞，一定是他废掉。”

“……谢谢你啊。那你顺便讲一讲，对付踢裆有什么诀窍？”

“没有诀窍，你自己多练习。但是……”渊容停顿片刻，继续说，“如果你真的是‘锡兵’，就不可能会害怕这两招。”

韦一宸深呼吸，尽量使自己冷静。他明白，渊容不仅仅是在吊他胃口，更是在激怒他。渊容的眼神之中并没有轻蔑，但显然也缺乏面对强敌的紧张感。比起生死搏斗，这样被对方玩弄在掌心，更让韦一宸焦躁不已。

渊容右腿一闪，把地面上的半块碎木板朝着韦一宸踢过来。韦一宸避开这一击，但未能看清木板的锐利处，右肩被划了一道口子。他重整架势，而渊容已消失了。他听见外壁传来攀爬声，立刻追上去，从佛塔外壁破损处探出身子、抬起头，果然发现渊容向着塔顶攀去。

韦一宸立刻追随渊容，向上攀爬。佛塔外壁多有突出，并不缺乏落手、搭脚处，但有的砖块松动、破损得厉害，韦一宸不得不再三试探。而渊容似乎丝毫无此疑虑，动作如攀登扶梯一般流畅。在两人一前一后攀爬的过程中，空中堆积已久的乌云，终于下起了大雨。两人爬到塔顶之后，雨水几乎已经让韦一宸睁不开眼睛。若放眼望去，塔外的世界，仿佛完全浸润在不断升腾、翻覆的灰雾中。

“你没地方可去了，”韦一宸高声说，“不管你还有什么把戏，我们快点了结吧。”

“我问你。”渊容似乎不急于战斗，并未摆出架势，“你是双宿人吗？”

“我不是！”

“有证据吗？”

“……这种东西怎么证明？”

“说说你的童年。你的父母。”

“我凭什么要和你说这些？就算说了，你也——”

“那回答我这个问题。你和鉴证师相处这么久，有没有想过让她来鉴证你？哪怕是一瞬间的念头，有没有？”

“雨太大了我听不见。”韦一宸从背后的皮套里抽出短棍，“你自己说的，只让我把枪放下，所以这个不算。你和它聊几句吧！”

渊容笑了笑，右手探到后腰处，竟然也抽出了一根一模一样的短棍。他灵活运用手指，让短棍交替在左右手掌心高速旋转，制造出如向外旋转的莲叶一般的水花，然后反手握紧。

“眼熟吗？”他说，“活埋你的时候，从你身上搜来的。”

这句话激起了韦一宸的怒意。但是因为塔顶的倾斜度，和雨水造成的湿滑，无法毫不保留地向前冲。在这里战斗，可能一瞬间就会被击倒，从塔顶坠下。他冷静下来，然后脱下吸饱了雨水、影响行动的外套，把握着短棍的右臂缠紧一些，避免武器掉落。

在塔顶，安置着近八米高的塔刹。从刹顶的华盖，伸出四根金属链，分别连接着塔顶四角的飞檐。这些铁链像一个流畅的“丿”，只能小幅度晃动。渊容似乎又看出了韦一宸的想法，他转过身，绕到一根金属链之后，说：“到这来。”

韦一宸冷静下来。他走到离渊容不足一米的位置，两人面对面，中间隔着那根金属链。一旦被击倒，只要设法利用这根链子，就不会摔下去。这一刻，他们耳边的雨声似乎都小了很多。韦一宸的感官变得更加敏锐——他注视着渊容的眼睛，但似乎同时又能清晰看见，一大滴雨水在渊容耳垂积累起来，以及它随后下落、在肩膀上碎裂开来的一瞬间。几乎可以说渊容的表情是友善的——在攻守状态之外，他的嘴角显得相当松弛——但韦一宸觉得，渊容毫无杀气的眼眸中，有一种空虚、疲惫在逐渐蔓延。

“如果实在害怕，你可以用另外一只手握着铁链。”渊容说，“我也可以照办，这样就公平了。我来迁就你的打法。”

韦一宸挥出迅猛一击，渊容双手各持短棍一端，用中段将其截住，随后，他瞬间变招，改变棍身角度，引导韦一宸的短棍朝侧面滑落。渊容按照韦一宸第一击使上的力气，推测自己卸力的动作，会让韦一宸失去平衡，但事与愿违，韦一宸依然稳稳站立，左手摆拳，结结实实地击中渊容右侧身体。因缺乏旋转和出拳距离，这一击杀伤力不大，但着实让渊容吃了一惊。他发现，原来不知何时，韦一宸的左脚跨过了铁链，并且把小腿肚后方倚靠在铁链上，锁住了身体，保持屹立不倒。渊容立刻反击，右脚跟如铁锤一般踩踏在韦一宸左足的足背上，同时还施加了一些旋转脚踝的力量，让这一招更为毒辣。脚背是较少受到打击的脆弱部位，并且布满神经，这一下造成的钻心痛楚似乎在一瞬间穿透了韦一宸的半边身体，直抵牙关。他的身体僵硬了一瞬间，而面对渊容，一瞬的僵硬足以致命。渊容执棍，由下至上，捅中韦一宸的横膈膜位置，随后趁其放低重心，又击中其脸颊。棍棒与肉体相接点，爆发出一大片水花。声音就像把一大团湿布狠狠砸在石头上。

韦一宸体力不支，但不想倒下，单膝跪地，用棍子撑住身体。他被打断一颗牙齿，嘴角也裂开了，鲜血不断流下，混入一波一波的水流之中。

在渊容看来，韦一宸刚才把脚跨过锁链，并且将其勾住以稳定身体，是一种过于冒险的做法，因为锁链也有分割“安全区”的防御作用，贸然越过会给对方提供机会。他想：如果他有足刀，那么韦一宸的脚现在已经废了。但是，他刚才确实吃下了韦一宸的左拳。假如左拳中有暗器，那么胜负真的很难说。

塔刹上的雨水分成很多股，从四周洒落，像金色的微型瀑布。乌云未有丝毫消散迹象，天色同时也在变黑，能见度逐渐降低。远处的高空有雷声，冲破雨水的牢笼，在冰冷的空气之中无限铺开。

“还能打吗？”渊容问。

韦一宸强振精神，挥棍横扫渊容下盘。渊容轻轻一跃，避过这一击。韦一宸立刻起身，把身体腾起的力量也用上，朝正上方挥棍。这一下威力足够，但是速度不足，渊容朝侧面闪避。他立刻反击，这一棍的目标是韦一宸的左边锁骨，但他眼前瞬间多出了一道碍眼的东西，如同灰色乌鸦展开了翅膀。是韦一宸的衣袖。

战斗开始时，为了防止短棍脱手，韦一宸把外套取下来，和右手绑在一起。但是就在刚才，他单膝跪地休息的时候，偷偷解开了衣袖。渊容会避过这由下至上，动作过于单调的一击，并未出乎韦一宸意料。他赶在渊容反击前，左手使劲一扯，把外套袖子拉长，拦在两人之间，兜住了渊容的反击一棍。几乎就在同时，手腕敏捷地绕了一圈，袖子彻底箍住了渊容的短棍。

韦一宸想利用这个瞬间，双手朝后一抽，夺走渊容的棍子。但面对此变局，渊容的反应速度之快依然超出其预料。他索性放弃了棍子，张开手掌，揪住衣袖中段，朝自己这边一扯。韦一宸双手各自紧紧抓着被拉长的衣服两端，且又因渊容放弃武器的动作吃了一惊，没来得及松手，被动地向着渊容的方向扑过去。

渊容的选择并不多。虽然让韦一宸失去重心，被迫近身，但渊容并无确保有效的杀招。在没有利器的情况下，敌人离自己越近，那么自己的打击技也就越弱。不完美的一拳，或是一肘，未必能击倒顽强的韦一宸。后退，提前重整态势，立刻展开反击，对他来说是最保险的做法。他甚至可以趁机绕到塔刹的另一侧，暂时离开韦一宸的视线，再从背后偷袭。就像一个杀手。

但他没有这么做。他发现，在刚才这一番交锋之中，他产生了一种奇特的争斗心。一种不理智的、让他想挺身而上硬碰硬的强烈渴望。

于是渊容没有后退，抬起右手，接住韦一宸冲过来的身体，把他的脖颈夹在右侧腋下。他使出了断头台绞杀。这也是杀招，但不是杀手会用的招式。他很多年没有用过这一招了。他的绞杀成形了。在那一刻，韦一宸也觉得，自己完蛋了。渊容只需要把力气加在右手和右肩上，如同要举起重物一般，朝上一提，那么他要么因为缺氧而昏死，要么颈椎断裂。

两人之间，还横着锁链。就在绞杀成形的一瞬间，韦一宸的大腿被铁链拦截，加上渊容朝后牵引的力量，韦一宸的身体以铁链为支点，彻底朝前扑倒。渊容立刻察觉到这变化，但他不需要考虑这些。他只要不放手就行了。他俩的身体会同时倒地，但渊容只要保持断头台绞杀的姿势，甚至无须用力，韦一宸就会头部撞地。如果是这样，战斗也结束了。

渊容放心地让自己半边身体承受韦一宸的冲击力，朝后倒下。在那一刻，他仰头看着昏暗的天空，看着雨水在塔刹上纷纷碎裂，突然有一种久违的轻松感。在杀死苏晏之后，他本来发过誓再也不杀人，今天也未曾真正产生过杀死韦一宸的想法。但如果再杀一人是他的命运，他也只能接受。他甚至没有吸足空气，绷紧肌肉，应对背部着地可能带来的冲击。没必要。

在他预计两人要同时倒地之前的一瞬间，渊容突然感觉到背脊传来被刺穿一般的剧痛。他的手松开了，朝侧面摔在地上。他不由得叫出声来，身体不受控制地向着不自然的方向蜷曲，手指在塔顶瓦片上抓挠。这感受痛苦而又奇特，他很久没有听过自己因为疼痛而发出不加掩饰、如受伤野兽一般的惨叫了。

韦一宸用手撑住自己膝盖，歪歪扭扭地站了起来。他的嘴又流下一股鲜血。刚才为了尽量抵御断头台绞杀，他狠狠咬紧牙关，以至于咬碎了一颗牙齿。在两人同时倒下之前的生死瞬间，他只做了一件事：他把握着短棍的右手探到渊容背后，然后竖起了短棍。渊容倒下的同时，短棍就以他的脊椎为支点，承载了几乎两个人的重量。

就算脊椎没有受伤，至少在二十秒内，渊容都不可能反击了。韦一宸顶着晕乎乎的脑袋，想再踢渊容一脚，确保胜利，但几乎已精疲力竭。他觉得全身都有一种麻木感。一开始，他还以为是因为受伤导致机能失调，但这麻木感在头顶却特别明显。他抬起头，突然意识到了什么。

天空不对劲。

他立刻使出最后的力气，抓住渊容的一只手，把他拖到两人登上塔顶的位置。

“快醒醒，”他对渊容喊道，“这里危险！”

在声音到达之前，一道闪电撕裂云层，击中了塔刹。如果韦一宸低头的动作再慢一些，眼睛必然会被这无比强大的亮光烧毁。震得人汗毛直竖的巨响随之而来。电光四溅。四支铁链通了电，疯狂颤抖。刚才在打斗中被他们使劲牵引的铁链，断裂开来，如被焚烧的蛇一般扭动，从他们头顶甩过。渊容缓过来了，从塔顶边缘翻下去，在佛塔外壁一处较宽敞的边缘站立。韦一宸也想从此处下塔，但他大脑眩晕，手指无力，动作迟缓。他下去了一半，腿部悬在高空，双手依然攀在塔顶边缘。脚下一时踩不到东西，他突然慌乱起来，心脏剧烈跳动。

与此同时，古老、朽坏的塔刹歪斜了，在这高空中，金属断裂的声音，就像有看不见的远古怪兽在雨中嚎叫。塔刹的一大半倒下，朝着韦一宸的方向碾过来，发出隆隆巨响。韦一宸并没有看见这一幕，但他凭借声音，明白过来发生了什么。

数秒前，渊容发现自己身体右侧有一处较脆弱，缺乏砖块的墙壁。他使出全力肘击，开出了一个通向第七层内部的洞。他立刻钻进去，踢了墙几脚，把洞再开大些。就在滚落的塔刹离韦一宸仅有咫尺的时候，渊容探出手，搂住韦一宸的腰部，手指抓住他的枪套背带以固定，大叫一声“放手”。韦一宸感觉到有人在下面拉扯他，他松开了手，渊容立刻把他拽回了塔内。当韦一宸的身体碰触到坚实木地板的一瞬间，他看见被熏黑的塔刹，像一大块垂头丧气、失去神秘色彩的陨石，从塔外坠落下去。他们立刻就听见了它砸在淤泥之中的声音。

韦一宸靠着墙壁一侧，坐着休息。渊容坐在另外一侧。从受伤状况看来，明显是韦一宸更狼狈。

“你……你怎么样？”因为碎了两颗牙齿，韦一宸说话稍微有点漏风。他捂住了嘴。

“脊椎应该没受伤。否则我现在就动不了了。”

“那还要打吗？”

“不打了。你赢了。”

“我们中间隔着铁链，所以你连腿功都没用。这也能算我赢？”

“至少作为一个杀手，我把该犯的错全犯了。”

韦一宸不回话了。他对这个答案不太满意，但是也没办法。刚才外套随着短棍一起遗失了，身上只剩一件白色运动背心。他解下枪套皮带，把背心脱下来，拧出了一个小水塘，然后又用它来擦脑袋。

渊容再次看见了韦一宸腹部的文身。

“0926，1023，1023……”渊容缓缓念出这排呈镜像状文出的数字，念完前三个的时候，停顿了一下，再继续念，“……7804。你为什么会有这样的文身？”

“先把你知道的都告诉我。”韦一宸把拧干的背心穿了回去。

“前三组数字，如果分开来看，对我没意义。我只知道，如果它们同时出现，那就代表着‘锡兵的数字’。”

“‘锡兵’到底是怎么回事？”

在雨声之中，渊容的声音变得若有似无。他的思绪，似乎飘离到了陌生、模糊的远方。

“成为杀手，不是出于我自己的想法。那些人训练我，让我成为杀手，只有一个最终的目的，就是杀死‘锡兵’。但这个目标，已经不可能实现了。‘锡兵’已经死了。”

14　回归

双宿时代开始的那一年，渊容在女子监狱之中出生。

午夜四点，一名从业二十五年、一直兢兢业业的警卫，突然离开宿舍，杀死了两名值夜班的同事。在被增援发现并且击毙之前，他成功地操纵监狱管理系统，打开了百分之八十以上的牢房。他是不是双宿人，已经无法追究了。而在那一年，这起造成一百四十八名犯人越狱，二十五人死亡的突发事件，只不过是黑色汪洋之中的一小滴污水而已。有一名怀孕的女犯人，预产期是两周之后，但在仿佛有无数人同时敲击铁栅、踩踏地板、挥舞拳头的愤怒之中，她躲在唯一一个不会遭到推挤的角落，诞下了一个小男孩。

在由枪弹、棍棒、拳头、奔跑组成的混乱协奏之中，他的哭声，如同胆怯地披挂着光和温暖的音符，从另一首完全不同的乐曲之中偶然掉落。一些逃狱者的脚步因此而延缓。有三名女犯人留下来照顾他。六个小时之后骚乱才平息，八个小时之后医护迟迟赶来，这位虚弱的母亲已经去世了。虽然没有言语可证明，但可以推断，他是怀着母亲的爱和祝福出生的，因为在她牢房的墙上，贴着一张泛黄的纸，上面写下了二十多个男孩的名字，都被一一划掉了，只剩下一个：渊容。

他在福利院长到了八岁，是所有同龄男孩之中最聪明、最寡言少语，却也最不好惹的一个。有一名十二岁的男生，会在夜里带上自己的跟班，把他看不顺眼的低龄男生按在床上，用烟头烫伤他们的臀部。他一次又一次地对渊容暗示：三天以后就轮到你了。还有两天。就是今晚。但在羞辱计划实施之前，当日在厨房帮忙的渊容，用厨具“招呼”了对方。渊容被关了一周的禁闭。重见天日的那一天，有一名陌生的中年男子来见他。他右眼色泽浑浊，左眼是义眼，且清洁得过于光滑，令人联想到的并非振奋的精神，

从此，就像他的母亲无法走出牢笼一样，渊容也被安放进了命运的高墙之间，独属于他的一小处狭窄缝隙之中。

“几乎所有人都叫他‘秘书长’。他签字时用的名字是奥占·森阿蓬。具体情况不清楚，但他和岚汸的第一届市政府有密切联系。是他把我和其他所有孩子，训练成这样的人。我是‘第三期’的学员，也是最后一期，一共十二个人。”渊容说。

“听起来像私人军队。”韦一宸说。

“不，我们很少学习合作的技巧。一切核心训练，都以独立行动、克服复杂地形、迅速解决目标、立即撤离现场为前提。我们的目标，是隐藏在汕雅山脉之中的一支游击部队，这支部队的领头人就是‘锡兵’。”

听到这里，韦一宸觉得有了眉目。汕雅山脉位于岚汸市西南侧，拥有极丰富的金矿和其他重要矿产，如今黄金年产量达到了十五万盎司。

“很明显的事情，对不对？”渊容说，“如果没有汕雅山脉的控制权，也就没有现在的岚汸。但那时候，我们这些‘学员’，并不明白这些。每个星期一、星期三早上的第一堂课，一定是坐在一起，观看锡兵军队残杀我方平民，尤其是矿业工人的视频资料。秘书长的教官说，如果放任锡兵肆虐，岚汸就不会有未来。岚汸并没有编制军队，所以就要依靠我们这些‘勇士’，以刺杀的形式，瓦解锡兵的军团。但是，我们一直不知道锡兵本人长什么样子。听说以前的学员，凡是要去刺杀锡兵本人的，没有一个能活着回来。就连教官也不能给我们答案。我们只知道：锡兵很擅长隐藏自己的容貌，但他身上一定有三排数字做标志。只要看见了‘0926、1023、1023’，就能肯定他是需要排除的目标。”

“只有这三排数字？”韦一宸问。

“是的。我从十岁正式开始战斗技能的训练，十四岁的时候，潜入锡兵的一处营地。那是我这辈子第一次‘执行任务’。十五岁那年，秘书长突然把我们集合起来，用车子把我们运送到了这里。”

“你是说……”韦一宸用拳头叩了叩地板。

“就是这里。这座佛塔本来就是我们常常训练的地方。最可怕的一个训练是，每一层有一名教官，你得从他们手中赢一招，才能继续向上攀登，直到最后一层。中途没有休息的时间，没有人给你疗伤。不过到了我十五岁，这件事已经稀松平常，这对我和我同期的学员来说也一样，所以我们没有丝毫戒心。秘书长说，刚刚收到一个重大的好消息，锡兵已经被杀死，他的部队也瓦解了，所以‘第三期’的任务也结束了。我们不知道该不该庆祝，因为如果这是真的，那么我们并没有出什么力，没有感受到任何胜利的欢愉。接下来，秘书长的教官把我们包围了，开枪扫射。”

韦一宸看见，渊容的双手攥得很紧，右手大拇指似乎深深掐进了左手的掌心。

“这座塔下面还有地穴。他们放下枪之后，把我们所有人拖进地穴，然后点火焚烧。也许，我实际上死去了好几分钟——肺部、腹部都中弹了。真是尴尬，后来我对伊莎说，这是曾经碰上银行抢劫造成的。”

“喂，你的手。”韦一宸说。他看见渊容的左手掌心在滴血。

听韦一宸这么一提醒，渊容把双手分开，继续说：“在火烧到我身上之前，我醒过来了。正绝望的时候，我在石棺的后面发现了一处密室，可能是很久以前僧侣为了逃避战争才开凿的。我钻进密室，用藏在鞋子里的一点药和绷带给自己止血。其实我每次参加攀登七层塔的考试之前，都会偷偷藏一点止血药来作弊——然后，继续等死。至少躲藏一天一夜之后，我发现自己还活着，就从密道里出来，踩着同伴们的焦尸走到了外面，心中只想着：以后为什么要活下去，要如何活下去？三个月以后，我找到了我的生父。他现在是一家汽车生产企业的董事长，我母亲当年只是他雇用的一名女修车工。当然，他有他的生活，我的目的也很明确：让他先认识到我的存在，然后惧怕我。这些事情都做得很顺利……我觉得自己总算没有白白浪费我受过的训练。在他的帮助下，我有了学历，进入岚汸市立高中，开始了‘普通人’的生活。一年以后，我和同校的伊莎贝尔认识了。”

“……这一部分青春故事能下次再讲吗？”韦一宸打断了渊容，“我想再问问锡兵的事情。我们第一次交手的时候，你看见了我的文身，所以觉得我是锡兵本人？”

“那就像按下了一个封存很久的开关一样。我早就明白，我可能永远没办法摆脱我作为‘杀手’的那一部分。但讽刺的是，我从来没有认真考虑过找秘书长复仇，反而总觉得那个没有机会完成的任务，‘杀死锡兵’，一直像幽灵一样跟在我身后。我当然知道，锡兵不可能是一个年龄比我还小的人，所以那时候才放过你。除非……”

“我说过了，我不是双宿人。”

“好吧，至少我相信你不可能是锡兵。”

“话说回来，这不过是任何人都可以文在身上的数字而已。你们以这一点为根据，就想认出那个所谓‘锡兵’的目标，也不太可能吧？”

“这个问题我们当然想过。但是秘书长强调，锡兵不会允许手下其他人使用这些数字。而且，这也可能是旗帜、编号一般的东西。也许任何拥有这编号的，都是锡兵，而我们的任务是把他们全部杀掉。也许，你把它文上去，只是偶然听过了锡兵的传说，然后想通过这办法来增强自己的自信，就像文个‘路西法’之类的。”

“不是这个意思！我也不知道它为什么会出现在我身上。”

“你不用再解释，我已经不想追究了。何况，你身上还有和锡兵无关的第四排数字。这方面我真的一无所知。和你打完这一场后，我觉得这件事可以了结了。至少我心里目前是这么想的。”

“关于锡兵，还有对你们下手的秘书长，你打算追查吗？”

沉思片刻之后，渊容说：“我眼前只有一件事要做。把娜娜娅好好养大成人。我知道，她暂时住在你们的一名女干员家里。约个时间，我去接她。”

“看来你不打算自首。”

“当初的约定是，母女平安。你们现在难道想再从我手里夺走我女儿？”

韦一宸一听就明白，在这件事上，渊容不打算商量。如果在这一点上和他对抗，那么刚才看似友好的交谈，就会在一瞬间化为泡影。

“其实上头也和我说过。”韦一宸说，“和杀手做交易这件事情，是怎么都不能透露出去的。现在把你关起来，对我们来说反而是种风险。反正，我们以后可以公开深入调查共鸣会了，而且保护市长的司法顾问也是一桩大功劳，这两点成果是部里最看重的。好吧，娜娜娅的事情你放心，我回去就马上和上头说。”

韦一宸扶住膝盖，站起来。

“你以后可不能留在这里工作了。”

“当然。我会带娜娜娅离开岚汸。我不会让她在这里长大的。”

“我还有一个要求，”韦一宸说，“当初你为了对付我，害了一个叫张南秀的干员。他是一个好人。你要拿出一笔慰问金补偿他家里人。数额要有诚意。”

“没问题。”

渊容想站起来，但是脸色有些难看。

“不好意思，”他说，“帮我一下。”

“怎么了？”

“冷静了这么久，背上的伤慢慢出效果了。我有点使不上力。”

韦一宸上前，搀扶渊容。两人目前是无法攀爬外壁了，只能从内部下塔。但是内部楼梯又多有破损、遗失，他们足足花了快半个小时才下到一楼，再次满身大汗。

在走出佛塔之前，韦一宸把自己一开始埋藏在佛塔之下的手枪取了出来。

“对了，还有一件事。”靠在门边休息的渊容说，“你这个位置，往左边的第三块地板，也是可以掀开的。里面有你的东西。”

韦一宸依照渊容所说，掀开地板，在里面又找出了一把手枪。他把它握在手中。熟悉的手感。

“这也是活埋你之前，我搜来的东西。假如当初娜娜娅没有发现它……也许，这一切……”

渊容低头，沉默着。韦一宸感觉到，渊容似乎需要一些私人时间，于是自己先一步走出了佛塔。

雨已经停了。月光微现。空气中满是温热的潮气。

韦一宸双手高举，舒展一下身体。他突然觉得脚边碰到了什么东西。他低头一看，竟然是在塔顶搏斗时不慎遗失的短棍。

一周以后，岚汸市立三小，五年级六班的女生仇丽华，正在老师办公室里和沈瑶谈话。渊容老师因不明原因失踪之后，沈瑶现在是六班的临时班主任。

仇丽华脸上满是泥。隔壁班的漂亮女生阮碧云和其他几名同学，在下课时间把她推到了泥地里，还用泥巴球砸她。

“他们为什么要欺负你啊？”沈瑶一边用纸巾替她擦拭脸上的泥，一边担忧地说，“是因为上次你说要和阮碧云互相‘迁宿’的事情吗？”

“不是。”

“那是为什么？”

“沈老师，我照您说的，说了实话。我和他们说，‘双宿灵子’不会像网上说的那样，眨眨眼睛就能实现愿望，它根本就不会眨眼睛，那是我自己想的，我想让它这样，所以胡说的。然后阮碧云他们就推了我。他们说我是骗子，‘双宿灵子’一定有用。”

“是谁这么说？阮碧云吗？”

“嗯。她一直说，她要找‘双宿灵子’许愿，和Perky交换人生。”

沈瑶听说过Perky。她是最近一名知名度如火箭般蹿升的女偶像歌手。

“我就说了实话。是老师你让我说实话的。不管我撒谎不撒谎，他们都不爱听，非要打我……”

沈瑶无言以对。她看了看擦过仇丽华面部的纸巾，仿佛一副灰色、对称的面具。

外编

1　姜黎：带它上路，外面危险

看吧，你又在玩这个无聊的“血腥小人”游戏。所以我才不愿意和你来酒吧。也不知从哪儿弄到手的旧报纸，被你撕成一个个像大字、歪歪扭扭的小人儿，摆在吧台上，手牵手的模样，然后你把酒滴上去，看着红色在小纸人身上慢慢洇开。我转头一看，你就对我露出很欠揍的笑容，双手一摊，然后说，欢迎来到犯罪现场，今天我们发现了十二具遭到残忍杀害的尸体。我真是恨不得一巴掌全给你呼下去，这有什么好玩的？你来酒吧到底是找乐子，还是来给我们这些想找乐子的人添乱的？唯一会陪你傻笑的，是那些害怕你的后辈。你知道吗？你特别细心做这种事的时候，看上去真的像电视剧里的变态连环杀手。

很久以前，后辈们暗地里也是这么称呼你的。“连环杀手乔修书”。那时候我的生活中，还没有老徐，没有盾组，也没有你。我们都还没有杀过人。而你得到这个诨名，是因为在对打训练中，没有人愿意和你一对一。你不一定是那一届学生里最厉害的，但一定是最狠毒的。三个月里，你把四个同学送进了医院。最可怕的是，教官们没有找到你刻意伤害他们的证据。你也很会假装无辜。我亲眼看见你用特别懊悔的语气说，“其实最后一拳根本没有用全力，但王同学可能太好胜了，高估了自己的身体状况，而且，他好像昨天下午就开始发低烧了”。

一派胡言。而且看得出这点的，不仅仅是我。你这些臭毛病，教官们也是心知肚明的。但不得不说，那时候的岚汸市，正急需你这样的干员。因为你喜欢做的事情不是保护市民安全，而是打猎，而我们在毕业后即将投身的世界，恰恰是一个巨大的猎场。所以他们一次又一次地准许你逃避惩罚。

但我不允许。这就是我。我们对于好胜心，有着不同的表达方式。

那一年的培训基地柔术大赛，你正在参加八进四的比赛。女子组比赛前一天就结束了，我作为女子组冠军，临时替代了一名因急病请假的裁判。我清晰地看到了你的小动作，判你出局。无论其他裁判怎么求情，都不能动摇我的决定。这一点小小的惩罚，对你算得了什么？你笑了，笑容中带着轻蔑。那样的眼神，让我觉得，你也许会藏在某个阴暗的角落暗算我。室友也是这么警告我的。

可见那时候，我真的不了解你。

在有盾组之后，你弟弟乔修宇第一次找我单独聊天，就对我说："其实我哥当时很生气，但气消之后，就开始佩服你，因为教官们都不敢面对面和他对着干，你却做得到。"怎么说呢，听了这些话，我其实不怎么高兴。如果非得有人对着干了，你才会表现得稍微通情达理一些，不过是再次证明了你是一个缺心眼又自视过高的混蛋。

乔修宇，你弟弟——我知道你不想听——他真的一点都不像你。你们同父异母，看来他是完全随了母亲了。他和我说过一个故事，非常完美地概括了你们俩之间的关系。小时候，你带他到小卖部去偷零食。你不想带他去，但他简直就像黏在你身上的糖豆，根本甩不掉。你成功地偷到了一盒巧克力糖、两包蚕豆，还没走出门口，你弟看了老板一眼，老板明明啥也没说，也不怀疑，你弟委屈地哭起来。你呢？你竟然拔腿就跑，真是个小畜生！他回到家之后，又哭着向你道歉，然后你心烦起来，就去买了更多的零食送给他——偷来的东西，你逃回家的时候一边跑一边往嘴里塞，没有剩下一点儿给他。结果呢，你买更多零食用的钱，又是从你爸那儿偷来的，为此你挨了好一顿打。修宇说起这个故事的时候，乐不可支，就好像这是什么特别值得夸耀的事。这都是因为他太崇拜你了。

是啊，哪怕都是二十好几的人了，修宇一看见你走进办公室，就两眼发光，就好像因为你的出现，手头的线索就会自动拼合起来，解出我们想要的答案。我想，这可能也是他主动放弃了在原单位的大好前途，主动调到盾组的唯一原因。当时有这样的流言，你嫉妒修宇，强迫他转岗。听到这样的流言，我心里很得意，因为只有我知道真相。

哪怕这并不是全部的真相。

我知道，关于那件事，你一直没有原谅我。在那个所有人都醉得有点过分的夜晚，修宇向我索吻，而我接受了。我理解你火冒三丈，但是你表现得也太夸张了，就好像我要把他骗上什么不归路似的。何况，要说伤别人的心什么的，你比我熟练多了，还轮得到你来教训我？我不可能为这件事道歉。

但是，假如修宇真的足够喜欢我，而不是一时冲动，那么我真的应该在他去世前，和他好好谈一谈。现在说什么都晚了。

现在我们都知道了修宇来到盾组，并不只是为了和你在一起。他在一次行动中，私下藏匿了一笔来路可疑的钱。调到盾组来，有利于他逃避内部侦查。不知道你有没有看出来，他和我说过，他每天都失眠。

这件事，导致了盾组从六个人，变成只有我们两个人。

修宇私自把这笔钱藏在车后厢的时候，一名隐藏在暗处的敌人看见了他。两年以后，这个小帮派，恰好成了我们需要围剿的目标。那个混账预先联系了修宇，要挟他，命令他误导我们的行动，还欺骗他说，这只是为了他们能够顺利逃走而已。但这是一个阴险的陷阱。

我和你最终还是把他们全干掉了。代价是失去了四名盾组成员。我们共同看着修宇倒下。不要说道歉，连告别的机会都没有。

幸好，在监察处调查出背后的真相之前，安防司就已经为修宇举办了体面的葬礼。在送行仪式的时候，远远地站着一个枯瘦的男人，一直看着我们，看着你。我想，那应该是你们的父亲。

我不想说，从那之后你就变了——准确地说，你一直是这样，只是修宇走了，没有人可以再阻止你，朝着某个大家都不想看到的地方滑落。你工作的效率变高了，你抽烟的数量加倍了，你和老徐K歌的时候，开始改歌词，把love改成death什么的，讨厌得不得了。你开始沉迷那个裁剪小人，然后把酒浇上去的无聊游戏。

你沉迷于死亡。

而我帮不了你。

但是，我们被火力困在那废楼里的时候，你还是奋不顾身地从枪口救下了那个叫妮瑞的姑娘。这件事情，并没有改变我对你的结论，但我进一步理解了你对死亡的沉迷。你不想屈服，也不想像修宇一样，跳进那个陷阱。你想试试看，死神能把你逼到什么地步。

和韦一宸合作之后，我好几次试探地说，如果让这小子加入盾组，也不错。我最后一次提这件事的时候，你说，算了吧。我问，为什么。你说，他挺不简单的，也许要到更远、更高的地方去遛一遛，我们还是别拖着他了，何况也不是只要一直添柴，就能一直有火。

我想了想，觉得你说得对。

因为你私下与东城区分部合作，一个人去保护司法顾问的事情，我大骂了你一顿。一是因为你差点死去，二是因为我当时就已经有预感了。在那之后不久，你在我眼前，最后一次玩“血腥小人”游戏，但是却玩不动了。你只撕好了一个小人，突然自言自语：

“算了。到此为止吧。”

失去了继续探索死亡的兴趣，你就失去了维持当前生活的兴趣。

乔修书，如果你真的要离开，我只有两句话要和你说。就当我是在心里演习吧。

首先，没有你，没有盾组，我也可以过得很好。你不来烦人，我和老徐就有了更多的独处时间。还一天天的唱K要和老徐飙高音，你哪儿飙得上去啊，鬼嚎似的，老徐被你害得都要吃润喉糖，吃得影响味觉，他的味觉可是很值钱的。

另外，你能不能把韦德带走？没有它，我和老徐会寂寞一阵子，不过总归会好起来的。但是韦德已经失去了修宇——把它养大的人。它不该再失去你。

不要命又死不掉的混账家伙，你听明白了吗？

2　覃元政：自由

妈，你最害怕的事情发生了。

你的儿子，五十七岁，一无所有，一事无成。

调查共鸣会的事情有了进展，但是并没有将功抵过。我私下行动，制造出“顾问绑架案”的事情，还是被总部发现了。我请求他们不要惩罚我的属下，这完全是我的个人决定。他们同意了，作为交换，收回了我以前立过的一个二等功和两个三等功，逼我立刻退下来。

我心里倒不怎么难过。我怕你难过。

……嘿，说得好像我做过什么能让你舒心的事一样。

小时候，发生任何让我心惊肉跳的事情，哪怕只是一点预感，我都是向你所在的方向逃过去。因为我知道，我爸不会保护我。他只会说，有什么好怕的？有人打你，你就打回去啊。

但他自己也做不到。他是一个瘦小、懦弱的人。十四岁的时候，我就比他高出半个头了。

我不知道，为什么爸爸自己做不到的事情，他一定要加倍地强加到我身上。

我更不知道为什么自己会遵循他的指示。

可能是因为我倔强——从你身上继承来的——也可能他的教育成功

了，成功地让我决定，我身为男人的成就，取决于我否认自己的决心和强度。

所以，我疯狂地追女孩子，哪怕这件事给我带来的只有麻烦；所以，我加入安防司，就为了证明给我爸爸看，我是一个男人。

但现在我已经看明白了。这也是一种懦弱。

而你也有责任，妈妈。你选择闭着眼睛保护我。你知道我是什么样的人。我选择安防司，你非常害怕，但你不明说为什么害怕。就好像你一次又一次给我安排相亲，还非常满意小藤这个“未来的媳妇”。

其实你早就知道，小藤喜欢的不是我。我和她商量着结婚，只是为了一个你不愿意承认的目的而已。可惜——或者说，可喜的是，小藤比我勇敢。她收回了这个会让她后悔一辈子的决定。

从那时候，我和你就这样一直互相伤害，一直到最后，把对方逼疯。

对了，我和你抱怨过不少次的那个下属韦一宸，你还记得吗？不听话，老给我找麻烦，做事莽撞……

你下葬之后不久，我就去了你最不希望我去的地方，然后竟然被那个浑小子撞见了。他是去那儿出任务的。

他很惊讶，但是同时也看明白了我。我让他保密。他答应了，并且一直做得很好。他看我的眼神也没有任何变化。他还是一样让我头疼，只看一眼就忍不住想骂他。

原来这件事情，可以是这么简单的。

我很后悔，很难受。这么多年啊，自从你发现我“有问题”，过去了四十年啊妈妈，为什么我和你之间，不这样尝试一下呢？

我们一直回避着，结果得到了什么？

四十年的谎言和互相撕咬。

不过，我今天不是来责怪你的。

我想说，爸爸五十七岁的时候去世了，我们都不在他身边。而我，五十七岁，没有了所谓的负担、荣誉——

没有了你。

我还活着，一身轻。

也许我还可以重新开始。

也许，我终于自由了。